CHARLIE COCHET

THIRDS

Verraten & Verkauft

Zu diesem Buch:
Wenn Detective Dexter J. Daley eines nicht leiden kann, dann sind es Ungerechtigkeit und Lügen. Und so zögert er auch keine Sekunde, gegen seinen Partner auszusagen, der einen jugendlichen Gestaltwandler ohne jeglichen Grund erschossen hat. Doch seine Kollegen und die Medien sehen das anders, und bald findet sich Dex allein inmitten einer Kampagne, die ihm »Verrat« vorwirft. Sein langjähriger Freund verlässt ihn, die Kollegen schneiden ihn, und immer wieder wird er von Unbekannten bedroht und ein paarmal sogar zusammengeschlagen. Seine einzige Möglichkeit, weiter als Polizist zu arbeiten, besteht darin, zu den THIRDS zu wechseln. Diese Polizeieinheit ist dafür zuständig, den Frieden zwischen Gestaltwandlern, so genannten Therianern, und den Menschen zu wahren. Zusammen mit seinem neuen Partner und Vorgesetzten, dem unzugänglichen Panthershifter Sloan Brodie, gerät er schon bald in eine Mordserie, die ihren Ursprung in Brodies Vergangenheit zu haben scheint. Erneut steht Dex vor der Frage, wem seine Loyalität gehört. Die tiefen Gefühle, die er im Laufe der Ermittlungen für den geheimnisvollen Panther entwickelt, machen diese Entscheidung nicht gerade leichter …

Über die Autorin:
Charlie Cochet ist Autorin am Tag und Künstlerin in der Nacht. Sie ist absolut abhängig von Kaffee und lebt in Florida. Wenn sie nicht schreibt, liest und zeichnet sie. Weitere Informationen unter: www.charliecochet.com

CHARLIE COCHET

THIRDS

VERRATEN & VERKAUFT

Roman

Ins Deutsche übertragen von
Sylvia Gleißner

LYX
EGMONT

Die Originalausgabe erschien 2014 unter dem Titel
THIRDS. Hell & High Water bei Dreamspinner Press, TX, USA.

Deutschsprachige Erstausgabe Juni 2016 bei LYX
verlegt durch EGMONT Verlagsgesellschaften mbH,
Gertrudenstraße 30–36, 50667 Köln

1. Auflage
Umschlaggestaltung und Artwork: Birgit Gitschier, Augsburg,
unter Verwendung mehrerer Motive von shutterstock
(CURAphotography, The Len)
Redaktion: Jutta Schneider
Satz: Greiner & Reichel, Köln
Printed in Germany (670421)
ISBN 978-3-7363-0229-7

www.egmont-lyx.de

MIX
Papier
FSC® C083411

Prolog

Während des Vietnamkrieges führte der Einsatz tödlicher biologischer Kampfstoffe zur Verbreitung des Melanoe-Virus. Weltweit infizierte er mehrere Millionen Menschen und forderte Hunderttausende von Opfern. Zwar bekannte sich kein Land dazu, das Virus freigesetzt zu haben, aber die besten Forscher der Welt taten sich zusammen, um ein Heilmittel dagegen zu finden. Der daraus entstandene Impfstoff, bekannt als Eppione.8, beinhaltete DNA-Stränge von Tieren, die sich als immun gegen das Virus erwiesen hatten. Doch ein Jahr nach der Verteilung des neuen Medikamentes veränderte sich der Lauf der Geschichte der Menschheit für immer: Der Impfstoff aktivierte eine ruhende Mutation innerhalb des Virus. Diese führte zu einer Veränderung menschlicher DNA und brachte eine neue Spezies hervor: die Therianer.

Als sich in den späten Siebzigerjahren die ersten Infizierten zu verändern begannen, endete das für einige tödlich. Ihre menschlichen Körper waren auf die Wandlung nicht vorbereitet. Andere starben an Krebs oder Infektionen aufgrund eines geschwächten Immunsystems, während wieder andere einfach verschwanden. Es gab wilde Gerüchte über diverse Versuche der Regierungen, ihren Schlamassel wieder zu bereinigen. Als klar wurde, dass das »Problem« sich nicht von allein erledigen würde, versuchte die US-Regierung, die Massen wieder unter Kontrolle zu bekommen, indem sie die Therianer-Datenbank ins Leben rief und eilig neue Gesetze verabschiedete, die alle überlebenden Therianer zwang, sich registrieren und kennzeichnen zu lassen – angeblich zu deren eigener Sicherheit und der ihrer menschlichen Mitbürger.

Die Regierung hatte die erste Welle Therianer für eine Begleiterscheinung des Krieges gehalten, die letztendlich von selbst verschwinden würde. Doch dann, im Jahre 1986, fanden Forscher heraus, was wirklich vor sich ging. Die erste Generation reinrassiger Therianer war geboren worden. Die Mutation hatte sich vervollkommnet – gefestigt in dieser ersten Generation. Plötzlich gab es da eine neue, höher entwickelte Spezies und mit ihr eine ganze Reihe neuer Ängste.

Um die soziale Ordnung wiederherzustellen, führte die US-Regierung in aller Eile neue Verordnungen und Gesetze sowie einen neuen Regierungsbereich ein. Im Jahre 1990 riefen menschliche und therianische Mitglieder der Regierung die »Therian Human Intelligence, Recon, Defense Squadron« ins Leben. Diese Eliteeinrichtung, auch bekannt als THIRDS, wurde aus Geldmitteln des Militärs finanziert und bestand zu gleichen Teilen aus menschlichen und therianischen Vertretern. Ihr Ziel bestand darin, ohne Ausnahme für alle Bürger Recht und Ordnung aufrechtzuerhalten.

Solange die Menschheit weiterhin die Fehler der Vergangenheit wiederholte, waren Organisationen wie die THIRDS notwendig, um sicherzustellen, dass die Menschheit eine Zukunft hatte, selbst wenn sie auf dem Weg zu dieser Zukunft mühsam dahinstolperte.

1

Was für ein beschissenes Leben.

Dex schloss die Augen und wünschte, es wäre alles nur ein total verrückter Traum, aus dem er nun jeden Augenblick aufwachen würde, und dann wäre alles wieder wie vorher. Doch klar, als er die Augen öffnete, hatte sich gar nichts verändert. Er spritzte sich noch etwas Wasser ins Gesicht, um seine Anspannung zu lösen, aber es half nicht. Hatte er auch gar nicht erwartet. Er wischte sich das Wasser aus dem Gesicht und blickte sein Spiegelbild finster an. Der Typ, der ihm da entgegenstarrte, sah übel aus: Er war blass und hatte rötlich-braune Ringe unter den Augen, die ihn aussehen ließen, als hätte er entweder geweint oder Crack genommen. Da waren ganz eindeutig eine Menge schlafloser Nächte im Spiel. Dex mochte den Typen im Spiegel nicht. Was für ein Idiot.

»Sind sie draußen?« Seine Stimme hörte sich rau an, als sei ihm der Luxus, nach einer guten Portion Schlaf aufzuwachen – egal ob Tiefschlaf oder leichter Schlummer – schon lange nicht mehr vergönnt gewesen.

Littman legte ihm die Hand auf die Schulter und drückte sie mitfühlend. »Ja. Weißt du noch, was wir besprochen haben? Wenn du genug hast, gehst du einfach.«

Dex ließ ein Schnauben hören. Einfach gehen – dafür war es zu spät. So ungefähr sechs Monate zu spät. Er richtete sich auf und zog ein Papiertuch aus dem automatischen Spender. Das Ding fühlte sich ganz rau an, als würde er sich mit Zeitungspapier abtrocknen – mit eben den Zeitungen, die seit Monaten sein Bild auf jeder Titelseite zeigten. Die Bilder sahen aus, als wären sie zuvor durch irgendeinen Photoshopfilter gelaufen, damit er auch wirklich wie ein Scheißkerl aussah. Er pfefferte das Papiertuch in den Mülleimer und blieb stehen. Es fiel ihm schwer, seinem Anwalt ins Gesicht zu sehen.

»Hey, sieh mich an.« Littman baute sich vor ihm auf und tätschelte ihm die Wange. »Du hast das Richtige getan.«

Dex sah auf und suchte nach etwas, irgendwas, das ihm helfen konnte, den Schmerz zu vertreiben, und sei es nur für einen Moment. »Wieso fühle ich mich dann so beschissen?«

»Weil er dein Freund war, Dex.«

»Ganz genau. Und ich habe ihn in die Pfanne gehauen. Toller Freund.« Er beugte sich wieder über das Waschbecken und klammerte sich so fest daran, dass ihm die Fingerknöchel wehtaten. »Gottverdammt!« Dieser Hurensohn! Was in aller Welt hatte Walsh sich nur dabei gedacht? Offensichtlich gar nichts, sonst würden sie heute nicht in diesem Schlamasel stecken. Oder, noch schlimmer: Vielleicht *hatte* Walsh ja gründlich darüber nachgedacht. Vielleicht war er so überzeugt davon gewesen, dass Dex ihm den Rücken decken würde, dass er sich gesagt hatte: »Scheiß drauf.«

Dex schloss die Augen und versuchte, das Bild des Mannes aus dem Kopf zu bekommen, aber er konnte es immer noch klar vor sich sehen. Dieses Gesicht würde ihn noch lange Zeit in seinen Träumen verfolgen. Die Mischung aus Wut und Schmerz, als das Urteil gesprochen wurde – Wut auf Dex und Schmerz wegen dem, was Walsh getan hatte –, war für die ganze Welt deutlich sichtbar gewesen, und ganz besonders für Dex.

»Nein«, beharrte Littman. »In die Pfanne gehauen hat er sich schon selbst. Du hast lediglich die Wahrheit gesagt.«

Die Wahrheit. Wie konnte es sein, dass man das Richtige tat und dann so etwas verdammt Übles dabei herauskam? War es überhaupt das Richtige gewesen? Damals hatte es so ausgesehen. Aber jetzt war er sich da nicht mehr sicher. Dennoch konnte er sich nicht sein Leben lang auf einer Herrentoilette verstecken.

»Bringen wir es hinter uns.« Ein paar tiefe Atemzüge, und dann folgte er Littman hinaus auf den Flur. Kaum setzte er den Fuß nach draußen, umschwärmten sie ihn auch schon wie die Heuschrecken: Journalisten mit summenden Mikrofonen, mit Aufnahmegeräten und Smartphones im Anschlag, Blitzlichtgewitter, Filmkameras, eine Litanei an Fragen, die aus allen Richtungen auf ihn einprasselten. Dex fühlte sich, als wäre er unter Wasser und würde wie ein Stein auf den Grund des Pools sinken, während draußen alles schrie und kreischte und die Worte verschwammen und zu einem gedämpften Geräuschbrei wurden. Littman blieb neben ihm, eine Hand unterstützend an Dex' Rücken, die andere abwehrend der Menge entgegengestreckt – ein vergeblicher Versuch, etwas Ordnung in das Chaos zu bringen.

»Detective Daley wird sein Bestes tun, um Ihre Fragen zu beantworten, aber bitte immer einer nach dem anderen!«

Ein großer Mann mit grauem Haar in einem teuren Anzug drängte sich durch seine versammelten Kollegen nach vorn und ignorierte deren unwilliges Gemurmel, um Dex ein Mikro vor die Nase zu halten. Sogleich streckten sich Dex noch ein halbes Dutzend mehr entgegen.

»Detective Daley, was möchten Sie all den Menschen sagen, die der Ansicht sind, Sie seien ein Verräter an Ihresgleichen?«

Na, auf die Frage war er wenigstens vorbereitet. Dex knöpfte seine Anzugjacke zu. Eine Geste, die ihm ein paar Sekunden Zeit gab, um seine Nerven zu beruhigen und seine Gedanken zu sammeln. Er strich das Sakko glatt und sah dem Reporter in die Augen. »Ich bin zur Human Police Force gegangen, um etwas zu bewirken, und das bedeutet manchmal, dass man schwierige Entscheidungen treffen muss. Ich habe mich entschieden, die Wahrheit zu sagen. Niemand steht über dem Gesetz, und mein Job ist es, das Gesetz zu schützen.«

Eine blonde Frau im maßgeschneiderten marineblauen Hosenanzug feuerte sofort die nächste Frage ab: »Liegt es daran, dass Ihr Bruder ein Therianer ist? Sympathisieren Sie mit den Liberalen Therianern?«

Der Vorwurf war auch nicht gerade neu. Denn nur weil sein Bruder ein Therianer war, hatte die Human Police Force damals länger als nötig gebraucht, um ihn anzunehmen, als er sich dort vor zehn Jahren beworben hatte. Wäre sein Vater nicht ein geachteter Detective bei der Polizei gewesen, hätte man ihn nie in Erwägung gezogen, geschweige denn eingestellt, da war sich Dex sicher. Das Wissen, wie sie über seinen Bruder dachten, hätte ihn schon dazu veranlassen können, aufzugeben – aber gegen genau diese engstirnigen Menschen hatte Dex ja angehen wollen. Deshalb war er zur HPF gegangen, um von innen heraus einen Wandel zu bewirken, so wie einst sein Dad. Wie sich herausstellte, war das bei Weitem schwieriger als er gedacht hatte, aber das machte ihn nur noch entschlossener.

»Wenn es um Gerechtigkeit geht, teilen mein Bruder und ich denselben Glauben. Unsere Väter haben uns gelehrt, Menschen und Therianer gleich zu behandeln. Meine Gesinnung mag liberal sein, aber mein starker Glaube an Gerechtigkeit für beide Spezies macht mich wohl kaum zu einem Sympathisanten.«

Ein Mann mit rotbraunem Haar und einem widerwärtig breiten Grinsen im Gesicht schob Dex sein Smartphone so vor die Nase, dass er ihm damit beinahe in die Zähne geschlagen hätte. Dem Gesichtsausdruck des Mannes nach zu urteilen, hätte es ihm auch nicht viel ausgemacht, wenn er getroffen hätte. Dex wich ruhig aus, und seine Kinnmuskeln verkrampften sich. »Detective Daley, wieso sind Sie nicht zu den THIRDS gegangen, wie Ihr Vater und Ihr Bruder? Liegt es daran, dass Sie sich nicht qualifizieren konnten?«

Dex erwiderte das Grinsen des Mistkerls. »Egal, was Sie Ihren Quellen bezahlen, es ist zu viel. Ich habe mich nie bei den THIRDS beworben.«

»Aber die Ausbildung haben Sie doch durchlaufen.«

»Man bot mir die Gelegenheit, das dreiwöchige Training zu absolvieren, in der Hoffnung, ich möge es mir noch einmal überlegen und mich doch bewerben. Aus Höflichkeit gegenüber meiner Familie habe ich das Angebot angenommen, und ich gebe gern zu, dass ein Teil von mir auch wissen wollte, ob ich der Herausforderung gewachsen wäre.« Und Himmel, das war vielleicht eine Herausforderung gewesen! Drei Wochen lang intensives körperliches Training, Geschicklichkeitsübungen, Abseilen, Vorgehensweisen bei der Erstürmung von Räumen, Durchsuchung von Gebäuden, Nahkampf und Ausbildung an taktischen Waffen. Dex war bis an seine Grenzen getrieben worden, und immer wenn er gedacht hatte, mehr könne er nicht geben, war er gezwungen gewesen, auf versteckte Reserven zurückzugreifen und noch mal zehn Prozent draufzulegen. Es waren die mörderischsten, anstrengendsten und psychologisch stressigsten drei Wochen seines Lebens gewesen. Nichts, was er je getan hatte, kam dem auch nur nahe, was er in jenen drei Wochen durchzustehen hatte, noch nicht einmal die Ausbildungsakademie der HPF.

Die THIRDS waren die härtesten Hundesöhne weit und breit, und Dex hatte sich selbst beweisen wollen, dass er es packen konnte. Aber einer von ihnen werden? Das war etwas ganz anderes.

»Haben Sie bestanden?«

Dex konnte seinen Stolz nicht ganz unterdrücken. »Als Klassenbester.«

»Werden Sie sich jetzt dort bewerben?«, fragte ein weiterer Journalist.

»Ich habe die Absicht, mich auch weiterhin in den Dienst der HPF zu stellen.«

»Was ist, wenn die Sie nicht mehr wollen? Denken Sie, dass man dort das Vertrauen in Sie verloren hat, nachdem Sie dazu beigetragen haben, einen guten Mann, einen der eigenen Leute, ins Gefängnis zu bringen?«

Und da waren sie wieder beim Thema.

Dex drehte den Kopf und flüsterte Littmans Namen. Sein Anwalt lächelte breit und hob die Hand. »Danke, dass Sie gekommen sind. Ich fürchte, mehr Zeit hat Detective Daley nicht zur Verfügung. Bitte respektieren Sie in dieser schweren Zeit seine Privatsphäre und die seiner Familie.«

»Was ist mit Detective Walsh und seiner Familie? Haben Sie mit ihnen gesprochen? Wie fühlt sich seine Familie bei dem, was Sie getan haben?«

Dex arbeitete sich durch den Giftpfuhl aus Medienleuten und verbannte all die verletzenden und hasserfüllten Anrufe, SMS und Mitteilungen von Walshs Familie aus seinem Gedächtnis. Menschen, mit denen er früher Grillabende genossen hatte und zu deren Jugendligaspielen er gegangen war. Niemals hatte er ihnen so viel Schmerz zufügen und ihnen den Sohn, Ehemann und Vater nehmen wollen. Und jetzt das Opfer ihrer Wut zu sein war das Letzte, was Dex verdient hatte.

»Detective Daley! Detective!«

Dex ignorierte die weiter auf ihn einstürmenden Fragen: wie sein Freund über die ganze Sache denke, ob seine Karriere bei der HPF jetzt inoffiziell beendet sei und diverse andere Dinge. Jetzt wollte er an nichts von alledem denken. Er wollte nur noch nach Hause zu besagtem Freund und sich vielleicht auch ein wenig ausheulen.

Er ging so zügig und gelassen, wie es ihm möglich war, mit Littman an seiner Seite, schnurstracks auf den nördlichen Eingang des Obersten Strafgerichtshofes zu. Draußen wollten ihn Nachrichtenteams in die Mangel nehmen, und Polizeibeamte versuchten nach Kräften, die wachsende Menge unter Kontrolle zu halten. Die Geländer links und rechts vom Ausgang erwiesen sich nur als Störfaktoren, die Dex am Weiterkommen hinderten, als er versuchte, sich einen Weg hindurch zu bahnen. Die Stufen waren blockiert, also griff Dex Littman am Ellbogen und eilte mit ihm die provisorische Rampe zum Gehweg hinunter. Gott sei Dank wartete schon ein Wagen auf sie.

Dex versuchte die Journalisten im Guten dazu zu bewegen, etwas auf Abstand zu gehen, damit er hinten in den Wagen steigen konnte. Doch als ein paar Idioten sich mit hineinzwängen wollten, blieb ihm keine andere Wahl: Er schnappte sich deren Smartphones und warf sie hinter ihnen in die Menge.

»Dafür werden Sie bezahlen«, rief einer von ihnen noch, als er eilends seinem Handy hinterherjagte.

»Schicken Sie mir die Rechnung.« Dex stieg ins Auto und schlug die Tür hinter sich zu. Die Limousine fuhr los, und er ließ sich mit einem hörbaren Seufzen in den makellosen Ledersitz sinken. Endlich war es vorbei. Für den Moment jedenfalls.

»Bist du sicher, dass ich dich nicht zu Hause absetzen soll?« Littman sah beinahe so mitgenommen aus, wie Dex sich fühlte.

»Nein, das Parkhaus ist in Ordnung. Ich muss sowieso noch den Mietwagen zurückbringen.«

»Du weißt, dass ich dich auch gern zu Hause abgeholt und wieder zurückgebracht hätte.«

»Ich weiß.« Dex starrte aus dem Fenster, als sie die Centre

Street entlangfuhren, dann links in die White und weiter die Lafayette hinunter. Dann bogen sie rechts in die Worth ein, und der Starbucks an der Ecke weckte sehnsüchtiges Verlangen nach einer schaumigen Koffeinwohltat in ihm. »Ich musste ein wenig herumfahren vor der Verhandlung. Musik hören, versuchen, mich ein wenig zu entspannen.«

Er hatte darauf geachtet, einen Wagen mit möglichst dunkel getönten Scheiben und durchschlagendem Soundsystem zu mieten. Musik war wahrscheinlich das Einzige, das ihn während der ganzen Tortur davor bewahrt hatte, verrückt zu werden, denn sein Freund hatte zurzeit einen vollen Terminkalender und wenig Zeit. Es wäre schon nett gewesen, Lou an seiner Seite zu haben, aber Dex verstand, dass der Mann seinetwegen auch nicht alles stehen und liegen lassen konnte. Sie hatten beide eine Karriere, die ihnen einiges abverlangte, und manchmal musste man eben Opfer bringen. Trotzdem …

»Das verstehe ich. Du solltest eine Weile untertauchen, bis sich das Unwetter verzogen hat. Es geht das Gerücht, dass diese Erbin – die mit der nicht ganz so geheimen Affäre mit ihrem therianischen Privattrainer – inzwischen schwanger sein soll, und ihr Vater nimmt es gar nicht gut auf. Das sollte die Aasgeier eine Weile beschäftigen. Ich schlage vor, du nimmst dir Urlaub. Vielleicht überraschst du Lou mit einer netten Penthouse-Suite auf den Bahamas oder so.«

Und schon fuhr der Wagen vor dem Feinkostladen neben dem Parkhaus rechts ran. Dex zwang sich zu einem Lächeln und streckte dem alten Freund seines Vaters die Hand hin. »Danke. Ich weiß zu schätzen, was du alles für mich getan hast.«

»Du weißt, ich bin immer für dich da, falls du mich brauchst.« Littman schüttelte ihm die Hand. »Dex?«

»Ja?«

»Er wäre stolz auf dich gewesen.«

Bei dem Gedanken hatte Dex einen Kloß im Hals. »Meinst du?«

Littman nickte, und die Überzeugung in seinen Worten gab Dex einiges an Sicherheit zurück. »Ich habe deinen Vater gut gekannt. Glaube mir. Er wäre stolz gewesen. Genauso wie Tony. Der hat mir ungefähr zehn SMS geschickt und gefragt, wie es dir geht. Und dein Bruder ist wahrscheinlich genauso krank vor Sorge um dich.«

Dex nahm die Hand weg, um sein Smartphone aus der Tasche zu holen, und musste schmunzeln, als er fünfzehn entgangene Anrufe von seiner Familie sah. Er hielt das Handy hoch. »Meinst du wirklich?«

»Ruf sie an, bevor Tony nach dir fahnden lässt.«

»Ich rufe die beiden an, sobald ich zu Hause bin. Danke.« Dex verabschiedete sich von Littman und dankte ihm noch einmal für dessen Unterstützung bei der ganzen Sache und dem, was bestimmt noch auf ihn zukommen würde. Danach marschierte er zu seinem Mietwagen im Parkhaus. Er war nicht so dumm gewesen, in seinem kostbaren Baby zur Verhandlung zu fahren. In einem Dodge Challenger in Perlorange entkam man den Medien nicht so leicht. Wären sie nicht in der Stadt, würde er sie den Staub schlucken lassen, doch hier war er nun mal ein leicht auszumachendes Ziel.

Als er um den Mietwagen herum zur Fahrerseite ging, war er gleich doppelt dankbar dafür, dass er nicht sein eigenes Auto genommen hatte – auch wenn er kein Stück weniger sauer war: Jemand hatte ihm den Hinterreifen aufgeschlitzt.

»Das ist jetzt ein gottverdammter Witz.«

Er trat gegen den Reifen, als würde ihn das wie durch Zauberhand wieder reparieren. Verflucht, er hätte sich von Littman doch nach Hause fahren lassen sollen. Er wollte nur noch seine Ruhe haben, etwas essen und auf der Couch herumhängen. Gedankt sei dem Herrn für Automobil-Clubs. Er griff in die Tasche nach seinem Handy, als jemand am anderen Ende des Parkdecks seinen Namen rief.

»Detective Daley!«

Instinktiv schaute er auf. Und keine Sekunde später trieb es ihm sämtliche Luft aus den Lungen, als ihn etwas Hartes zwischen den Schulterblättern traf. Er stolperte vorwärts, und ein Schlag gegen die Oberschenkel warf ihn mit einem schmerzerfüllten Aufstöhnen auf Hände und Knie. Um ihn herum standen plötzlich drei riesige Kerle mit schwarzen Skimasken und Handschuhen. Verdammt, wo waren die so plötzlich hergekommen? Dex wollte sich wieder aufrappeln, doch da trat ihm einer in den Magen, sodass er sich erneut vor Schmerz krümmte. Er landete hart auf der Seite, die Arme schützend um seine geprellten Rippen und den Magen gelegt, und atmete mit zusammengebissenen Zähnen schwer durch die Nase.

»Du hast Scheiße gebaut, Daley. Du hättest nicht gegen deinen Partner aussagen sollen.«

»Ihr könnt mich mal«, stieß Dex hervor. Ein weiterer Tritt machte ihm klar, dass Widerrede nicht erwünscht war. Die kannten ihn offensichtlich schlecht. Stöhnend rollte er etwas herum, um sich den gepflegten Aufzug der Typen einzuprägen. Womöglich kannten sie ihn ja doch. »Wer hat euch geschickt?« Er musste es zwar nicht wissen. Und noch weniger wollte er es wissen. Er brauchte nur genug Zeit, um herauszufinden, mit wem er es hier zu tun hatte.

»Die menschliche Rasse«, knurrte einer von ihnen.

Dex lachte auf. Was für ein Arsch. Er hatte nicht lange gebraucht, um zwei und zwei zusammenzuzählen, nachdem er die schwarzen Anzughosen und die glänzenden schwarzen Schuhe der Typen registriert hatte. Mit einem Fluch rollte er sich auf den Bauch und presste die Stirn auf den Asphalt.

Das einzig Überraschende an dieser ganzen Begegnung war die Tatsache, dass sie nicht schon früher stattgefunden hatte. Wenigstens würden sie ihn nicht umbringen. Sie würden ihn nur ein wenig bluten lassen. »Tja, also, ich habe die Nachricht bekommen, dann könnt ihr euch jetzt wieder verziehen. Ihr habt eure Pflicht erfüllt.« Das brachte ihm einen Schlag auf den Arm mit dem glänzenden Schlagstock aus Stahl ein, wahrscheinlich dasselbe Ding, mit dem sie ihn im Rücken getroffen hatten. Oh Mann, das würde wunde Stellen geben.

Sie zerrten ihn auf die Füße. Zwei hielten ihn fest, jeder an einem Arm, während der Dritte sich vor ihm aufbaute. Dex schloss die Augen und machte sich auf das gefasst, was nun kommen würde, während er sich in Gedanken dafür schalt, so ein Feigling zu sein. Der Schlag traf ihn genau am Kinn, sodass sein Kopf zur Seite flog und ihm die Lippe aufplatzte. *Fuuuck, tat das weh.* Er fuhr mit der Zunge über seine Zähne, um zu sehen, ob nichts locker war. Nichts, nur der herbe Geschmack seines eigenen Blutes.

»Hey! HPF! Die Hände dahin, wo ich sie sehen kann!«

Die Kerle nahmen Reißaus, und Dex knickten die Beine ein. Kräftige Hände fingen ihn auf und halfen ihm, auf den Füßen zu bleiben. Sein Rücken schmerzte, Arm, Oberschenkel und Gesicht pochten von den Schlägen, und sein Magen revoltierte, weil er nichts dagegen getan hatte.

»Daley, alles okay?«

Dex erkannte die Stimme. Er sah auf, verwirrt, seinen Kollegen Isaac Pearce von der Mordkommission vor sich zu sehen, der ihn mit besorgter Miene stützte.

»Pearce?«

Pearce half ihm zum Mietwagen, lehnte ihn dagegen und musterte ihn kurz prüfend. Nachdem er sicher war, dass Dex stehen konnte, sah er sich in dem Parkhaus um, doch die Täter waren längst über alle Berge. Er wandte sich wieder an Dex. »Bist du in Ordnung?«

»Ja. Aber ich wünschte, ich könnte dasselbe von meinem Anzug sagen.« Dex richtete sich auf und zuckte zusammen, als ein stechender Schmerz durch seinen Körper jagte. »Was machst du eigentlich hier?«

»Das Übliche: Ich wurde gerufen, aber der Typ ist nicht aufgetaucht. Es ist ein schöner Tag, also dachte ich mir, ich gehe zu Fuß. Ich bin froh, dass ich zum rechten Zeitpunkt losgegangen bin.«

»Ja, ich auch.« Dex lachte kurz auf, zuckte aber bei dem stechenden Schmerz in seiner Lippe zusammen. Tony würde ausrasten, wenn er das sah.

»Irgendeine Idee, wer die Typen waren?«, fragte Pearce besorgt.

Oh ja. »Nein.« Dex schüttelte den Kopf und wischte sich die Hände an seiner Hose ab. »Nur ein paar angepisste Leute.« Er hatte schon genug am Hals, auch ohne sich noch mit zusätzlichen Problemen zu belasten. »Um ehrlich zu sein, will ich jetzt im Moment nur noch nach Hause.«

»Kann ich dir nicht verdenken.« Pearce deutete auf den aufgeschlitzten Reifen. »Soll ich dich fahren?«

Wenn Dex jetzt den Automobil-Club riefe, würde er warten müssen, bis jemand kam – denn er hatte todsicher weder die Kraft noch den Willen, den Reifen selbst zu wechseln. Dann müsste er wieder warten, bis der Reifen gewechselt war, und danach müsste er den Wagen noch zurück zur Autovermietung fahren. Oder er konnte Pearces Angebot annehmen und sich später Gedanken um den Mietwagen machen.

»Über eine Mitfahrgelegenheit wäre ich wirklich froh.«

»Prima.« Pearce strahlte ihn an. »Mein Auto steht gleich um die Ecke.«

Mit einem gemurmelten »Danke« begleitete Dex Pearce zu dessen Wagen: einem silberfarbenen Lexus, der besser zu einem Ermittler aus der Mordkommission passte. Zumindest hätte sein alter Partner Walsh das so gesehen. Der Typ hatte Dex' Geschmack nie geteilt. Wenn er so darüber nachdachte: Walsh hatte immer abfällige Bemerkungen von sich gegeben, was für ein »spezielles Gewächs« Dex sei. Dex hatte diesen Bemerkungen nie viel Aufmerksamkeit geschenkt, aber im Lichte der letzten Ereignisse war es durchaus möglich, dass Walsh schon immer ein voreingenommener Scheißkerl gewesen war. Hatte Dex das alles nur nicht wahrhaben wollen? Was, wenn Dex ihn schon früher deswegen zur Rede gestellt hätte? Wäre ihnen dann der ganze Mist erspart geblieben?

»Alles okay?«, fragte Pearce wieder, nachdem Dex sich auf den Beifahrersitz gesetzt hatte.

»Ja, tut mir leid. Ich versuche immer noch, das alles irgendwie zu begreifen.«

»Wieso machst du nicht ein bisschen Musik an? Entspann dich. Du darfst sogar den Sender aussuchen.«

Dex stieß einen leisen Pfiff aus und schnallte sich an. »Du wirst noch bereuen, mir so viel Macht gegeben zu haben.« Er machte das Radio an und suchte über den Touchscreen den Sender *Retro Radio* heraus. Dann grinste er Pearce breit an, als Billy Ocean mit »Get Outta My Dreams, Get Into My Car« im Lautsprecher losplärrte. Pearce starrte ihn an, als hätte er den Verstand verloren, und Dex lachte laut. »Ich sagte doch, du wirst es bereuen.«

Schmunzelnd fuhr Pearce aus dem Parkhaus. »Wohin?«

»West Village, Barrow Street.«

Ein paar Minuten später riet ihm Bobby McFerrin: »Don't Worry, Be Happy«. Doch Dex fiel es schwer, sich keine Gedanken zu machen. *Wenn es doch nur so einfach wäre, Bobby.*

Die Fahrt über die Sixth Avenue verlief ruhig, bis auf die Balladen und den Elektropop aus der Ära des Neonstretch, der Vokuhila-Frisuren und Schulterpolster, deren Spannweite einer Boeing 747 Konkurrenz machten. Dex genoss es, dass Pearce ihn gedanklich abschalten ließ und nicht versuchte, ihn in belangloses Geplauder zu verwickeln. Es war schon komisch, zusammen mit Pearce in einem Auto zu sitzen. Obwohl sie beide bei der Mordkommission im Sechsten Revier der HPF arbeiteten, hatten sie nie mehr als die übliche Begrüßung im Büro ausgetauscht. Andererseits hatte Pearce sich sehr zurückgezogen, nachdem er vor über einem Jahr seinen Bruder verloren hatte. Da Dex selbst einen jüngeren Bruder hatte, konnte er sich vorstellen, wie hart es für Pearce gewesen sein musste.

Um diese Zeit war der Verkehr nicht so schlimm. Langsamer wurde es nur in der Nähe des Tribeca Parks und einiger Pocket Parks entlang der Sixth Avenue. Keine zehn Minuten später bogen sie in die belebte Bleecker Street ein. Vielleicht konnte er Lou überreden, ihm einen Burger mit Pommes vom Five Guys an der Ecke zu holen. Es war wirklich eine gefährliche Sache, diesen Laden so nahe an seinem Haus zu haben. Dann hielten sie vor Dex' rotem Sandsteinhaus, und Pearce drehte sich mit einem Lächeln zu ihm um. »Tja, da sind wir.«

»Danke, dass du mich nicht aus dem Auto geworfen hast«, meinte Dex und machte das Radio aus.

»Zugegeben, bei Jefferson Starship war ich nahe dran, aber dann sah ich, wie du mit der Hand den Takt mitgeklopft hast. Und du hattest dieses rührselige Lächeln im Gesicht – da habe ich es einfach nicht übers Herz gebracht.« Dex schnaubte kurz und lehnte sich schmunzelnd zurück, als Pearce zu lachen anfing. »Du bist schon ein komischer Kauz.«

Dann verschwand das Lächeln aus Pearces Gesicht, und

plötzlich sah er etwas verlegen aus. »Trinken wir irgendwann mal einen Kaffee zusammen?«

»Klar.« Dex versuchte, sich seine Überraschung nicht anmerken zu lassen.

»Ich weiß, wir haben nie mehr als nur ein paar Worte miteinander gewechselt, aber du bist ein cooler Typ, Daley.« Pearce runzelte besorgt die Stirn, was ihn älter erscheinen ließ, als er war. Dex war auch nur ein paar Jahre jünger als Pearce, aber der Job ließ einen nicht in Würde altern. »Sei vorsichtig. Ich möchte nicht …«

Pearce versagte die Stimme, und er räusperte sich. »Ich möchte nicht, dass du wegen der ganzen Sache verletzt wirst. Mein Bruder Gabe hat an das geglaubt, was er tat, und man sieht ja, wohin ihn das gebracht hat.«

Dex runzelte die Stirn und versuchte, sich wieder ins Gedächtnis zu rufen, was er noch von dem Vorfall wusste. Er erinnerte sich daran, dass es für Pearce besonders hart gewesen war, weil er keinen Zugang zu dem Fall hatte. Doch da Gabe ein THIRDS-Agent gewesen war, war die HPF hier nicht zuständig gewesen. »Ich dachte, der Typ, der darin verwickelt war, wäre ein menschlicher Informant gewesen?«

Pearce schüttelte den Kopf. »Er war ein HPF-Informant aber kein Mensch. Er war ein Therianer. Noch ein Kind.«

Oh, Shit. Sein Bruder war von einem Therianer-Informanten getötet worden, und da saß Pearce nun und half einem Typen, der gegen seinen menschlichen Partner zugunsten eines jungen Therianerrabauken ausgesagt hatte. »Also, wieso prügelst du mir jetzt nicht auch die Seele aus dem Leib?«

Pearce runzelte die Stirn. »Wenn dein Partner dumm genug war, sich von persönlichen Vorurteilen in seinem Urteilsvermögen beeinflussen zu lassen, dann hat er es nicht anders verdient. Die Wahrheit ist: Ich bewundere dich. Nicht jeder hätte den Mumm gehabt, das zu tun, was du getan hast. Was mit Gabe passiert ist … war etwas anderes.« Er seufzte, und seine Miene wirkte besorgt. »Ich sage nur, pass auf dich auf. Da draußen gibt es eine Menge Fanatiker, denen jede Ausrede recht ist, um ihr eigenes Verständnis von Gerechtigkeit zu praktizieren; und seit vor ein paar Monaten der zweite HumaniTherianer tot aufgefunden wurde, ist es noch schlimmer geworden. Ein paar von diesen Menschen wollen Blut sehen.«

Da hatte Pearce nicht unrecht. In den letzten sechs Monaten waren zwei Aktivisten der HumaniTherianer ermordet worden, und die Beweise deuteten auf einen Therianer als Täter hin, was bedeutete, dass der Fall in die Zuständigkeit der THIRDS fiel. Obwohl die Organisation ihr Bestes gab, um die Bevölkerung zu beruhigen, braute sich ein Sturm zwischen Menschen und Therianern zusammen. Und das ganz besonders, wenn sie nicht bald denjenigen fassten, der dahintersteckte. Dex' Aussage gegen seinen Partner hätte zu keinem schlechteren Zeitpunkt kommen können.

»Danke für die Warnung, Pearce.« Dex stieg aus, schloss die Tür hinter sich und trat einen Schritt beiseite, um Pearce nachzuwinken, als dieser davonfuhr. Als er weg war, stieß Dex einen Seufzer der Erleichterung aus. Er liebte diese kleine, von Bäumen gesäumte Straße. Trotz der Schmerzen stieg er lächelnd die Stufen bis zur Tür hinauf. Endlich zu Hause. Er steckte den Schlüssel ins Schlüsselloch, drehte um und drückte die Tür auf – nur um verblüfft festzustellen, dass die auf halbem Wege mit einem dumpfen Laut gegen etwas schlug. Himmelherrgott, was denn jetzt wieder? Irgendetwas Schweres war dahinter verkeilt. Mit einem frustrierten Laut drückte er die Tür gewaltsam ganz auf, steckte vorsichtig den Kopf durch und runzelte die Stirn, als er den großen offenen Karton sah, in dem DVDs, CDs und jede Menge anderer Dinge lagen, die sich eigentlich in seinem Wohnzimmer befinden sollten. Sein erster Gedanke war Einbruch – nur war er noch nie zuvor Dieben begegnet, die ihre Beute in Luftpolsterfolie einwickelten.

»Lou?«

Dex schloss die Tür hinter sich und ging ins Wohnzimmer. Dort fiel ihm erst einmal die Kinnlade hinunter, als er sah, dass der Raum fast leer war und jede Menge Kartons, mehr oder weniger befüllt, herumstanden. Dann knallte oben etwas auf den Boden, und Dex jagte die Treppe hinauf, immer zwei Stufen auf einmal.

»Babe?« Dex fand seinen Freund, mit dem er seit vier Jahren zusammen war, oben im gemeinsamen Schlafzimmer, als der gerade Schuhe in leere Kartons warf. »Was ist denn hier los?«

»Ich ziehe aus.«

Die Worte trafen Dex wie ein Schlag in den Magen. Ein Gefühl, das ihm in letzter Zeit nur zu vertraut war. »Was?« Eilig manövrierte er sich durch den Hindernisparcours aus Kartons und verstreuten Herrenhandtaschen, um seinen Freund an den Armen zu packen und zu sich herumzudrehen. »Schatz, warte mal eine Sekunde. Bitte rede mit mir.« Er wollte Lous Wange streicheln, doch der drehte das Gesicht weg. Autsch. Doppelhaken aus dem Nichts. Dex ignorierte die Zurückweisung vorerst und konzentrierte sich darauf, der Sache auf den Grund zu gehen. »Lou, bitte.«

»Die ständigen Telefonanrufe, die Reporter, die an die Tür klopfen, die Berichte im Fernsehen, in denen man dich eine Schande für deine Spezies nennt. Ich ertrage das alles nicht mehr, Dex.«

Schuldgefühle überwältigten ihn, und er ließ Lou los. Wie viele Opfer würde es noch geben, weil er »das Richtige« getan hatte? »Gib dem Ganzen etwas Zeit. Es geht wieder vorbei.

Wie wäre es, wenn wir irgendwohin fahren, weit weg von hier, nur wir zwei, hm?«

Lou schüttelte den Kopf und machte sich wieder daran, zu packen. »Ich muss an meine Zukunft denken. Ein halbes Dutzend Kunden habe ich bereits verloren. Noch mehr Verluste kann ich mir nicht leisten.«

»Das hier ist New York, Lou. Eine Stadt, in der die Partys, die du beliefern kannst, nie ausgehen. Wir haben fast September, und kaum drehst du dich um, ist Halloween und du stehst knietief in Schokoladengespenstern und Grabsteinen aus Eis und erklärst deinen Kunden, dass es keine gute Idee ist, auf einem Friedhof eine Party zu schmeißen.« Doch als die unbekümmerte Antwort ihre Wirkung verfehlte, wurde Dex klar, dass es ernst war. Sicher, den meisten wären die gepackten Kartons schon ein todsicherer Anhaltspunkt gewesen, doch Dex war nicht wie die meisten. Er weigerte sich zu glauben, dass Lou ihn genau dann verlassen würde, wenn er ihn am dringendsten brauchte. »Was ist mit mir? Bin ich nicht auch ein Teil deines Lebens?« Dex war bestürzt, als Lou sich zu ihm umdrehte und Zorn in seinen haselnussbraunen Augen aufblitzte.

»Du hast deinen Partner in den Knast gebracht, Dex!«

Unglaublich. Nicht genug, dass er sich das schon von allen anderen anhören musste – jetzt auch noch zu Hause? So langsam hatte Dex es gründlich satt, wie ein Verbrecher behandelt zu werden. »*Ich* habe ihn nicht in den Knast gebracht. Das waren die Beweise gegen ihn. Er hat einem unbewaffneten Kind in den Rücken geschossen und es getötet, verdammt noch mal! Wieso bin ich hier der Böse?« Forschend sah er Lou in die Augen und suchte nach irgendeinem Zeichen des Mannes, der ihn früher manchmal mitten in der Nacht geweckt hatte, nur um ihm zu sagen, wie froh er war, mit ihm zusammen zu sein.

»Tu doch nicht so, als könntest du den Jungen damit wieder lebendig machen. Ganz zu schweigen davon, dass er ein Straftäter *und* ein Therianer war.«

Dex' Zorn wandelte sich in Schock. »Wow, was soll das denn heißen, Lou? Deshalb ist das dann in Ordnung? Und was ist mit Cael? Er ist auch ein Therianer, und du hattest nie ein Problem mit ihm.« Wenigstens hatte Lou so viel Anstand, beschämt dreinzusehen.

»Er gehört zu deiner Familie. Ich hatte keine Wahl.«

Das war ja ganz was Neues. Dex liebte Cael, und er würde seinen Bruder niemals für irgendwen aus seinem Leben verbannen. Als er und Lou anfingen, zusammen auszugehen, hatte er geradeheraus von seinem Bruder, dem Therianer, erzählt. Wenn sein Date Cael nicht akzeptieren konnte, dann konnte er auch Dex nicht akzeptieren. »Wo kommt denn das auf einmal her? Seit wann hast du ein Problem mit Therianern?«

»Seit einer von denen mein verdammtes Leben ruiniert hat!« Lou pfefferte ein Paar Sneaker so heftig in einen Karton, dass der umkippte.

»*Dein* Leben?« Dieses Gespräch wurde ja immer bizarrer. Dex deutete auf sich selbst. »Hast du schon mein Gesicht gesehen? Ich habe eben in dem Parkhaus kräftig Prügel bezogen. Vielen Dank, dass dir das aufgefallen ist. Wenn nicht zufällig ein Kollege vorbeigekommen wäre, dann läge ich jetzt wahrscheinlich im Krankenhaus. Und weißt du, was das Beschissenste dabei ist? Das waren nicht irgendwelche Straßenschläger. Das waren gottverdammte Cops!« Dex hatte es in dem Moment gewusst, als er die Kleidung und bei einem von ihnen die verräterischen Umrisse eines Knöchelholsters gesehen hatte. Wahrscheinlich waren die Bastarde vorher bei der Verhandlung gewesen.

Frustriert warf Lou die Arme hoch. »Deine eigenen Bullenfreunde wollen nichts mit dir zu tun haben, und dann erwartest du von mir, dass ich so tue, als wäre nichts passiert? Dass ich es ignoriere, wenn mich alle anstarren und sagen ›oh, das ist doch der Freund von diesem Mistkerl. Wahrscheinlich ist er auch ein Sympathisant der Liberalen Therianer‹. Ich will keine Prügel beziehen, Dex.«

»Oh mein Gott, im Ernst jetzt?« Menschen warfen liebend gern mit Begriffen wie HumaniTherianer und Liberale Therianer um sich, als wären es Beleidigungen. Sein unerschütterlicher Glaube daran, dass Therianer und Menschen es verdienten, gleich behandelt zu werden, machte ihn zu einem HumaniTherianer, selbst wenn er nicht auf dem Rasen vor dem Weißen Haus dafür demonstrierte, und das war für ihn in Ordnung. Aber es machte ihn nicht zu einem Liberalen Therianer. Er war wohl kaum ein Anarchist, und wenn man bedachte, dass er Gesetzeshüter war, hatte er nie ein Problem mit Autoritäten gehabt, auch wenn er nicht blind Befehlen folgte.

Dex gab sich alle Mühe, Geduld zu bewahren, obwohl er davon nicht mehr viel besaß, nahm Lous Hand und zog ihn mit sich zu ihrem gemeinsamen Doppelbett. Lou ließ sich führen, weigerte sich aber, sich zu setzen oder Dex auch nur in die Augen zu sehen. »Ist es dir wirklich so wichtig, was die Leute denken?«

Keine Antwort. Dex vermutete, dass er Lou das wohl nicht vorwerfen konnte. Alles war so durcheinander, dass er selbst nicht mehr wusste, wo oben und unten war.

»Es geht nicht nur um diesen Prozess.«

Dex schluckte schwer und fragte sich, was Lou denn noch an Überraschungen für ihn bereithielt. Sicher, sie stritten sich manchmal, aber nicht mehr als jedes andere Paar. Sie hatten Spaß zusammen, wenn ihre Jobs es zuließen – obwohl, wenn er jetzt so darüber nachdachte, war es schon eine Weile her, seit sie einen gemeinsamen freien Tag gehabt hatten. Lou war in letzter Zeit schwer beschäftigt mit seiner Karriere gewesen, so wie Dex mit seiner, aber keiner von ihnen beiden hatte sich je darüber beschwert, zu wenig Zeit füreinander zu haben. Vielleicht war das ja das Problem. Aber das konnte er beheben. Er konnte sich eine Weile freinehmen und mit Lou irgendwohin fahren, wo es schön war, mit weißen Sandstränden und Cocktails. Dachte er zumindest, bis er Lous Gesicht sah.

Es war vorbei.

»Tut mir leid. Ich kann das nicht mehr. Ich kann nicht immer zurückbleiben und hier allein bis Sonnenaufgang herumsitzen, während du dich bei jeder Gelegenheit, die sich dir bietet, in die Schusslinie wirfst.« Der Schmerz in Lous Augen ließ Dex' Schuldgefühle nur noch größer werden.

»Das ist mein Job«, antwortete er leise. Er war erschöpft von den Ereignissen des Tages und, ehrlich gesagt, im Moment von seinem ganzen Leben.

»Es ist nicht dein Job, die Welt zu retten. Das ist Besessenheit, und zwar eine ungesunde, die dich irgendwann das Leben kosten wird. Du hast mir erzählt, du bist zur HPF gegangen, um dort etwas zu bewirken, wie dein Dad. Aber wenn du so weitermachst, wirst du genauso enden wie er.«

Dex wurde das Herz schwer. »Nicht, Lou.«

»Deshalb nennt man sie doch die *Human* Police Force. Sie wollen die Dinge nicht so sehen wie du. Okay, vielleicht ändern ein paar von ihnen ihre Meinung, wahrscheinlich sehen es schon ein paar so wie du, aber nicht genug, um wirklich etwas zu ändern. Wieso, glaubst du wohl, hat die Regierung die THIRDS gegründet?«

»Was willst du von mir, Lou? Willst du, dass ich mich ändere? Ist es das?« Dex neigte sich zu ihm und schaute ihn flehend an. »Das kann ich.«

Lou schüttelte den Kopf. »Du lebst deinen Job, Dex. Ich könnte dich nicht darum bitten, zu ändern, wer du bist. Ich will, dass du auf dich aufpasst, aber bitte, ruf mich nicht an und komm auch nicht zu mir auf die Arbeit.« Lou zog langsam seine Hand zurück, und Dex ließ widerstrebend los. »Ich schicke morgen die Möbelpacker, um den Rest meiner Sachen abzuholen, wenn du bei der Arbeit bist.«

»Das ist dann so ziemlich das ganze Haus«, murmelte Dex und sah sich prüfend in dem fast leeren Zimmer um. Er war sich jedoch ziemlich sicher, dass Lou ihm ein paar Sachen dalassen würde, wie zum Beispiel das Bett.

»Und was denkst du, warum ist das wohl so, Dex? Du warst nie hier. Ich war derjenige, der das Haus zu einem Zuhause gemacht hat.«

Diese Worte ließen Dex das Herz schwer werden, und seine Stimme war leise, als er fragte: »War ich so schlimm?«

Lou kam zu ihm und drückte ihm einen sanften Kuss auf die Wange. »Du bist ein großartiger Mensch, Dex. Wir hatten Spaß, und du warst gut zu mir, aber wir waren nicht die Richtigen füreinander. Wenn nicht jetzt, dann wäre es irgendwann später dazu gekommen.« Er strich Dex mit den Fingern durchs Haar, und die zärtliche Geste schnürte Dex die Kehle zu. Er schlang Lou die Arme um die Taille und drückte ihn, die Wange an Lous Brust gepresst.

»Bitte, geh nicht.«

»Tut mir leid«, antwortete Lou heiser und entzog sich ihm. »Ich werfe den Schlüssel in den Briefkasten.«

Dex nickte und ließ sich aufs Bett fallen. Seine Glieder fühlten sich schwer und wund an, innen wie außen. Er war so erschöpft, dass er sich zu nichts aufraffen konnte, außer hier zu liegen und sich zu wünschen, dass sein Bett ihn einfach verschlucken möge.

»Es tut mir leid, Dex. Wirklich.«

»Mir auch«, sagte Dex leise. Ein paar Minuten später hörte er die Haustür zufallen und zuckte zusammen. Er rieb sich kurz über die brennenden Augen, bevor seine Hand wieder kraftlos aufs Bett fiel. Er sollte aufstehen und duschen gehen. Stattdessen lag er hier und starrte an die weiße Decke. Sein Handy in der Tasche fing an zu bimmeln. Er ignorierte es und schloss die Augen. Dann fing das Festnetztelefon zu klingeln an, und er stieß ein gedämpftes Stöhnen aus. Wahrscheinlich sein Dad. Der Anrufbeantworter piepte, und eine zuckersüße Stimme, die eindeutig nicht seinem Dad gehörte, zwitscherte:

»Mr Daley, dies ist eine freundliche Erinnerung, dass Ihr Mietwagen bis spätestens achtzehn Uhr zurückgegeben werden muss. Andernfalls wird Ihre Kreditkarte mit der Gebühr für einen zusätzlichen Tag belastet. Wir freuen uns, dass sie Asia Rentals in Anspruch nehmen, und hoffen, Sie haben einen angenehmen Abend.«

Dex sah auf die Uhr.

17:59 Uhr.

Was für ein beschissenes Leben.

Dex war auf dem besten Wege, eine weitere Woche heillosen Durcheinanders durchzustehen, auch wenn er sich ziemlich sicher war, dass es unmöglich noch schlimmer kommen könnte. Immerhin war der vergangene Monat schon ziemlich episch im Bereich »Dinge, die schiefgehen« gewesen. So schlimm, dass er sich doch tatsächlich auf das Ende seines zweiwöchigen bezahlten Urlaubs gefreut hatte, um endlich wieder arbeiten zu gehen. *Oh, Dex, du dummer Junge.*

Things can only get better.

Hatte Dex nicht genau das heute Morgen zu hören bekommen? Na ja, war wohl eher so, dass das Lied im Radio auf dem

Weg zur Arbeit ständig darauf *herumgeritten* war. Das war das letzte Mal, dass er sich von einem Lied aus den Achtzigern beruhigen ließ. Er würde *Retro Radio* bei der nächsten Gelegenheit von seiner Playlist löschen. Falls er bis zum Ende seiner Schicht den Kopf frei genug hatte, um herauszufinden, welchen Zweck die ganzen glänzenden Knöpfe auf dem Armaturenbrett seines Wagens hatten. *Geht doch nichts über eine gute alte Tracht Prügel, um den ersten Tag bei der Arbeit zu beginnen.*

Nach dem, was er getan hatte, hatte er damit gerechnet, dass er auf viel Zorn und Feindseligkeit treffen würde, schon richtig. Böse Blicke und subtiles Geschubse in engen Räumen, Papierkram, der anschwoll wie Toilettenpapier im Klo, jede Menge Mist in seinen Schreibtischschubladen, von Hundekauspielzeug bis hin zu Gummimäusen. Das alles war zu erwarten gewesen. Unangenehm, aber zu erwarten. Die freundlichen Prügelattacken? Eher weniger.

»Taschentuch?«

Mit einem dankbaren Nicken nahm Dex das kleine Papiertaschentuch entgegen, das Captain McGrier ihm anbot, und tupfte damit über seine aufgeplatzte Lippe. Ansonsten blieb er weiter mit hängenden Schultern sitzen und befühlte mit der Zunge die wunde Stelle im Mund, wo er sich nach dem ersten unerwarteten Schlag gebissen hatte. Ihm tat alles weh, und seine Kopfschmerzen brachten ihn noch um, aber wenigstens war er ziemlich sicher, dass er keine Gehirnerschütterung hatte.

»Wo haben sie Sie diesmal erwischt?« McGriers buschige weiße Augenbrauen zogen sich zu einem Ausdruck zusammen, der alles bedeuten konnte von »ich hoffe, Annie macht nicht schon wieder Hackbraten« bis hin zu »ich denke ernsthaft darüber nach, dir selbst ein paar Schläge zu verpassen«. Für einen Mann, der nur einen einzigen Gesichtsausdruck parat hatte, war dieser eindeutig schwer zu deuten.

»Asservatenkammer«, sagte Dex. Da er schon wusste, was McGrier als Nächstes fragen würde, hielt er sich nicht mit Abwarten auf. »Und nein, ich habe nicht gesehen, wer es war.«

Peterson, Johnson, Malone, Rodriguez und der Typ aus der IT mit dem Irokesenschnitt und dem ganzen Metallzeug im Gesicht. Wie in aller Welt hieß der noch? Nick? Ned? Ned. Dick Ned.

Natürlich hatte Dex gesehen, wer es war. Sie wussten beide, dass er gesehen hatte, wer es war. Oder genauer gesagt, wer *die* waren. Aber Dex hatte nicht vor, seine eigenen Brüder zu verraten, auch wenn diese Brüder ihn gerade mit Wonne in dem abgelegenen Raum verdroschen hatten. Verdammt. Wie hatte er nur zum meistgehassten Kerl im Revier werden können? Selbst Bill – der Typ, der den anderen das Mittagessen aus dem Kühlschrank wegfutterte – war beliebter als er.

McGrier seufzte schwer, und sein Sessel gab ein protestierendes Quietschen von sich, als der massige Mann sich zurücklehnte. »Sie sind ein verdammt guter Detective, Daley, aber das ändert nichts an der Tatsache, dass es so nicht weitergehen kann.«

»Wem sagen Sie das«, brummte Dex. »Meine Rechnungen für die Reinigung haben sich im letzten Monat verdoppelt.«

»Sie sind der einzige Detective, den ich kenne, der zur Arbeit kommt und dabei aussieht, als sei er gerade einem gottverdammten Männermagazin entstiegen. Was zur Hölle ist das da in ihren Haaren?«

Instinktiv fuhr Dex sich mit der Hand durch die verstrubbelten Locken. »Styling Creme.«

McGrier beugte sich vor und schnupperte. »Und was ist das für ein Geruch?«

»Zitrus mit Minze«, brummte Dex und wich mit dem Oberkörper zurück. »Und nur zur Info, das war jetzt irgendwie gruselig.«

»Nur zur Info, Sie wissen schon, dass Sie ein Detective von der Mordkommission sind, oder?«

»Was wollen Sie mir damit sagen?« Nur weil er sich beschissen fühlte, hieß das doch nicht, dass er auch so aussehen musste. Dem Zustand von McGriers Büro nach zu urteilen, konnte er allerdings ziemlich sicher davon ausgehen, dass sein Captain da anderer Meinung war. Es war, als hätte der Mann eine Aversion gegen Ordnung. Wann immer McGrier ihn in sein Büro rief, richtete Dex es so ein, dass er an der Tür stehen blieb, ohne einen Fuß in die Höhle des Chaos zu setzen. Für einen Ordnungsfanatiker war das hier der schlimmste Albtraum. Es war *Dex'* schlimmster Albtraum.

Die Blätter des künstlichen Farns im Blumentopf auf dem verbeulten Aktenschrank bogen sich unter einer dicken Staubschicht. Auf jeder freien Fläche lagen Aktenstapel – krumme Aktenstapel –, aus denen Blätter in alle möglichen Richtungen herausragten. Auch die Fallordner an der Wand des Büros sahen unordentlich aus. Auf McGriers Schreibtisch lagen unsortiert Akten herum, unter drei Kaffeebechern – von denen einer auf jeden Fall durch Verbrennung entsorgt werden sollte, auch wenn die teerähnlichen Überreste einer Substanz, die irgendwann mal Kaffee gewesen war, wahrscheinlich zu einer Explosion führen würden. Wie konnte der Mann in dem Chaos arbeiten? Das ganze Zimmer war ein Fall für den Gefahrgutspezialisten.

»Sie essen Cheez Doodles an Ihrem Schreibtisch«, erklärte McGrier.

Wie kam er denn jetzt von Haargel auf Käseflips? »Hey, nichts gegen meine knusprigen Käselieblinge. Sie essen auch immer Pistazien – die übrigens viel mehr Dreck machen –, und ich meckere nicht deswegen.« Dex deutete mit dem Kinn auf das Schlachtfeld kleiner Schalen auf dem Tisch vor McGrier.

»Kinder essen Cheez Doodles. Erwachsene Männer essen Nüsse.«

Dex hob eine Augenbraue und öffnete den Mund, doch da drohte McGrier ihm mit dem Finger. »Denken Sie nicht mal daran, Klugscheißer.«

»Ich wollte nur sagen, dass erwachsene Männer auch Cheez Doodles essen. Deshalb drucken sie ja *extrem* auf die Packung. Und Explosionen. Was gibt es Männlicheres als Explosionen?« Dex übersetzte die zusammengepressten Lippen seines Captains als Ausdruck der Missbilligung und entschied daher, einen Moment lang ernst zu bleiben. »Also gut, Sir, Sie haben mich nicht in Ihr Büro gerufen, um mit mir über meine Garderobe, Cheez Doodles oder meine Vorliebe für Nüsse zu reden.« Na ja, zumindest hatte er es versucht. McGriers finsterer Miene nach zu urteilen hatte es nicht geklappt. »Also schön, tut mir leid. Sagen Sie mir, worum es geht.«

»Ich denke, Sie wissen, worum es geht.«

Dex fiel nicht einmal eine geistreiche Antwort ein. »Ja, ich weiß. Was hätte ich denn tun sollen?« Darauf würde er von McGrier hundertprozentig keine Antwort bekommen, aber ab und zu spielte Dex das Was-wäre-wenn-Spielchen ganz gern mit sich selbst.

»Sie haben getan, was Sie für richtig hielten. Hören Sie auf, sich selbst deswegen zu bestrafen. Ich weiß, dass Sie sich im Augenblick verdammt schlecht fühlen, und ich fürchte, das, was ich zu sagen habe, wird es nicht besser machen.«

Das weckte Dex' Aufmerksamkeit, und er richtete sich kerzengerade auf. So langsam drehte sich ihm der Magen um. Irgendwo im Hinterkopf hatte er ja schon darauf gewartet, aber nun, da es passierte, war er doch nicht so sehr darauf vorbereitet, wie er gedacht hatte. »Was?«

»Der Commissioner ist nicht glücklich darüber, dass die

HPF sich mitten in diesem Shitstorm befindet, ganz besonders nicht angesichts der ungelösten HumaniTherianer-Mordfälle. Ich soll Ihnen raten, dass es Zeit für Sie ist, weiterzuziehen.«

»Weiterziehen? Aber wohin denn weiterziehen?« Die Anzugträger wollten ihn absägen? Dex schoss so schnell von seinem Stuhl hoch, dass der nach hinten umkippte. »Darum geht es also, richtig? Wählerstimmen? Zehn Jahre lang habe ich mir hier den Arsch aufgerissen, mit Blut, Schweiß und Tränen, und jetzt wollen die mich rauswerfen, weil ich meinen gottverdammten Job gemacht habe?« Er ließ die Hände auf den Schreibtisch krachen, sodass die kleinen Pistazienschalen zu winzigen Geschossen mutierten. »Das ist Bullshit, Captain!«

»Daley«, mahnte McGrier mit ruhigem Nachdruck und hatte die Brauen zu einer Linie zusammengezogen, als könne er den Grund für Dex' Ausbruch nicht begreifen. Aber Dex war scheißegal, was sein Captain davon hielt. Hier ging es um seine Karriere, eine Karriere, die hier gerade ohne ein Wimpernzucken beendet wurde, damit so ein Haufen bürokratischer Ärsche noch eine Wahlperiode länger Blödsinn erzählen konnte.

»Das nehme ich auf keinen Fall einfach so hin. Hören Sie? Ich habe in meinem Leben schon so einiges an Mist erlebt, aber das …

»Sie werden nicht rausgeworfen. Sie werden befördert. Irgendwie.«

»Ich werde was?« Dex blinzelte ein paarmal, um die Worte aus McGriers Mund zu entschlüsseln. »Was meinen Sie mit: Ich werde befördert, *irgendwie*?« Jetzt war er wirklich verwirrt.

»Das, was ich gesagt habe. Also, wieso setzen Sie sich nicht wieder hin und entspannen sich, bevor Sie noch der Schlag trifft oder so.«

Dex stellte den Stuhl wieder auf und ließ sich darauf nieder. Nicht weil man es ihm gesagt hatte, sondern weil er befürchtete, dass ihn andernfalls tatsächlich der Schlag treffen könnte. »Ich werde befördert zu …?«

Lücke ausfüllen, bitte.

»Es ist mehr so, dass Sie rekrutiert wurden.« McGrier musterte ihn eingehend. Welche Antwort erwartete sein Captain denn darauf, außer *Häh*?

»Häh?«

»Von heute Nachmittag an arbeiten Sie als Defense-Agent für die THIRDS.«

Der Mann verstummte, und Dex wartete unwillkürlich darauf, dass er gleich die Arme ausbreiten und mit wedelnden Händen »Ta-da!« rufen würde.

Was passierte hier? Hätte man ihm gesagt, er würde versetzt, hätte er das verstanden. Hätte man ihm gesagt, er würde degradiert, hätte er es verstanden. Herrgott, er hätte es verstanden, wenn man ihn entlassen hätte – aber von den THIRDS rekrutiert? Niemals. Er konnte nicht behaupten, dass er das verstand. Vor allem, da er sich von vornherein nie für eine Position dort beworben hatte, wie er in letzter Zeit des Öfteren hatte betonen müssen.

»Aber … wie? *Wieso?* Vielleicht können Sie mir das, ich weiß nicht, erklären? Ich fühle mich heute irgendwie etwas schwer von Begriff. Wohl ein Schlag zu viel auf den Kopf.«

McGrier stand auf und ging auf und ab. »Daley, egal was Sie denken, ich mag Sie. Sie sind ein rechtschaffener junger Mann mit Köpfchen. Sie waren ein verdammt guter Cop und sind ein noch besserer Detective geworden. Vielleicht beruhigen sich die Gemüter hier wieder, vielleicht auch nicht, aber ich denke, Ihre Fähigkeiten sind in einer Organisation mit einer anderen Herangehensweise besser aufgehoben. Wir wissen beide, wenn die an der Spitze versuchen würden, Sie rauszuwerfen oder zu degradieren, dann würden sie die Stimmen der Therianer verlieren. Aber wenn man Sie in eine Organisation bringt, die den Ruf hat, Menschen und Therianer gleichermaßen zu unterstützen, ist das eine Win-win-Situation für alle.«

»Ja, falls ich versucht hätte, da reinzukommen, was ich aber nicht getan habe. Im Moment ist das mehr eine Win-was-soll-das-werden-Situation.«

McGrier sprach weiter, als hätte Dex gar nichts gesagt. »Ich hatte ein Treffen mit Lieutenant Sparks, als Sie im Urlaub waren, und sie hat zufällig eine freie Position in ihrem Team. Aufgrund der Tatsache, dass Sie beim Training die höchste Punktzahl Ihrer Klasse erreicht haben und Sergeant Maddock ein gutes Wort für Sie einlegt, sind Sie ein Wunschkandidat. Sie wissen, dass Maddock Sie schon immer dort haben wollte, bei ihm und Ihrem Bruder. Die THIRDS sind die einzige Organisation, die ich kenne, die es gestattet, dass Familienmitglieder zusammenarbeiten, also warum nutzen Sie das nicht aus?«

Dex bewegte den Mund, aber es kam nichts raus, also entschied er, dass es das Beste sei, die Klappe zu halten. Vielleicht hatte er doch eine Gehirnerschütterung. Vielleicht lag er ja irgendwo in einem Krankenhaus, vollgepumpt mit Medikamenten, und träumte davon, dass die Therian Human Intelligence Recon Defense Squadron ihn rekrutierte. Herr im Himmel, die Regierung hatte echt eine Schwäche für Akronyme. Wahrscheinlich war irgendwo irgendeinem Anzugträger der Regierung einer abgegangen, als ihm das hier eingefallen war.

Zehn Jahre lang war das Sechste Revier sein Zuhause, seine Kollegen wie eine Familie gewesen. Andererseits hatte seine »Familie« ihn in den letzten paar Monaten ziemlich gründlich verstoßen. Sollte er darum kämpfen, irgendwo bleiben zu können, wo man ihn nicht haben wollte? Man hatte ihn bereits zweimal zusammengeschlagen. Wenn das nicht deren Art war, ihm den Mittelfinger zu zeigen, was dann?

McGrier hatte recht: Die Lage konnte sich wieder beruhigen oder noch schlimmer werden. So wie es gerade aussah, sorgte schon allein seine Anwesenheit bei jedermann für Unruhe, und genau die Mistkerle, die ihn ausgeschlossen hatten, zwangen alle anderen, Partei zu ergreifen. Wenn er diese Position annahm, konnte er einer Menge guter Leute viel Kummer ersparen – nicht dass er groß eine Wahl hatte.

Im Prinzip lief es nur darauf hinaus, ob er ohne Krach ging. Er sollte dankbar für diese Chance sein. Es gab Officers da draußen, die Toiletten putzen würden, wenn das bedeutete, dass sie damit einen Fuß in die Tür zu den THIRDS bekämen. Und Dex könnte mit seiner wirklichen Familie zusammenarbeiten. Das machte es ihm jedoch keinesfalls leichter, seinen Job hinter sich zu lassen. Es war das einzig Vertraute, das ihm noch geblieben war. Er war einer der besten Detectives des Sechsten Reviers – gewesen – und hatte verdammt hart gearbeitet, um so weit zu kommen. Aber dass er jetzt in McGriers Büro saß und sich ein Taschentuch an die blutende Lippe hielt, machte ziemlich deutlich, dass von seiner Karriere hier nicht mehr viel übrig war. Dex seufzte resigniert und nickte.

»Okay. Wann fange ich an?«

Mit einem grimmigen Nicken ließ sich der Captain wieder auf seinem Sessel nieder. »Am dreiundzwanzigsten September. Sie bekommen eine Woche Zeit, um sich mit allen neuen Richtlinien und Codes vertraut zu machen, bevor Sie eingeführt werden.«

Es klopfte an der Tür, und Dex neigte den Kopf nach hinten, um einen besseren Blick auf den blonden Detective zu bekommen, der in der Tür stand. Ah, Pearce, sein Ritter in schimmernder Rüstung. Einer der ganz wenigen, die nicht das Bedürfnis verspürten, ihre Meinung über Dex' sogenannten »Verrat« kundzutun. Als Pearce ihn da sitzen sah, lächelte er breit.

»Hey, Daley.«

»Pearce.« Dex erwiderte das Lächeln. Eine Schande, dass er das Revier verließ. Er konnte sich vorstellen, mit Pearce Zeit zu verbringen, bei einer Pizza gemütlich mit ihm zu plaudern oder an einem freien Sonntagnachmittag ein paar Bier mit ihm trinken zu gehen.

»Sie wollten mich sehen, Sir?«

»Ja. Daley verlässt uns. Er wurde von den THIRDS rekrutiert.«

Plötzlich schien sämtliche Luft aus dem Büro gewichen zu sein, und Dex sah zwischen dem Captain und Pearce hin und her, in der Hoffnung, einer der beiden könnte etwas Licht in dieses unerwartete Vakuum bringen.

»Welches Team?«, fragte Pearce leise.

McGrier wand sich doch tatsächlich auf seinem Sessel, bevor er sich räusperte und sagte: »Destructive Delta.«

Pearce erstarrte, und seine Kinnmuskeln spannten sich derart an, dass er aussah, als würde gleich etwas zu Bruch gehen. Urplötzlich erinnerte Dex sich an Pearces Bruder, und er hoffte, dass er nicht so viel Pech haben würde. Die THIRDS waren riesig. Wie hoch waren die Chancen, dass er ausgerechnet in dem Team landete, in dem Agent Gabe Pearce gewesen war? *Shit.* Er war der Ersatz für Gabe, richtig?

Dex sah zu Pearce auf. »Selbes Team?«

Pearce nickte nur, die Lippen zu einer dünnen Linie zusammengepresst.

Na, das war ja mal überhaupt keine peinliche Situation. Einfach nur toll. Niemand wollte der Typ sein, der den Platz eines toten Partners einnahm. Dex hasste Altlasten, und jetzt stand er kurz davor, Teil einer Partnerschaft zu werden mit genug Altlasten, um einen Flughafenterminal damit zu füllen. Wahrscheinlich hatte sein neuer Partner alle möglichen Erwartungen, und dabei waren sie sich noch nicht einmal begegnet. Howard Jones hatte ihn angelogen. Nichts wurde besser. Es wurde mit jeder Minute schlimmer.

»Glückwunsch.« Das Wort kam nur mühsam über Pearces Lippen.

»Danke«, murmelte Dex.

»Weißt du schon, wer dein Partner ist?« Pearce klang weit ungezwungener als er sich wahrscheinlich fühlte.

»Nein, ähm, das hat mich alles ziemlich kalt erwischt.«

Pearce nickte und wandte sich wieder dem Captain zu.

»Pearce, Sie werden Daleys Platz einnehmen, bis wir die Leute hier umbesetzt haben. Wieso bringen Sie ihn nicht zu seinem Wagen? Dex, wir schicken Ihre Sachen zum Hauptquartier der THIRDS, zusammen mit allem Papierkram.«

Mit anderen Worten: Der Captain wollte nicht, dass Dex noch einmal Prügel bezog, nachdem er nun Teil einer nagelneuen Eliteeinheit war, und in Begleitung von Pearce würde Dex es auch in einem Stück aus dem Gebäude heraus schaffen. Wunderschöne Zeiten.

Dex stand auf, nahm die Glock aus seinem Holster und legte sie auf McGriers Schreibtisch, gefolgt von seiner Marke. Dann brachte er die üblichen Floskeln im Sinne von »es war mir eine Freude, mit Ihnen zu arbeiten« hervor, in dem Wissen, dass keiner von ihnen beiden noch mehr zu sagen hatte. Sie hielten sich auch nicht mit der ganzen Chose von »wir bleiben in Kontakt« auf, denn sie wussten beide, dass das nicht passieren würde, außer aus offiziellem Anlass.

Pearce marschierte schweigend neben ihm durch das alte Revier, Schulter an Schulter, ganz in seine eigenen Gedanken vertieft. Dex konnte nicht sagen, ob der Ausdruck auf Pearces Gesicht Kummer oder Abneigung bedeutete, aber er fühlte mit dem Mann. Er wollte sich bei Pearce für dessen Verlust entschuldigen, für die Beförderung, die ihn an seinen Verlust erinnerte, für die Ereignisse, die zu seiner Beförderung geführt hatten, die ihn wiederum an seinen Verlust erinnerten. Dex hätte sich für seine verdammte Existenz an sich entschuldigt, wenn das etwas gebracht hätte. Aber es würde nichts ändern, also ließ er es sein.

Dex hatte beschlossen, sein Baby in dem privaten Parkhaus gegenüber abzustellen, statt auf dem Parkplatz des Reviers, nur für alle Fälle. Das, was er für den Parkplatz bezahlen musste, wäre bei Weitem weniger als das, was er für eine neue Windschutzscheibe oder Lackierung hinlegen müsste.

Als sie bei seinem Auto ankamen, wandte Dex sich an Pearce. Er vermutete, dass es wahrscheinlich das letzte Mal war, dass sie sich sahen. Jetzt würde Pearce auf keinen Fall mehr einen Kaffee mit ihm trinken gehen wollen.

»Nettes Auto.«

»Danke.« Dex tätschelte die Motorhaube seines Babys und grinste leicht dümmlich dabei. Manchmal tat er gern so, als wäre er John McClane in einem der Stirb-Langsam-Filme, nur mit mehr Geschwindigkeitsbegrenzungen, weniger Explosionen und ganz allgemein weniger Action. Er musste wirklich mal anfangen, in seinen Tagträumen etwas ehrgeiziger zu werden. Wie erwartet, nickte Pearce ihm kurz zu und wandte sich zum Gehen, doch dann blieb er zu Dex' großer Überraschung stehen.

»Pass da drüben auf dich auf, Daley, und erwarte keinen herzlichen Empfang.«

Tja, das verhieß nichts Gutes. »Wieso sagst du das?«

Pearce schien darüber nachzugrübeln, bevor er sich umdrehte und die Hände in die Jackentaschen schob. »Destructive Delta gehört zu Unit Alpha, und die Positionen dort sind die höchsten, gefährlichsten und begehrtesten bei den THIRDS.

Trotzdem ist Gabes Position immer noch unbesetzt. Schon seit einem Jahr kommen und gehen dort die Leute. Was sagt dir das?«

»Ich weiß nicht, aber ich kann mir vorstellen, dass der Verlust von Gabe das Team hart getroffen haben muss.«

Pearce nickte und schürzte die Lippen. »Da bin ich mir sicher, aber die THIRDS trauern nicht, die machen weiter. Sie sind nicht wie der Rest von uns. Es geht das Gerücht, dass der Teamleader, Agent Brodie, über ein halbes Dutzend Agenten vergrault hat. Ich bin ihm begegnet, und glaub mir, wenn ich dir sage, dass er das größte Arschloch auf diesem Planeten ist. Soweit es ihn betrifft, ist keiner gut genug, um Gabe zu ersetzen. Ich würde seine Loyalität ja bewundernswert finden, wäre er nicht derjenige gewesen, der Gabe allein zu dem Treffen mit diesem Therianer-Informanten geschickt hat, in der Nacht, als er getötet wurde.«

»Du denkst, es war Agent Brodies Schuld, dass Gabe getötet wurde?« Dex machte sich Sorgen um Pearce. Vielleicht war sein Teamleader *wirklich* ein Arschloch, aber wenn die THIRDS so gut waren, wie alle behaupteten, hätten sie ihr eigenes Teammitglied mit Sicherheit nicht dorthin geschickt, wenn er damit nicht allein fertig geworden wäre. »Den Weg willst du nicht wirklich einschlagen.« Dex legte Pearce die Hand auf die Schulter. »Das führt zu nichts Gutem. Ich kannte Gabe nicht, aber ich habe so das Gefühl, dass er auch nicht wollen würde, dass du das denkst.« Dex verstand, wie man sich fühlte, wenn man Familienmitglieder durch die Hand von Verbrechern verlor. Er verstand auch aus eigener Erfahrung, wie gefährlich es war, in Verzweiflung zu verfallen. Zu seinem eigenen Glück hatte er damals seinen Adoptivvater gehabt, Anthony Maddock, der ihn wieder herausgeholt hatte, bevor er sich darin verlor.

»Du hast recht.« Pearces finsterer Blick wich einem traurigen Lächeln. »Gabe hätte das nicht gewollt. Wenigstens ist er gestorben, als er verteidigt hat, was er liebte. Pass auf dich auf, Daley. Ich rufe dich an, wegen des Kaffees.«

Damit ging Pearce, und seine Schritte hallten durch die leere, höhlenartige Garage, bis er in den Schatten verschwand und Dex allein zurückblieb, eine ungewisse Zukunft vor Augen.

Verdammt seist du, Howard Jones!

2

CONIUNCTIS VIRIBUS: Mit vereinten Kräften

So die stolze in Stein gemeißelte Verkündigung über den gigantischen goldumrahmten Türen.

Dex konnte an einer Hand abzählen, wie oft er bisher vor diesem Gebäude gestanden und es tatsächlich betreten hatte. Seine Fassade war so imposant wie die Organisation, die es beherbergte. Flankiert von der East Thirty-Eight und der East Forty-Second, war das Hauptquartier der THIRDS auf Manhattans First Avenue ein Monument ihrer sich immer weiter entwickelnden Welt. Schon erstaunlich, wie sich die Geschichte der Menschheit mit einem Wimpernschlag verändern konnte – oder besser gesagt, mit dem Setzen einer Spritze.

Dex war nicht alt genug, um miterlebt zu haben, wie Eppione.8 die Welt ins Chaos gestürzt hatte, aber er erinnerte sich noch daran, dass seine Eltern ihm als kleiner Junge Geschichten erzählt hatten. Sie versuchten ihm begreiflich zu machen, warum alles um sie herum zu brennen und zusammenzubrechen schien, und warum die Menschen immer so wütend waren, dass sie Dinge zerstörten und anderen Angst machten. Für einen Fünfjährigen war das alles sehr beängstigend gewesen, und er hatte nicht allein in seinem Bett schlafen wollen. Immer wenn sein Dad zur Arbeit ging, hatte Dex geweint, aus Angst, die Bösen würden seinen Dad erwischen. Am Ende hatten sie das auch. Und seine Mom dazu.

Beim Bau des Hauptquartiers der THIRDS in Manhattan hatte man keine Kosten gescheut. Es war ein grandioses Gebäude aus grauem Stein mit Goldakzenten, umgeben von weitläufigen, gut getrimmten Rasenflächen und bewehrt mit einer undurchdringlichen Grenze aus Stein und vergoldeten Eisengittern. Hinter den großen Toren, in der Mitte eines kreisförmigen Hofes, stand auf einem Marmorsockel die riesige Goldstatue einer griechischen Göttin, um sie herum peinlich genau arrangierte Marmorbänke. Das Ganze war im Art-Déco-Stil gehalten, um sich mit dem Rest der klassischen Strukturen in New York City messen zu können. In Wahrheit ähnelte das Gebäude mehr dem Waldorf Astoria als einem Regierungsgebäude.

Dex wusste nicht allzu viel darüber, wie die THIRDS operierten. Er wusste, dass sie die Jungs waren, die man rief, wenn die Kacke richtig am Dampfen war. Nach dem Massaker vom Ersten Mai und den Unruhen in den frühen Achtzigerjahren, als Gewalt zwischen Menschen und Therianern ausbrach, forderten die Bürger eine Vollstreckungsbehörde, die nicht nur mit Bedrohungen durch Therianer umgehen konnte, sondern dabei auch Fairness walten ließ.

Die THIRDS wurden gegründet und so angelegt, dass in jedem Team ein Mensch und ein Therianer vertreten waren, egal ob es sich um Agenten, Sekretärinnen oder Bürokraten handelte. Hochrangige Offiziere wurden anderen hochrangigen Offizieren zur Seite gestellt, die jedoch nicht unbedingt denselben Rang haben mussten. So arbeitete Tony als Sergeant mit einem therianischen Lieutenant zusammen. Die THIRDS waren außerdem die erste multikulturelle Regierungsorganisation, die für Gleichbehandlung aller Rassen, Religionen, Geschlechter und sexueller Orientierungen eintrat. Man wollte zeigen, dass Menschen und Therianer gleichermaßen zu einem gemeinsamen Ziel zusammenfinden konnten – trotz unterschiedlicher Kulturen und Glaubensansichten. Gerechtigkeit für alle. Natürlich war die ganze Geschichte nicht nur Schwarz und Weiß, aber wenn man grob die letzten vierzig Jahre betrachtete, dann war es zumindest ein Schritt in die richtige Richtung.

Wie jede militärisch finanzierte Gruppe operierten auch die THIRDS nach den Prämissen: Dinge, die man wissen sollte und »was ich nicht weiß, macht mich nicht heiß.« Wenn man Agent der THIRDS war, machten die Leute, dass sie einem aus dem Weg gingen. Dex' Dad und sein Bruder sprachen nie über ihren Job, nicht einmal mit Dex. Jetzt wünschte er, er hätte die beiden bekniet, um mehr zu erfahren. Die THIRDS trauten niemandem außerhalb der Familie – *ihrer* Familie.

»Willst du den ganzen Tag lang nur draufstarren? Oder kommst du auch rein?«

Der vertraute Bariton entlockte Dex ein Grinsen, und er drehte sich gerade rechtzeitig um, um sich in einer Umarmung wiederzufinden, die seine Knochen knirschen ließ.

»Dad«, röchelte Dex, während die Begrüßung ihn fast umhaute.

Ein tiefes Lachen entstieg Tonys Brust, und er drückte Dex ein letztes Mal kräftig, bevor er wieder losließ. »Du weißt ja gar nicht, wie ich mich freue.« Er hielt Dex auf Armeslänge Abstand, und ein tiefes Stirnrunzeln entstand auf seinem ernsten Gesicht. »Ich war ganz krank vor Sorge. Was ist los mit dir? Weißt du nicht mehr, wie man ein verdammtes Telefon in die Hand nimmt, um mich wissen zu lassen, dass du noch lebst?«

»Tut mir leid. Ich wollte anrufen, ehrlich, aber die letzten paar Wochen waren ganz schön beschissen. Ich kam nach Hause und musste mit ansehen, wie Lou auszog, und dann musste ich den Mietwagen zurückbringen, aber vorher noch den Automobil-Club bestellen …«

»Durchstochener Reifen?«

Dex nickte. »Und dann …« Er verstummte, als Tony ihm mit

seinen Pranken die Wangen drückte. Meine Güte, das war ja wie damals mit dreizehn, als er wegen einer Prügelei auf dem Schulhof Hausarrest hatte. Natürlich hatte nicht er damit angefangen. Damals war ihm die glorreiche Idee gekommen, aus dem Zimmerfenster zu klettern, um sich in den Park zu stehlen. Nur leider hatte sich sein Schnürsenkel in einem Nagel am Fenstersims verfangen, und am Ende war er kopfüber in Mrs Jones' Rosenbüsche unter dem Fenster geplumpst.

»Was ist mit deinem Gesicht passiert?«

»Ähm …« Dex nuschelte durch zusammengequetschte Wangen, bis Tony ihn endlich losließ. »Ich wurde nach der Verhandlung im Parkhaus angegriffen.« Dex versuchte gar nicht erst, die Wahrheit zu verschweigen, hauptsächlich deshalb, weil er damit noch nie weit gekommen war. »Und dann gab es an meinem ersten Morgen im Dienst in der Asservatenkammer einen kleinen Zwischenfall.«

»Verstehe.« Tony stemmte die Hände in die Hüften und rollte die breiten Schultern. Er schürzte die Lippen und fuhr sich mit der Hand über den kurz geschorenen Kopf und den graumelierten kurzen Bart am Kinn. *Oh, Shit.* »Erklär mir eins, Sohn.«

Doppelshit.

»Dad …«

»Oh nein, komm mir nicht mit *Dad*. Nicht, wenn du vor mir stehst und mir erzählst, dass du dich von einer Bande nichtsnutziger Hundesöhne hast vermöbeln lassen.«

»Ich habe nicht …«

Tony hob den Finger, um ihn zum Schweigen zu bringen. »Wir werden nicht jetzt darüber reden, weil es viel zu viel zu tun gibt, aber du kannst deinen mageren Hintern darauf verwetten, dass wir uns hinsetzen und darüber sprechen werden. Ab jetzt arbeitest du für mich, also falls du auch nur eine Minute lang angenommen hast, ich werde meinen Frust nicht an dir auslassen, dann solltest du darüber noch mal nachdenken. Verstanden?«

»Aber …«

»Nein.«

Widerstand zwecklos. »Ja, Sir.«

»Dann los.« Tony deutete hinter sich, und Dex straffte die Schultern und ging erhobenen Hauptes hinein, wie der Agent, der er war, und nicht wie der Dreizehnjährige, als der er sich fühlte. Hinter sich hörte er seinen Dad fluchen und vor sich hin brummeln. Vielleicht war Dex in seiner Begeisterung, mit seiner Familie zu arbeiten, doch etwas voreilig gewesen. Kaum betrat er das Gebäude, hörte er jemanden seinen Namen rufen.

»Dex!« Cael kam angelaufen, umarmte und drückte ihn fest. »Ich bin froh, dass du jetzt einer von uns bist.«

»Na ja, nicht ganz. Ich schnurre nicht und habe kein Bedürfnis, mit riesigen Garnknäueln zu spielen.«

»Du bist echt ein Arsch. Ich freue mich immer noch, dass du hier bist, aber sobald du nicht mehr ganz neu bist, werde ich dir mit Sicherheit sagen, dass du mich mal kannst.«

Dex schmunzelte und tätschelte seinem kleinen Bruder die Wange. »Ich bin auch froh, hier zu sein.«

»In Ordnung, lasst den Quatsch«, schnaubte Tony, aber Dex sah, dass er ein Lächeln unterdrückte. »Ende des emotionalen Augenblicks. Cael, schaff deinen Hintern wieder nach Sparta.«

»Ja, Sir.« Cael zwinkerte Dex zu und sauste davon.

»Was ist denn Sparta, und bitte sag mir, dass es dort Typen in Togas gibt«, sagte Dex und faltete die Hände wie zum Gebet.

»Nein. Das ist die Trainingsanlage. Spitzname Sparta, weniger wegen der Jungs in Togas, sondern vielmehr, weil du da Feuer unterm Hintern kriegst, bis du bereit bist für die

Schlacht.« Tony ging weiter, und Dex folgte ihm eilig. Dass er mit seiner Familie arbeiten konnte, machte beinahe alles wieder wett, was er hatte ertragen müssen. *Beinahe.* »Bist du dein Einführungspaket schon durchgegangen?«

»Ja.« Nur gut, dass die Dokumente digital gewesen waren, denn für einen Ausdruck hätte man einen kleinen Wald vernichten müssen. Sie enthielten Informationen über alles Mögliche: von Therianerrecht bis hin zu Richtlinien über das Verhalten von THIRDS-Agenten. Sogar ein Abschnitt über intensiv riechende Nahrungsmittel am Arbeitsplatz war dabei.

»In Manhattan gibt es mehrere Außenstellen der THIRDS, inklusive Büros für Spezialeinsätze, aber du wirst im Hauptquartier in Manhattan arbeiten. Diese Niederlassung verfügt über drei Hauptbereiche: Intel, Nachrichtendienst, Recon, Aufklärung, und Defense, Verteidigung – mit insgesamt achttausend Mitarbeitern. Jeder Bereich besteht aus vier Einheiten – Alpha, Beta, Delta und Omega. Alpha und Beta behandeln Schwerverbrechen, wobei Alpha für die brutaleren Verbrechen zuständig ist. Delta und Omega kümmern sich um geringfügigere Verbrechen. Jede Einheit besteht aus verschiedenen Truppen oder Teams. In deiner Einheit gibt es zehn Truppen.«

Tony führte ihn durch die tadellose Hauptlobby im Art-Déco-Stil, und einen kurzen Moment lang hätte Dex sich einbilden können, sie befänden sich in der Grand Central Station während des Berufsverkehrs. Die Leute, die hier unterwegs waren und redeten, verhielten sich so zielstrebig, als wäre alles, was sie taten oder sagten, von allergrößter Wichtigkeit. Mitten in der Lobby, hoch über dem ausladenden marmornen Empfangsschalter, hing stolz das Wappen der THIRDS: eine Doppelhelix, die einen Kreis bildete, mit dem Symbol eines Atoms in der Mitte, um die Verbindung zwischen Menschen und Therianern zu repräsentieren. Das war es also. Ganz große Liga.

Sie bogen um die Ecke und betraten einen breiten Korridor mit mehreren golden schimmernden Aufzügen. Dex war angenehm überrascht, als die goldenen Türen sich automatisch öffneten, als sie herankamen. Grinsend deutete Tony auf den Boden.

»Bewegungssensoren.«

Im Aufzug sah Dex zu, wie Tony die Hand auf eine schmale schwarze Konsole mit dem blauen Umriss einer Handfläche drückte. Als Tony die Hand zurückzog, leuchtete auf dem Monitor sein Bild auf, zusammen mit seinem Namen und einer Reihe anderer Informationen, inklusive der für sie freigegebenen Etagen. Bevor Dex eine Chance hatte, irgendetwas im Detail zu erkennen, drückte Tony den blau schimmernden A-Knopf auf der goldenen Konsole, und los ging es. Also, wenn er sich den Aufzug so ansah, konnte Dex es kaum erwarten, das restliche hochtechnische Spielzeug in die Finger zu bekommen, das bei den THIRDS geboten wurde.

»Die Uniform sitzt gut.«

Dex sah an sich hinab. »Ja. Ist ein merkwürdiges Gefühl, wieder in Uniform zu sein, obwohl die hier viel mehr hermacht als meine alte von der HPF.« Er trug schwarze Militärstiefel, Heavy-Duty-Pants in tiefem Dunkelgrau mit integrierten Aderpressen oben in jedem Hosenbein, Einschubtaschen für ballistische Platten und mit gepolstertem, verstellbarem Hosenbund für mehr Bequemlichkeit. Am Funktionsgürtel waren mehrere Taschen befestigt, ebenso ein per Schnellverschluss abnehmbarer Beinriemen mit Drop & Offset Kit, der mit zwei ballistischen Nylonspanngurten an seinem Bein befestigt war. Daran ein Holster mit Wegnahmesicherung, um zu verhindern, dass jemand die innen befindliche Glock 17 einfach herausziehen konnte. Auch ein Messer, ein sogenanntes Tactical Knife, war am selben Beinriemen befestigt. Über dem schwarzen Unterhemd trug Dex ein Heavy-Duty-Shirt in derselben Farbe wie die Hose. Am linken Ärmel befanden sich zwei Aufnäher: einer für die THIRDS NYC und einer für die Unit Alpha Destructive Delta – und am rechten Ärmel das Wappen der THIRDS. Über der linken Brusttasche war in weißen Buchstaben »THIRDS« aufgestickt, und über der rechten stand in ähnlichen Buchstaben ›D. Daley‹. Seine glänzend neue Marke mit der Glück bringenden Nummer 2108 war am Gürtel befestigt. Alles in allem ziemlich sexy, das Ganze.

»Tut mir leid wegen Lou.«

Das war *nicht* sexy. »Mir auch«, grummelte Dex. Es war fast einen Monat her, und die stechende Qual in seinem Herzen war einem dumpfen Schmerz gewichen. Hauptsächlich weil Dex nach langem Nachdenken zu dem Schluss gekommen war, dass Lou recht hatte. Der Anfang vom Ende war schon vor langer Zeit gekommen. Trotzdem machte es ihn traurig, dass Lou nun weg war, und zu Anfang hatte er ihn wirklich vermisst. Nach einer ganz besonders jämmerlichen Nacht, in der er, nur in Boxershorts, auf der Couch gesessen und sich sinnlos betrunken hatte, war er am nächsten Morgen dem Herrn im Himmel dankbar gewesen, dass er die Weitsicht besessen hatte, Lous Nummer von seinem Handy zu löschen. Er kannte sich zu gut, und seinem Ex im Suff einen Haufen SMS mit Gejammer oder, Gott bewahre, Sprachnachrichten zu senden, war das Letzte, was er brauchte. Was sagte es eigentlich über ihre Beziehung aus, dass er sich Lous Nummer nie gemerkt hatte?

Die ruppige Stimme seines Dads unterbrach seine kläglichen Gedankengänge. »Kann ich mal offen mit dir sprechen?«

In dem Moment machte der Aufzug *Ping*, und sie traten hinaus in eine lange weiße Halle mit dunkelgrauem Fußboden.

»Ja, schieß los«, sagte Dex vorsichtig.

»Er war nicht der Richtige.«

Dex fehlten die Worte. Tony hatte noch nie zuvor etwas in der Art erwähnt. Andererseits war er nicht der Typ, der sich groß in das Leben seiner Jungs einmischte, es sei denn, sie taten etwas, das seine Einmischung erforderte – in dem Fall war er dann ein regelrechter Schwergewichtschampion. In ihren Teenagerjahren hatten Dex und Cael ein eigenes Superhelden-Ich für ihren Vater erfunden: Sie nannten ihn dann den *Einmischer*.

Dex war nicht sicher, ob er die Antwort hören wollte, aber zugleich hatte er das Gefühl, dass er sie hören musste. Also räusperte er sich und fragte: »Wieso sagst du das?«

»Wessen Idee war es, sich fest zu binden?« Tony blieb stehen, verschränkte die kräftigen Arme vor seinem breiten Brustkorb und sah Dex an.

Verdammt. Tonys trotzig vorgeschobenes Kinn und die gerunzelte Stirn sagten Dex, dass er hier mit Witzeleien nicht herauskam. »Seine, aber ich hätte nicht zugestimmt, wenn ich nicht so weit gewesen wäre.«

»Und wessen Idee war es, zusammenzuziehen?«

»Auch seine, aber auch da gilt: Ich war einverstanden, weil ich damals so weit war.« Sollten sie diese Unterhaltung wirklich gerade *jetzt* führen?

»Oder vielleicht war es dir auch irgendwie egal, und du wolltest ihn nur glücklich machen.«

Dex straffte sich und seine Stimme wurde etwas höher als sie sollte. »Hey, er war mir wichtig.«

»Ich sage nicht, dass er das nicht war, aber ich denke, eure Beziehung war vielleicht nicht so perfekt, wie du dir eingeredet hast. Dex, ich kenne dich. Himmel, ich habe dich aufgezogen. Wenn du etwas liebst, dann hängst du dich voll rein, ohne Rücksicht auf Verluste. Erinnerst du dich noch an dieses Polizistenkostüm, dass ich zu Halloween für dich zusammengestellt habe, als du acht warst?«

Ein verzücktes Grinsen stahl sich auf Dex' Gesicht. »Oh ja, das Ding habe ich geliebt.«

»Du hast darin gelebt. Du hast dich geweigert, irgendetwas anderes anzuziehen. Du hast darin geschlafen, darin gegessen, darin gespielt; du bist sogar darin zur Schule gegangen.«

»Ich bin auch darin vermöbelt worden«, warf Dex stirnrunzelnd ein. »Aber ich vermute, es war auch nicht hilfreich, dass ich immer meine Klassenkameraden verhaften wollte.« Hm. So langsam erkannte er da ein Muster.

Tony legte Dex behutsam die Hand auf die Schulter. »Worauf ich hinauswill: Wenn du für etwas Leidenschaft empfindest, dann sieht man das in allem, was du tust. Bei Lou war dir einfach vieles egal.«

»Stimmt nicht. Wir haben uns auch über Dinge auseinandergesetzt.«

»Nein, ihr habt euch nur bezüglich einer Sache auseinandergesetzt – die eine Sache, die du wirklich geliebt hast. Deinen Job. Du hast immer wieder deinen Job über Lou gestellt. Junge, die Entschuldigungen, die du immer hattest, waren schon was ganz Besonderes. Und das Schlimmste dabei war, dass es dir nicht einmal bewusst war.«

Dex trat einen Schritt zurück und schob die Hände in die Hosentaschen. Ihm gefiel nicht, worauf diese Unterhaltung hinauslief, ebenso wenig wie die Tatsache, dass er langsam wütend wurde. »Also, was? Dann war ich ein schlechter Partner, weil mir meine Karriere wichtig ist?«

»Ich will damit lediglich sagen, wenn du nicht bereit warst, alles für ihn zu riskieren, dann war er nicht der Richtige für dich.« Tony tätschelte ihm den Rücken und wandte sich wieder zum Gehen.

Schweigend gingen sie weiter, Seite an Seite, und Dex fragte sich, ob Tony recht haben könnte. Hatte Dex in der Beziehung einfach nur mitgespielt, um Lou glücklich zu machen? Es hatte sich nicht so angefühlt. Dex war glücklich mit Lou gewesen, und auch wenn es stimmte, dass Dex' Job der einzige Grund war, weshalb sie je gestritten hatten, hieß das doch wohl kaum, dass ihm nichts anderes wichtig gewesen war.

Wenn Lou Aufmerksamkeit von Dex wollte, hatte Dex sie ihm geschenkt. Als Lou Hilfe bei der Erweiterung seines Cateringservices gebraucht hatte, hatte Dex ihn unterstützt. Als Lou ihn gefragt hatte, ob sie zusammenleben sollten, hatte Dex zugestimmt. Hätte es denn nicht so sein sollen? Das mit Lou war einer festen Beziehung nähergekommen als alles, was er bisher gehabt hatte. Mit ihm hatte es eine Menge erste Male gegeben.

Aber es hatte keinen Sinn, das jetzt zu analysieren. Seine Beziehung, ganz wie seine Karriere bei der HPF, war vorbei. Alles, was er jetzt tun konnte, war das, was er am besten konnte: sich auf die Arbeit zu stürzen. Das hier war seine letzte Chance. Er musste dafür sorgen, dass es funktionierte.

Ein Detective der HPF zu sein bedeutete, dass er sich von Menschen eine Menge Mist gefallen lassen musste, denn genau da begann und endete sein Zuständigkeitsbereich. Ein Agent der THIRDS zu sein bedeutete, dass er sich ab jetzt jede Menge Mist von Menschen *und* Therianern gefallen lassen musste. Doppelter Spaß. Er konnte sich nicht beklagen. Es bedeutete aber auch, dass er das Doppelte an Gehalt und Zusatzleistungen bekam, wenn er denn lange genug überlebte, um diese Früchte auch zu ernten. Moment … THIRDS, Therianer, Alphas … *Raubtiere*.

»Oh mein Gott«, schnaufte er und packte Tony abrupt am Arm, als ihm klar wurde, worauf er sich da eingelassen hatte. »Die werden mich zerfetzen wie Cheestrings!« Er war schon niedergestochen und angeschossen worden, hatte sich Knochenbrüche, Verstauchungen, Schläge, Blutergüsse und Schnittwunden eingefangen, aber noch nie war er auf jemanden getroffen, der ihn mit einem einzigen Biss töten konnte.

»Was hast du eigentlich immer mit Käse?« Tony löste Dex' Finger von seinem Arm und ging weiter, ohne Dex' panischen Zustand zu beachten.

Als Detective der HPF hatte Dex sich nie irgendwelchen Therianern in Tiergestalt gegenübergesehen, nicht einmal sanftmütigen. Immerhin wurde das Gestaltwandeln in der Öffentlichkeit als Fehlverhalten angesehen, vergleichbar mit unsittlicher Entblößung. Und sobald jemand in Tierform ein Verbrechen beging, fiel er unter die Zuständigkeit der THIRDS. Damit würden solche Fälle jetzt auch in seine Zuständigkeit fallen, und er würde es mit Therianern zu tun bekommen, denen das Gesetz am A... vorbeiging.

Der Gefahr, zerfleischt zu werden, war Dex nur einmal nahegekommen, als Cael in die Pubertät kam und sich zum ersten Mal wandelte. Therianer konnten ihre Wandlung kontrollieren, aber es konnte vorkommen, dass ein Augenblick übermäßig großen Stresses eine Wandlung verursachte. Aus dem Grund fanden die meisten ersten Wandlungen in der Pubertät statt und geschahen meist spontan. Und wie jeder andere junge Therianer, der diese beängstigende Tortur zum ersten Mal durchmachte, drehte Cael völlig durch. Zwar hatten sie alle gemeinsam die vorgeschriebenen Kurse für Familien mit jugendlichen Therianern besucht, die sie eigentlich auf genau diesen Augenblick hatten vorbereiten sollen. Trotzdem gerieten sie in Panik, und Cael erwischte Dex mit seinen Krallen am Bein, bevor Tony das »First Shift Response Kit« mit den nötigen Beruhigungsmitteln in die Hände bekam.

Auch wenn Dex klar war, dass es immer noch sein kleiner Bruder war, der da in diesem Therianer-Geparden steckte, und dass Cael ihn nicht hatte verletzen wollen, so hatte der Anblick von Dex' vielem Blut auf dem Küchenboden sie dennoch alle erschüttert. Tony hatte damals dafür gesorgt, dass seine Jungs sich wieder von den Nachwirkungen erholten, sowohl physisch als auch psychisch. Die schwachen Narben an Dex' Bein lösten nicht mehr die überwältigenden Schuldgefühle von früher aus – bei Tony, weil er die Beinahe-Katastrophe nicht verhindert hatte, bei Dex, weil er Angst vor seinem eigenen Bruder gehabt hatte, und bei Cael, weil er Dex verletzt hatte.

»Ich bin ja keine Dramaqueen, aber ich mache mir vor Angst gleich in die Hosen.«

Tony blieb stehen und sah ihn eindringlich an. »Wenn du überleben willst, Frischling, dann hör auf deinen Partner.«

»Frischling?« *Im Ernst jetzt?* »Ich bin seit zehn Jahren bei der Truppe!«

»Bei der Human Police Force, ja. Aber hier in dieser Welt bist du ein Frischling. Du wirst mit denselben Spinnern zu tun haben wie vorher auch, nur dass sie jetzt Zähne und Klauen haben, die dich zerlegen wie deine geliebten Cheestrings. Vergiss das nicht. Zähne und Klauen. Sprich mir nach. Zähne …«

Er meinte es ernst. Dex holte tief Luft und atmete langsam wieder aus, während aus seiner Beklemmung langsam Gereiztheit wurde. »Zähne.«

»Und Klauen.«

»Und Klauen«, wiederholte Dex, deutlich Wort für Wort. Am liebsten wollte er Klauen mit seinen Fingern machen, aber irgendwie hatte er das Gefühl, dass Tony ihn dafür in den Hintern treten würde. Trotzdem war es eine Versuchung. Sein Gesicht musste ihn wohl verraten haben, denn Tony drohte ihm mit dem Finger.

»Kein Herumalbern, was das angeht, Dex. Das ist mein Ernst.«

»Ja, das kann ich an der Ader sehen, die da an deiner Schläfe pulsiert.« Er wollte die Hand danach ausstrecken, doch Tony schob sie beiseite.

»Junge, du bist wohl nicht recht bei Trost. Hörst du mir eigentlich zu?«

»Ja, in Ordnung, ich hab's kapiert. Ich soll auf meinen Partner hören. Weißt du, wer mein Partner ist?«

Sie kamen an einer riesigen Tür vorbei, die aussah, als wäre sie aus kugelsicherem Glas. Darauf stand in großen weißen Buchstaben »Nur autorisiertes Personal«, und daneben befand sich ein schwarzer Bildschirm wie der im Aufzug. Gab es in diesem Korridor auch noch etwas anderes als Wände und Türen?

»Lass mich dich noch an etwas anderes erinnern, das deinem Gedächtnis entschwunden zu sein scheint. Ich bin dein Sergeant. Ich weiß Bescheid, bevor du irgendetwas weißt. Und ich habe die Macht, dir das Leben schwer zu machen.«

Dex warf ihm einen Blick zu. »Tust du doch schon.«

»Ja, aber jetzt kann ich es rund um die Uhr tun.« Tonys böses Grinsen ließ Dex einen Schritt zurückweichen. *Merke: Erst Hirn einschalten, dann Klappe aufreißen.* »Des Weiteren, wenn wir im Dienst sind, wirst du mich mit Maddock, Sarge, Sergeant oder Sir ansprechen. Außerdem wirst du feststellen, dass dein Bruder hier mit Vornamen angesprochen wird statt mit Nachnamen. Ist weniger verwirrend.«

»Verstanden, Sarge. Also … würde es dir etwas ausmachen, mir zu erzählen, wer mein Partner ist?«

»Du wirst noch früh genug auf dein Team treffen.« Tony ließ ein selbstzufriedenes Grinsen sehen, und Dex fluchte unterdrückt. Das konnte nichts Gutes bedeuten. Wie konnte Tony ihn nur so hinhalten? Der Mann hatte sich um Dex gekümmert, als er mit seinem ersten Freund Sex hatte, und später, als er von diesem abserviert worden war. Tony war da gewesen, um ihm die Wichtigkeit von Kondomen und Gleitmittel zu erläutern – puh, *das* war vielleicht eine peinliche Unterhaltung gewesen. Warum wollte er ihm jetzt nicht von seinem neuen Partner erzählen? War es so schlimm? Die Worte von Pearce gingen ihm durch den Kopf: *Erwarte keinen herzlichen Empfang.*

Am Ende des kurzen Korridors befand sich eine über dreieinhalb Meter hohe verglaste Doppeltür. In kühnen weißen Lettern stand darauf: UNIT ALPHA. Tja, hier war es also. Hinter diesen Türen lag sein völlig neues Leben. Ein Leben, in dem er entweder sich selbst übertreffen oder vollkommen versagen würde.

Nun, da er dort stand, an der Schwelle zu Gedeih oder Verderb, überkam ihn erneut ein plötzlicher Anfall von Panik. Was, wenn er den Job als THIRDS-Agent nicht packte? Ja klar, im Trainingskurs hatte er geglänzt, aber das hier war kein Trainingskurs. Er war jetzt Teil eines taktischen Teams, eines Teams, zu dem seine Familie gehörte, seine *wahre* Familie. Wenn er versagte, würde er sie nicht nur im Stich lassen – es konnte sie das Leben kosten. Doch bevor seine Ängste noch stärker werden konnten, hörte er eine angenehm klingende männliche Stimme mit britischem Akzent hinter sich. Sie drehten sich um und erblickten einen männlichen Therianer – dessen Markierung am Hals ihn als Canis Lupus, als Wolf-Therianer, auswies – und eine menschliche Frau in weißen Laborkitteln, die auf sie zueilten.

»Sergeant Maddock, haben Sie einen Moment Zeit für uns?«

»Hudson, Nina, gutes Timing.« Tony stellte ihnen Dex vor: »Das ist unser neuester Rekrut, Agent Dexter J. Daley. Dex, das hier sind die Rechtsmedizinerin von Delta Destructive, Dr. Nina Bishop, und unser Chefpathologe Dr. Hudson Colbourn.«

»Dr. Bishop, freut mich, Sie kennenzulernen.« Dex schüttelte lächelnd die Hand der Frau. Sie war groß, schlank, hatte feine Gesichtszüge, dunkle braune Augen und dunkles Haar. Außerdem hatte sie einen durchdringenden Blick, mit dem sie ihn musterte, während sie ihm die Hand schüttelte. Zu Dex' Erleichterung formten ihre geschürzten Lippen sich rasch zu einem warmen Lächeln, und Dex atmete die angehaltene Luft wieder aus.

»Die Freude ist ganz meinerseits, Agent Daley.«

Neben ihr stand der Chefpathologe, eine modische Brille mit schwarzem Gestell auf der Nase. Der Therianer strahlte Eleganz und Selbstsicherheit aus, als er ihm die Hand gab. Und außerdem war er ziemlich sexy. »Freut mich, Sie kennenzulernen, Dr. Colbourn.« So wie der Arzt Dex beäugte, hätte er wohl nichts dagegen, Dex einmal etwas näher zu untersuchen. Schade, dass sie miteinander arbeiten würden. Dex hielt Arbeit und Vergnügen immer streng getrennt. Denn noch schlimmer als ein Beziehungsdrama war eines am Arbeitsplatz. Er selbst war nie in solch einer Situation gewesen, hatte aber genug dergleichen bei der HPF gesehen, um nicht in diese Falle zu tappen. Und außerdem war es gegen die Vorschriften der THIRDS.

»Ist mir ein Vergnügen, Sie kennenzulernen, Agent Daley.«

Dex schenkte Dr. Colbourn ein breites Grinsen, und Tony verdrehte neben ihm die Augen.

»Sergeant Maddock und Agent Cael sprechen so oft von Ihnen, dass es mir vorkommt, als würde ich Sie schon kennen«, fuhr Colbourn fort.

»Lüge, alles Lüge«, witzelte Dex. »Ausgenommen die guten Geschichten. Die sind alle wahr.«

Dr. Colbourn zwinkerte ihm zu. »Tja, wir freuen uns darauf, mit Ihnen zusammenzuarbeiten. Und tut uns leid, dass wir Ihre Einführung stören, aber wir müssen den Sergeant kurz ausleihen. Es geht um einen Fall, an dem wir gerade arbeiten.«

Tony stieß ein schweres Seufzen aus und runzelte unbehaglich die Stirn. »Die Morde an den HumaniTherianern. Cael und seine Partnerin Rosa arbeiten seit Wochen daran.«

»Irgendwelche Spuren?« Tonys finster werdender Miene nach zu urteilen, wohl eher nicht. Therianerforensik war bei Weitem komplizierter als menschliche, ganz zu schweigen davon, dass sie sich immer noch in der Entwicklung befand, obwohl ständig neue und verbesserte Techniken aufkamen. Natürlich half einem das nicht weiter, wenn man versuchte, einen Therianermord aufzuklären, bei dem das Opfer Ähnlichkeit mit Rinderhack hatte.

»Nichts Neues bisher«, antwortete Tony grimmig. »Für heute Nachmittag ist ein Briefing angesetzt, da werde ich dich dann informieren. Aber es sieht nicht gut aus. Wieso schaust du nicht mal unten in Sparta vorbei? Ich stelle dir den Rest des Teams vor und mache mit der Einführungstour weiter, sobald ich hier oben fertig bin. Danach weisen wir dir einen Spind zu. Deine Daten sind bereits im System, also kannst du mit der ID-Konsole im Aufzug zu Level B fahren.«

»Klar.«

»Dort gibt es eine Lounge und eine Snackbar. Warte in einem von beiden auf mich. *Kein* Herumwandern auf eigene Faust.« Tony warf ihm einen warnenden Blick zu, bevor er ihm bedeutete, dass er gehen könne.

»Okay.« Dex wusste gar nicht, worüber Tony sich solche Sorgen machte. Schließlich würde er ja nicht wie ein Verrückter hier herumrasen. Das Letzte, was er gebrauchen konnte, war von seinem neuen Team für einen Spinner gehalten zu werden. Also verließ er Tony und die beiden Rechtsmediziner, um durch den Korridor zurückzumarschieren und dabei freundliches Lächeln und Grußworte auszutauschen. Die Leute, die gerade nicht zu sehr damit beschäftigt waren, die Welt vor sich selbst zu retten, grüßten einigermaßen freundlich zurück. Die meisten wirkten vor allem neugierig.

Er brauchte nicht lange, um zurück ins Erdgeschoss zu kommen und dort weiter durch eine dreieinhalb Meter hohe Doppeltür, auf der »Sparta« stand. Das Areal dahinter war größer als jedes Fitnessstudio, in dem er je gewesen war, lebhaft besucht von mehr oder weniger bekleideten Agenten, die sich zwischen den verschiedenen Bereichen der Anlage bewegten. In der Mitte genau vor ihm befand sich eine weitläufige offene Fläche mit jeder Menge bequem aussehender Sofas und Breitbildfernseher, höchstwahrscheinlich die Lounge. Dort saßen Agenten, plauderten, dösten oder spielten mit ihren Tablets. Dex fragte sich, ob irgendeiner dieser Agenten wohl zu seinem Team gehörte. Tony hatte ihm gesagt, er solle in der Lounge warten. Er hatte nicht gesagt, er dürfe mit niemandem reden.

Dex sah sich prüfend nach irgendwelchen Therianern um, die aussahen, als könnten sie Alphas sein, und auch wenn er die Markierungen am Hals nicht ausmachen konnte, die ihm die jeweilige Klassifizierung verraten hätten, so konnte er doch die Therianer von den Menschen unterscheiden. Therianer zu erkennen war ziemlich einfach. Man musste nur nach dem typischen Merkmal Ausschau halten: dem Vorhandensein der *Tapetum lucidum*, einer reflektierenden Schicht hinter der Netzhaut, die das einfallende Licht reflektiert, zurückwirft und erneut auf die Netzhaut strahlt. Oder mit anderen Worten, das, was Tieren hilft, in der Nacht zu sehen. Das Licht musste nur auf eine ganz bestimmte Weise auf ihre Augen fallen und – Bingo, ein Therianer.

Auf einem großen grauen Sofa saßen drei Therianer, zwei Männer und eine Frau, die miteinander scherzten und lachten. Sie wirkten einigermaßen zugänglich, quasi im Sinne von: *Wir können dich zwar zu Linguini verarbeiten, aber wir tun es nur, wenn du uns sauer machst.*

»Hey, tut mir leid, wenn ich störe, aber ich suche nach Destructive Delta. Ich bin der Neue.«

Die drei Therianer musterten ihn kurz und brachen dann in Gelächter aus. Dex war sich nicht sicher, was sie so erheiterte, aber er ließ sich davon anstecken und fiel ein, bis ihm aufging, dass sie vielleicht dachten, er würde Witze machen. »Nein wirklich. Ich bin der Neue.«

Das Lachen erstarb.

Den dreien blieb der Mund offen stehen, und der größte von ihnen starrte ihn mit großen Augen an. »Shit, das war gar kein Witz. Tut mir leid, wir dachten, du willst uns auf den Arm nehmen. Sicher, dass es Destructive Delta ist?«

Dex tippte auf den Aufnäher an seinem Ärmel, der das bestätigte. »Ja. Dann nehme ich an, dass ihr nicht bei Destructive Delta seid.«

»Nein, wir sind Intel-Agenten der Unit Beta, Zug Gamma. Aber alle kommen hierher, weil Alpha die beste Ausrüstung hat.«

Die Frau nickte zustimmend. »Und einen größeren Pool.«

Unit Alpha hatte einen Pool? Nett! Dex konnte es nicht erwarten, den auszuprobieren.

»Außerdem macht es Spaß, zuzusehen, wie die sich beim Training gegenseitig in den Hintern treten«, warf der zweite Mann mit schadenfrohem Grinsen ein.

»Klingt nach Spaß«, meinte Dex fröhlich. »Also, könntet ihr mir die Richtung zeigen?«

Die Frau wirkte ehrlich besorgt. »Bist du sicher, dass du nicht warten willst, bis dein kommandierender Offizier dich vorstellt? Ich glaube, sie trainieren gerade. Agent Brodie wird mächtig sauer, wenn du in sein Training platzt.«

»Ich werde nicht stören«, versprach Dex. »Ich will nur mal einen kurzen Blick hineinwerfen.« Gleich am ersten Tag auf die schwarze Liste seines Teamleaders zu kommen, war das Letzte, was er wollte.

»Okay. Es ist deine Beerdigung.« Der größte der drei deutete auf einen Korridor hinter Dex.

Das war ja ermutigend. »Danke.« Er steuerte auf den belebten Durchgang zu und achtete dabei darauf, den anderen nicht im Weg zu stehen und sich auf seine Umgebung zu konzentrieren. Es gab mehrere riesige Trainingsbereiche. Einige Agenten liefen auf elegant wirkenden Laufbändern, andere stemmten Gewichte, machten Push-ups, Sit-ups und alles Mögliche andere, um ihre Körper in Topform zu halten. Die Ausstattung war vom Feinsten und nagelneu. Der Fußboden war mit dunklen Gummifliesen ausgelegt, die aussahen, als wären sie erst kürzlich verlegt worden.

Einige Räume waren für Kampfsport ausgelegt, andere zum Boxen. Sogar ein Yogastudio gab es, und darin befanden sich gleichermaßen männliche wie weibliche Agenten. Kein Wunder, dass sich hier so viele Leute tummelten. Allerdings gab es keinen Hinweis auf einen Pool, also vermutete Dex, dass der sich auf der anderen Seite der Anlage befand. Wer weiß, was es sonst noch hier unten zu sehen gab. Das Areal war riesig.

»Du Hundesohn!«

Dex straffte sich und verfolgte neugierig die Litanei an Flüchen, die dem ersten Ausruf folgte. Er ging den Geräuschen hinterher und stieß auf den Raum, aus dem es kam. Dort am Ende befand sich ein großer Trainingsbereich. Doch im Gegensatz zu den anderen Räumen war hier nur eine Handvoll Agenten vertreten. Dex achtete darauf, diskret neben einer der offenen Doppeltüren stehen zu bleiben und spähte vorsichtig hinein. Dort drinnen waren sieben Agenten, aufgeteilt in kleinere Gruppen. Seinen Bruder entdeckte er sofort, im Schneidersitz auf dem Boden, ein Tablet in der Hand. Was für ein Nerd. Dex' Handy summte, und er warf einen kurzen Blick darauf. *Cael, Mad gefällt dein Foto.*

»Echt jetzt, Mann?«, murmelte Dex leise und steckte das Handy zurück in die Tasche. Da drinnen waren sexy, verschwitzte Kerle dabei, sich gegenseitig zu vermöbeln, und Cael spielte online herum. Dex würde ein ernsthaftes Wort mit seinem Bruder reden müssen.

Das waren also die Typen, mit denen sein Bruder so viel Zeit verbrachte. Cael redete nie von einzelnen Leuten, sondern sprach immer von ihnen als Teamkameraden. Dass Cael Arbeit und Privatleben voneinander trennte, machte Dex nichts aus, vor allem da die THIRDS liebend gern alles klassifizierten. Solange Dex bei der HPF gewesen war, war Cael sogar noch weniger geneigt gewesen, über die Arbeit zu reden. Es war kein Geheimnis, dass die HPF und die THIRDS einander nur mit Mühe tolerierten. Hätte er gewusst, dass er eines Tages hier landen würde, hätte er seinen Bruder nach mehr Infos über seinen Job und das Team ausgefragt.

Nicht weit von Cael entfernt stand eine hochgewachsene, schlanke menschliche Frau, die auf Spanisch wüste Flüche ausstieß, während sie mit einer anderen zierlicheren und ebenfalls menschlichen Frau trainierte, die ebenfalls spanisch sprach. Die Zierliche war im Austeilen ebenso gut wie im Einstecken, nur mit weniger Flüchen. Die Tatsache, dass sie den Kampf sichtlich genoss, schien der Grund für die Gereiztheit ihrer Teamkameradin zu sein.

Nicht weit davon entfernt waren ein blonder Mann und sein größerer therianischer Kollege offenbar gerade in die Lösung eines Problems vertieft. Dex konnte nicht hören, was gesprochen wurde, aber Mr Grübler wirkte nicht erfreut. Er schüttelte den Kopf und wollte gehen, doch sein blonder Freund hielt ihn am Arm fest. Dabei musste Blondie den Kopf nach hinten neigen, um dem finsteren Blick seines Kollegen zu begegnen. Was auch immer er sagte, der große Therianer nickte, und bald stahl sich ein kleines Lächeln auf sein Gesicht. Na ja, zumindest hatten die beiden gelöst, was auch immer Mr Grübler zu schaffen gemacht hatte. Er sah nicht nach einem Therianer aus, den man sauer machen wollte. Doch dann sah Dex zu der schweren Matte in der Mitte des Raumes hinüber und änderte seine Meinung: Oh nein, *das* war ein Therianer, den man nicht sauer machen wollte.

Der Therianer, der dort mit dem Rücken zu Dex stand, war knapp zwei Meter groß und trug ein schwarzes T-Shirt mit passender Sporthose. Mit leicht gebeugten Knien hielt er die muskelbepackten Arme in Kampfhaltung nach oben und wartete darauf, dass der fluchende Therianer, der rücklings auf dem Boden lag, wieder hochkam. Es war ziemlich eindeutig, dass der Typ am Boden stinksauer war. Die Markierung an seinem Hals wies ihn als Löwen aus – und merkwürdigerweise trug er zu allem Überfluss noch ein blaues T-Shirt, über dessen Brust sich ein Bild von Tony dem Tiger spannte. Mit einem Knurren kam Mr Frosties – der genauso muskelbepackte Arme hatte und doch tatsächlich noch größer als der Typ im schwarzen T-Shirt war – auf die Füße und griff an.

Frosties-Tiger donnerte mit solcher Wucht in seinen Gegner, dass sie beide hätten krachend zu Boden gehen müssen, doch stattdessen sah Dex mit offenem Mund zu, wie der Kleinere der beiden die Arme um die Taille seines Angreifers drückte und ihn mit solcher Wucht auf die Matte warf, dass der größere Therianer einen Moment lang benommen liegen blieb. Ganz eindeutig: Der Typ im schwarzen T-Shirt war sein neuer Teamleader, Agent Brodie. Dex fiel wieder ein, was Pearce über den

Therianer gesagt hatte, doch trotzdem musste er Agent Brodie bewundern. Er strahlte Selbstsicherheit, Ruhe und eine stille Kraft aus, die Dex nicht erwartet hätte.

»Halte dein Temperament im Zaum, Ash.«

Oooh, dieser Agent Brodie hatte eine sexy rauchige Stimme. Schnell verbannte Dex den Gedanken aus seinem Kopf und sah zu, wie Agent Ash sich stöhnend auf die Seite rollte. »Fuck, Mann. Du solltest zu dem Mist gar nicht imstande sein. Ich bin größer und schwerer als du.«

»Wie oft muss ich dir sagen, dass das gar nichts zu bedeuten hat, wenn du nicht konzentriert bist.«

»Scheiß auf den Mist.« Ash kam auf die Füße und holte zum Schlag gegen Agent Brodie aus, dessen Gesicht Dex immer noch nicht sehen konnte. Verdammt, wieso konnten die zwei nicht die Plätze tauschen? Nicht, dass Ash kein Hingucker war, aber das ganze Geknurre verdarb das etwas. Oh Gott, was wenn dieser Agent Ash-Irgendwas sein neuer Partner war? Nun ja, viel Auswahl gab es nicht. Da er ein Mensch war, waren seine einzigen Optionen Ash, Mr Grübler oder das mutmaßliche Arschloch mit der sexy Stimme, Agent Brodie.

Wundervoll.

Agent Brodie hatte gepflegtes schwarzes Haar, und als er den Kopf ein wenig drehte, konnte Dex einen Stoppelbart erkennen, der trotz seines Alters – Dex schätzte ihn auf vielleicht Ende Dreißig – schon zahlreiche graue Sprenkel hatte. Und der Mann war fit. Die Muskeln unter dem schwarzen T-Shirt arbeiteten bei jeder Bewegung, und sein Bizeps dehnte sichtbar die Ärmel. Er hatte kräftige Beine und einen überaus hübschen Hintern. Dex hoffte, Agent Brodie würde Agent Ash windelweich prügeln. Er wusste nicht wieso, aber irgendwas an dem größeren Therianer störte ihn gewaltig.

Dex hatte damit gerechnet, dass ein paar Fäuste zwischen

den beiden fliegen würden, aber nicht mit dem epischen Nahkampf wie aus einem Bourne-Film, der jetzt folgte. Die beiden Therianer sahen nicht aus, als würden sie nur spielen, auch wenn es keine Knochenbrüche gab. Obwohl Dex ziemlich sicher war, dass sie damit ohne Weiteres dienen könnten, wenn sie denn wollten. Ash war größer, stürmischer und gemeiner, aber Agent Brodie war ruhig, konzentriert und höllisch schnell. Dex versuchte, die Bewegungen zu verfolgen, Schwachstellen ausfindig zu machen und Bewegungen vorauszuahnen. Es war beeindruckend, wie Agent Brodie Ashs Schläge blockte, denn es war ganz deutlich, dass der größere Therianer ein Profi im Nahkampf war.

Ash drehte und wendete sich, um aus Agent Brodies Würgegriff zu entkommen. Dann landete er neben Brodie, schlang einen Arm um dessen Nacken und zwang ihn so in eine gebückte Haltung, bevor er ihm einen Schlag in die Rippen verpasste – oder es zumindest versuchte. Agent Brodie schlug Ashs Faust weg und landete einen schnellen Gegentreffer, indem er den Ellbogen hochriss, der Ash im Gesicht traf und mit blutiger Nase zurücktaumeln ließ. Mit dem Handrücken wischte Ash sich über die Nase.

»Fuck! Komm schon, Sloane. Ich habe heute Abend noch ein Date.«

Endlich drehte sich Sloane Brodie ganz um, und Dex konnte nur noch *na, aber Hallöchen* denken.

Shit, sein Teamleader war *heiß*. Wie hoch war die Wahrscheinlichkeit, dass er wirklich so ein Arsch war, wie Pearce behauptet hatte? Dex hatte es sich zur Regel gemacht, niemals jemanden nur aufgrund der Meinung eines anderen zu beurteilen, ganz besonders nicht jemanden, dem er noch nie begegnet war. Bisher schien es dafür keine Anzeichen zu geben, aber andererseits war der Agent bestimmt nicht zum Teamleader bei den THIRDS geworden, weil er die besten Umarmungen verteilte.

Sloane fing ein Handtuch auf, das ihm die zierliche Frau zuwarf. »Danke, Letty. Ash, erzähl ihr einfach, was du all deinen Dates erzählst. Dass du verletzt wurdest, als du ein paar Kätzchen aus einem brennenden Gebäude gerettet hast.«

»Von Ninjas umzingelt«, warf Cael unvermittelt ein, ein Grinsen im Gesicht. Also war sein Bruder durchaus bei der Sache.

Ash drohte Cael mit dem Finger. »Ermutige ihn nicht auch noch.«

Alle lachten, als Ash sie mit Flüchen bedachte. Die Kameradschaft im Team war offensichtlich, an der Art, wie sie sich gegenseitig neckten und verfluchten. Selbst wenn sie wütend oder verärgert waren, wurde deutlich, dass dahinter nichts Boshaftes oder Bösartiges lauerte. Sie waren eine Familie, und Dex war dabei, sich in dieses geheiligte Konstrukt hineinzudrängen.

Diese ganze Sache mit »die Einheit ist die Familie« war nicht das Einzige, was Dex Sorgen machte. Während er sich leise umdrehte und zurück zur Lounge marschierte, konnte er nicht aufhören, über Sloane Brodie und Ash nachzudenken. Das Können, das sie bei ihrem Trainingskampf an den Tag gelegt hatten, sprach Bände. Ash war besser in Form gewesen als Sloane, und Nahkampf war eine seiner besonderen Fähigkeiten. Er hatte nicht über seine Züge nachdenken müssen, sondern einfach reagiert, zweifellos durch jahrelange Praxis. Es war sein Temperament, das ihm einen Strich durch die Rechnung machte, während Sloane Erfahrung darin hatte, zu erkennen, was auf ihn zukam. Die Konzentration, mit der er die umgebenden Variablen erwogen hatte, war beeindruckend gewesen. Er beobachtete, passte sich an und reagierte ohne zu zögern.

Dex ließ sich auf eines der leeren Sofas in der Lounge fallen. Das war *so dermaßen* außerhalb seiner Liga. Nachdem er ein paar Minuten lang in Selbstmitleid geschwelgt hatte, schüttelte er sich innerlich und stand auf. Okay, also vielleicht spielte er ja außerhalb seiner Liga, hier an diesem speziellen Scheideweg seiner Karriere, aber es war ja auch sein erster Tag.

Du kannst das, Dex. Sein Team trainierte und arbeitete schon seit Jahren draußen im Feld. So ungern er es auch zugab: Tony hatte recht. Er war ein Frischling. Wenn er da wirklich mithalten wollte, würde er verdammt hart arbeiten müssen. Natürlich würde ihm verdammt hart arbeiten auch sehr viel leichter fallen, wenn er etwas zu essen hatte. Er gesellte sich zu einer Reihe anderer Agenten an der großen Snack Bar, deren Wände von Verkaufsautomaten gesäumt waren, die alles anboten vom Energieriegel bis zu Gummibärchen. Er entdeckte einen seiner Lieblingssnacks, trat an den glänzenden Automaten, tippte auf den Digitalbildschirm, warf Geld ein und sah zu, wie das letzte Päckchen Cheez Doodles in das Ausgabefach purzelte.

»Mm, lecker.« Dex hatte das orange-schwarze Tütchen kaum aufgehoben, als ein Schatten über ihn fiel.

»Hey.«

Dex drehte sich um, und die Begrüßung blieb ihm im Hals stecken, als er sich nicht einem durchschnittlich großen Individuum, sondern einem Therianer gegenübersah, gegen den Ash wie ein Hobbit wirkte. »Ähm, hey.« Er spähte auf die Markierung am baumstammartigen Hals des Therianers. *Ursus Arctos* – Grizzly. *Fuuuck.* »Wie geht's?« Dex lächelte strahlend und machte einen kleinen Schritt nach rechts. Fast schwarze Augen sahen ihn finster an, und ein kräftiger Finger deutete auf die Cheez Doodles in Dex' Hand.

»Das ist das letzte Päckchen.«

»Ja. Tut mir leid, Mann.« Dex wich noch etwas weiter zurück und registrierte, dass die anderen Agenten ihn entweder mit großen Augen anstarrten oder leise kicherten. Er wusste es wirklich zu schätzen, wie sie alle *nichts* taten, um ihm zu helfen, dieser Haufen Idioten. *Okay, Dex, Zeit, Rückgrat zu zeigen.*

»Her damit«, grollte der Therianer.

Oder auch nicht. Dex sah blinzelnd zu ihm auf. »Tut mir leid, was?«

»Jeder weiß, dass die mir gehören.«

Therianer hin oder her, aber Yogi Bear musste echt ein paar Manieren lernen. »Wenn man bedenkt, dass ich sie bezahlt habe, sehe ich nicht ein, wie das sein kann.«

»Die gehören alle mir.«

»Im Ernst? Du hast einen ganzen Automaten mit Cheez Doodles für dich reserviert?« Dex sah zwischen dem grinsenden Therianer und der Tüte Cheez Doodles in seiner Hand hin und her. Dann sah er Yogi mit gehobener Augenbraue in die Augen, bevor er die Tüte aufriss, einen Flip herausholte und sich in den Mund steckte, gefolgt von einem breiten Grinsen. Im Raum brach Gelächter aus, mehrere Pfiffe ertönten.

Yogi holte mit einer massigen Pranke aus, aber Dex ließ sich zu Boden fallen, bevor er eins übergebraten bekam. Dann rappelte er sich eilig wieder auf, stopfte die Tüte in seine geräumige Gesäßtasche, stürmte hinaus und rief nach hinten gerichtet: »Bastarde!«

Yogi war ihm dicht auf den Fersen, als Dex durch die Lounge stürmte, über den belebten Korridor und vorbei an den Trainingsbereichen. »'tschuldigung! Aus dem Weg!« *Shit, shit, shit!* Wer hätte gedacht, dass Yogi ebenso sehr auf Cheez Doodles stand wie er?

»Gib sie her«, grollte Yogi.

»Such dir dein eigenes Päckchen!« Das tiefe animalische Knurren daraufhin war wohl als »nein« zu sehen.

Dex rannte in den Trainingsraum, in der Hoffnung, bei seinem kleinen Bruder Hilfe zu finden, oder ihn zumindest als Schild nutzen zu können – als er in etwas Hartes krachte, zurückprallte und auf Yogi traf, der ihn grob erneut gegen den harten Körper stieß, gegen den er gerade geprallt war. Ein Arm schlang sich um ihn, und alle drei krachten in eine große Auslage mit Kampfsportausrüstung. Dex machte sich auf etwas gefasst, als er stürzte.

Das würde wehtun.

3

Lautes Scheppern und Krachen hallte durch den Raum, als Sloane zusammen mit der drei Meter hohen Auslage zu Boden ging und alles vom hölzernen Samuraischwert bis hin zum Langstock auf ihm landete und klappernd um ihn herum zu Boden fiel. Als der menschliche Agent mit ihm kollidierte, hatte Sloane instinktiv den Arm um ihn gelegt, in der Hoffnung, das Gleichgewicht wiederzufinden, doch stattdessen hatte das Gefuchtel des Mannes sie beide umgeworfen. Stöhnend rollte Sloane sich herum und knallte mit dem Kopf gegen den Kopf von jemand anderem.

»Scheiße, Mann«, stieß Sloane hervor, an den Idioten auf dem Boden neben ihm gerichtet, und rieb sich die Stirn. »Was soll das werden?«

Der Mann riss die Augen weit auf, und einen Augenblick lang war Sloane sprachlos. Das waren die hellsten kristallblauen Augen, die er jemals gesehen hatte, und sie bildeten einen scharfen Kontrast zu der gebräunten Haut, den dunklen Brauen und dem dunkelblonden Haar. Der Agent allerdings war ihm unbekannt. Musste ein Neuer sein, sonst hätte Sloane sich an ihn erinnert.

»Shit«, rief Blondie und bekam einen hochroten Kopf. Der Typ war ziemlich betreten, aber Sloane blieb keine Zeit, ihm irgendwelche Fragen zu stellen, denn Blondie gab einen Aufschrei von sich, als er unvermittelt an den Füßen in die Luft gehoben wurde – von einem sauer aussehenden therianischen Agenten.

»Gib sie her!«

Blondie wand sich zappelnd, um die Beine freizubekommen. »Du kannst mich mal, Balu!«

Rasch kam Sloane auf die Füße, während der Rest des Teams auf ihn zugelaufen kam. In ihren Mienen stand dieselbe ungläubige Verblüffung wie in seiner.

»Was zur Hölle ist denn hier los?«, wollte Ash wissen.

»Gute Frage.« Sloane verschränkte die Arme und sah den über zwei Meter großen Agenten mit schmalen Augen an. »Was machen Sie da, Agent Zachary? Lassen Sie ihn runter.«

Zach schob trotzig die Unterlippe vor und deutete auf den Mann, der in seinem Griff baumelte. »Er hat meine Cheez Doodles geklaut.«

Sloane fiel die Kinnlade herab. Hinter ihm prustete und kicherte sein Team wie ein Haufen Schulkinder. »Wollen Sie mir sagen, das alles hier …«, er zeigte mit dem Finger auf das Durcheinander auf dem Boden und fauchte, »… ist passiert wegen einer Tüte *Käsesnacks*?«

Blondie zog sich an den Beinen hoch und wollte eine von Zacks Händen losmachen, hatte aber keinen Erfolg. »Zu meiner Verteidigung: Ich wollte gerade essen und niemandem im Weg stehen, als Yogi Bear hier plötzlich versucht hat, mich umzubringen!«

»Wieso haben Sie seinen Snack gestohlen?«, fragte Sloane verblüfft. War der Typ irre oder nur dämlich?

»Habe ich gar nicht«, rief Blondie entrüstet. »Ich habe sie gekauft, aber offenbar hat er einen ganzen verdammten Automaten für sich allein reserviert!«

»Schön. Wieso haben Sie sie ihm dann nicht gegeben?«

Mit einem Aufstöhnen hörte Blondie auf zu zappeln und ließ sich wieder kopfüber hängen, verschränkte die Arme und schob eigensinnig das Kinn vor. »Weil sie mir gehören.«

»Jeder weiß, dass das meine sind«, grollte Zach.

»Ach, du meine Fresse …« Sloane kniff sich in den Nasenrücken und rang um Geduld. »Wo sind sie?«

Blondie griff in seine Gesäßtasche, holte den Anlass des lächerlichen Vorfalls heraus und hielt ihn Sloane hin.

Sloane nahm ihm die Tüte aus der Hand und stopfte sie Zach in die Brusttasche. »Da, und jetzt lass ihn runter.« Bevor er Zach noch sagen konnte, dass er das doch bitte behutsam tun solle, ließ der Blondie einfach los. Alle zuckten zusammen, als der Agent mit einem schmerzhaft dumpfen Aufschlag auf den Boden traf.

»Au! Verdammter Mist!«

»Danke«, sagte Zach mit breitem Grinsen.

»Nächstes Mal wird geteilt, okay?« Sloane tätschelte Zach den Arm und schickte ihn von dannen. Dann musterte er das Chaos in Form des Mannes auf dem Boden. Gott helfe dem Team, zu dem der gehörte.

»Dex!«

Sloane hob ruckartig den Kopf. Oh Fuck, nein. *»Sie?«* Mit offenem Mund starrte er den blonden Typen an, der sich fluchend aufrappelte.

»Nur nicht ausflippen vor lauter Freude«, brummte Dex und klopfte sich ab.

Das durfte nicht wahr sein. »Das muss ein Irrtum sein.«

»Versuchen Sie's mal mit Ihrer inneren Stimme. Ist weniger peinlich.«

Cael kam an und packte Dex an den Armen. »Alles okay mit dir? Ich war gerade auf der Toilette, als ich gehört habe, was passiert ist. In dem Moment als es ›verrückter Kerl‹ hieß, war mir klar, dass es um dich geht.«

»Na, danke aber auch.«

»Sie sind Detective Daley?« Sloane konnte es immer noch

nicht glauben. Das konnte doch nicht derselbe Typ sein, von dem Maddock immer erzählte. Unmöglich.

»*Agent* Dexter J. Daley. Ihr könnt Dex zu mir sagen.« Dex stemmte die Hände in die Hüften und musterte breit lächelnd das immer noch fassungslose Team. »Also, wer von euch ist mein neuer Partner?« Alle sahen Sloane an, und das Lächeln in Dex' Gesicht verschwand. »Der Tag wird ja immer besser.«

»Absolut nicht.« Sloane schüttelte den Kopf, als würde damit das ganze verstörende Problem verschwinden. Das war inakzeptabel. Er hatte ja begriffen, dass er es mit einem Frischling zu tun haben würde, aber das hier, das … *Nein.*

Dex wandte sich an ihn, und in seiner Miene stand Aufrichtigkeit. »Hören Sie, tut mir leid, das gerade eben. Das war blöd, ich weiß. Ich wollte nicht panisch werden. Aber mir hat noch nie ein Therianer gedroht, mich wegen ein paar Käsesnacks umzubringen. Na ja, außer Cael, aber der gehört zur Familie. Geben Sie mir eine Chance.«

Gottverdammt. War ja nicht so, als hätte er in der Hinsicht eine Wahl. Lieutenant Sparks hatte ihn bereits gewarnt. Er *musste* einen Partner haben, und sie war schon frustriert seinetwegen, weil er bereits etwa ein halbes Dutzend Agenten vergrault hatte. Zu seiner Verteidigung: Die waren allesamt Flachwichser gewesen. Okay, waren sie nicht. Genau genommen waren sie perfekt geeignet gewesen, aber keiner von ihnen hatte gut ins Team gepasst, und das war am Ende ebenso wichtig wie Kompetenz. »Sie sind nicht ganz das, was ich erwartet habe.«

»Erwartungen übertroffen?«, fragte Dex mit hoffnungsvollem Lächeln.

Jesus, das war ja noch schlimmer als er gedacht hatte. Sloane machte schmale Augen. »Nein.«

»Okay … Also, ähm, das ist also das Team, hm?«

Sloane würde mit Maddock noch ein ernstes Wort reden müssen. In der Zwischenzeit wandte er sich an den Rest des Teams, um alle vorzustellen, angefangen mit Ash – den er dabei geflissentlich nicht ansah. Der einzige Grund, warum Ash nicht komplett wegen des neuen Rekruten ausrastete, war sein Respekt für Cael. Dank sei dem Herrn für kleine Wunder. Sobald Cael außer Hörweite war, würde er sich Ashs Genörgel anhören müssen. Schon der Gedanke ermüdete ihn. »Ash Keeler, unser Experte für Zugangstaktiken und Nahkampf, und seine Partnerin Julietta Guerrera, unsere Waffenexpertin.«

»Letty«, korrigierte die zierliche Agentin mit ernstem Nicken.

Sloane deutete auf den jüngsten Agent in seinem Team. »Cael kennen Sie ja. Das ist seine Partnerin Rosa Santiago, unsere Vermittlerin in Krisensituationen und Sanitäterin.«

»Freut mich sehr, Rosa«, sagte Dex und lächelte gewinnend.

Rosa spitzte die Lippen und verschränkte die Arme. Das würde ja lustig werden. Sloane konnte es schon spüren. Dann wandte er sich den nächsten beiden Teammitgliedern zu und machte sich auf etwas gefasst.

»Unser Scharfschütze Calvin Summers und sein Partner Ethan Hobbs, unser Sprengstoffexperte.«

Dex presste die Lippen zusammen, und Sloane war klar, was jetzt kommen würde. Dex sah zwischen dem großen grüblerischen Therianer und seinem kleineren, ebenso grüblerischen, blonden Partner mit Igelfrisur hin und her.

»Also …«, begann Dex und sah Hobbs an, dessen Therianergestalt ihn eindeutig als Tiger auswies, »Nennt man dich Ethan, oder …«

»Man nennt ihn Hobbs«, sagte Calvin und verdrehte die Augen. »Komm damit klar.«

Dex biss sich auf die Unterlippe und versuchte mühsam,

nicht zu lachen, doch am Ende verlor er. »Tut mir leid, ganz ehrlich. Also man nennt euch beide Calvin und Hobbs wie den Jungen und den Stofftiger? Das ist einfach ... das ist ... so der Hammer.«

»Es ist der Hammer«, meinte Calvin gedehnt und wandte sich an Hobbs. »Na, habe ich dir heute Morgen nicht genau das gesagt? Wie toll das ist? Die Cartoonwitze kommen nie aus der Mode, oder?« Dex' Blick fiel auf das Frosties-Shirt von Ash, und Calvin gab ein empörtes Schnauben von sich. »Jesus. Du und deine bescheuerten T-Shirts, Ash.«

»Was denn?« Ash zuckte unschuldig mit den Schultern. »Ich bin eben rein zufällig ein Fan. Hey, wie kommt es eigentlich, dass du dieses rot-schwarz gestreifte T-Shirt nie anziehst, das ich dir letztes Jahr zum Geburtstag geschenkt habe?«

Hobbs stieß ein tiefes Knurren aus, und Calvin machte eine rüde Geste. »Leck mich, Ash.«

»Lass dir ein paar Möpse wachsen, und ich denke darüber nach.« Ash gab die unanständige Geste zurück und legte mit seiner Zunge noch einen oben drauf.

Das konnte Sloane nun gar nicht gebrauchen. »Jungs«, bat er, »kommt schon.«

»Ignorier sie«, sagte Rosa zu Dex. »Die drehen nur so auf, weil du der Neue bist.«

Ein fieses Grinsen erschien auf Ashs Gesicht. »Wo wir gerade von Ärschen reden, hat Rosa dir ihren schon gezeigt?«

Rosa gab Ash einen groben Schubs, was den aber nur zum Lachen brachte. *»Pendejo, vete pa'l carajo. Puta.«*

»Ich liebe es, wenn du schmutzige Sachen zu mir sagst.« Ash lachte und blockte ihre Schläge ab, als sie auf ihn losging. »Ich sag dir doch immer Baby: Eine Nacht mit mir, und ich verspreche dir, dann stehst du wieder auf Kerle. Du kannst auch deine Freundin mitbringen.«

»Du mich auch, Ash. Du …«

»In Ordnung, das reicht«, zischte Sloane und lenkte damit wieder alle Aufmerksamkeit auf sich. »Ash, räum den Mist hier auf.« Er deutete mit dem Daumen über die Schulter, und wie erwartet warf Ash Dex noch einen finsteren Blick zu, bevor er davonstürmte und dabei vor sich hin schimpfte. »Rosa, du hilfst ihm.«

Rosa stemmte eine Hand in die Hüfte, hob die andere und zeigte Ash den Mittelfinger. Sloane wollte gar nicht wissen, was Ash hinter seinem Rücken tat. Je weniger er sah, umso besser. »Wieso muss ich diesem *puta* helfen?«

»Weil ihr zwei mich total in den Wahnsinn treibt«, knurrte Sloane, bevor er auf Dex deutete. »Und falls es euch noch nicht aufgefallen ist: Ich habe gerade genug, womit ich mich herumschlagen muss.« Schnaubend marschierte Rosa hinter Ash her. »Calvin, du und Hobbs macht mit eurem Training weiter. Letty, geh und organisiere Dex einen Spind. Cael, du machst fünf Minuten Pause.« Alle stoben davon, und Sloane blieb allein zurück mit seinem neuen Partner, der eigentlich in Begleitung des Sergeants sein und nicht allein hier herumstreunen sollte, vor allem, nachdem er anscheinend Chaos verbreitete, wo immer auftauchte. »Wo ist Maddock?«

»Bei Dr. Colbourn und Dr. Bishop. Sie mussten etwas mit ihm besprechen. Es ging um die Morde an den HumaniTherianern. Weißt du, du hast dich noch nicht vorgestellt.« Dex lächelte und streckte ihm die Hand entgegen.

Mit freundlichem Lächeln nahm Sloane die Hand und schüttelte sie. »Ich entschuldige mich. Hi, ich bin Agent Sloane Brodie, dein Teamleader. Ich mag Lesen, kuschelige Nächte zu Hause und die beruhigenden Klänge von Classic Rock. Außerdem surfe ich gern im Internet nach lustigen Katzenvideos, aber tief im Inneren bin ich, glaube ich, doch mehr ein Hundefan.«

Dex beäugte ihn unsicher. »Das klingt ziemlich sarkastisch.«

»Ja, Frischling, ich *bin* sarkastisch.« Sloane zog die Hand wieder weg. »Alles, was du über mich wissen musst, ist, dass ich von dir erwarte, dass du das tust, was ich dir sage. Kapiert?« Er bekam ein knappes Nicken als Antwort.

»Kapiert.«

»Gut. Und jetzt gehen wir auf diese Matte, und du zeigst mir, womit ich arbeiten muss.«

Dex sah bestürzt aus. »Du willst, dass ich gegen dich kämpfe?«

»Wenn ich mir den blauen Fleck an deiner Lippe und die Kratzer in deinem Gesicht so ansehe, würde ich sagen, dass dir das Konzept nicht gänzlich unbekannt ist.« Dex machte den Mund auf, und Sloane hob rasch die Hand, um ihn aufzuhalten. »Ist mir egal. Jetzt bist du im Dienst, und solange du im Dienst bist, gehört dein Hintern mir. Hast du damit ein Problem?«

»Nein. Ich hatte nur nicht erwartet, dass ich meine Jungfräulichkeit gleich am ersten Tag verliere.«

»Ich bin mir sicher, dass sich der Spruch in deinem Kopf besser angehört hat. Egal, welche Erwartungen du bezüglich des Jobs und der THIRDS hattest, ich schlage vor, du vergisst alles. Jetzt schaff deinen Hintern auf die Matte. Schuhe und Shirt ausziehen. Deinen Beinriemen kannst du Cael geben. Oh, und Frischling?«

»Ja?«

»Sofort!«

Zügig zog Dex die Stiefel aus, unter denen leuchtend orange Socken zum Vorschein kamen, die Sloane ein spöttisches Grinsen entlockten. Die Standardausgabe war schwarz, aber Dex hielt sich offensichtlich für etwas Besonderes. Er hatte Gel im Haar, und Sloane konnte irgendwas Fruchtiges, Zitrusartiges von Weitem riechen. Als Nächstes fiel das Uniformhemd, und Sloane gab sein Bestes, um das Ziehen in seinem Unterleib zu ignorieren, als er den halbnackten Frischling musterte. Muskulöse Arme und ein ebensolcher Brustkorb, dessen Muskeln unter einem eng anliegenden schwarzen T-Shirt höchst anziehend spielten. Er war nicht so groß, wuchtig oder breit wie Sloane, eher sehnig und athletisch, aber er war ohne Frage gut gebaut.

Sloane hatte kein Problem damit, zuzugeben, wenn er jemanden körperlich anziehend fand, und der Agent vor ihm *war* körperlich anziehend. Gut, und nachdem das nun festgestellt war, konnte er sich wieder auf den Job konzentrieren – einen Job, der ganz plötzlich sehr viel schwieriger geworden war. Dex schnallte den Beinriemen ab, pfiff seinem Bruder zu und warf ihm den Riemen zu. Cael fing ihn auf und legte ihn neben sich auf den Boden, bevor er sich wieder seinem Tablet widmete. Legte der Junge das Ding eigentlich jemals aus der Hand?

Sloane musterte Dex, als der in die Mitte der Matte trat. Der Typ hatte auch noch einen hübschen Hintern. Anscheinend wurde es langsam Zeit, dass Sloane mal wieder Sex hatte. Es war schon zu lange her, seit er jemanden abgeschleppt hatte, aber andererseits war sein Job anscheinend das Einzige, was ihn dieser Tage interessierte. *Wieso in aller Welt dachte er jetzt an Sex?* Er folgte Dex auf die blaue Matte, blieb vor ihm stehen und verbannte sämtliche Gedanken an Erotik aus seinem Kopf. Er hatte Arbeit vor sich. Eine *Menge* Arbeit.

Dex machte sich bereit und dehnte seine Nacken- und Rückenmuskeln. Trotz seiner desaströsen Vorstellung hatte der Typ tatsächlich eine ausgezeichnete Körperhaltung. Er balancierte perfekt auf einem Bein, während er das andere Knie zum Dehnen hob, dann das Bein wechselte und dasselbe noch mal machte. Schließlich bückte er sich, legte mühelos die Hände um die Fußknöchel und rollte langsam über den Rücken nach oben, bis er wieder aufrecht stand. Er rollte die Schultern, schüttelte sich aus und hüpfte ein wenig auf den Zehenspitzen, um sich aufzuwärmen. Seine Bewegungen verrieten Geschmeidigkeit und Biegsamkeit. Dennoch konnte Sloane nicht begreifen, wie das derselbe Kerl sein konnte, der den Trainingskurs mit der höchsten Punktzahl seiner Klasse abgeschlossen hatte. Er wusste zwar nicht viel über Dex, aber sobald er von der Entscheidung unterrichtet worden war, hatte er seine Akte gelesen.

Als Dex fünf Jahre alt war, waren beide Eltern während der Unruhen getötet worden. Der Freund und Arbeitspartner seines Vaters, Anthony Maddock, hatte ihn damals adoptiert. Ein Jahr später war sein jüngerer therianischer Bruder gerettet und adoptiert worden. Mit achtzehn war Dex für vier Jahre nach Berkeley gegangen, hatte dort einen Bachelor of Laws in Strafrecht erworben und war ein Jahr später zur HPF gegangen. Vier Jahre danach war er zum Detective befördert worden. Dexter J. Daley, dreiunddreißig Jahre alt, unverheiratet, und vor Kurzem Zeuge gegen seinen Partner bei der HPF in einem Mordprozess. Sloane versuchte immer noch herauszufinden, was von dieser letzten Info zu halten war.

Dex nahm Kampfhaltung ein: gebeugte Knie, das linke Bein ein wenig weiter vorn als das rechte, und die Fäuste vor dem Gesicht.

»Die Haltung ist gut«, brummte Sloane und ignorierte Dex' überraschten Blick. Dann nahm er selbst Kampfhaltung ein und bedeutete Dex, vorwärtszukommen. »Okay. Jetzt greif mich an.«

Dex schüttelte den Kopf. »Nein.«

Sloane stutzte. Wollte der Frischling sich mit ihm anlegen? »Was soll das heißen, *nein*?«

»Wie wäre es damit: Du greifst *mich* an.«

»So läuft das nicht.«

»Ich habe gesehen, was bei einem Frontalangriff auf dich passiert. Du willst sehen, was ich kann? Dann musst du es dir holen.«

Sloane hob eine Augenbraue. Tja, zumindest hatte der Typ Eier. »Okay. Aber denk dran, du hast es so gewollt.« Er trat vor, täuschte mit der Rechten an, um mit der Linken einen Treffer in Dex' Rippen zu landen. Ein Schlag gegen den linken Fuß, und Dex krachte auf die Matte.

»Fuck«, stöhnte Dex und rollte beiseite. Dann sprang er auf die Füße und rollte die Schultern. »Okay.« Auf den Zehenspitzen wippend umrundete er Sloane. »Versuchen wir das noch mal.«

Dieser Kampf war schon vorbei. Aber der Frischling wusste es noch nicht. Sloane war gut darin, Schwächen auszumachen, und er war bereits dabei, die seines Partners auszuloten.

Langsam umkreisten sie einander, und mit jedem Schritt kam Sloane näher an Dex heran, bis er nahe genug war, um zum Schlag auszuholen. Dex blockte den Hieb und konzentrierte sich darauf, Sloane keinen Treffer landen zu lassen. Er studierte Sloane, versuchte seine Technik in den Griff zu bekommen, damit er selbst einen Angriffsplan entwickeln konnte. Frischling benutzte seinen Kopf – gut so –, aber er brauchte zu lange, um zu entscheiden, wie er vorgehen wollte, und das war schlecht. Zögern war etwas, das sich sein menschlicher Partner draußen auf dem Feld nicht leisten konnte, nicht wenn er es mit Therianern zu tun hatte. Therianer waren schneller, kräftiger, heilten rascher und hatten eine höhere Schmerztoleranz als Menschen.

Mit dem rechten Ellbogen am Körper blockte Dex einen linken Haken, der auf seine Rippen zielte, doch da er vorausahnte, dass Sloane rechts antäuschen würde, brachte er den linken Ellbogen ebenfalls an den Körper, sodass sein Kopf ungeschützt war. Sloane nutzte seinen Vorteil und traf Dex unterm Kinn. Dessen Kopf schnellte hoch und war lange genug ungeschützt, dass Sloane ihm einen Klaps auf die Wange verpassen konnte. Dex stolperte mit weit aufgerissenen Augen zurück.

»Was zur Hölle war denn das?«

»Tut mir leid. Habe ich dein Make-up verschmiert?« Bei Dex' finsterem Blick musste Sloane ein Lächeln unterdrücken. Das war zu einfach. Dex vergaß anscheinend alles zum Thema Abstand halten und griff ihn an.

Eine stürmische Kombination aus Schwingern, Stößen und einem versuchten Kinnhaken folgte, die zwar ganz gut ausgeführt war, aber trotzdem nicht reichte, um Sloane kalt zu erwischen. Er blockte Dex' Vorstöße, duckte sich unter einem rechten Haken weg und packte ihn am Bein. Einmal kräftig ziehen, und Dex lag erneut auf dem Rücken.

»So oft habe ich seit dem College nicht mehr auf dem Rücken gelegen.«

Sloane lachte. »Der Anblick steht dir, Frischling.«

»Du bittest mich doch nicht etwa um ein Date? Ich gehe nämlich nicht mit Arschlöchern aus«, grummelte Dex und setzte sich auf.

»Ich mag ja ein Arschloch sein, aber sogar ich habe gewisse Mindestanforderungen.«

Dex senkte schmunzelnd den Kopf und hielt ihm die Hand hin.

»Was, schon aufgeben? Wie enttäuschend.« Sloane nahm Dex' Hand, um ihn hochzuziehen, als dieser plötzlich den Oberkörper herumwarf, ein Bein ausstreckte und ihn damit seitlich am Knie traf, sodass er einknickte. Sloane wurde nach vorn gerissen, Dex schlang ihm die Beine um die Taille und drehte den Unterkörper, um Sloane auf den Rücken zu werfen. Dex landete auf ihm und drückte mit den Händen Sloanes Handgelenke auf die Matte, ihre Gesichter nur Zentimeter voneinander entfernt.

»Also, was das Date angeht«, sagte Dex und lachte atemlos. Sein Blick wanderte kurz zu Sloanes Lippen, bevor er sich wieder aufrichtete, und sein Grinsen wurde breiter. Der kleine Scheißer verspottete ihn.

Sloane wusste nicht recht, was ihn mehr ärgerte: dass er sich hatte überrumpeln lassen, oder dass es ihm gefiel. Zorn brodelte in ihm hoch, und das ärgerte ihn noch mehr. Er wurde nie zornig. Zorn bedeutete, dass der Frischling ihm an die Substanz ging.

Freundlich lächelnd befreite Sloane mit einem Ruck sein linkes Handgelenk und packte fest das von Dex. Er schlang den Arm um Dex' Nacken und zwang damit auch dessen Arm nach oben. Mit einem schnellen Ruck warf er Dex von sich und auf die Matte.

Schon besser. Sloane kam lässig auf die Füße und grinste zufrieden. Er holte tief Luft, um sich wieder zu beruhigen, und drehte sich um. Der Anblick von Dex auf dem Bauch, mit durchgebogenem Rücken und einem frustrierten Stöhnen ließ ihn die Stirn runzeln. Er ignorierte, wie sich Frischlings Rücken wölbte und wie er aussah, als er sich auf Hände und Knie rappelte. Was war denn nur los mit ihm? Es war Zeit, diese … Ablenkung zu beenden.

»Komm schon«, knurrte Sloane. »Hoch mit dir. Ich bin nicht hier, um mit dir Xbox zu spielen.«

»Komm schon, Dex!« Cael saß ein paar Meter entfernt auf dem Boden, und Sloane legte den Kopf schief und schob die Unterlippe vor.

»Och, ist das nicht niedlich? Brüderchen feuert an«, zog er Dex auf.

Dex ging auf ihn los und warf ihm die Arme um die Taille, in einem undurchdachten Versuch, ihn umzuwerfen. Sloane ging nicht zu Boden. Er war größer, stärker und schwerer als Dex, aber immerhin landete der Frischling einen netten Treffer in Sloanes Rippen, das musste man ihm lassen. Eine geschmeidige Drehung, und Sloane hatte sich aus Dex' Griff befreit und hielt ihn nun im Schwitzkasten. Doch er schlug nicht zu, sondern versetzte ihm nur einen weiteren Klaps auf die Wange. Dex stieß ein frustriertes Knurren aus und wollte sich von ihm wegstemmen.

»Hör auf damit!«

»Och, Frischling wird sauer.« Sloane verwuschelte Dex' Haar und machte ihn damit noch saurer.

»Hach, wie niedlich«, stichelte Ash neben der Matte.

»Du mich auch, Simba!«

Rosa brach in Lachen aus, und Ash sah sie böse an. »Ist das dein Ernst?« Dann wandte er sich mit finsterem Blick wieder Sloane zu. »Du trittst ihm besser in den Hintern.«

Dex wand sich in Sloanes Griff. »Komm schon, Frischling. Mehr hast du nicht drauf?«

»Das ist kein Kampf«, stieß Dex hervor. »Du machst hier lediglich einen auf Arsch.«

Sloane zuckte mit den Schultern. »So oder so, ich habe gesehen, was du kannst, und ich muss sagen, es ist nicht gerade reizvoll.«

»Nicht reizvoll, hm?« Dex holte mit der Faust aus, und Sloane ließ los, sprang zurück und entging nur knapp Dex' Faust, die an Sloanes Genitalien vorbeistreifte. Sloane starrte Dex an.

»Du wolltest mir in die Glocken schlagen?«

»Du hast doch selbst gesagt, das ist kein Kampf, also ja. Und ich hätte es genossen.«

»Hey, pass auf.« Sloane stürmte auf Dex zu, der sich nicht

von der Stelle rührte, das Kinn trotzig vorgeschoben. Frischling hatte Nerven, aber er musste lernen, wo sein Platz war. Sloane packte ihn, warf ihn von den Füßen und knallte ihn auf die Matte. »Bleib verdammt noch mal unten, wenn du weißt, was gut für dich ist.«

Dex ignorierte ihn, kam schwer atmend wieder hoch und holte aus. Dämlicher Bastard, wusste einfach nicht, wann man aufhörte. Sloane duckte sich, packte Dex um die Taille und knallte ihn erneut auf die Matte. Mit einem unterdrückten Stöhnen rollte Dex sich auf die Seite und stemmte sich auf Hände und Knie. Sloane wischte sich mit dem Handrücken den Schweiß von der Stirn und umkreiste Dex. Er konnte gar nicht mehr zählen, wie oft er Dex schon zu Boden geschickt hatte, aber der Typ stand immer wieder auf. Gut, mit jedem Mal brauchte er ein wenig länger, aber trotzdem rappelte er sich immer wieder hoch. Sloane wusste nicht, ob er beeindruckt oder sauer sein sollte.

»Du bist dafür nicht geschaffen, Frischling.«

Dex gab keine Antwort, sondern sah ihn nur finster an. Dann griff er Sloane mit einem Knurren erneut an, duckte sich unter Sloanes rechtem Haken durch und platzierte einen Treffer an dessen ungeschützten Rippen. Sloane biss die Zähne zusammen, um den Schmerz zu unterdrücken, ließ sich vom Adrenalin in seinen Adern treiben und donnerte die Fäuste auf Dex' Rücken. Dex ging zu Boden und sein Kopf prallte schmerzhaft auf die Matte.

Fuck. Sloane befühlte seine Rippen und zuckte zusammen. Verdammt, der Frischling hatte ihn ziemlich gut erwischt. »Wieso bleibst du nicht unten? Es wird doch nur schlimmer.«

Mit einem trockenen Auflachen rollte Dex sich schwer atmend auf den Rücken. »Lass mich raten. Das ist der Teil, wo ich heulend nach Hause zu Papi laufen soll. ›Ooh, mein neuer

Partner hasst mich. Buhuu.‹« Sloane sah die Anstrengung in Frischlings Gesicht, als er sich wieder auf die Füße kämpfte, sich aufrichtete und dabei keuchend Luft holte. »Tja, du mich auch. Kleine Info für dich: Ich würde lieber verbluten, als dir diese Genugtuung zu verschaffen, Mistkerl.«

Sloane sah ihn mit gerunzelter Stirn an. »Charmant.«

»Und *wie* charmant ich bin«, rief Dex und bekam einen hochroten Kopf. »Ich bin der charmanteste Hundesohn, dem du je begegnen wirst, also leck mich an meinem perfekten Arsch!«

Sloane überlegte kurz, legte dann den Kopf schief und zuckte mit den Schultern. »Habe schon bessere gesehen.«

»Ach, jetzt beleidigst du auch noch meinen Hintern?«

Sloane setzte gerade zu einer Antwort an, als eine dröhnende Stimme über den Lautsprecher kam.

»Destructive Delta, bitte in einer Stunde in Besprechungsraum A melden, auf Befehl von Sergeant Maddock.«

»Sieht so aus, als hätte Daddy dich doch noch gerettet.« Sloane wandte sich an sein Team und klatschte in die Hände. »Okay, alle unter die Dusche. Wir sehen uns oben.« Alle marschierten hinaus. Sloane ging zum Handtuchständer, nahm eines, um sich das Gesicht abzuwischen, und als er sich wieder umdrehte, prallte er beinahe gegen Dex, der mit seinem Beinriemen in der Hand dastand.

»Also, dann lass mal sehen.«

Sloane warf sich das Handtuch über die Schulter. »Was?«

»Du weißt schon.«

»Meinst du damit jetzt, dass ich zum Tier werden oder dass ich mein Ding rausholen soll?«

Dex sah aus, als würde er darüber doch tatsächlich nachdenken. »Komm schon, ich will den Alpha unter dem Arschloch sehen. Wir haben Löwen und Tiger und …« Dex ließ den Blick über Sloanes Hals gleiten, und ein seltsames Lächeln lag auf seinem Gesicht, als er Sloane wieder ansah. »Jaguar. Meine Güte.«

Ach, du Schande, der Typ meinte es ernst.

Dex zuckte mit den Schultern. »Ich sehe das nicht als große Sache. Du bist mein Partner, wir befinden uns hier in der Öffentlichkeit, und draußen stehen Verkaufsautomaten für die Betreuung danach. Wir haben noch Zeit, bis wir zum Besprechungsraum müssen. Jetzt bin ich an der Reihe, zu sehen, womit ich es zu tun habe.«

Sloane dachte darüber nach. »Okay.«

»Ja?«

»Klar.« Sloane umkreiste Dex und drängte ihn zurück, bis er mit dem Rücken zur Wand stand. Er drückte die Arme links und rechts von Dex' Kopf an die Wand und sah, wie der Adamsapfel seines Partners hüpfte, als der schwer schluckte. Genau, wie Sloane erwartet hatte. Dex wollte es sich offensichtlich noch einmal überlegen, ob er wirklich den »big bad Alpha« sehen wollte. Sloane beugte sich vor, bis seine Lippen nur noch Zentimeter von Dex' Kinn entfernt waren und holte tief Luft. »Weißt du, wieso Jaguar-Therianer die tödlichsten aller Raubkatzen sind?«

»Ähm …«

»Mein Biss als Therianer ist doppelt so stark wie der eines Löwen. Ich verfüge über eine Deepthroat-Technik des Zubeißens und Erstickens, bei der meine Reißzähne sich durch das Schläfenbein deines Schädels bohren, genau zwischen den Ohren und in dein Gehirn.« Sloane demonstrierte selbiges mit den Fingern, worauf Dex ihn finster ansah. Sloane lachte und flüsterte dann Dex ins Ohr: »Aber ich wette, das Einzige, was du von all dem wirklich gehört hast, war *Deepthroat*.«

Dex hob das Kinn und ließ den Blick einmal mehr zu Sloanes Lippen wandern, bevor er ihm wieder in die Augen sah.

Er fuhr sich mit der Zunge über die Lippen, und seine Augen umwölkten sich. »Deine Pupillen sind erweitert. Heißt das, du willst mich flachlegen oder mich fressen? Denn mit einem von beiden hätte ich vielleicht ein Problem.«

Sloane beglückwünschte sich innerlich dafür, dass er sich seine Überraschung nicht anmerken ließ. Frischling hatte zweifellos Mumm. Er legte Dex eine Hand in den Nacken und drückte leicht zu, während ihm das Ziehen in seiner Lendengegend voll bewusst war. Aber er beschloss, es zu ignorieren. »Wenn dir das nächste Mal eine blöde Idee kommt, dann behalte sie für dich. Ich bin nicht hier, um Tricks für dich vorzuführen, und ich bin mit absoluter Sicherheit nicht dein Schoßtier. Verstanden?«

»Verstanden.« Dex nickte knapp und hob dann einen Finger. »Frage.«

»Nein.« Sloane zog sich zurück und verließ den Trainingsraum. Dex folgte ihm auf dem Fuße. Sloane tat sein Möglichstes, den Kerl zu ignorieren, aber er wusste nicht, was ihn mehr störte: Wenn der Frischling die Klappe nicht zukriegte oder wenn er sie tatsächlich doch mal hielt. Sloane warf einen Blick über die Schulter und gab ein Stöhnen von sich, als er das breite Grinsen in Dex' Gesicht sah. »Was?«

Dex zuckte lässig die Schultern. »Nichts.«

»Wieso läufst du mir nach?«

»Weil ich bei der ersten Besprechung nur ungern Gestank verbreiten möchte und nicht weiß, wo die Duschen sind.«

Sloane musterte ihn misstrauisch. Noch vor ein paar Minuten war der Typ drauf und dran gewesen, auf ihn loszugehen und hatte ihn provoziert, und jetzt verhielt er sich, als wären sie beste Freunde. »Du bist ein sehr merkwürdiger Mann.«

Dex strahlte ihn an. »Ich bevorzuge die Bezeichnung ›einzigartig‹.«

»Einigen wir uns darauf, dass wir uns nicht einig sind.« Kopfschüttelnd durchquerte Sloane die Lounge und brummte hier und da eine Antwort, wenn andere Agenten ihn grüßten. Am anderen Ende der Anlage waren die Umkleidekabinen, und er war erleichtert, als er sah, dass Letty vor der Männerumkleide auf ihn wartete. Sie gab ihm die Papiere zur Bestätigung. Gut, dann hatte er Dex ein paar Minuten lang von der Backe, bis er mit dem Duschen fertig war.

»Hier, bitte. Spindzuteilung für Dex.«

Sloane runzelte die Stirn, als er die Nummer auf dem Papier sah. »Im Ernst, Letty?«

Rechts neben seinem. Perfekt.

Letty zuckte mit den Schultern, aber in ihren Augen leuchtete Belustigung auf. »Was? Es war der Einzige, der verfügbar war.«

»Bist du sicher?« Vielleicht konnte er jemanden dazu überreden, mit Dex zu tauschen. Und wenn alles andere nicht klappte, konnte er immer noch einen Tausch *veranlassen*.

»Na ja, einen gibt es noch.« Ihre besorgte Miene drehte ihm den Magen um. »Aber ich dachte mir, den wirst du ihm nicht geben wollen.«

»Wieso?« Dex spähte an Sloanes Schulter vorbei auf die Papiere. »Was ist denn mit dem anderen Spind los?«

»Mit dem ist gar nichts los«, gab Sloane barsch zurück.

Dex hob die Hände und wich einen Schritt zurück. »In Ordnung. Ist ja gut, du musst mir nicht gleich den Kopf abbeißen.«

»Benimm dich weiter wie ein Trottel, und wenn ich das nächste Mal zum Tier werde, mache ich das vielleicht.« Sloane drückte Dex die Papiere in die Hand und stürmte in die Umkleide. Er hätte ihn nicht so anfahren sollen, aber er konnte nicht anders. Es passte ihm nicht, dass Dex hier war. Wenn er einem anderen Team zugeteilt worden wäre, dann lägen die

Dinge vielleicht anders. Vielleicht wären sie dann miteinander ausgekommen. Aber Dex gehörte nicht zu einem anderen Team. Er gehörte zu Sloanes Team, und er wollte Gabe ersetzen. Niemand konnte Gabe ersetzen.

Schlecht gelaunt zog er sich aus, schlang sich ein Handtuch um die Taille und tat sein Bestes, um nicht an seinen Partner zu denken. Natürlich klappte das in etwa so gut wie all die anderen Male, wenn er versuchte, nicht an Gabe zu denken.

Neben ihm öffnete Dex still seinen neuen Spind und runzelte nachdenklich die Stirn, als er seine Stiefel hineinstellte. »Tut mir leid wegen des Spinds. Ich wusste nicht, dass es seiner war.«

Sloane gab keine Antwort, nahm seinen Kulturbeutel und schlug seinen Spind zu. Als er sich zu Dex umdrehte und das Mitgefühl im Gesicht des Frischlings sah, spürte er einen Stich von Reue und Trauer.

»Tut mir leid wegen Gabe«, fuhr Dex fort.

»Wenn du auch nur einen Klugscheißerwitz über ihn machst, dann, so wahr mir Gott helfe …« Die Warnung war ein tiefes, drohendes Knurren, doch er war erleichtert, als Dex den Kopf schüttelte. Seine Miene war aufrichtig.

»Ich weiß, wie es ist, jemanden zu verlieren, der einem wichtig ist. So ein Trottel bin ich nun auch nicht.«

Sloane nickte und fühlte sich ziemlich schuldig, weil er ihm das unterstellt hatte. Doch dann wurde ihm bewusst, wie sehr er Gabe verteidigte, egal, wer gerade über ihn sprach. Darauf hatte er nichts weiter zu sagen, also ließ er Dex stehen und ging zu den Duschen. Der Rest seines Teams war schon dort, lachend und scherzend. Ash kannte ihn inzwischen zu gut: Sein Lächeln verschwand, und er neigte fragend den Kopf. Sloane wusste die Sorge seines Freundes zu schätzen, also antwortete er mit einem beruhigenden Lächeln. Ash Keeler mochte zeitweise ein unerträglicher Mistkerl sein, aber er war Sloanes bester Freund und der Einzige, der wusste, was er durchgemacht hatte.

Sloane drehte das kalte Wasser auf, stellte sich darunter und ließ seine Anspannung davon abwaschen. Seine Muskeln begrüßten die winzigen Stiche des kalten Wassers, er strich sich das Haar aus den Augen und mahnte sich selbst, dass er wieder einen Haarschnitt brauchte. Er lockerte seine Muskeln und spürte, wie er sich langsam entspannte – bis er *ihn* hörte.

»Och, Einzelkabinen? Wo bleibt denn da der Spaß?«

»Manche von uns mögen es nicht, wenn man ihnen auf die privaten Teile starrt«, antwortete Ash knurrend.

Sloane trat aus der Dusche, nahm sich sein Duschgel und bemerkte dabei, dass Dex ihn ansah. Dex richtete seine Aufmerksamkeit wieder auf Ash und erwiderte: »Nicht anstarren, sondern würdigen. Und wer riskiert denn nicht hin und wieder mal einen Blick? Stell du dich hin und sag mir, dass du noch nie einen Blick auf den Liebesknüppel eines Kerls geworfen hast, dann sage ich dir, das ist ganz großes Kacka.«

Calvin stützte die Arme auf die Trennwand aus Milchglas und schüttelte den Kopf. »Ich weiß nicht, was ich verstörender finde: deine Wortwahl oder dich ganz allgemein.«

Dex lachte und trat in die leere Nische zwischen Cael und Sloane. Cael hatte mit keinem Wimpernzucken auf die Possen seines Bruders reagiert. Ash allerdings wandte sich ziemlich wütend an Cael.

»Im Ernst, Mann, hält dein Bruder eigentlich jemals die Klappe?«

Cael hielt inne, als würde er nachdenken. »Nein. Doch, wenn er schläft. Meistens.«

»Großartig.«

»Ich liebe dich, Bro.« Dex streckte die Hand aus und zog seinen Bruder zu sich heran, um ihm einen dicken Schmatz auf den Kopf zu verpassen, was ihm ein empörtes Schnauben und einen Schubs einbrachte.

»Igitt! Wir sind in der Dusche.«

Dex lachte über das entsetzte Gesicht seines Bruders, drehte die Dusche an und prüfte die Wassertemperatur. »Ist ja nicht so, als würden wir uns eine teilen. Das war, als wir Kinder waren. Ihr hättet ihn sehen sollen. Er war ja so niedlich. Er hatte diesen winzig kleinen …«

»Dex!«

»Was denn?« Dex blinzelte seinen Bruder unschuldig an. »Ich wollte nur Penis sagen.«

Sloane gab einen erstickten Laut von sich, drehte sich hastig weg und drückte die Hand auf den Mund, um nicht laut loszulachen. So ein Idiot. Calvin hatte weniger Selbstbeherrschung und prustete laut los.

Cael war offensichtlich nicht ganz so amüsiert wie der Rest. Er warf seinem Bruder einen mörderischen Blick zu. »Im Moment hasse ich dich wirklich.«

»Ich bin sicher, dass du damit nicht allein bist«, warf Ash ein.

»Ich veralbere dich nur. Ich bin sicher, dass dein Penis seitdem enorm gewachsen ist.« Dex wackelte mit den Augenbrauen und fing an, sich abzutrocknen. Sloane zwang sich, wegzusehen. Dex war nicht amüsant, und er war ganz bestimmt nicht niedlich.

»Was ist bei dir eigentlich nicht in Ordnung?« Ash drehte seine Dusche ab und wickelte sich ein Handtuch um.

»Bleib locker. Wir sind Brüder. Die machen so was.«

Ashs Miene verriet, dass er ganz und gar nicht belustigt war. »Du tust mir leid, Cael, ganz ehrlich.«

»Hey.« Dex deutete mit seinem Zitrusduschgel auf Ash. »Du magst ja auf diesen speziellen Blick hereingefallen sein, so nach dem Motto: *Ich bin so hinreißend, dass ich in einer Boyband spielen sollte.* Aber ich bin mit dem Kerl groß geworden. Ich kenne das Böse, das in ihm lauert. Hat er euch erzählt, dass er mich einmal betäubt, mir den Kopf rasiert und dann die Stoppeln neongrün gefärbt hat? Ich musste zum Abschlussball mit einem Kopf, der aussah wie ein gigantischer Tennisball.«

»Oh, ja«, gluckste Cael, »das war echt lustig.«

»Cael vor.« Ash und Cael stießen die Fäuste zusammen, und Dex sah nicht erfreut aus.

Würde das jetzt die ganze Zeit so gehen? Normalerweise war Ash derjenige, der allen anderen den letzten Nerv raubte. Sah so aus, als hätte sein bester Freund in dem Bereich ernsthafte Konkurrenz bekommen, und sie alle wussten, wie sehr Ash Konkurrenzkampf *liebte*. Na, super.

»Klar, lacht ihr nur. Ist alles ein riesiger Spaß, bis man mit einem Tennisballkopf endet.«

Cael machte die Dusche aus, wickelte sich ein Handtuch um und schnappte sich seinen Kulturbeutel. Dann drehte er sich mit todernstem Gesicht zu seinem Bruder um. »Erinnerst du dich noch, als ich gesagt habe, ich freue mich, dass du da bist?«

»Ja?«

»Der Reiz des Neuen ist so was von vorbei.«

Dex warf den Kopf nach hinten und lachte. Nachdem er sich abgespült hatte, machte er die Dusche aus und sah Sloane mit breitem Grinsen an. »Ich glaube, hier gefällt es mir.«

Gott stehe ihnen bei.

4

»Du konntest nicht bleiben, wo du warst, oder?«

Dex folgte Tony aus dem Aufzug, gespannt darauf, endlich einen Blick auf seinen Arbeitsplatz werfen zu können. Inzwischen war er weit weniger beklommen als vor dem Zusammentreffen mit seinem Team, auch wenn er jede Menge anderer Sorgen hatte.

»Ich denke, es lief ganz gut.«

»*Ganz gut?* Es war eine Katastrophe! Dein neuer Teamleader hat dich windelweich geprügelt, was übrigens langsam zu einer beunruhigenden Gewohnheit wird.« Tony wandte sich zur Seite, und an seiner Schläfe pulsierte wieder dieselbe Ader wie zuvor, als er Dex beim Anziehen vor seinem neuen Spind angetroffen hatte und nicht wie befohlen in der Lounge. Nach ein paar scharfen Worten hatte Tony das restliche Team in den Besprechungsraum geschickt, um dort zu warten. Danach war er schließlich losmarschiert und hatte Dex barsch befohlen, ihm zu folgen. »Denkst du, das ist ein Scherz? Ich habe mich weit aus dem Fenster gelehnt für dich, und du konntest nicht einmal abwarten, bis ich dich angemessen vorstelle?«

Dex runzelte die Stirn. »Du tust so, als würdest du mich gar nicht kennen. Ich gehe gern auf meine eigene Art vor, weil sie funktioniert. Ich werde nicht ändern, wer ich bin, nur weil ich jetzt zum Sprengkommando gehöre. Ich weiß zu schätzen, was du für mich getan hast, das weißt du, und ich bin dankbar dafür, dass ich hier sein kann, aber du musst mir vertrauen. Ich weiß, was ich tue.«

»Und was wäre das?«

Dex erwiderte den harten Blick seines Vaters. »Ich versuche, dein Team vor sich selbst zu retten.«

»Wovon redest du da?«

Mit einem diskreten Blick, um sicherzugehen, dass gerade niemand in Hörweite war, erklärte Dex: »Dein Team ist noch nicht darüber hinweg, und dein Teamleader hängt nur am seidenen Faden.« Einen Moment lang wirkte Tony verblüfft. Dann schien er sich wieder zu fangen und bedeutete Dex, fortzufahren. In der kurzen Zeit, seit Dex sein Team kennengelernt hatte, hatte er eine Menge wahrnehmen können, und es machte ihm Sorgen – große Sorgen. Ganz besonders sein neuer Partner.

»Du glaubst, Agent Brodie hat mich so vermöbelt, weil er mich nicht leiden kann? Nein, er hat mich vermöbelt, weil ihm irgendwas in meiner Gegenwart unter die Haut geht, und das macht ihn sauer. Er will mich nicht hierhaben. Wenn ich bleibe, bedeutet das, dass er Gabe hinter sich lassen muss, und dazu ist er nicht bereit. Es geht nicht darum, ob ich gut genug bin. Darum ging es nie. Du kannst mir nicht erzählen, dass die letzten sechs Agenten, die er vergrault hat, nicht wussten, was sie tun. Himmelherrgott, der Typ wollte mir praktisch das Licht ausblasen, als die Rede auf Gabes Spind kam.«

»Was noch?«

»Ash ist ein ausgewiesener Mistkerl. Er kanalisiert seinen Schmerz in Zorn, den er an jedem auslässt, der versucht, in Gabes Fußstapfen zu treten. Cael hat sich in seine eigene kleine Welt zurückgezogen, weil er sich nicht mit dem, was passiert ist, auseinandersetzen will. Calvin und Hobbs – ich habe Hobbs gar nicht reden hören. Sagt er überhaupt je was?«

»Er ist ein Therianer, der nicht viele Worte macht. Wenn ich so darüber nachdenke, habe ich ihn, glaube ich, höchstens ein paar Mal reden hören, seit ich ihn kenne«, brummte Tony. »Was auch immer, erzähl weiter.«

»Calvin und Hobbs sind ernsthaft voneinander abhängig. Wir wissen beide, wie gefährlich das sein kann. Wir haben Protokolle, und im Augenblick bin ich nicht sicher, ob sie sich daran halten würden. Letty versucht nur, den Kopf unten zu halten. Rosa kommt weit besser klar als der Rest vom Team – trotz ihres Verhaltens. Sie hat gelernt, damit umzugehen.«

»Und das konntest du alles registrieren, während dich ein anderer Agent kopfüber in der Luft hängen ließ, dein Teamleader dich verprügelt hat und du deinen kleinen Bruder in der Dusche drangsaliert hast?«

»Ja. Ich hätte noch mehr herausgefunden, aber weißt du, ich war zeitweise von all den Sixpacks mit Seifenschaum abgelenkt.«

»Beziehungen unter Teamkollegen sind nicht gestattet.«

Dex grinste listig. »Wer sagt denn was von Beziehung? Ich dachte da eher an heißen, verschwitzten Männersex.«

Tony verdrehte die Augen. »Ist dasselbe.«

»Eben nicht. Wenn du nicht willst, dass deine Mitarbeiter Sex miteinander haben, solltest du sagen: *Ihr dürft keinen Sex miteinander haben* oder *Verkehr* oder *Beischlaf* oder welche alberne Alternative dir sonst noch einfällt, um diese Tätigkeit zu beschreiben.«

»Dex.«

»Das war ein *Scherz*. Ich werde mit keinem meiner Teamkollegen Sex haben. Und da einer von ihnen mein Bruder ist, bleiben damit nur der Typ, der mich nicht leiden kann, der Typ, der mich überhaupt nicht leiden kann, und der Typ, der mich gern vor einen fahrenden Bus schubsen möchte.« Dex klopfte Tony auf den Rücken. »Ich denke, alles in Ordnung.«

»Dann lass uns weitermachen. Wir müssen zu einer Besprechung.« Kurz darauf erreichten sie ihr zuvor verschobenes Ziel. Unit Alpha. »Da wären wir.«

Dex vermutete, dass die Unterhaltung über das Team damit beendet war. Er wollte wissen, was Tony, nach den Informationen, die er ihm gegeben hatte, unternehmen würde – oder ob er überhaupt etwas tun würde. Dex wollte seine Teamkollegen nicht in die Pfanne hauen, aber er war ehrlich besorgt. Er war derjenige mit der wenigsten Erfahrung, damit war er auch der verwundbarste von ihnen. So gut seine Kameraden vermutlich auch waren, wenn die Kacke mal am Dampfen war, musste er sicher sein können, dass sie ihm den Rücken deckten.

Sloane Brodie war seine größte Sorge. Der Mann war kompetent, aber man brauchte nicht gerade einen Doktortitel, um zu erkennen, dass ihn der Tod von Gabe am härtesten getroffen hatte – wie zu erwarten war. Sloane und Gabe waren Partner gewesen, im Außen- und Innendienst, Tag für Tag zusammen. Sie hatten sich nahegestanden, waren vielleicht sogar gute Freunde geworden. Und Gabe war nicht versetzt worden – in Walsh's Fall versetzt in ein Gefängnis, weil er etwas Dämliches getan hatte –, sondern er war im Job getötet worden. Dex würde herausfinden müssen, wie er Sloane zu nehmen hatte. Fürs Erste wollte er sich auf Tonys Tour konzentrieren und dafür sorgen, dass sein Partner ihn nicht vor einen fahrenden Bus schubste.

Unit Alpha nahm den gesamten zwanzigsten Stock ein und war so beeindruckend wie der Rest vom Gebäude. Hinter den dicken Glastüren stand ein ausladender Empfangstresen aus Marmor, besetzt mit mehreren Rezeptionisten – drei Männern und drei Frauen – gleich aufgeteilt in Menschen und Therianer. Nach freundlichem Austausch von Begrüßungen ging Tony mit Dex weiter und bog rechts in einen weitläufigen Flur ab. Dann wieder nach rechts, und sie standen vor einer dicken Glastür. Darauf stand in schwungvollen weißen Lettern:

»Defense Department.« Dex war nicht überrascht, als er dahinter ein weiteres Paar Glastüren sah, und auf der anderen Seite konnte er so etwas wie ein Großraumbüro ausmachen, nur dass das nicht wie im Sechsten Revier aus Schreibtischen bestand, sondern aus einer Reihe klassischer Büros, die durch Glasscheiben voneinander getrennt waren. In der Mitte verlief ein breiter Gang. Bevor sie das Defense Department betraten, hielt Tony inne und deutete auf den großen Flur links.

»Dort ist das Intelligence Department von Unit Alpha, bestehend aus achthundert Mitarbeitern, die auf die Truppen von Unit Alpha aufgeteilt sind. Intel-Agenten sind für das Sammeln, Analysieren und Überwachen von Informationen zuständig. Dazu nutzen sie unser System namens Themis.« Er drehte sich um und zeigte auf den ebenso großen Flur rechts. »Und dort ist das Recon Department mit vierhundert Mitarbeitern, ebenfalls auf die Truppen verteilt. Recon kümmert sich um sämtliche Ermittlungsaufgaben. Sie sind auch die Einzigen, die sowohl mit Intel als auch mit Defense zusammenarbeiten. Du wirst nur mit Recon zu tun haben.«

Tony legte die Hand auf die Konsole, und die Türen zum Defense Department öffneten sich. Innen spielte beruhigende Musik. Die Rezeption rechts von ihnen war mit je zwei Menschen und Therianern besetzt. Tony begrüßte sie und stellte Dex vor. Sie waren freundlich, auch wenn eines der Paare ihn skeptisch beäugte. Dex zeigte sich von seiner besten Seite und grüßte mit freundlichem Lächeln und einem »Hallo«. Danach gingen sie wieder an die Arbeit wie emsige Bienen. Links befand sich ein Wartebereich mit Sitzgelegenheiten, Kaffeetischen, Lektüre, einem stummgeschalteten Flachbildfernseher, der irgendeinen Nachrichtenkanal mit Untertiteln zeigte, und einen Imbissbereich mit Getränken und kleinen Snacks.

In der Mitte des Bodens prangte wieder stolz das THIRDS-

Logo. Tony blieb ein paar Schritte vor dem zweiten Türenpaar stehen.

»Im Defense Department gibt es insgesamt einhundert Defense-Agenten, eingeteilt in fünfzig Zwei-Mann-Teams, die in zehn Truppen aufgeteilt sind. Deine Truppe ist die Destructive Delta. Jede Truppe operiert mit ihrem eigenen Intel- und Recon-Team. Zu deiner Truppe gehören sechzig Agenten von Intel und zwanzig von Recon. Defense-Agenten sind die Aufspürer und Kämpfer. Bei Außeneinsätzen dienen sie als Verstärkung für die Recons, unterstützen bei Ermittlungen und unternehmen die notwendigen Schritte, um jede mögliche Bedrohung zu neutralisieren. Sie sind die Scharfsinnigsten und Zähesten von uns. Falls keine unmittelbare Bedrohung in großem Maßstab besteht, begleiten du und Sloane Cael und seine Partnerin bei ihren Hochrisikofällen. Dazwischen werdet ihr alle möglichen Aufträge erledigen, von Haftbefehlen mit hohem Risiko bis hin zu verbarrikadierten Subjekten und Extraktion. Einmal pro Quartal musst du dich in Waffenbeherrschung und körperlicher Leistungsfähigkeit qualifizieren. Wenn du nicht draußen bist, trainierst du oder füllst Berichte aus.«

Die Doppelglastüren glitten auf, als sie näher kamen. Dahinter führte ein breiter Gang geradeaus durch das weitläufige Großraumbüro. Hier war nicht so viel los, wie Dex gedacht hatte. Die Teams – außer seinem im Besprechungsraum – waren höchstwahrscheinlich gerade draußen unterwegs oder beim Training. Links und rechts vom mit Teppichboden belegten Gang befand sich Reihe um Reihe außerordentlich geräumiger Büros, alle mit Wänden aus transparentem oder mattiertem Glas. Sie gingen bis zum Ende des Gangs, ein paar Biegungen weiter, und blieben vor einem der Büros stehen. Doch bevor sie eintraten, deutete Tony auf eine schwarze Tür auf der rechten Seite.

»Das ist Besprechungsraum A. Dort wirst du eine Menge Zeit verbringen. Rechts davon gibt es noch drei weitere Besprechungsräume, eine Küche mit Kantine, gefolgt von Männer- und Frauenumkleide. Wenn du am Ende des Flurs rechts gehst, kommst du zu den Schlafquartieren. Links vom Besprechungsraum ist das Archiv. Wenn du am Ende des Flurs links gehst, findest du noch mehr Schlafquartiere. Die Mensa ist im vierzehnten Stock. Wo Sparta und die Hauptumkleide sind, weißt du ja schon.« Damit trat Tony ins Büro.

Der Raum war doppelt so groß wie das Büro seines alten Captains und sehr viel hübscher. In der Mitte waren zwei große schwarze Schreibtische an den Vorderseiten zusammengeschoben. Jeder von ihnen besaß eine glänzende, gepflegte schwarze Oberfläche. Doch ein Computer schien weit und breit nicht in Sicht.

»Wo sind denn die Computer?« Einen Augenblick lang war Dex abgelenkt vom Fehlen jeder Technik. Er würde sich Sloanes Seite des Büros später näher ansehen.

Tony ließ ein freches Grinsen sehen, und Dex machte sich fast vor Spannung in die Hose. »Dazu kommen wir noch. Wir nutzen jetzt ein System namens Themis. Es lässt eine Serie hochentwickelter Algorithmen laufen, um Überwachungsmaterial zu scannen, das von unseren Recon-Agenten eingespeist wird. Außerdem sucht es nach psychologischen und verhaltenstechnischen Anomalien, um potenzielle Bedrohungen zu identifizieren. Unsere Jungs von Intel sammeln Informationen mit allen nötigen Mitteln, sei es durch Kooperation mit anderen Behörden oder durch Abfangen. Irgendwelche Fragen so weit?«

»Ja, eine. Unterbrich mich, wenn ich falsch liege, aber hätte es nicht mehr Sinn ergeben, einen Detective von der Mordkommission zu Recon zu versetzen statt ins Sprengkommando?

Du hast mich gesehen, oder? Ich meine, ich bin gut in Form, aber ich kann keinen ganzen Bus umkippen.«

»Das kann keiner von unseren Jungs.« Tony überdachte seine Worte einen Moment. »Vielleicht einen Mini Cooper, aber definitiv keinen Bus.«

»Nicht hilfreich.«

»Dex, Defense besteht nicht aus hirnlosen Muskeln. Diese Jungs müssen innerhalb von Sekundenbruchteilen Entscheidungen treffen. Entscheidungen, die den Unterschied bedeuten, ob ein Leben gerettet oder man zusehen muss, wie jemand in Fetzen gerissen wird. Es ist eine der physisch und mental anspruchsvollsten Rollen bei den THIRDS. Der Grund, warum du bei Defense bist, liegt darin, dass deine Werte in physischem Durchhaltevermögen ebenso beeindruckend waren wie die in mentaler Ausdauer. Außerdem hast du bei den Simulationsübungen alles in deiner Macht Stehende getan, um Leben zu bewahren. Und genau das ist deine Aufgabe, Dex. Leben zu bewahren.«

»Und wenn eine zweieinhalb Zentner schwere Raubkatze mich als Kratzbaum missbrauchen will, wie soll ich dann Leben bewahren? Namentlich meins.«

»Training. Außerdem ist das der Punkt, an dem dein Partner ins Spiel kommt. Du wirst herausfinden, dass die Zusammenarbeit mit einem Therianer anders ist als jede Partnerschaft, die du je hattest. Wenn einer von euch beiden den anderen hängen lässt, kann das schwerwiegende Folgen für euch beide und das ganze Team haben.«

»Meinst du damit etwas Bestimmtes?«

»Die Betreuung nach der Rückverwandlung – Post-Shift-Trauma-Care.«

Da er mit Cael aufgewachsen war, hatte Dex bereits Erfahrung damit, welche Betreuung Therianer nach ihrer Rückwandlung brauchten. Die Veränderung der Körpermasse, wenn ein Therianer sich zurückverwandelte, forderte ihren Tribut von der menschlichen Seite. Vor Jahren hatten Forscher behauptet, die Auswirkungen des Post-Shift-Traumas bei Therianern sei nicht allzu verschieden von den Nachwirkungen eines epileptischen Anfalls, nur weniger ausgeprägt, einschließlich Muskelkater, blauen Flecken, kurzzeitiger Desorientierung und Hunger. Essen nach der Rückwandlung war extrem wichtig für einen Therianer, denn andernfalls konnte es zum Zusammenbruch und einer Menge anderer gesundheitlicher Probleme kommen. Es war wissenschaftlich erwiesen, dass die Menschlichkeit der Therianer in deren Tiergestalt neurologisch präsent blieb. Das bedeutete, sie konnten für längere Zeit in diesem Zustand bleiben. Forschungen bestätigten jedoch, dass ein Verbleib von länger als einem Jahr in Therianerform den Verstand beeinträchtigen und die menschliche Seite unwiederbringlich entgleiten lassen konnte.

»Was ist damit?«

»Es liegt in deiner Verantwortung, dafür zu sorgen, dass Sloane PSTC erhält. Das heißt, du musst mit seinem PSTC-Kit bereitstehen und dich, falls nötig, um seine Ausrüstung kümmern, solange er in Therianerform ist.«

Dex riss die Augen auf. Das konnte irgendwas zwischen fünfzig und fünfundsiebzig Kilo mehr an Ausrüstung bedeuten. »Ist das dein Ernst?«

»Fang besser bald mit Bankdrücken an.« Tony sah ziemlich mit sich zufrieden aus, als er das sagte.

»Na, danke sehr. Also, abgesehen davon, dass ich meine Ausrüstung und vielleicht auch noch seine tragen muss: Was befindet sich in einem PSTC-Kit, und bitte sag mir, dass es nicht viel wiegt.«

»Energieriegel, Snacks, eine Flasche Gatorade, Ersatzkleidung – T-Shirts, Hosen, Unterwäsche, Socken, Decke und ein Paar Sneaker.«

»Verdammt, Sneaker auch noch?«

»Na ja, wir stellen Einwegüberziehschuhe zur Verfügung, aber wie du dir vorstellen kannst, sind die Agenten von denen nicht sehr begeistert, also steuern sie oft ihre eigenen Schuhe bei.« Tony zuckte mit den Schultern. »Es verstößt nicht gegen die Regeln. Wenn sie sie verlieren, müssen sie den Ersatz bezahlen. Sloane bevorzugt Sneaker.«

Dex sah auf seine eigenen Schuhe hinab, Größe 43. Während ihres kleinen Trainingskampfes war er etwas zu sehr beschäftigt gewesen, um zu registrieren, wie groß Sloanes Füße waren. »Schätze mal, es sind keine Sneaker in Durchschnittsgröße?«

»Sloane wiegt etwa einhundertacht Kilo und ist knapp zwei Meter groß.«

»Ach du Schande. Vielleicht kann ich ihn überreden, sie auszutauschen.« Oder er tauschte sie selbst heimlich aus und tat dann so, als hätte er keine Ahnung, wie das passieren konnte.

»Tja, viel Glück dabei. Also, willst du jetzt den ganzen Tag zicken, oder wollen wir zu den Spielzeugen kommen?«

Endlich kam der aufregende Teil.

»Ich würde gern die Spielzeuge sehen, bitte.«

Tony trat an den Schreibtisch auf der linken Seite und winkte Dex zu sich. »Siehst du diese Box hier?«

In der linken unteren Ecke auf der glänzenden Oberfläche des Schreibtisches befand sich ein Rechteck aus dünnen blauen Linien. »Ja.«

»Leg deine Hand darauf.«

Dex wischte sich die linke Hand an der Hose ab und legte sie dorthin, wo Tony gesagt hatte. Als gleich darauf die Oberfläche des Tisches flackernd zum Leben erwachte, quietschte er auf wie ein Schulmädchen. »Jahaa, genau so was meine ich!

Das ist ja richtiger Star-Trek-Kram hier.« Er konnte seine Aufregung kaum verbergen. Er liebte neue technische Spielereien.

»Ja, ja, in Ordnung. Immer langsam, Solo.«

»Ich tue jetzt mal so, als hättest du das nicht gesagt. Im Ernst, Mann. Du hast zwei Jungs großgezogen und kennst immer noch nicht den Unterschied zwischen *Star Wars* und *Star Trek*?«

»Spielt beides im Weltall mit komisch angezogenen Typen. Das ist alles, was ich darüber wissen muss.«

Dex ließ beschämt den Kopf hängen. »Ich weine um dich.«

»Gib Ruhe und pass auf. Themis nutzt Handabdruckerkennung zum Login. Ist sicherer als ein Passwort. Grundsätzlich ist dein Schreibtisch so etwas wie ein großes Tablet. Wenn ihr beide eingeloggt seid, könnt ihr Informationen miteinander teilen, indem ihr Dateien von einer Oberfläche zur anderen verschiebt. Deine alte Handynummer kannst du behalten, aber du bekommst ein neues tragbares Kommunikationsgerät, das dir Zugriff auf das Interface des Schreibtisches gibt. Der Zugangsschlüssel am tragbaren Gerät besteht aus deinen Fingerabdrücken in einer Kombination deiner Wahl.« Tony zeigte auf die schimmernden blauen Symbole in Form einer kleinen Tastatur auf der rechten Seite des Schreibtisches. »Die hier kontrollieren alles andere im Raum. Tipp mal das Rechteck mit dem Schachbrettmuster an.«

Dex zappelte fast vor Aufregung. Kaum tippte er den Button an, leuchtete die obere Hälfte der Milchglaswand links von ihm auf.

»Das ist dein Cloudboard.«

»Ich bekomme mein eigenes Cloudboard?«, hauchte Dex ehrfurchtsvoll.

»Nun krieg dich wieder ein. Ja, du bekommst dein eigenes Cloudboard. Es ist auch ein Touchscreen, also kannst du damit ganz einfach mehrere Dateien gleichzeitig öffnen, Dinge verschieben, Notizen hinzufügen und dann die Informationen auf deinem System updaten. Wenn du es nicht nutzt, geht es auf Standby, so wie der Rest deines Schreibtisches. Oder du kannst den Sleep-Button drücken. Um es wieder zu aktivieren, drückst du die Hand einfach wieder auf die Konsole.« Er deutete auf eine Reihe großer, schwarzer Aktenschränke in der Ecke des Büros. »Jede Information, die nicht digital eingescannt werden kann, wird in diesen verschließbaren Schränken aufbewahrt. Alles andere kommt ins Archiv. Jetzt öffne die Schublade oben rechts an deinem Schreibtisch.«

Dex gehorchte und zog etwas heraus, das einem dieser kleinen kabellosen Headsets ähnelte, mit dem die Idioten an der Wall Street mit anderen Idioten von der Wall Street kommunizierten.

»Das ist ein kabelloses Headset mit Links zur Telefonzentrale und zu deinem Team. Außerdem reagiert es auf Sprachbefehle. Das trägst du, wenn du im Dienst bist.« Tony deutete auf sein eigenes Headset an seinem Ohr. »Das kleine ›A‹ leuchtet blau, wenn du verbunden bist, rot, wenn du ohne Verbindung bist, und orange, wenn du außer Gefecht bist. In dem Fall geht auch ein Signal an den Rest deines Teams und ins Hauptquartier. Falls ein Anruf reinkommt, aktivierst du das Mikrofon mit einem Druck auf das ›A‹. Der kleine Knopf über dem ›A‹ dimmt das Licht, damit deine Position nicht verraten wird. Das Notsignal kann verbal aktiviert werden oder indem du den Knopf hier oben drückst.« Er streckte die Hand aus und zeigte auf einen kleinen roten Knopf an der Seite.

»Nach dem Briefing geht Letty mit dir zur Rüstkammer, zeigt dir deinen Spind und deine persönliche Ausrüstung. Auch dein Waffenspind erfordert Identifikation per Handabdruck. Danach machen wir Mittagspause. So weit okay?«

»Ja.« Mittagspause. Er konnte einen Imbiss gebrauchen. Vor

allem nachdem dieser Bastard Sloane seine Cheez Doodles hergegeben hatte. Was für ein Typ machte denn so was? Ein Bastard eben. Hatte er denn keinen Respekt vor dem männlichen Ehrenkodex: Du sollst nicht stehlen die Snacks eines anderen Kerls?

»Was ist denn jetzt los?«, murrte Tony.

Dex zog einen kläglichen Schmollmund. »Sloane hat Grizzly Adams meine Cheez Doodles gegeben.«

»Ich habe keine Ahnung, wovon du sprichst, und ich will es auch nicht wissen. Setz dein Headset auf und setz deinen Hintern in Bewegung.« Tony scheuchte ihn hinaus, und Dex zog eine Flunsch, setzte sich jedoch das Headset beim Hinausgehen auf. Würde eine Weile dauern, sich daran zu gewöhnen. Andererseits gab es eine ganze Menge Dinge, an die er sich gewöhnen musste. Als sie Besprechungsraum A erreichten, holte Dex tief Luft und ging hinein.

Ein großer, halbkreisförmiger Tisch mit etwa zwei Dutzend Stühlen stand in der Mitte des großen Raumes. Sieben dieser Stühle waren gegenwärtig von seinen Teamkollegen besetzt, von denen die meisten nicht übermäßig glücklich wirkten, ihn zu sehen, ausgenommen Cael, der ihn anlächelte, doch das war selbstverständlich. Dem Tisch gegenüber, am Kopfende des Raumes, befand sich eine kleine Plattform mit einem schwarzen Podest, und hoch an der Wand dahinter hing ein großer Flachbildfernseher. Links und rechts davon befanden sich etwas kleinere Monitore. Unter den äußeren Geräten standen zwei mittelgroße Tische mit Stühlen. Die Stühle des rechten Tisches waren gegenwärtig besetzt von Dr. Colbourn und Dr. Bishop. Beide saßen mit dem Gesicht zum Team und hatten ein Tablet in der Hand.

»Setz dich«, befahl Tony und deutete auf die leeren Stühle zwischen Sloane und Ash, bevor er zur Plattform ging.

Mist. Welchen Stuhl sollte er nehmen? Setzte er sich zu Ash, dachte Sloane vielleicht, er wolle ihm aus dem Weg gehen, aber setzte er sich zu Sloane, dachte Ash vielleicht, er wolle ihm damit eins reinwürgen. Oder Dex konnte sich komplett zum Trottel machen und sich seinem Team gegenüber hinsetzen. Oh ja, das käme bestimmt gut an. Okay, er analysierte zu viel. Er ging zu Sloane, aber bevor er sich setzen konnte, stand Sloane auf und rutschte weiter, sodass er neben Ash saß und nur noch der Stuhl davor, also *ganz vorne*, frei war. Dex setzte sich und drehte den Stuhl so, dass er nach vorn schaute. Na großartig. Das war ja wie früher in der High School: Ganz vorn in der Klasse sitzen, und der Mistkerl von Kapitän des Footballteams sitzt hinter einem und wartet nur darauf, dass der Lehrer sich zur Tafel dreht, damit er Dex erst schikanieren und danach so tun kann, als wäre alles nur Spaß.

»In Ordnung, Team. Wie ihr vielleicht wisst, wurde die Zuständigkeit für den HumaniTherianer-Fall vor Monaten an die THIRDS übergeben, nachdem das HPF zu dem Schluss gekommen war, dass die Beweise auf einen Therianer als Täter hindeuten. Ursprünglich war Unit Beta damit betraut, bis weitere Beweise darauf hindeuteten, dass es sich bei dem zweiten Mord um denselben Täter handelt. Jetzt ist es unser Fall.« Tony tippte auf die Oberfläche des Podests vor ihm, und das Bild eines blonden Mannes Mitte bis Ende dreißig poppte auf dem großen Bildschirm auf. »Mr Dan Bennet.« Er tippte noch einmal aufs Podest, und diesmal erschien das Bild einer dunkelhaarigen Frau ähnlichen Alters neben dem ersten Opfer. »Und Ms Paula Chambers. Beide Opfer erlitten schwere Schnittwunden am Hals, die die Hauptarterie trafen und sie innerhalb kurzer Zeit verbluten ließen. Hudson und Nina arbeiten hart daran, eine Verletzung zu finden, die sie analysieren können, aber die Schnitte sind uneinheitlich. Es handelt sich eindeutig um Gewaltakte. Cael und Rosa werden euch erläutern, was sie bisher haben. Agenten.«

Cael und Rosa gingen zum Podest. Tony trat beiseite, die Hände hinter dem Rücken verschränkt, und sah seinen Agenten zu. Cael räusperte sich und tippte auf dem Podest herum.

»Wie der Sergeant sagte: Bei diesen Morden ist eindeutig eine Menge Wut involviert. Intel hat beide Opfer durch Themis laufen lassen und nach Verbindungen gesucht, aber bis jetzt ist nichts in der Richtung aufgetaucht. Zwar waren beide Opfer HumaniTherianer, aber sie arbeiteten für verschiedene Organisationen und sind sich weder beruflich noch persönlich je begegnet. Es gibt keine Aufzeichnungen über irgendeine Kommunikation zwischen den beiden. Keine Mails, Telefonanrufe, nichts. Mr Bennet wurde spätabends tot in seinem Apartment gefunden, nachdem sein Arbeitgeber die HPF verständigt hatte, weil er drei Tage nicht zur Arbeit erschienen war. Bis dahin war Mr Bennett nie auch nur einen Tag krank gewesen. Die Mieter des Apartmenthauses wurden befragt, und niemand hat jemanden das Apartment betreten oder verlassen sehen. Das Gebäude hat sowohl innen als auch außen weder Überwachung noch Sicherheitsdienst. Es ist schlecht instand gehalten, also gibt es viele mögliche Orte, an denen sich ein Straftäter verbergen konnte.« Cael trat beiseite und Rosa übernahm.

»Das zweite Opfer, Ms Chambers, hatte sich am Abend zuvor mit ihrer therianischen Freundin, einer Ms Ruiz, gestritten. Laut Aussage von Nachbarn war das nicht ungewöhnlich. Wir haben Ms Ruiz befragt, und sie hat ausgesagt, sie habe nach dem Streit in ihrem eigenen Apartment geschlafen. Sie habe ein paar Schlaftabletten genommen, um ihre Nerven zu beruhigen und besser schlafen zu können. Der toxikologische Befund bestätigt das, ebenso ihre Nachbarn, die ihren schwarzen Ford Fiesta den ganzen Abend vor ihrem Haus hatten parken sehen. Wir können auch bestätigen, dass Ms Ruiz' Therianerform zur Familie der Hunde gehört. Diese Wunden wurden von großen Klauen verursacht, nicht von Zähnen. Wir glauben, der Verdächtige ist eine große Raubkatze.«

Dex hörte, wie Sloane hinter ihm leise fluchte, drehte sich aber nicht um. In Anbetracht der Tatsache, dass Destructive Delta aus großen Raubkatzen bestand, konnte er dessen Frust verstehen. Außerdem sahen Therianer-Feliden sich häufig mit falschen Anschuldigungen konfrontiert. Statistisch gesehen bildeten Therianer-Feliden den kleineren Teil der kriminellen Bevölkerung, doch da von Raubkatzen begangene Tötungsdelikte für gewöhnlich sehr gewalttätig waren, überschatteten sie die zahlreicheren Verbrechen, die von Therianern anderer Klassifizierungen begangen wurden und machten sie zu einem Ziel der Medien.

»Irgendwelche Fragen?«, fragte Rosa.

Dex hob die Hand und ignorierte das Stöhnen seines Partners.

»Ja?«

»Bei der HPF gehen täglich Hunderte Meldungen von HumaniTherianern ein, die Gewaltandrohungen erhalten haben. Nur ein winziger Bruchteil davon wird tatsächlich untersucht, und bis dahin ist es für gewöhnlich schon zur Eskalation gekommen. Kann Intel auf diese Berichte Zugriff bekommen und durch Themis laufen lassen, um nach möglichen Verdächtigen zu suchen? Ich vermute, dass die richtigen Algorithmen die Liste reduzieren sollten, vor allem bei einem Querverweis auf Raubkatzen mit Vorstrafen oder gewalttätiger Vorgeschichte.«

Rosa blinzelte, und im Raum herrschte Stille, bis sie sich wieder fing und antwortete. »Das ist eine sehr gute Frage.« Dex zwinkerte ihr zu, und obwohl sie den Kopf schüttelte, lächelte sie, bevor sie sich an Tony wandte. »Sergeant?«

»Gut, dass du danach fragst. Lieutenant Sparks hat mit dem Commissioner der HPF gesprochen, und man wird uns vorläufigen Zugriff auf die Akten gewähren. Es wird ein paar Tage dauern, und sie werden deswegen motzen, aber wir sollten den Zugriff bald haben. Ich sorge dafür, dass Cael und Rosa Nachricht von Intel bekommen, sobald wir etwas wissen.«

Plötzlich hallte ein merkwürdig tiefer Alarmton durch den Raum, und Dex zuckte zusammen. »Was ist denn das?«

»Shit.« Sloane und der Rest des Teams waren augenblicklich auf den Beinen. Ein breiter roter Balken mit leuchtend weißen Buchstaben scrollte über sämtliche Bildschirme: *Alarm! LF Hector Ortiz MHME. Anforderung OS: Unit Alpha – Destructive Delta: DDGM, DDRA, DDDA.*

Dex las die Abkürzungen und rief sich ihre Bedeutungen aus seinem Trainingsmaterial ins Gedächtnis. Mit der ersten Hälfte war er bereits vertraut, da die HPF dieselben Codes verwendete. Leichenfund, Hector Ortiz, Mensch, hispanic, männlich, Erwachsener. Der Rest waren spezifische Codes der THIRDS: »DD« am Anfang betraf sein Team Destructive Delta, und dann GM für Gerichtsmedizin, RA für Recon-Agenten und DA für Defense-Agenten. Verdammt, noch ein Mord. Offenbar eine Anforderung zur Unterstützung von Recon, was bedeutete, dass es übel war.

»Okay, Team, wir fahren raus. Jeder weiß, was er zu tun hat. Letty, gib Dex unten einen kurzen Überblick über seine Ausrüstung. Abgesehen von den modifizierten Betäubungsgewehren ist nichts dabei, was er nicht schon mal in der Hand hatte. Dex, du hältst dich dicht an deinen Partner, verstanden?«

»Ja, Sir.« Dex nickte knapp und ging hinter Sloane her, als das Team in ordentlicher Reihe den Raum verließ wie bei einer militärischen Übung. Die wenigen Agenten, die gerade da waren, machten ihnen den Weg frei, und vor ihnen wartete einer der Rezeptionisten an der Glastür. Als das Team näher kam, drückte er auf die Konsole, und die Türen glitten auf. Rasch erreichten sie die Aufzüge, und Tony drückte die Handfläche auf den Bildschirm. In null Komma nichts waren sie auf dem Weg ins Untergeschoss, wo sich die Rüstkammer und die Garage befanden.

Sobald die Aufzugtüren aufgingen, marschierten alle hinaus. Das Arsenal war so umfangreich, wie Dex erwartet hatte, mit gesicherten Metallkäfigen und Spinden von Wand zu Wand. Letty führte ihn rasch zu einer Wand mit mehreren Kabinen. Auf dem Schild darüber stand: Destructive Delta. Sie blieb neben Sloane stehen, der seinen Spind bereits geöffnet hatte und in seine Sicherheitsweste schlüpfte.

»Das hier ist deiner. Vieles davon ist Standardausgabe mit ein paar neuen Spielereien.«

Dex legte die Hand auf den Bildschirm, der sich dort befand, wo normalerweise ein Schloss war, und in der Kabine machte es *klick*. Letty deutete auf einen großen Schild, der sorgfältig an eine Seite gelehnt war.

»Das ist dein kugelsicherer Schild, Level IIIA, mit hochintensivem dualen Beleuchtungssystem inklusive Abtastimpuls.« Sie nahm eine Weste und hielt sie ihm hin. »Deine Level-IIIA-Schutzweste mit Seitenschutz, Frontöffnungssystem für leichtes An- und Ablegen, Vordertasche mit herabziehbarem Unterleibsschutz …«

Dex machte den Mund auf, und Letty schnitt ihm das Wort ab. »Wenn du auch nur einen Peniswitz machst, blase ich dir deinen weg.«

»Kapiert.«

»Außerdem hat die Weste einen einklappbaren Nackenschutz, ballistischen Hals- und Schulterschutz mit integriertem Kragensystem. Das Ding ist schon sauschwer, bevor du deinen ganzen Kram dazupackst, also viel Spaß damit.« Sie schob sie Dex zu und deutete auf eines der Regale. »Da sind deine Level-IV-Panzerplatten, und das dort ist dein kugelsicherer Helm mit einklappbarem Visier.«

Dex nickte und legte seine Weste an. Hals- und Nackenschutz ließ er vorerst gelöst, und Letty gab ihm zügig das Zubehör.

»Die Handschuhe sind feuer-, schnitt- und wärmeresistent und haben abnehmbaren vorgeformten Knöchelschutz. Dein Taser, den ich an dir testen werde, falls du irgendwas von dem Zeug kaputt machst. Kabelbinder.« Und so ging es weiter. Sie gab ihm alle möglichen Dinge, und er gab sein Bestes, Schritt zu halten und Taschen, Haken und Platz für alles zu finden. Sobald jedes Teil irgendwo verstaut war, drückte Letty ihm einen schwarzen Rucksack in die Arme. Sie öffnete die Klettverschlussklappe an der Vorderseite und fuhr wie eine Version der Glücksradfee mit der Hand über die verschiedenen Werkzeuge darin.

»Das Hooligan Kit beinhaltet Bolzenschneider, Rettungsaxt und Rammwerkzeug. Sprengkabel, um Sachen hochzujagen, Vorschlaghammer, Axt, Brechstange. Im BearCat haben wir noch einen Rammbock zum Türenöffnen – das macht der Frischling, also du. Ketten und Haken für Sicherheitsgitter.« Dann löste sie die Riemen oben am Kit und öffnete es für ihn. »Da drin sind deine nichttödlichen Waffen – Blendgranaten, Rauchbomben, Pfefferspraydosen, Stingergranaten und Tränengas. Im BearCat findest du Beanbag-Gewehre und 20mm Granatenwerfer.« Mit einem bösen Grinsen gab sie ihm den Rucksack, und er hängte ihn sich um und befestigte die Gurte an den entsprechenden Stellen. Dann bemerkte er die Gurte mit den Klemmen an den Schultern.

»Mist.« Er war so damit beschäftigt gewesen, herauszufinden, wohin das ganze Zubehör kam, dass er die wichtigsten Bestandteile seiner Ausrüstung ganz vergessen hatte: die Waffen.

»Okay, nachdem wir das jetzt aus dem Weg haben, kommen wir zum harten Zeug.« Letty gab ihm einen Klaps auf die Seite seines Oberschenkels, und er zuckte zusammen. Bei ihrem bösen Grinsen riss er die Augen auf. »Deine Glock 17 hast du ja schon. Das hier hinter mir ist deine Remington 870, Kaliber 12, deine Schrotmunition mit Stahllager, MP5 Maschinenpistole, das AR15 – deine primäre Eintrittswaffe, und dieses Baby hier …«, sie nahm ein Gewehr und gab es ihm, »… sieht zwar wie dein AR15 aus, ist aber in Wahrheit dein neuer bester Freund – ein modifiziertes Betäubungsgewehr. Die Betäubungsmittel darin sind eine Kombination aus Ketamin und Xylazin. Der BearCat ist mit M99 und M5050 Betäubungsmitteln ausgestattet, aber mit dem Zeug hantiert nur Rosa. Sie wird dir eine Schritt-für-Schritt-Anleitung geben, wie du es ordnungsgemäß einsetzt, ohne dich dabei selbst umzubringen.«

Das klang nach etwas, das er selbst sagen würde. Er mochte sie jetzt schon. Dex befestigte das Betäubungsgewehr an den Gurten seiner Weste. »Du machst mir Angst.«

»Gut.« Sie gab ihm einen Klaps auf den Hintern und ging. Letty war klein, reichte ihm kaum bis an die Schulter, aber Dex hatte keinerlei Zweifel, dass sie ziemlich gut austeilen konnte. Musste sie auch, wenn sie zu Unit Alpha gehörte. Sie und Rosa hatten es sicher nicht leicht bei all dem Testosteron, das hier in der Luft lag. Trotzdem hatte sie ein freundliches Lächeln und sehr weiche Züge. Hätte Dex sie in Zivilkleidung auf der Straße gesehen, hätte er nie vermutet, dass sie genug Waffen am Körper trug, um es mit einer kleinen Armee aufzunehmen.

Bis Dex damit fertig war, alles an seinem Platz zu verstauen, fühlte er sich schon erschöpft. Er hatte das Training bei den THIRDS mit derselben Ausrüstung absolviert, doch damals hatte das Wissen, dass er sich nie wieder damit befassen musste, wenn er erst die andere Seite erreicht hatte, eine Menge dazu beigetragen, dass er durchgehalten hatte. Aber damit war es nun vorbei. Von jetzt an würde er jedes Mal, wenn dieser Bildschirm aufleuchtete, hinausgehen, um sich Therianern in ihrer gefährlichsten Form zu stellen. Dex holte tief Luft, nahm seinen Helm und erschreckte sich fast zu Tode, als ihm jemand fest auf die Schulter klopfte.

»Keine Zeit für Tagträume, Frischling. Beweg deinen Hintern.« Sloane gab ihm einen leichten Schubs vorwärts, und Dex biss sich auf die Zunge. Jetzt war kein guter Zeitpunkt, seinem Partner zu sagen, dass er ihn mal konnte. Er schlug die Kabinentür zu, und das Schloss klickte. Sloane eilte an ihm vorbei, und Dex setzte hastig seinen Helm auf – Visier oben – und machte den Kinnriemen fest, bevor er seine Handschuhe anzog. Dann nahm er sein Gewehr fest in die Hand und folgte Sloane mit dem Rest des Teams aus dem Arsenal.

Die taktischen Fahrzeuge der THIRDS standen in der Garage des Hauptquartiers, die an die Hinterseite des Gebäudes anschloss und durch einen kurzen Tunnel erreichbar war. Dex hatte keine Zeit, sich die hübschen schwarzen Dienstwagen anzusehen, von denen einer mit ihm und Sloane besetzt wäre, wenn sie sich nicht im BearCat befanden. Das Team hielt schließlich vor einem massiven gepanzerten Truck an, den Dex ehrfürchtig anstarrte.

Der Wagen war glänzend schwarz. Auf den Seiten stand in großen weißen Buchstaben THIRDS und darunter kleiner NYC Unit Alpha. Er war wesentlich länger als ein typischer Einsatzwagen und außen mit allem Möglichen ausgerüstet: Blaulicht auf dem Dach und auf der Winde an der Vorderseite. Oben an der Seite befanden sich zwei schmale ballistische Glasscheiben, darunter drei Geschützpforten und noch eine an der Beifahrertür. Das Dach enthielt eine drehbare Luke, eine Düse zum Einsatz von CS-Gas und eine fernbedienbare Waffenstation mit aufgebautem M240 Maschinengewehr, von dem Dex nur hoffte, dass sie es nicht benutzen mussten.

Hobbs lief um den Wagen zur Fahrerseite, während Calvin auf der Beifahrerseite einstieg. Der Rest des Teams stand an einer Seite hinter dem Wagen, bis Calvin die hinteren Türen öffnete. Dex folgte dem Team hinein und sah sich im Wageninneren um.

Es war anders als jedes andere gepanzerte Fahrzeug, das Dex je gesehen hatte. An einer Seite befanden sich Käfige mit Waffenarsenal, verschlossene Schränke und Schubladen. Den Käfigen gegenüber war eine lange Bank mit Gurten und daneben eine kleine Wand mit Überwachungsausrüstung, bestehend aus schmaler Konsole, Stuhl, mehreren Touchscreens, einer schmalen Computertastatur und jeder Menge leuchtender Knöpfe, von denen er sich ganz sicher fernhalten würde. Vorn im Truck gab es einen Sanitätsbereich, der dem Inneren eines Rettungswagens ähnelte, ausgerüstet mit Defibrillator, Spritzenpumpe, Sauggerät, Ventilator, Fixierungsvorrichtung und Trage. Es gab Kühleinheiten, noch mehr verschlossene Schränke und eine kleine Toilette. Hinten im Truck befand sich ein weit offener, rechteckiger Bereich, und Dex registrierte die Rillen und Platten, die in den Boden versenkt waren. Diese Platten wurden hochgefahren, falls sie einen Therianer dabeihatten, der sich weigerte, seine oder ihre menschliche Form wieder anzunehmen. Der Gedanke beunruhigte ihn. Was war das für ein Gefühl für seine Therianer-Kameraden, einen ihrer Art in einen großen Stahlkäfig zu sperren?

Über dem Käfig befand sich eine weitere lange Rille an der Wagenwand mit einer Schlinge an jedem Ende. Das Ganze sah wie eine Art herabziehbarer Sichtschutz aus, und Dex begriff, dass es der Privatsphäre diente. Er hatte ganz vergessen, dass seine Teamkameraden sich höchstwahrscheinlich im Truck verwandeln würden, und da sie sich dazu nackt ausziehen mussten, ergab es Sinn, dass es dafür einen speziellen Bereich für sie gab.

Alle setzten sich auf die Bank und schnallten sich an. Ihnen gegenüber, neben den Käfigen, befand sich ein einzelner Sitzplatz, den Tony für sich beanspruchte. Das Rumpeln, als der BearCat zum Leben erwachte, jagte Dex einen kleinen Schauer über den Rücken. Jetzt wurde es ernst. Der Truck fuhr durch die Garage, hinaus auf die Straße, und die Sonne fiel durch die kugelsicheren Scheiben herein. Sie überfuhren ein Schlagloch, und Dex schloss die Augen, als er unerwartet durchgeschüttelt wurde. Er musste sich entspannen. *Es braucht ein wenig, um sich daran zu gewöhnen, das ist alles, also bleib locker.*

Ash, der am Ende der Bank saß, schnaubte. »Was ist los, Frischling? Ich dachte, du bist es gewohnt, was Großes und Hartes unter dem Hintern zu haben.«

Dex beugte sich vor und grinste den kräftigen Agenten an. »Ist das eine Einladung, Ash?«

»Fick dich.«

Der Typ machte es ihm viel zu leicht. »Nicht ohne ein Abendessen mit Fernsehabend vorher, großer Junge.« Ashs Knurren ließ Dex schmunzeln. Der kantige Agent war es gewohnt, sich durchzusetzen, und wenn ihn jemand herausforderte, kehrte Ash einfach den großen Macker heraus oder brachte seinen Gegner mit aggressiven Taktiken dazu, nachzugeben. Dex allerdings würde im Leben nicht nachgeben.

»Ich trete dir so was von in den Hintern, wenn du nicht endlich die Klappe hältst.«

»Eine Nacht mit mir, Baby, und ich verspreche dir, dann stehst du wieder auf Kerle«, wiederholte Dex Ashs Spruch von vorher.

Rosa gab ein Schnauben von sich und fing dann an zu lachen. »Ach, du Schande.«

»Was soll das, Ro?« Ash sah sie finster an, aber Rosa lachte einfach weiter.

»Was denn? Austeilen kannst du, aber einstecken nicht, *cabrón*?«

Der Rest des Teams, ausgenommen Sloane, fiel in das Lachen ein. »Wisst ihr was, scheiß auf euch alle.« Ash lehnte sich mit kläglicher Schmollmiene zurück.

»Ooh, sexy.« Dex zog spöttisch die Augenbrauen hoch.

»Das reicht.« Sloane legte ihm die Hand auf den Brustkorb und drückte ihn fest zurück gegen die Wand des Trucks. »Du solltest aufpassen.«

»Auf was, das Innere des Trucks? Ich habe nicht damit angefangen«, gab Dex zurück. Er war frustriert, weil er den Rüffel bekam und wusste, dass Ash jede Sekunde davon genoss.

»Willst du mich infrage stellen? Denn ich bin ziemlich sicher, dass ich mich deutlich ausgedrückt habe, wie es läuft.«

»Ja, aber …«

»Klappe halten«, befahl Sloane barsch. »Dein Job ist es, zuzuhören und zu lernen, nicht den Komiker zu spielen.«

Dex lehnte sich zurück und hielt den Mund. Hauptsächlich deshalb, weil er gar nicht wusste, wo er anfangen sollte, was ihn gerade alles sauer machte. Er warf einen Blick auf Tony, der die Lippen zu einer schmalen Linie zusammengepresst hatte. Na toll, dann ließ Sloane ihn also nicht nur vor dem Team wie einen Idioten dastehen, sondern auch noch vor seinem Vater. Der Truck näherte sich seinem Ziel, und Dex starrte geradeaus und ignorierte die Tatsache, dass der Rest des Teams weitermachte, als sei nichts vorgefallen. Offenbar war Reden und Flachsen in Ordnung, so lange es nicht von ihm kam. Okay, wenn sein Partner das Spiel so haben wollte, dann konnte Dex es so spielen.

Als der Truck anhielt, schnallte Tony sich als Erster ab. Er stand auf und wandte sich an das Team, eingeschlossen Calvin und Hobbs, die durch die große metallene Schutztür hereinkamen, die den Fahrerbereich schützte.

»Hudson und Nina sind bereits drin und untersuchen die Leiche. Cael, Rosa, ihr wisst, was ihr zu tun habt. Sloane, du und Dex begleitet sie, während sie ihren Job machen. Ash, Letty und ich erkunden die Umgebung. Calvin, du und Hobbs bleibt im BearCat und haltet die Augen offen.«

Dex schnallte sich ab, stand auf und prallte dabei beinahe gegen Sloane, der über ihm aufragte. Der Rest des Teams machte sich eilig aus dem Staub, während Calvin und Hobbs sich auf der Bank niederließen und so taten, als wären Sloane und Dex nicht hier.

»Was?«, fragte Dex schließlich und machte sich auf etwas gefasst. Sloane sah sauer aus, obwohl Dex keine Ahnung hatte, was er denn eigentlich getan haben konnte, außer zu existieren.

»Du bleibst in der Nähe, hältst den Mund, außer es ist relevant für den Fall, und versuchst, uns beide nicht zum Affen zu machen. Mir ist egal, wer dein Daddy ist. Du baust Mist, ignorierst direkte Befehle, und ich kriege dich wegen Insubordination dran. Verstanden?«

Dex kaute auf seiner Unterlippe, während sich ihm der Magen umdrehte und sein Verstand lautstark forderte, diesen Mist nicht einfach zu akzeptieren. Doch stattdessen sah er Sloane direkt in die Augen und nickte knapp. »Vollkommen.«

Wie erwartet, reizten Dex' Willfährigkeit und fehlende Frechheit Sloane nur noch mehr. Der Typ hatte eine Auseinandersetzung erwartet, darauf *gehofft*, vielleicht damit er genau das tun konnte, was er ihm angedroht hatte. Doch da seine Drohung nach hinten losgegangen war, polterte Sloane aus dem BearCat, und Dex holte tief Luft.

»Gib ihm Zeit.«

Dex drehte sich zu Calvin, in dessen jungenhaftem Gesicht ein Ausdruck der Sorge stand. Hobbs saß neben ihm, still und mit wachsamer Miene.

»Zeit wofür? Dass er eine Entschuldigung findet, um mich rauszuwerfen, wie er es mit den anderen gemacht hat?« Dex spürte, wie sein Zorn wuchs. Er hatte ja nun wirklich keine Konfettiparade erwartet, aber ein wenig Bemühen von Sloanes Seite wäre schon nicht verkehrt gewesen. »Wie lange soll ich denn den Mund halten und mir Sorgen machen, dass er mich diszipliniert, nur weil ich zu laut atme? Sosehr ich ihn verstehen kann, es ist nicht meine Schuld, dass er nicht in Therapie gehen und da seine Gefühle rauslassen will. Was mit Gabe passiert ist, war tragisch, und ich würde mit Freuden meinen Posten aufgeben, wenn ihr ihn dadurch zurückbekommen könntet. Aber Gabe ist fort, und ich sollte nicht dafür bezahlen müssen.«

Calvin und Hobbs setzten sich aufrechter hin und rissen die Augen auf, als sie etwas hinter Dex sahen. Ein Gefühl drohenden Unheils überkam ihn. *Shit.* Er musste in einem früheren Leben ja ein ganzes Haus voller Spiegel zerbrochen haben, um so viel Pech auf einmal zu rechtfertigen. Dex schloss die Augen und schüttelte den Kopf. Tja, das würde lustig werden. Er wappnete sich innerlich und drehte sich um, das Ende seiner überaus kurzen Karriere bei den THIRDS erwartend. Doch stattdessen sah er sich einer bedrückten Miene gegenüber, die ihn wie ein Schlag in den Magen traf. Dex stand regungslos da und sah, wie Sloane einen inneren Kampf mit sich ausfocht, bevor er tief Luft holte. Dann, als würde er aus einer Trance erwachen, sah Sloane Dex an, und als er den Mund aufmachte, klang seine Stimme leise.

»Gehen wir. Cael und Rosa warten.« Damit verschwand er um den Truck.

Was war denn da gerade passiert? Dex musste irgendetwas gesagt haben, das einen Nerv bei Sloane getroffen hatte, und ein Teil von ihm fühlte sich schuldig für seine Worte. Vielleicht sollte er mit dem Mann ein wenig nachsichtig sein und nicht schon so früh in ihrer Partnerschaft Wunder erwarten. Dex sprang aus dem Truck, die Waffe in der Hand, und lief mit neuer Entschlossenheit hinter Sloane her, der schweigend vor der Villa im Stile französischer Gotik auf ihn wartete. Sie befanden sich in einer Straße, die von hübschen Bäumen gesäumt war, mit makellosen Gehwegen, Häusern im Wert mehrerer Millionen Dollar und luxuriösen Apartments, nur eine Ecke vom Metropolitan Museum of Art entfernt.

Die Villa Ortiz war beeindruckend, von der Kalksteinfassade bis zu den verschnörkelten Eisentoren, die die Eingangstüren aus massivem Holz schützten. Doch noch beeindruckender als das millionenschwere Anwesen war, dass Sloane ihm eines der Eisentore aufhielt.

Mit dankbarem Nicken trat Dex hindurch und mahnte sich selbst, dass er sich mehr Mühe geben müsse. Geduld war nicht eine seiner Tugenden, aber er würde sie lernen müssen. Es war Zeit für einen anderen Ansatz. Einen, der hoffentlich dazu führte, dass sie besser miteinander auskamen und nicht dazu, dass Dex als Kratzbaum herhalten musste.

5

Sloane mochte Dex nicht. Überhaupt nicht.

Er hatte die Worte des Frischlings immer noch in den Ohren, als sie durch das große Foyer der Villa marschierten. So ungern er es zugab: Dex hatte recht. Ein Grund mehr, ihn nicht zu mögen. Die Liste wurde mit jeder Minute länger. Im Gegensatz zu dem, was Dex glaubte, war Sloane bei einem Therapeuten gewesen. Dieser war von den THIRDS berufen worden, und auch der Rest seines Teams war nach dem Vorfall dort zu Sitzungen abkommandiert worden. Es war eine heikle Sache gewesen, doch es war Sloane gelungen, die richtigen Dinge zu sagen, um für diensttauglich erklärt zu werden. Danach tat er sein Bestes, um den Augenblick hinauszuzögern, in dem er sich der schmerzhaften Wahrheit stellen musste: dass Gabe nicht mehr da war.

Ihm tat das Herz weh, und seine Augen brannten, aber er riss sich eilig wieder zusammen. Lange Zeit hatte er die brutale Realität ignorieren können. So lange Gabes Position unbesetzt blieb, war es einfach gewesen. Doch jedes Mal, wenn ihm ein neuer Partner zugeteilt wurde, drohte die Realität die zerbrechliche Illusion, die er sich geschaffen hatte, zu zerschmettern. Natürlich war Gabe nicht mehr da. Sloane hatte den Augenblick, das akzeptieren zu müssen, schlicht aufgeschoben, so lange er konnte, bis der Gedanke ihn nicht mehr komplett zu lähmen drohte. Er hatte eine Scheißangst davor gehabt, sich seiner Trauer zu stellen, dem, was sie ihm antun konnte, wenn er sich gestattete, ihr nachzugeben. Nur Ash kannte seine Ängste und wusste, was es für Sloane bedeuten konnte. Als Sloane letztendlich nachgegeben hatte, war es beängstigend gewesen, aber er hatte es durchgestanden. Er war beileibe nicht vollkommen geheilt, aber zumindest fühlte es sich nicht mehr wie eine offene, eiternde Wunde an.

Sein Partner neben ihm war nachdenklich, und Sloane verspürte einen Stich von Schuldgefühl. Dex hatte recht damit gehabt, dass Sloane ihm die Schuld gab und ihn dafür bestrafte, dass er nun Gabes Position einnahm. Unter anderen Umständen wäre es für den ehemaligen HPF-Officer eine Wahnsinnsbeförderung gewesen.

Sloane ermahnte sich, dass er sich mehr anstrengen müsse, damit diese Partnerschaft funktionierte, egal wie wenig es ihm gefiel. Je eher er akzeptierte, dass die Dinge eben nicht mehr so sein konnten, wie sie einst waren, umso besser für alle. Er und Dex würden eine Menge Zeit miteinander verbringen. Wollte er diese wirklich darauf verwenden, mit dem Typen zu streiten? Der Job war schon schwierig genug, da musste er ihn nicht noch verkomplizieren.

Sie marschierten durch das opulente, in Blau-, Rot- und Goldtönen eingerichtete Haus. Alles war in neofranzösischem Renaissancestil gestaltet, von den Wänden, die mit großen Ölgemälden in antiken Goldrahmen geschmückt waren, bis hin zum verzierten Treppenaufgang. Der extravagante Teppich unter ihren Stiefeln schluckte das Geräusch ihrer Schritte, und die Seidenvorhänge in den ausgedehnten Torbögen streiften über den groben Baumwollstoff ihrer Uniformen. In jedem Zimmer glitzerte ein Kristallkronleuchter über ihren Köpfen. In diesem Haus wirkten sie vollkommen fehlplatziert.

Im Haus wimmelte es von den Recon-Agenten ihrer Truppen; alle zwanzig, dem Anblick nach zu urteilen. Die Agenten waren damit beschäftigt, die Aussagen der Gäste aufzunehmen, von denen einige in Tränen aufgelöst waren, während andere beleidigt wirkten, weil man sie überhaupt befragte. Wenn man in Betracht zog, wie viele Zimmer das Haus hatte, würde das eine Weile dauern. Über den Helm bekam Sloane die Bestätigung von Ash, auf die er gewartet hatte.

»Haus und Umgebung sind sauber.«

»Verstanden.« Sloane nahm den Helm ab und befestigte die Riemen hinten an seiner Weste.

Dex tat es ihm nach und flüsterte: »Ich wusste gar nicht, dass Wohltätigkeit so viel einbringt.«

»Tut sie auch nicht. Ortiz war schon reich, bevor er HumaniTherianer United übernahm.« Sie stiegen zwei Treppen hinauf zu Ortiz' Büro, wo Hudson und Nina über die Leiche gebeugt hockten. Das Büro war so üppig ausgestattet wie der Rest des Hauses: Regale aus sattem Mahagoni mit Glasverkleidung an allen Wänden, und in einer Ecke standen ein schicker Getränkewagen und ein paar Lehnsessel aus Leder. Alles sah unberührt aus und schien an seinem Platz zu stehen, ausgenommen Ortiz, der in einer Blutlache auf dem Boden lag. Hudson und Nina nickten Sloane grüßend zu, als sie näher kamen. Um sie herum arbeiteten die Agenten der Spurensicherung auf Hochtouren.

»Was haben wir?«

Hudson stand auf. »Hector Ortiz, Vorstandsvorsitzender der HumaniTherianer United. Seine Leiche wurde gegen Mittag von seiner Frau gefunden. Laut ihrer Aussage hatte er sich den ganzen Morgen unter die Gäste gemischt, doch als sie ihm neu angekommene Gäste vorstellen wollte, konnte sie ihn nicht finden. Sie dachte, er habe sich ein wenig zum Arbeiten ins Büro zurückgezogen, wie es seine Gewohnheit war. Sie kam hier herauf und fand ihn tot vor.«

»Und ihr seid sicher, dass wir es mit demselben Täter zu tun haben?« Sloane betrachtete die Leiche. Ortiz lag mit zerfetzter Kehle da, wie die vorherigen Opfer.

»Wir sind sicher, dass es derselbe Mörder ist, aber hier gibt es noch etwas, das uns beunruhigt.«

»Oh?«

Nina deutete mit der Hand auf den Nacken des Opfers, und Sloane kauerte sich zusammen, um einen besseren Blick zu haben. Dex folgte seinem Beispiel. »Seht ihr hier? Da ist ein kleiner Riss, wo die Klaue sich in den Nacken des Opfers gebohrt und durchgezogen hat, aber die Bewegung wurde nicht bis zum Ende ausgeführt. Es wirkt, als sei er schnell wieder losgelassen worden. Vielleicht weil das Opfer sich unerwartet bewegt hat.«

Dex legte den Kopf schief und betrachtete die Risse. »Das ergibt Sinn. Wenn ihm jemand die Kehle aufschlitzen will, würde er sicher versuchen zu fliehen, oder?«

»Nicht, wenn er nicht wusste, dass er gleich angegriffen würde. Die Bewegung legt nahe, dass er sich gerade umdrehte, als er attackiert wurde. Etwas könnte den Angreifer erschreckt haben, doch er hat sich schnell wieder gefangen und noch einmal zugeschlagen, und dieser zweite Schlag war erfolgreich, hat die Kehle zerrissen und ließ das Opfer verbluten.«

»Was ist der merkwürdige Teil?« Sloanes Besorgnis hinsichtlich dieses Falles wurde immer größer. Irgendwas passte da nicht zusammen. Er stand auf und sah Hudson an, dessen besorgte Miene seine eigenen Gefühle widerspiegelte.

»Die Tiefe der Risse und die Richtung der Blutspritzer deuten darauf hin, dass die Kraft hinter dem Schlag weit geringer war als eine durchschnittliche Raubkatze sie besitzt, anders als bei den vorherigen Opfern.«

Sloane dachte darüber nach. »Ist es möglich, dass das Opfer sich gewehrt und seinen Angreifer verletzt hat?« Es war reine

Spekulation, und Hudson machte seine Hoffnungen mit einem Kopfschütteln zunichte.

»Es gibt keine Spuren von Fell oder Haut unter den Fingernägeln, keine Haare an seiner Kleidung, und die Beweise legen nahe, dass das ganze Blut von ihm ist. Aber wir müssen erst alles ins Labor schaffen, um das zu bestätigen. Bisher tut sich die Spurensicherung schwer damit, Beweise dafür zu finden, dass der Angreifer überhaupt hier war, abgesehen von dem toten Mr Ortiz. Meine Theorie – und es ist nur eine Theorie, bis wir ihn ordnungsgemäß untersuchen können – geht dahin, dass die letzten beiden Opfer kleiner als der Angreifer waren, während Ortiz größer war.«

Sloane runzelte die Stirn. »Ich verstehe nicht ganz, wieso das einen Unterschied macht.«

»Ganz genau«, antwortete Hudson. »Ich sage es nur ungern, Jungs, aber hier gibt es eine ganze Menge Dinge, die keinen Sinn ergeben.«

»Zum Beispiel die Tatsache, dass der Angreifer nur mit rechts zuschlägt.«

Alle drei drehten sich zu Dex um, der immer noch neben dem Opfer kauerte. Er deutete auf den Hals des Toten. »Bei allen drei Opfern war die Kehle von links nach rechts aufgeschlitzt. Und laut der Fallakte wies keines der Opfer irgendwelche anderen Kratzer auf, was ziemlich unlogisch ist.«

»Warum?«, fragte Hudson neugierig. Nina rief die forensischen Berichte der vorherigen Opfer auf, ging sie durch und nickte zustimmend.

Dex fuhr fort. »Alle drei Opfer wurden im Stehen attackiert. Um an den Hals zu kommen, vor allem bei jemandem, der so groß ist wie Ortiz, hätte ein Felide auf die Hinterbeine gehen müssen. Wie hat er es dann geschafft, jedes Opfer mit der Rechten anzugreifen, aber mit der Linken nicht einen Kratzer irgendwo zu hinterlassen? Selbst wenn er die Leute umwarf, hätte er bei zumindest einem eine Spur hinterlassen müssen. Wisst ihr, wie oft Cael mir früher beim Spielen mit der linken Pranke eins überzog? Fast jedes Mal. Und selbst mit gestutzten Krallen hinterließ er jede Menge Kratzer.«

»Er hat recht«, stimmte Sloane zu und war sich der Tatsache, dass Dex ihn völlig überrascht ansah, vollkommen bewusst. »Es ist verdammt seltsam, dass unser Angreifer keine anderen ernsthaften Wunden oder auch nur Kratzer hinterlassen hat. Das ist zu sauber. Was wissen wir noch?«

Nina scrollte durch die Notizen auf ihrem Tablet, und ihre grimmige Miene verhieß nichts Gutes. »Recon befragt die Gäste, aber bisher hat niemand irgendwelche verdächtigen Aktivitäten bemerkt oder gesehen, dass der Vorsitzende mit jemandem gestritten hätte. Zu der Zeit spielte Livemusik, und ungeachtet einer vermuteten Attacke von einer Raubkatze dieser Größe hat niemand etwas gehört. Es gibt eine lange Liste von Feinden, aber das ist bei einem Mann wie Ortiz zu erwarten. Intel lässt sie gerade durch Themis laufen. Seine Frau sagt, aus dem Büro wurde nichts gestohlen. Er hatte immer noch Brieftasche und Schlüssel bei sich.«

»An diesem Punkt können wir einen Diebstahl, der aus dem Ruder gelaufen ist, wohl ausschließen«, warf Dex ein.

Sloane überdachte sorgfältig alles, was er bisher erfahren hatte, aber er war noch immer genauso weit davon entfernt, das Puzzle zusammenzufügen, wie zu Anfang der ganzen Sauerei. Dass ihr Täter ein Therianer war, wussten sie nur aufgrund der Schnittwunden, die zum Angriff einer Raubkatze passten. Sloane sah sich im Zimmer um und registrierte all die Wachleute und HPF-Officers, die sich hier aufhielten. »Wie ist er an all den Sicherheitsleuten vorbeigekommen?«

»Gute Frage. Denkst du, es könnte jemand vom Personal gewesen sein?«, schlug Dex vor. »Oder jemand, der wie jemand vom Personal gekleidet war?«

»Dex könnte recht haben.«

Cael kam mit Rosa an seiner Seite auf sie zu, und Rosa bedeutete Sloane und Dex, ihr zu folgen. »Danke. Lasst mich wissen, wenn ihr etwas Neues habt.«

»Absolut«, antwortete Hudson und musterte Dex aufmerksam mit seinen blauen Augen. »Dex, schön, dich wiederzusehen.«

Moment, was war das denn? Flirtete Hudson etwa mit Dex? Sloane warf einen kurzen Blick auf seinen Partner und das dämliche Grinsen in dessen Gesicht. Tja, falls es so war, dann genoss Dex es. Nicht, dass es Sloane groß interessierte. Wenn Dex seinen Job riskieren wollte, indem er mit Hudson ins Bett stieg, war das sein Problem – auch wenn Sloane zumindest einen Versuch machen sollte, seinen Partner aus der Gefahrenzone zu steuern. Er packte Dex am Arm, zog ihn auf die Füße und marschierte mit ihm zu Cael und Rosa. Dex sagte kein Wort, aber seine gehobene Augenbraue verriet belustigte Überraschung. Sloane hatte keine Ahnung, was Dex so amüsant fand. Und, wichtiger noch, es interessierte ihn auch nicht. Sie gingen zur Seite, weg von den anderen Agenten und den Sicherheitsleuten.

»Was habt ihr?«, brummte Sloane und ignorierte das dämliche Grinsen seines Partners.

Cael tippte etwas auf seinem Tablet, bevor er es Sloane gab. Es war eine Liste aller Anwesenden zur Tatzeit, von Gästen bis hin zu Angestellten, dazu die Information, wer davon ein Therianer war, inklusive der jeweiligen bestätigten Klassifikation. »Die Gästeliste ist kurz. Wir haben Glück, dass es nur ein Brunch war und kein Abendempfang. Es gab nur fünfundzwanzig Gäste und dreimal so viele Angestellte. Mrs Ortiz beauftragt seit zehn Jahren dieselbe Sicherheitsfirma, plus ein paar HPF-Officers, die Überstunden machten. Bisher hat niemand etwas Außergewöhnliches gesehen oder gehört. Nur drei der fünfzig von Mrs Ortiz beschäftigten Wachleute sind Raubkatzen, und die befanden sich die ganze Zeit in Gesellschaft von Mrs Ortiz, was von mehreren Anwesenden bestätigt wurde. Außerdem hat sie von außerhalb einen Cateringservice der Spitzenklasse angeheuert: *Thalia's Kitchen Events & Catering* von der Fifth, Ecke West Thirty-Third. Das Personal wird im Moment noch befragt, aber bisher keine Raubkatzen. Auch sie sind alle anwesend und erfasst. Ich bezweifle, dass Ortiz' Mörder noch anwesend ist.«

Sloane nickte und ging die Liste durch, bevor er sie Cael zurückgab. »Mit anderen Worten, wir haben nichts. Hat Intel Ortiz durch Themis laufen lassen?«

»Sind noch dabei«, antwortete Rosa.

Ein Recon-Agent eilte auf sie zu. »Agent Cael, Agent Santiago, jemand vom Personal sagt, er habe Informationen, die helfen könnten.«

Cael nickte dem Agenten zu. »Danke, Russo.«

Vielleicht hatten sie jetzt endlich etwas. Straftäter unter den Therianern aufzuspüren war schwierig, aber es gab immer irgendetwas: ein Haar, eine Faser, Speichel, einen Zahn. Etwas, das bei einem gewaltsamen Zusammentreffen zurückblieb, wenn der Instinkt eines Therianers dem Tier in sich folgte, trotz des menschlichen Anteils. Es erforderte eine Menge Beherrschung, um die richtige Balance zu finden. Diese Attacken waren viel zu kontrolliert.

Sie folgten Agent Russo aus dem Büro, die Treppe hinab, durch den Salon ins Esszimmer. Auf einem der Stühle dort saß ein dunkelhaariger Kellner. Als er sie näher kommen sah, sprang er auf, kam auf sie zu – und blieb abrupt stehen, als er Sloane sah. Ein höhnisches Grinsen trat in sein Gesicht, und er musterte sie mit scharfen Augen. Am Ende wandte er sich an Dex.

»Mit Ihnen rede ich«, sagte er mit arrogantem Naserümpfen und musterte Dex.

Der runzelte überrascht die Stirn. Offensichtlich hatte sein Partner schon so früh im Spiel nicht mit einer derart offenen Zurschaustellung von Diskriminierung gerechnet. Daran sollte er sich besser gewöhnen. Dex machte schon den Mund auf, als er Cael diskret den Kopf schütteln sah. Mit aufeinandergepressten Lippen wandte Dex sich an den Kellner.

»Sir, Sie sagten, Sie hätten Informationen zum Opfer?«

»Ja, ich weiß, wer ihn umgebracht hat«, antwortete der Kellner selbstsicher.

»Sie haben gesehen, was passiert ist?«

»Nein, nicht genau. Da war dieser Therianerfreak …« Der Kellner unterbrach sich, als er Dex' missbilligenden Blick sah, und Sloane musste zugeben, der Frischling hatte einen ziemlich einschüchternden Blick, der aussagte: *Vielleicht möchten Sie das noch einmal anders formulieren, bevor ich Ihnen eins verpasse*. »Äh, ich meine diesen Therianer. Er war Barkeeper von der Cateringfirma, und er hat sich ganz komisch und nervös benommen. Er war ein Unregistrierter.«

»Woher wissen Sie das?«, fragte Dex.

»Er trug einen Rollkragenpulli und hat ständig daran herumgezupft. Es wäre nicht das erste Mal, dass Mrs Ortiz eine Firma beauftragt, die unregistrierte Therianer beschäftigt. Sie denkt, sie würde damit etwas Gutes tun. So viel dazu.«

Dex sah nachdenklich aus. »Also haben Sie nicht wirklich gesehen oder gehört, dass dieser Therianer Ortiz angegriffen hat?«

»Nein.« Der Kellner wurde langsam unsicher. »Aber er führte etwas im Schilde. Deshalb habe ich ihn konfrontiert und ihm gesagt, ich würde euch Jungs rufen, um ihn aufzugreifen. Der Mistkerl hat einfach weitergearbeitet, so als hätte ich gar nichts gesagt. Also habe ich es gemeldet. Natürlich war er weg, als ich zurückkam.«

»Um welche Zeit war das?«

»Als ich ihn angesprochen habe, war es vor elf Uhr«, antwortete der Mann.

»Könnten Sie uns diesen Therianer beschreiben?«

»Ja, er war ziemlich groß, über einen Meter achtzig. Bernsteinaugen«, er warf einen kurzen Blick auf Sloane und sah wieder weg. »Äh, dunkles Haar. Wenn ich raten müsste, würde ich sagen, Raubkatze.«

»Wie kommen Sie darauf?«

»Meistens kann man es ihnen ansehen, wissen Sie? Die Art, wie er sich bewegte. Als würde er schleichen.«

»Können Sie uns sonst noch etwas sagen?« Der Kellner schüttelte den Kopf, und Dex sah zu Rosa hinüber, die alles aufgenommen hatte und bereits in Text umwandelte. »Okay. Agent Santiago wird Ihre Aussage mit Ihnen durchgehen. Und sie braucht eine Unterschrift von Ihnen. Danke für Ihre Mithilfe.« Er gab Rosa ein Zeichen, die den Kellner daraufhin zum Tisch führte. Dex sah Cael in die Augen und zeigte zur Tür. Sloane folgte ihnen.

»Was war denn das?«

»Was denn?« Cael sah verwirrt aus.

»Du hast dich von diesem Rassistenschwein von deiner eigenen Untersuchung ausschließen lassen.«

Cael zuckte nur die Schultern. »Wenn er kooperiert, solange er mit dir reden kann, dann ist mir das egal.«

»Sollte es aber nicht, verdammt. Wenn du selbst nicht dazu stehst, wie kannst du dann erwarten, dass Arschlöcher wie der es tun?«

»Denen ist das egal, Dex, und das wird sich auch nicht ändern. Deshalb sind es ja Arschlöcher.« Cael beugte sich vor und stieß Dex mit dem Finger an. »Das hier ist nicht die HPF. Jetzt bist du in unserer Welt, und die ist erschreckend und hässlich und beschissen. Hier tätschelt dir keiner das Köpfchen und sagt dir, dass du etwas ganz Besonderes bist, weil du einen schwarzen Daddy hast und einen Therianbruder, der mit dir zusammen stolz die Regenbogenflagge schwenkt. Hier bist du ein Freak wie der Rest von uns, also sag mir nicht, wie ich meinen Job machen soll.« Damit ging Cael davon, und Dex blieb sprachlos zurück. Aber natürlich hielt die Sprachlosigkeit nicht lange an.

»Was war denn das gerade?«

Sloane stieß einen leisen Pfiff aus. »Wow. Ich wusste gar nicht, dass er derart wütend werden kann. Schätze, ich habe mich geirrt. Gut gemacht, Frischling.«

Dex sah ihn blinzelnd an. »Was habe ich denn getan?«

Der verletzte Gesichtsausdruck von Dex war zu viel für Sloane. Also erbarmte er sich und steuerte seinen Partner in Richtung Eingangstür. »Schau mal, ich verstehe, was du da tun wolltest, aber so einfach ist es nicht. Ich weiß, du bist stolz auf deinen kleinen Bruder, und glaub mir, auch er ist stolz auf das, was er ist. Aber du musst verstehen, dass man als Agent der THIRDS mit einer vollkommen neuen Liga von Dummheit konfrontiert wird.« Sie traten hinaus in die frische Spätseptemberluft. Die Sonne schien, und alles war friedlich und ruhig. Der einzige Hinweis darauf, dass etwas nicht stimmte, waren die vielen Fahrzeuge, die beide Seiten der Straße blockierten, und die zahlreichen Agenten, die das Gelände sicherten.

»Bei der HPF musstest du dich nur mit anderen Menschen herumschlagen und dir diesen Mist anhören, weil du ein Cop bist. Hier hasst dich jeder aus einem anderen Grund, und manchmal hat man das Gefühl, dass man nicht gewinnen kann, egal was man sagt oder tut.« Sloane gab ein tiefes Seufzen von sich. »Manche von uns haben gelernt, damit umzugehen, aber Cael ist ein netter Junge, der in einem liebevollen Elternhaus aufgewachsen ist, mit Menschen, die ihn von Anfang an akzeptierten. Für ihn ist es schwerer. Du musst ihn damit auf die Weise umgehen lassen, die für ihn die beste ist.« Sloane wählte seine Worte sorgfältig, auch wenn er wusste, dass es am Ende keine Rolle spielen würde. Früher oder später würde Dex sich der brutalen Realität stellen müssen. »Ich mache mir mehr Sorgen darum, wie du damit umgehst.«

»Ich?« Dex schmunzelte. »Vielleicht ist es dir noch nicht aufgefallen, aber ich bin schon ein großer Junge. Ich weiß, dass die Welt nicht nur aus Sonnenschein und Einhörnern besteht.«

»Was ich meine, ist: Wie wirst du damit umgehen, wenn jemand beschließt, seinen Hass etwas proaktiver auszuleben als dieses Arschgesicht von einem Kellner? Wirst du dann zu seiner Rettung eilen? Denn ich kann dir jetzt schon sagen, wie das bei ihm ankommen wird.«

»Dann soll ich also einfach nur dastehen und nichts tun?« Dex schnaubte frustriert. »Das kann ich nicht.«

»Nein, du sollst deinen Bruder seinen Job machen und die Dinge auf seine Art handhaben lassen, und falls er dich braucht, wird er es dich wissen lassen. Dein Job ist es, ihm Rückendeckung zu geben und ihn vor jeglicher körperlichen Bedrohung zu schützen, die sein Leben gefährdet. Dein Job besteht nicht darin, auf einem weißen Pferd angeritten zu kommen und alle Drachen zu erschlagen, weil sie ihn beleidigt haben. Oder mit Ziegelsteinen beworfen.«

Dex' Augen umwölkten sich vor Zorn, bevor er mit zusammengebissenen Zähnen fragte. »Jemand hat mit Ziegelsteinen nach ihm geworfen?«

»Keine Sorge. Ash hat zurückgeworfen.« Sloane schenkte Dex ein Lächeln. Er wusste nicht recht, wieso er sich solche Mühe gab, Dex zu beschwichtigen. Er sagte sich, dass er es für Cael tat. »Du bist nicht der Einzige, der auf ihn achtgibt, Frischling. Okay?«

Dex nickte, obwohl nicht erkennbar war, ob irgendwas von dem, was Sloane gesagt hatte, tatsächlich in seinen Dickschädel vorgedrungen war. Sie marschierten zum BearCat, und Dex runzelte die Stirn. »Manchmal lässt mich das Ausmaß von Dummheit in dieser Welt echt nur staunen. Manche Leute gehen in der Evolution rückwärts, scheint mir.«

»Wir sind schon weit gekommen«, wandte Sloane ein, auch wenn er zugeben musste, dass es ihm manchmal selbst schwerfiel, das zu glauben.

»Nicht genug, wenn du mich fragst.«

»Du klingst wie ein grantiger alter Mann.«

Dex warf ihm einen Blick von der Seite zu, als sie das Heck des BearCat umrundeten. »Halt die Klappe und runter von meinem Rasen.«

»Ich bin nicht auf deinem Rasen. Muss wohl ein Anfall von Alzheimer sein.« Das brachte ihm ein leises Lachen ein, und Sloane unterdrückte ein Lächeln. Wenn er sich nicht dagegen wehrte, konnte er in ein unbekümmertes Geplänkel mit Dex verfallen – etwas, das er seit Gabe nicht mehr gehabt hatte. Der Gedanke, dass er vielleicht tatsächlich einen Partner gefunden haben könnte, mit dem er auskommen konnte, hätte ihm ein Gefühl der Erleichterung verschaffen sollen, doch stattdessen fühlte er sich schuldig. Doch bevor er den Gedanken weiterverfolgte, mahnte er sich, dass jetzt nicht der richtige Zeitpunkt war, um darüber nachzudenken.

Cael saß bereits im Truck, als sie einstiegen, und der junge Agent rutschte ans Ende der Bank. Sloane stieß Dex leicht am

Arm und deutete auf Cael. Dex ließ sich neben seinem Bruder nieder und stieß ihn spielerisch am Bein an. Als Caels Blick nur noch finsterer wurde, beugte Dex sich vor, um leise mit ihm zu reden. Sloane konnte nicht genau ausmachen, was er sagte, konnte aber die Aufrichtigkeit in Dex' leiser Stimme hören. Und er hörte etwas, das wie eine Entschuldigung klang.

Sloane setzte sich und verspürte einen Anflug von Wehmut, als er Dex beobachtete. Wie anders wären die Dinge vielleicht verlaufen, wäre er in einer Familie wie der von Maddock aufgewachsen. In einem liebevollen Zuhause statt zwischen gepolsterten weißen Wänden, mit Geschwistern und Eltern statt Ärzten und Krankenschwestern. Caels Lachen riss ihn aus seinen finsteren Gedanken, und er ertappte sich dabei, dass er über die Brüder lächelte. Dex hatte den Arm um Cael gelegt und neckte ihn, und obwohl Cael schimpfte, lag in seinen Worten Zuneigung.

»Du bist so doof«, lachte Cael leise und schüttelte den Kopf.

»In Ordnung, Team. Wir fahren zur Cateringfirma«, erklärte Maddock, der mit dem Rest des Teams einstieg. Dex nahm den Arm um Cael weg, während alle ihre Plätze auf der Bank einnahmen und sich anschnallten. Rosa saß neben Ash und winkte mit ihrem Tablet, um auf sich aufmerksam zu machen.

»Wir haben eine mögliche Spur von einem Zeugen, der ausgesagt hat, dass es einen unregistrierten Therianer unter den Mitarbeitern gab – einen Barkeeper, der für die Cateringfirma arbeitet, möglicherweise eine Raubkatze. Nach Aussagen von Gästen hat er an seiner Station Drinks serviert, bis er kurz nach Mittag ging – der Typ war ziemlich schwer zu übersehen. Um ehrlich zu sein, denke ich nicht, dass er unser Mann ist. Er hätte sich lange genug wegschleichen müssen, um sich auszuziehen, sich zu verwandeln, Ortiz zu töten, ohne dabei Spuren zu hinterlassen und sich zurückzuverwandeln. Und selbst wenn er es geschafft hätte, sich danach wieder anzuziehen, hätte er PSTC gebraucht. Aber niemand hat jemanden mit Symptomen von PST gesehen. Trotzdem ist er immer noch die beste Spur, die wir im Augenblick haben. Wir müssen ihn befragen.«

Neben Rosa mischte sich Letty ein. »Selbst wenn die Cateringfirma einen Unregistrierten eingestellt hat, denkst du wirklich, dass sie das zugeben werden?«

»Müssen sie nicht«, warf Dex ein. »Sie werden Aufzeichnungen haben.«

Sloane sah ihn an. »Du klingst ziemlich sicher.«

»Mein Ex besitzt eine Cateringfirma. Er hat in seinem Geschäft schon mit unregistrierten Therianern zu tun gehabt, und da gibt es immer eine Spur. Rechnungen, Quittungen, Zeitpläne, irgendwas.«

»Der Freund eines Cops beschäftigt unregistrierte Therianer?«, meinte Ash spöttisch. »Wie hat das denn funktioniert?«

»Gar nicht, denn er hat sie nicht beschäftigt.« Dex nagelte Ash mit einem finsteren Blick fest, bevor er sich wieder an Maddock wandte. »Lou hat zwar keine unregistrierten Therianer beschäftigt, aber er hat mit Zulieferern gearbeitet, die es taten. Für gewöhnlich waren sie für Aufgaben im Hintergrund zuständig, wie Ausliefern oder Lagerarbeiten. Die Zulieferer hatten immer irgendeine Form von Aufzeichnungen, um sich abzusichern.«

Maddock nickte. »Okay. Cael, du und Rosa geht rein und kümmert euch um diese Aufzeichnungen. Sloane, du gehst mit Dex als Unterstützung rein. Ash, Letty, ihr überprüft die Umgebung, Calvin und Hobbs kümmern sich um die Überwachung. Cael, zeig uns alles, was du über die Cateringfirma hast.« Er stand auf und ging mit Cael zur Überwachungskonsole. Rosa und Letty plauderten neben Sloane, als Ash sich an Sloane vorbeilehnte und Dex spöttisch angrinste.

»Ex, hm? Was ist passiert? Konnte er so viel Daleycharme nicht verkraften?«

Dex' Kinnmuskeln spannten sich an, aber er sagte nichts.

»Mist, kein Kommentar vom Frischling? Muss ja übel gewesen sein. Das heißt, er hat dir den Laufpass gegeben.«

»Ash«, warnte Sloane und sah seinen Freund stirnrunzelnd an. Jetzt fing es an, genau wie bei den anderen Agenten.

Kandidaten, die die Ausbildung bestanden und es in die letzte Bewerbungsrunde geschafft hatten, wurden vom Team befragt. Und auch wenn jeder andere Agent, der auf Gabes Position gekommen und wieder gegangen war, von seinen Leuten zunächst befürwortet worden war, war das nicht geschehen, weil sie geglaubt hatten, er würde ins Team passen, sondern weil sie wussten, dass derjenige nicht zu ihnen passte. Doch sie hatten es so aussehen lassen, als wäre der Neue derjenige, der es im Endeffekt nicht packte. Es war beschissen, das war Sloane bewusst. Und falls ihre Vorgesetzten je herausfanden, dass er nicht nur gewusst hatte, was da lief, sondern es auch noch zugelassen hatte, dann säße er ganz tief in der Scheiße. Die einfache Wahrheit: Sein Team war nicht bereit für irgendeinen Neuen gewesen, aber das war den hohen Tieren egal. Ihnen fehlte ein Mann. Sloane konnte es ihnen nicht verdenken. Die da oben wussten nicht, wie viel Gabe seinem Team bedeutet hatte – und ihm selbst. Bei jedem anderen hätte er Ash sein Ding durchziehen lassen, aber jetzt … war er sich nicht mehr so sicher.

»Was? Wir sind ein Team. Wenn Daley wirklich zu uns gehören will, dann muss er das mit uns teilen.«

Sloane wollte seinem Freund gerade sagen, er solle sich um seine eigenen Angelegenheiten kümmern, als Dex sich an ihm vorbeilehnte und Ash mit seinen hellen blauen Augen fixierte. Der Zorn und Schmerz darin erwischte Sloane völlig unvorbereitet. Er wusste nicht recht, was Dex an sich hatte, aber der Typ hatte so eine Art, zu ihm durchzudringen.

»Ja, er hat mir den Laufpass gegeben. Denn offenbar bin ich ein Arsch, weil ich glaube, dass ein unbewaffnetes Kind, egal ob Therianer oder was anderes, es nicht verdient hat, kaltblütig von hinten erschossen zu werden. Der Junge war ja schon tot, richtig, also wieso soll ich mich zum Arsch machen und meinen Partner in die Pfanne hauen? Wieso soll ich mein Leben auf den Kopf stellen für so was Bescheuertes wie die Wahrheit? Ich wurde abserviert, weil die ganze Sache eine mordsmäßige Unannehmlichkeit wurde für einen Typen, dem eigentlich genug an mir hätte liegen müssen, um für mich da zu sein. Er hatte mir versprochen, dass er zu mir halten würde, aber beim ersten Anzeichen echter Probleme hat er gekniffen. Und wieso auch nicht, wenn doch um ihn herum die verdammte Titanic untergegangen ist? Reicht dir das an Informationen, Ash? Denn falls nicht, habe ich noch ein paar ganz tolle Geschichten über mich als Kind auf Lager, wie ich herausfand, dass meine Eltern von einer Horde Straßenschläger umgebracht wurden. Willst du darüber was hören? Nein? Dann halt deine gottverdammte Klappe und steck dir deine Sticheleien sonst wohin, du egozentrischer Scheißkerl.«

Tiefe Stille im Truck, bevor Tonys ruppige Stimme das Schweigen brach. »Dex, komm mal einen Moment hier rüber.«

»Komme, Sir.« Dex löste seinen Gurt, stand auf und warf Ash noch einen finsteren Blick zu, bevor er zu Maddock ging.

»Was zur Hölle war das denn?«, fragte Ash lachend.

»Das warst du als Arsch.« Sloane rutschte etwas beiseite, um etwas Distanz zwischen sich und seinen Freund zu bringen. Wie erwartet, erstarb Ashs Grinsen, und er sah Sloane finster an.

»Moment mal, dann bist du jetzt auf seiner Seite?«

»Ich bin auf niemandes Seite, aber wenn du Scheiße baust,

werde ich dich dafür zur Rechenschaft ziehen, das weißt du.« Ihre Freundschaft war nie einfach gewesen, aber sie war ehrlich. Zwischen ihnen gab es immer offene Worte.

»Ja, aber doch nicht seinetwegen«, zischte Ash. Dann riss er die Augen auf und fuhr sich mit der behandschuhten Hand übers Haar, bevor er sich zu Sloane lehnte. »Bitte sag mir nicht, dass du ihn tatsächlich leiden kannst.«

Sloane schloss die Augen, ließ den Kopf nach hinten gegen die gepolsterte Wand des Trucks sinken und vergaß für einen Moment, dass ihm dabei immer übel wurde. Verdammt. Sein Verstand hatte das doch alles hinter sich gelassen. Wieso konnte sein Körper das nicht auch? Er holte tief Luft, atmete durch den Mund aus und lehnte sich dann erneut vor, die Ellbogen auf die Beine gestützt, während sein revoltierender Magen sich wieder beruhigte. »Ich muss ihn nicht mögen, um meinen Job zu machen. Das ist etwas, was du berücksichtigen solltest.«

»Dann bleibt er also?« Ash starrte ihn verblüfft an.

Wieso führten sie eigentlich diese Unterhaltung? Ash schnallte sich ab, ging zum Ende des Trucks und wartete. Na toll. Genau das, was er jetzt brauchte. Seufzend löste Sloane seinen Gurt und ging zu seinem Freund. Er wusste, wenn er wollte, konnte er ebenso stur sein wie Ash. Ash stemmte die Hände in die Hüften und zuckte die Schultern.

»Was, Ash? Komm darüber weg, damit wir uns wieder auf den Fall konzentrieren können.«

»Er kann nicht bleiben.«

Sloane hob fragend eine Augenbraue. »Tatsächlich?«

»Du musst ihn loswerden.« Ash bohrte ihm den Finger in die Weste, und Sloane runzelte die Stirn. Wieso musste sein Freund alles so verdammt schwierig machen?

»Vor allem«, Sloane schob Ashs Hand weg, »habe ich nicht vor, mir von Lieutenant Sparks einen Anschiss einzufangen, weil ich *noch* einen Partner vergrault habe. Sie war da sehr deutlich: Das ist meine letzte Chance auf eine Regelung im Guten. Wir haben keine Wahl. Und im Hinblick auf die anderen Agenten, die wir hatten, ist Dex der, der am besten passt.«

»Der Blödmann?« Ash schüttelte ungläubig den Kopf. »Sieh mal, ich weiß ja, dass er Maddocks Junge und Caels Bruder ist, aber das heißt nicht, dass er gut zu uns passt.«

»Und wer passt zu uns, Ash? Wer wird denn gut genug sein, um Gabes Platz einzunehmen, hm?«

Ash schluckte schwer und senkte den Blick auf seine Stiefel.

»Genau. Für mich ist es auch nicht leicht, okay? Ich bitte dich als dein bester Freund: Mach es nicht schwerer, als es sein muss.« Mit angehaltenem Atem wartete er ab. Wenn Ash etwas nicht tun wollte, dann gab es nichts auf Gottes grüner Erde, das ihn dazu bringen konnte, es doch zu tun. Ash konnte ein sturer, dickschädeliger, unerträglicher Mistkerl sein, aber für Sloane würde er sich einsetzen, egal was passierte. Das hatte er immer getan und würde er immer tun. Nach einem Moment des Schweigens nickte Ash.

»Okay, aber ich hoffe, du bittest mich nicht, nett zu ihm zu sein, denn es gibt echt Grenzen.«

»Der Himmel bewahre«, brummte Sloane. »Lass nur sein Privatleben raus. Kapiert?«

»Ja, na schön. Ihr Schwulis seid immer so empfindlich.«

Sloane verdrehte die Augen und wollte gehen, als Ash ihn am Arm zurückhielt. »Hey, warte. Das ist ernst. Ich will ihm etwas schenken, um es wiedergutzumachen. Was denkst du, was gefällt ihm besser: ein selbst gestrickter Pulli oder ein Paar Tickets zu *Mamma Mia*? Du kannst ja als sein Date mitgehen.« Er schlug Sloane spielerisch auf den Arm. »Ich kann für dich auch einen stricken. Dann könnt ihr im Partnerlook gehen.«

»Weißt du was, Mann.« Sloane stieß ihm den Finger vor die

Brust. »Du kannst mich mal.« Damit drehte er Ash, der vor sich hin lachte, den Rücken zu und ging. Na ja, zumindest war die Ordnung wiederhergestellt. Vorerst.

»Was? Denkst du, ich kann keine Stricknadel halten?«, rief Ash ihm nach.

»Nur wenn du vorhast, jemanden damit abzustechen. Jetzt setz dich und halt die Klappe.« Sloane ließ sich auf die Bank fallen, und Letty und Rosa musterten ihn amüsiert. »Was?«

Rosa zuckte mit den Schultern. »Nichts.«

Ash blieb, wo er war und hielt sich breit grinsend an einem der Gurte an der Decke fest, während der Truck durch Manhattan fuhr. Als er den Kopf zur Decke drehte und seinen eigenen Gedanken nachzuhängen schien, glitt Rosa neben Sloane und stieß ihn freundschaftlich an.

»Hey.«

Sloane sah mit einem kleinen Lächeln zu ihr herüber. Er fühlte sich müde, aber er wollte es nicht an seinem Team auslassen, und Rosa – so forsch sie auch sein konnte – bemutterte ihn ständig und kam damit auch immer irgendwie durch. »Was kann ich für dich tun, Rosita Bonita?«

Sie tat so, als würde der liebevolle Spitzname sie ärgern. »Du kannst mich anhören.«

Mit einem diskreten Blick, ob Dex noch mit Maddock und Cael beschäftigt war, lehnte Sloane sich zu ihr. »Okay, aber wenn du mir erzählen willst, dass ich ihn loswerden soll, dann …«

»Solltest du nicht«, unterbrach sie ihn, und Entschlossenheit trat in ihre Miene. Sie neigte sich zu Sloane und fuhr leise fort: »Ich weiß, dass du nicht darüber reden möchtest, also lasse ich es. Ich will nur so viel sagen: Er ist nicht wie die anderen. Du solltest ihm eine Chance geben. Und wenn du jemanden brauchst, um Ash in die Nüsse zu treten, dann weißt du, wo du mich findest.«

Sloane wusste nicht, was er sagen sollte. Sprachlos saß er da, während Rosa wieder auf ihre Seite der Bank rutschte und weiter mit Letty plauderte. Wenn er so darüber nachdachte: aller Protest in Bezug auf Dex, den er bisher gehört hatte, war ausschließlich von Ash gekommen. Tatsächlich hatte Sloane von seinen Teamkameraden mehr neugierige als böse Blicke in Richtung Dex registriert, und bissige Bemerkungen fehlten bisher ganz. Hatte sein Team Dex etwa akzeptiert, ohne dass es einem von ihnen überhaupt aufgefallen war, und das auch noch in so kurzer Zeit?

Es dauerte etwas über zwanzig Minuten, bis sie an der Fifth, Ecke West Thirty-Third ankamen. Als der Truck vor dem Gebäude hielt, sprangen Sloane und Dex heraus, Cael und Rosa dicht hinter ihnen. Die Cateringfirma lag auf der anderen Seite der dreispurigen Straße, das vorletzte Geschäft in der Ladenfront des Wolkenkratzers. Verschiedene Lieferwagen parkten zu beiden Seiten entlang der Straße, und das wenige Sonnenlicht, das nicht vom Wolkenkratzer abgeblockt wurde, spiegelte sich in den Fenstern. Als sie sich der Cateringfirma näherten, bemerkte Sloane ein Haus weiter eine Laderampe und erinnerte sich, was Dex über das Anheuern von unregistrierten Therianern gesagt hatte. Er griff Dex am Ellbogen.

»Du gehst voran. Im Notfall rufst du mich. Dann bin ich in einer Minute da.«

»Wohin gehst du?«

»Etwas überprüfen.« Er machte sich nicht die Mühe, abzuwarten, um zu sehen, ob Dex seiner Anweisung Folge leistete. Er nutzte einen geparkten Lkw als Deckung, um hinter ihm die Straße zu überqueren und sich langsam der Laderampe zu nähern. Dort stand ein Lieferwagen mit kunstvoller Beschriftung. Er gehörte zu *Thalia's Kitchen Events & Catering* und stand mit dem Heck zur erhöhten Zementplattform der

Laderampe. Drei große Männer luden gerade Kartons aus dem Wagen, alle mit Rollkragenpullis bekleidet. Sloane schlich auf sie zu, das Betäubungsgewehr schussbereit in der Hand. Dann drehte einer der Männer sich um, und Sloane sah seinen Verdacht bestätigt. Als der Therianer ihn sah, zuckte er zusammen.

»Immer langsam. Ich weiß, du denkst daran, wegzulaufen, aber wir wissen beide, wie das enden wird.«

Widerstrebend hoben alle drei Männer die Hände. Sloane blieb ein paar Schritte vor ihnen stehen und nickte ihnen knapp zu. »Lasst mal eure Hälse sehen.« Vorsichtig musterte er die drei, als jeder seinen Rollkragen nach unten zog und darunter nur Haut zum Vorschein kam. Sloane tippte seitlich an sein Headset. »Ash, ich habe hier drei unregistrierte Therianer auf der Laderampe, zwei Türen weiter von *Thalia's*. Bring das TIK mit.« Hoffentlich würde das therianische Identifikations-Kit ihm verraten, was er wissen musste.

Nach nur wenigen Minuten waren Ash und Letty an seiner Seite. Ash kam knurrend auf die Therianer zu. »Umdrehen. Hände hinter den Rücken.«

»Wir haben nichts gemacht«, protestierte einer von ihnen, während Ash jedem der drei einen Kabelbinder um die Handgelenke band, der auch der Kraft eines Therianers standhielt, und am Ende mit einem Zug fixierte.

»Außer vielleicht ein oder zwei Gesetze gebrochen«, antwortete er dabei und trat einen Schritt zurück, während die drei sich umdrehten.

Sloane deutete auf die Ladetüren. »Gibt es von hier einen Weg in den Laden eures Arbeitgebers?«

Einer der Männer nickte. »Ja, zweite Tür. Da gibt es einen Flur, der zum Hintereingang führt.«

»Okay, gehen wir. Da drin können wir uns unterhalten.« Das Letzte, was sie jetzt brauchten, waren irgendwelche Nachrichtensender oder eine Menge Schaulustiger. Sie führten die drei Männer hinein, durch einen gemauerten Durchgang mit mehreren Türen. Vor einer der Türen blieben ihre Gefangenen stehen, und der größte von ihnen deutete mit dem Kopf darauf.

»Man braucht einen Sicherheitscode, um reinzukommen.«

Ash trat an das Tastenfeld heran und grinste. »Ihr könnt uns vertrauen.«

Mit einem unterdrückten Fluch gab ihnen der Therianer den Sicherheitscode, den Ash daraufhin eingab. Ein kleines grünes Licht leuchtete auf, Ash öffnete die Tür und bremste die drei, bevor sie hineingehen konnten.

»Lernt erst mal Manieren.«

Letty salutierte und ging hinein, das Gewehr in der Hand.

»Das ist ziemlich chauvinistisch«, murrte einer.

Ash gab ein amüsiertes Lachen von sich. »Ich habe sie nicht vorgelassen, weil sie eine Frau ist, du Trottel. Sondern weil sie liebend gern auf Dinge ballert und ich da sehr kollegial bin.«

»Alles klar«, rief Letty.

»Ich schlage vor, ihr Jungs benehmt euch, oder ich lasse sie euch als Zielscheiben benutzen. Und jetzt rein mit euch.« Ash schob den ersten der drei durch die Tür, und die anderen beiden folgten eilig.

Innen fanden sie einen großen Vorratsraum vor, voll mit allem Möglichen an Cateringbedarf und Ausrüstung: Klapptische, Stühle und mehrere an der Wand aufgereihte Großkühltruhen. Ash befahl den Therianern, sich in einer Reihe aufzustellen, bevor er das TIK aus einer Tasche an seinem Mehrzweckgürtel holte. Zum Glück war das Kit schön schmal, sodass die Therianer nicht losgebunden werden mussten, um es einsetzen zu können. »Ich will nicht lügen. Das wird höllisch wehtun.« Ash packte einen am Arm, schob dessen Ärmel hoch und spannte das schwarze Digitalband unter dem Ellbogen um den Arm des Mannes. Der kleine Bildschirm leuchtete auf, und Ash presste seinen Daumen darauf, um sich einzuloggen. Er tippte ein paarmal, und der Therianer zuckte zusammen, als das Identifikations-Kit zugriff und seine DNA analysierte.

Während Sloane wartete, bis Ash die notwendigen Scans erledigt hatte, tippte er an sein Headset. »Dex, wie ist deine Position?«

»Empfangsbereich. Ms Thalias Assistentin versucht uns gerade an der Nase herumzuführen und behauptet, ihre Chefin sei nicht da. Aber ein Kurier, der gerade ging, hatte Dokumente mit ihrer Unterschrift bei sich. Rosa zieht ihr Ding durch.«

»Okay. Ich bin in zwei Minuten da.« Sloane tippte wieder ans Headset und wandte sich an Ash. »Wie lautet das Urteil?«

»Drei unregistrierte Therianer bestätigt, keiner von ihnen Raubkatze«, antwortete Ash und übergab Sloane das TIK mit den fertigen Analyseberichten. Verdammt. Okay, das hatte trotzdem geholfen.

»Ash, lies ihnen ihre Rechte vor und fang mit der Registrierung an. Sie haben eine Woche.«

Ash nickte und wandte sich an die drei ernst dreinblickenden Therianer. Sie hatten nun eine Woche Zeit, um sich bei der nächsten CDC-Klinik zu melden, ihre Registrierung abzuschließen und sich kennzeichnen zu lassen. Andernfalls würden Haftbefehle erlassen. Sloane überließ die drei seinen Kameraden, verließ den Vorratsraum und kam in eine cremefarbene Halle mit jeder Menge modischer Goldrahmen, vergoldeten Tischen und Kristallvasen mit frischen Blumen darin. Eine junge Frau kam aus einem der Räume, zuckte erschreckt zusammen und drückte sich die Hand auf die Brust.

»Alles okay«, beruhigte Sloane sie. »Können Sie mir sagen, wie ich zum Empfangsbereich komme?«

Zitternd deutete sie auf eine weiße Doppeltür am Ende des Flurs. Mit einem »Danke sehr« marschierte er in den Bereich, der wie eine kleine Lobby aussah. Von dort konnte er den Empfangsbereich sehen, wo Dex, Cael und Rosa standen. Eine hochgewachsene, schlanke Frau mit einem schmerzhaft straff gebundenen Haarknoten war bei ihnen, die Hände vor dem Körper verschränkt, und musterte von oben herab die Agenten, deren dunkle Uniformen und schwere Bewaffnung einen scharfen Kontrast zu der protzigen Umgebung bildeten. Ihr Tonfall klang abweisend.

»Erlauben Sie mir, zu wiederholen, Agent Santiago. Ich befinde mich mitten in einem sehr wichtigen Meeting mit einem Kunden und habe weder Zeit für Unsinn, noch schätze ich Ihre Vorwürfe. Ich habe keine unregistrierten Therianer angestellt, noch würde ich das je tun. Also, wenn sie mir nichts Offizielleres präsentieren können als Ihre widerliche Anwesenheit, schlage ich vor, Sie hören auf, meine Steuergelder zu verschwenden und gehen Kriminelle fangen.«

»Ms Thalia.«

Alle Aufmerksamkeit richtete sich auf ihn, eingeschlossen die der erzürnten Besitzerin, deren Aufkeuchen deutlich in der Totenstille des Empfangsbereiches zu hören war. Ein Paar, das an der Tür saß, stand hastig auf und ging, während die übrigen Kunden interessiert zusahen.

Sloane war sich dessen bewusst, wie einschüchternd er wirkte, und im Moment legte er es noch nicht einmal darauf an. Es machte den Job um einiges einfacher, wenn man mit Bürgern wie Ms Thalia zu tun hatte. Er ragte über ihr auf und sah sie ernst an.

»Also, wir können entweder irgendwo unter vier Augen sprechen, oder wir können die Diskussion hier fortführen. So oder so ist es in Ihrem besten Interesse, zu kooperieren.«

Die Frau reckte das Kinn vor und blickte zwischen Sloane und den übrigen Kunden hin und her.

»Nun gut, Agent …«

»Brodie«, antwortete Sloane mit einem Lächeln.

»Nun gut, Agent Brodie. Sprechen wir in meinem Büro.« Sie drehte sich auf ihren sehr hohen Absätzen um und marschierte auf eine Tür auf der linken Seite des Empfangsbereiches zu, gegenüber der Tür, durch die Sloane hereingekommen war. Cael und Rosa folgten ihr, und Sloane und Dex hielten sich dicht hinter ihnen.

»Wo warst du?«, fragte Dex leise und hielt dem Team die Tür auf.

»Wirst du gleich erfahren.« Sloane ging an Dex vorbei in den kurzen Korridor, der zu einem extravagant eingerichteten Büro führte. An der edel in Weiß und Silber tapezierten Wand hingen mehrere schwarze Bilderrahmen unterschiedlicher Form mit Fotos diverser Events. Der silberne Schreibtisch mit Glasplatte sah außerordentlich teuer aus, ebenso die zwei weißen Lehnsessel mit Silberstreifen, die danebenstanden. Er hasste Räume mit so viel Weiß.

Sloane baute sich neben Rosa vor Ms Thalias Tisch auf. Die Frau machte eine Mordsshow daraus, sich hinzusetzen, Dinge geradezurücken, ihren persönlichen Kalender zu schließen und dann ihr Tablet auszurichten, bevor sie die Hände verschränkte und mit einem Lächeln zu ihm aufsah.

»Was kann ich für Sie tun, Agent Brodie?« Sie musterte ihn anerkennend von oben bis unten, und ihr Blick wurde verrucht. Und da nannte man *ihn* Raubtier.

»Ms Thalia, Sie wurden kürzlich damit beauftragt, einen Brunch der Familie Ortiz für HumaniTherianer United zu beliefern. Ist das korrekt?«

»Ja. Warum?«

»Ortiz wurde heute tot aufgefunden.« Er beobachtete sie eingehend, während sie seine Worte erfasste. Das Lächeln verschwand aus ihrem nun bleichen Gesicht, und sie hob aufkeuchend eine zarte Hand an die rosigen Lippen.

»Oh mein Gott. Ich habe erst heute Morgen mit ihm gesprochen. Wie … was ist passiert?«

Sie wirkte aufrichtig erschüttert, das musste man ihr zugutehalten. »Wir brauchen eine Liste sämtlicher Therianer, die bei dem Brunch für Sie gearbeitet haben.«

»Ja, natürlich, aber Sie denken doch nicht, dass einer von ihnen damit zu tun haben könnte, oder?« Sie tippte etwas auf ihrem Tablet, woraufhin der kleine Drucker daneben zum Leben erwachte und mehrere Blätter ausspuckte. Sobald er fertig war, gab sie die Blätter an Sloane.

»Im Augenblick verfolgen wir alle möglichen Spuren«, erklärte Rosa und nahm die Papiere von ihm entgegen, nachdem er einen flüchtigen Blick darauf geworfen hatte.

»Danke sehr. Und jetzt brauche ich eine Liste all Ihrer unregistrierten Mitarbeiter.«

Ms Thalias graue Augen wurden groß, und sie schoss aus ihrem Stuhl hoch. »Also, hören Sie. Ich habe keine …«

»Genug«, unterbrach Sloane abrupt ihren Protest. »In Ihrem Vorratslager habe ich drei unregistrierte Therianer festgesetzt. Ich habe sie beim Entladen *Ihres* Firmenlieferwagens erwischt. Also, Sie können kooperieren und mir diese Liste besorgen, oder ich verhafte Sie für das Einstellen unregistrierter Therianer, schließe Ihren Laden, konfisziere alles und finde die Liste selbst.«

Mit einem ängstlichen Nicken ging sie daran, eine weitere, wesentlich kürzere Liste auszudrucken. Sloane nahm einen Stift aus seiner Brusttasche und strich die drei Namen durch, die er von der Analyse des TIK erkannte. Blieben noch sieben Namen. »Gibt es irgendwen auf der Liste, der für diesen Brunch eingeteilt war?«

Ms Thalia setzte sich wieder. »Ja. Normalerweise schicke ich keine unregistrierten Mitarbeiter in den Außendienst, außer für Lieferungen, aber einer meiner Barkeeper hat sich in letzter Minute krank gemeldet, und Lloyd hatte Erfahrung als Barkeeper, also habe ich ihn geschickt. Ich habe Mrs Ortiz erklärt, dass sein Registrierungsprozess noch läuft.«

»Voller Name?«

»Lloyd Everton.«

Cael gab die Information in sein Tablet ein. »Wir werden Ihre komplette Akte über ihn brauchen.«

Ms Thalia hielt ihre Hände fest vor sich umklammert. »Ich fürchte, das ist alles, was ich habe. Er kam auf Empfehlung eines meiner Zulieferer zu mir. Sie wollten ihn eigentlich behalten, mussten jedoch Personal einsparen. Sehen Sie, diese Leute sind dankbar für jede Arbeit, die sie bekommen können. Sie stellen keine Ansprüche, und ich auch nicht. Alles läuft mit direkter Bezahlung in bar. Lloyd arbeitet seit mehreren Monaten für mich. Er würde nie jemanden verletzen.«

Im Gegensatz zu anderen Arbeitgebern, denen Sloane begegnet war, hatte Ms Thalia nicht die Gelegenheit ergriffen, ihre unregistrierten Therianer-Mitarbeiter zu beschuldigen. Allerdings hieß das nicht, dass sie sie nicht ausnutzte. Sloane musste alle Möglichkeiten bedenken. »Nun, hier wurde nicht jemand *verletzt*, Ms Thalia, sondern getötet, und es gibt noch zwei weitere Opfer. Wir müssen Mr Everton vorladen. Er ist der Einzige, dessen Verbleib noch ungeklärt ist.«

»Es tut mir leid.« Sie kam um den Tisch herum und legte ihre Hand auf seinen Arm. »Ich schwöre, wenn ich mehr Informationen hätte, würde ich sie Ihnen geben, doch das ist alles, was ich besitze.«

Schon faszinierend, wie schnell der Hochmut verschwand im Angesicht einer möglichen Gefängnisstrafe. Sloane tat, als würde er darüber nachdenken. »Okay, es läuft wie folgt: Ich gebe Ihnen eine Warnung mit: Entweder Sie bringen Ihre Mitarbeiter dazu, sich zu registrieren, oder Sie melden sie. Keine illegalen Hilfskräfte mehr. Verstanden?«

»Ja.« Sie nickte eifrig und ließ seinen Arm wieder los. »Das mache ich.«

Er griff in seine Brusttasche, holte eine Visitenkarte heraus und gab sie ihr. »Falls Sie etwas von Mr Everton sehen oder hören, rufen Sie mich umgehend an.«

»Natürlich. Danke, Agent Brodie.« Sie ging zur Tür, und alle verließen das Büro und blieben im Empfangsbereich stehen. Ms Thalia nahm noch einmal seinen Arm und redete auf ihn ein, wie leid es ihr täte, nicht sofort kooperiert zu haben, dass sie alles in ihrer Macht Stehende tun würde, um zu helfen, und ob sie noch etwas tun könne, um es wiedergutzumachen. Der letzte Teil war eindeutig privater Natur, doch Sloane verwies sie mit einem freundlichen Lächeln an Rosa. Er überließ es Cael und Rosa, Ms Thalias Kontaktdaten aufzunehmen, drehte sich um – und fand sich ohne seinen Partner. Also ging er hinaus in die Lobby, in der sich mehrere weiße Sofas, dunkle Kaffeetische mit kunstvollen Schnitzereien und noch mehr eingerahmte Fotos eleganter Anlässe an den Wänden befanden. Kein Agent Klugscheißer in Sicht.

Sloane fluchte unterdrückt. Er konnte Dex ohne Weiteres über das Headset rufen, aber er wollte nicht, dass die anderen mitbekamen, dass sein Partner sich unbemerkt von ihm abgesetzt hatte. Sloane konnte es gar nicht erwarten, bis der Tag endlich vorbei war.

6

Verdammt. Sein Partner konnte nicht weit sein. Sloane versuchte immer noch herauszufinden, wie Dex es überhaupt geschafft hatte, sich so unbemerkt davonzuschleichen. Vielleicht traute er dem Kerl zu wenig zu. Von jetzt an würde er besonders wachsam sein müssen, wenn der Frischling in der Nähe war.

Eine zierliche Frau tauchte vor Sloane auf. »Agent?«

»Ja, Ma'am?« Er rechnete damit, dass sie ihm jetzt alle möglichen Fragen über seine Anwesenheit stellen würde, was denn los sei und so weiter. Doch sie deutete nur mit wissendem Lächeln auf eine Tür in der Ecke des Raumes.

»Ich glaube, in der Küche finden Sie, was Sie suchen.«

Mit zusammengebissenen Zähnen nickte Sloane ihr dankend zu und machte sich auf die Suche nach Dex, während er sich sagte, dass es wahrscheinlich nicht gern gesehen würde, wenn er seinen Partner erschösse. Aber vielleicht käme er mit einer kleinen Fleischwunde davon? Unfälle am Arbeitsplatz kamen schließlich immer wieder vor. Er trat durch die Schwingtüren in eine riesige Küche voller Haushaltsgeräte aus Edelstahl, Lagereinheiten und Kühlschränke. In der Mitte stand eine Reihe von Edelstahltischen, und dort am Ende sah Sloane, was er suchte.

Was zur Hölle? Sloane schüttelte langsam und ungläubig den Kopf bei dem Anblick, der sich ihm bot. Mitten in der Küche stand ein hübscher junger Therianer auf Zehenspitzen und schob Dex etwas in den Mund.

»Hmmm«, brummte Dex genüsslich und kaute, die Augen geschlossen und einen Ausdruck reinster Verzückung im Gesicht. Dann schluckte er, öffnete die Augen wieder und fuhr sich mit der Zunge über die Unterlippe. »Also, das war wirklich gut. Was war da drin?«

Der junge Therianerkoch klimperte mit den Wimpern und beugte sich vor, um Dex etwas Unsichtbares vom Mundwinkel zu wischen, während er den Agenten fast mit den Augen verschlang. »Haselnusspraline mit dunkler Schokolade.«

Dex strahlte ihn an. »Das war gut. Das habe ich wirklich genossen. War sogar noch besser als das kleine Ding mit Erdbeere, weißer Schokolade und den kleinen Schokospänen.«

Der junge Therianer legte die Hände hinter sich auf die Tischplatte und bog den Rücken durch, ohne den Blick von Dex' Lippen zu wenden. »Sagen Sie, Agent Daley, mögen Sie Latte macchiato?«

Dex' Gesicht leuchtete auf. »Ich *liebe* Latte macchiato.«

»Agent Daley«, rief Sloane barsch, sodass die beiden zusammenzuckten.

»Mist.« Dex räusperte sich und lächelte dem jungen Koch entschuldigend zu. »Tut mir leid, Jordan, die Pflicht ruft. Danke vielmals für die Gratisproben.«

»Jederzeit gern, Agent Daley.« Der Therianer schnurrte förmlich.

Sloane wartete mit zusammengebissenen Zähnen, als Dex zu ihm eilte. Kaum waren sie zur Küche hinaus, wandte Sloane sich ungläubig an Dex. »Wir sind mitten in einem Fall, und du flirtest?«

»Ich habe nicht geflirtet, ich habe etwas gegessen. Ich bin am Verhungern. Was übrigens deine Schuld ist.«

»Meine Schuld?« Als er angenommen hatte, dass sie beide miteinander auskommen könnten, hatte sein Urteilsvermögen eindeutig einen Aussetzer gehabt. Das Bedürfnis, dem Typen eins zu verpassen, wurde immer größer. »Wieso meine Schuld?«

»Du hast meine Cheez Doodles hergegeben!«

»Meine Güte, das schon wieder?« Sloane mahnte sich zu Geduld, doch stattdessen sah er die ganze Zeit nur das Bild vor sich, wie Dex seine Zunge herausstreckte, um sich damit über die Unterlippe zu fahren. Er schob den Gedanken beiseite, packte Dex am Arm und zog ihn mit sich zum Ausgang. »Das da drin hatte nichts mit Essen zu tun, es sei denn, wir betrachten dich als Teil der Speisekarte. Der Typ war zwei Sekunden davon entfernt, sich auf dich zu stürzen.«

»Was? Kann gar nicht sein. Wir haben uns über Schokolade und Latte macchiato unterhalten.«

Sloane blieb wie angewurzelt stehen. »Das meinst du nicht ernst, oder? So blind kannst du doch gar nicht sein.«

»Inwiefern?« Dex' weit aufgerissene Augen verrieten Sloane, dass er höchstwahrscheinlich doch so blind war. Wie konnte ein Typ wie Dex derart ahnungslos sein? Hudson hatte ein erotisches Vorspiel mit ihm veranstaltete und ihn in der Küche förmlich mit seinen Blicken ausgezogen! Himmel und Hölle, Sloane hatte sogar Letty mehr als einmal dabei ertappt, wie sie Dex auf den Hintern gestarrt hatte. Nur Dex schien es nie zu bemerken.

»Insofern, weil er damit nicht Kaffeetrinken gemeint hat, du Idiot. Er wollte *deine* Latte in seinem Café.«

Dex runzelte die Stirn, als es ihm dämmerte. »Ohhh. Das habe ich missverstanden.«

»Ich …« Sloane schüttelte den Kopf. Ihm fehlten echt die Worte. »Steig in den verdammten Truck, bevor ich dich erschieße.« Er schob Dex vor sich her in die Lobby und schnaubte, wann immer Dex stehen blieb und etwas über die Schulter sagen wollte.

»Weißt du, du solltest es mal mit Yoga versuchen. Du musst einen Weg finden, deine ganzen Aggressionen abzuleiten.«

Sloane gab ihm noch einen Schubs. »Habe schon einen gefunden. Man nennt es: meinen Fuß in deinem Hintern.«

»Das klingt nicht sehr entspannend.«

Schubs. »Ich bin sicher, dass ich mich danach äußerst entspannt fühle.

»Du hast echt ein Problem.« Dex zog eine Grimasse, und Sloane schubste ihn noch einmal, damit er sich wieder in Bewegung setzte.

»Ja, und das steht genau vor mir.« Die ganze Situation war ein Herzanfall in Wartestellung. Er wusste es einfach. Erst der Stress im Job, und jetzt das. Oh ja, er würde irgendwann noch tot umfallen. Er konnte schon die Inschrift auf seinem Grabstein sehen: *Sloane Brodie verließ diese Welt im Alter von 37 Jahren aufgrund eines massiven Koronartraumas, hervorgerufen durch seinen idiotischen Partner, Dexter J. Daley.*

»Autsch, Mann. Das war brutal.«

Sloane hatte gerade die Vordertür erreicht, als Calvin sich übers Headset meldete.

»Sloane, wir haben ein Problem.«

»Was für eins?«

»Die Presse ist draußen.«

»Shit.« Sloane trat vorsichtig an die große Glasfront und war dankbar für die Jalousien, die vom Boden bis zur Decke reichten. Vorsichtig, um die dünnen Holzlamellen nicht in Bewegung zu versetzen, spähte er hinaus. Verdammt, soweit er das erkennen konnte, standen da draußen mindestens drei Sendewagen. Er zog sich wieder zurück und tippte gegen sein Headset. »Was ist mit Cael und Rosa?«

»Wir sind im Truck. Wir haben euch nicht gesehen, also dachten wir, ihr wärt schon draußen.«

Sloane warf Dex einen vorwurfsvollen Blick zu. »Wir wurden aufgehalten. Dex musste mal.«

Dex fiel der Unterkiefer herab. Er wollte sein Headset antippen, doch Sloane packte sein Handgelenk und drehte ihm den Arm hinter den Rücken, sodass er sich krümmen musste.

»Au, au, au«, stöhnte Dex und sah finster zu ihm hoch.

»Verbindlichsten Dank für das verstörende Bild«, schnaubte Rosa. »Was jetzt?«

»Wir gehen hinten raus. Haltet den BearCat abfahrbereit, sobald wir da sind.« Er ließ Dex' Arm los, zog ihn hoch und grinste über dessen sauren Gesichtsausdruck.

»Das war nicht cool, Mann.«

»Vielleicht überlegst du es dir beim nächsten Mal zweimal, bevor du einfach abhaust. Gehen wir.«

Sie eilten durch die Lobby und den Empfangsbereich zu den Türen auf der rechten Seite. Hinter ihm äffte Dex Sloanes Worte leise nach und brummte am Ende noch eine unverständliche Tirade vor sich hin.

»Irgendwas bei dir ist ganz und gar nicht in Ordnung.« Sloane folgte dem Korridor, über den er zuvor hereingekommen war, zum Vorratslager und hinaus in die Halle, die zur Laderampe führte.

»Muss wohl an der Gesellschaft liegen, in der ich mich befinde«, witzelte Dex.

Sloane drehte sich um und packte Dex an den Schultern. »Okay, halt mal einen Moment lang die Klappe. Lass uns für einen Augenblick so tun, als wärst du ein normaler Agent und nicht gekommen, um mich völlig verrückt zu machen. Kannst du das?«

Dex machte einen Schmollmund. »Da werde ich schon sehr tief in mich gehen müssen, aber ich denke, ich kann es schaffen.«

»Gut. Sobald wir draußen sind, marschierst du direkt zum Truck und versuchst, niemanden zu erschießen.«

»Kann ich nicht versprechen«, brummte Dex.

Sloane machte seinen Helm von der Weste los, setzte ihn auf, schob das Visier herunter und bedeutete Dex, dasselbe zu tun. Die Helme würden die Presse nicht abschrecken, aber wenigstens würden sie die Kameras von ihren Gesichtern fernhalten und etwas mehr Anonymität bieten. Er packte die schwere Metalltür und zog sie auf. Nach einem kurzen Blick, ob die Luft rein war, eilte er hindurch, sprang hinunter auf die Betonplattform und lief auf den Gehweg zu.

»Da!«

Einer der Journalisten sah sie, und der Rest des Schwarms stürzte sich auf sie und drängte sich wie dichter Nebel um sie. Sloane hielt Dex an der Weste fest, um ihn nicht zu verlieren. Der BearCat war nur ein paar Schritte entfernt. Aus allen Richtungen prasselten Fragen auf sie ein, und Sloane tat sein Möglichstes, um nicht irgendwem das Licht auszublasen, während sie sich vorsichtig durch die Menge arbeiteten.

»Agent Brodie, wann werden die THIRDS diesen Mörder schnappen?«

Sobald ihr uns endlich aus dem Weg geht. »Wir verfolgen alle potenziellen Spuren. Bitte entschuldigen Sie uns.«

»Wie rechtfertigen die THIRDS es, Killer zu schicken, um einen Killer einzufangen?«

Die Frage ließ Sloane die Zähne zusammenbeißen, aber das war auch nichts, was er nicht schon hundertmal gehört hatte. Als wären Therianer die einzigen Lebewesen, die in der Lage waren, jemanden zu töten. Tötungsdelikte hatte es auch schon vor der Existenz seiner Art gegeben. Dex wollte stehen bleiben, doch Sloane zog an seiner Weste, sodass er weitergehen musste. Er neigte sich zu ihm, damit sein Partner ihn durch den Lärm der Reporter und ihrer Ausrüstung hören konnte: »Nicht stehen bleiben.« Unter keinen Umständen wollte er den Aasgeiern noch mehr Munition liefern, und nach allem, was Dex während des Prozesses um seinen Partner durchgemacht hatte, hatte Sloane keine Ahnung, wie der Mann auf die herzlosen Fragen, die man ihnen entgegenwarf, reagieren würde. Doch als ein Reporter ihm von irgendwo über die Schulter ein Aufnahmegerät unters Visier schob, wurde Dex zu seiner geringsten Sorge.

»Agent Brodie, Sie scheinen nicht viel Glück zu haben, wenn es um Ihre Partner geht. Was meinen Sie, wie stehen die Chancen, dass Ihr jetziger so endet wie Agent Pearce?«

Sloane blieb abrupt stehen, und die Reporter um ihn herum stolperten und stießen gegeneinander, um nicht gegen ihn zu prallen. Er drehte sich um, die Fäuste an den Seiten geballt. Mit einem Knurren machte er einen Schritt vorwärts, bereit eine Faust in das Gesicht des Hundesohns zu donnern, als Dex aus dem Nichts vor ihm auftauchte.

»Hey, Partner.« Dex bugsierte ihn in den Eingang des nächstbesten offenen Ladens, machte dem Reporterschwarm die Tür vor der Nase zu und sperrte ab. Zu Sloanes großer Überraschung schob er ihrer beider Visier hoch, bevor er sanft Sloanes Gesicht in seine Hände nahm und ihn näher zog. Er wollte Dex schon anfauchen, doch diese hellblauen Augen, die ihn eindringlich ansahen, ließen ihn innehalten. Er wusste nicht, wieso, aber er sah sich außerstande, wegzusehen. Und noch verstörender war die Erkenntnis, dass ein Teil von ihm auch gar nicht wegsehen wollte. Als Dex den Mund aufmachte, klang seine Stimme beruhigend.

»Komm schon. Konzentrier dich. Konzentrier dich auf mich. Nicht auf die. Auf mich.«

Sloane biss die Zähne zusammen, und sein Zorn geriet ins

Wanken. Er wollte wütend bleiben, aber je länger er Dex in die Augen sah, umso schwerer fiel es ihm.

»Sieh mich an. Atme. Genau so. Einfach atmen. Die kennen dich nicht.«

»Du kennst mich auch nicht«, antwortete Sloane heiser.

»Gut genug. Und ich kenne den Job. Die können leicht Blödsinn labern, wenn sie nicht diejenigen sind, die hier draußen ihr Leben aufs Spiel setzen und die schweren Entscheidungen treffen müssen. Sie sehen nicht die Gesichter, wenn sie die Augen zumachen. Sie müssen nicht mit den Schuldgefühlen leben. Die wollen dich lediglich als irgendein gefährliches Tier betrachten und zusehen, wie du scheiterst und dadurch beweist, dass sie recht haben. Gib ihnen nicht diese Genugtuung. Du bist besser als diese Arschgeigen, und das weißt du auch.«

Dex hatte recht. Sloane spielte ihnen in die Hände. Seinen toten Partner zu benutzen, um eine Reaktion von ihm zu provozieren, war eine ganz billige Nummer, aber es war auch nicht das erste Mal in diesem Jahr, dass sie so tief sanken. Sloane holte tief Luft und atmete langsam wieder aus.

Maddock meldete sich über die Headsets. »Wo seid ihr zwei?«

Dex sah sich um. »Wir sind in einem Café. Die Aasgeier sind uns zu nahe auf die Pelle gerückt. Jetzt drängen sie sich draußen vor der Tür herum. Wir brauchen ein Ablenkungsmanöver.«

»Wie lange?«, fragte Maddock.

Dex reckte den Hals, und Sloane drehte sich um. Er war nicht überrascht, die große Glasvitrine mit allen möglichen Backwaren zu sehen. Als er sich wieder zu Dex umdrehte, sah der ihn mit großen Hundeaugen an. Nein. Absolut nicht. Er würde auf keinen Fall …

»Okay, gut«, brummte Sloane. »Aber mach schnell.«

Dex tippte an sein Headset. »Zehn Minuten, Sarge.«

»Gut.«

Mit einem aufgeregten Hüpfer eilte Dex an den Tresen, und Sloane starrte ihm hinterher. Noch nie war er jemandem begegnet, der so enthusiastisch auf Nahrung reagierte wie Dex. Bei dem Grinsen in seinem Gesicht konnte man glatt meinen, der Typ hätte im Lotto gewonnen oder so. Zum Glück waren nur zwei Kunden da. Einer hatte Kopfhörer auf und war so in irgendwas auf seinem Tablet vertieft, dass er nicht einmal bemerkt hatte, wie sie hereingekommen waren. Und dann noch ein kleiner Irrwisch von einem Mädchen, das ihn anlächelte, sich auf seinem Stuhl umdrehte, das Handy hochhielt und ein Foto von Dex schoss, der sich gerade vorbeugte und auf etwas hinter der Scheibe deutete. Als sie sich wieder umdrehte, runzelte Sloane fragend die Stirn.

Sie zuckte die Schultern. »Ihr Kumpel hat einen hübschen Hintern.«

Ernsthaft? Sie tippte auf ihrem Handy herum, und Sloane fragte sich, ob er seinem Partner sagen sollte, dass sein Hintern demnächst seine fünfzehn Minuten Ruhm bekommen würde – ach was. Schließlich *war* es ein hübscher Hintern.

Dex wandte sich an Sloane, einen Ausdruck reiner Glückseligkeit im Gesicht. »Willst du auch was?«

Zum Teufel, wieso nicht. »Eine Bärentatze.«

»Nette Wahl, Partner.« Dex drehte sich wieder zum Tresen und gab bei der verblüfft dreinschauenden Verkäuferin seine Bestellung auf. So wie es klang, bestellte Dex für das gesamte Team.

»Für Ash nichts mit Nüssen. Er ist allergisch dagegen«, rief Sloane ihm zu.

Dex schnaubte. »Klar ist der allergisch gegen Nüsse.«

Mit zwei Plastiktüten voll mit Gebäck und Getränken kam Dex zu Sloane und deutete auf die Tür. »Sieht so aus, als hätte der Sarge den Weg frei gemacht. Bereit für die Flucht nach vorn?«

»Ja.« Sloane hielt Dex am Arm zurück. »Hör mal, wegen vorhin …«

Dex legte den Kopf schief, und seine Miene wurde weicher. »Nicht der Rede wert. Wenn du mich brauchst, dann … du weißt schon. Also, gehen wir.«

Sloane hielt ihm die Tür auf, und nach einem kurzen Blick auf die Reportermeute am Ende des Blocks, die um Maddock herumwuselte, liefen sie auf den BearCat zu, der auf der Straße stand. Die hinteren Türen gingen auf, und Sloane half Dex hinauf, bevor er hinter ihm einstieg.

»Seid ihr okay?«, fragte Cael, schnupperte dann und bekam große Augen. »Oh, mein Gott, ihr habt was zu essen dabei?«

Dex hielt die Tüten hoch. »Die Bärentatze gehört Sloane und die Zimtschnecke mir. Wenn die einer anfasst, schwöre ich euch, gibt's einen Mordsärger.« Er fing an, kleine weiße Papiertüten und Getränke zu verteilen.

»Oh, mein Gott, das ist ja sooo gut«, stöhnte Rosa. »Dex, wenn du keinen Penis hättest, würde ich jetzt total über dich herfallen.«

Dex zwinkerte ihr zu. »Und wenn du einen hättest, würde ich dich total lassen.«

Sloane konnte nicht anders als lachen. »Idiot.«

»Wie bitte?«, trällerte Dex mit vollem Mund.

»Was zur Hölle ist denn hier los? Das klingt ja wie eine gottverdammte Orgie.«

Alles erstarrte, das Gebäck halb im Mund. Dex schluckte und hielt die Hand hoch. »Meine Schuld, Sarge. Wir waren im Café, ich war am Verhungern, also dachte ich mir, wieso nicht ein kleiner Imbiss, bevor wir wohin auch immer weiterfahren?«

»Also hast du Zuckerzeugs gekauft.«

»Und Kohlehydrate«, ergänzte Dex. Er kramte in der Tüte, holte eine weiße Papiertüte heraus und winkte Maddock damit zu. »Schokocroissant.«

Maddock marschierte zu ihm und schnappte sich das Croissant. »Und du denkst, das reicht aus, Agent Daley?« Dex hielt eine Diätpepsi hoch, die Maddock sich ebenfalls umgehend griff. »Dachte ich mir.« Er ging zu seinem Sitzplatz und beschäftigte sich mit seinem Croissant. »Calvin, Hobbs, esst eure verdammten Donuts auf, damit wir loskönnen. Wir fahren zurück ins Hauptquartier.«

Calvin murmelte eine Bestätigung durch einen Mundvoll Donut, und Hobbs aß einfach weiter. Sloane kaute still seine Bärentatze und beobachtete sein Team, das grinste und lachte. Jeder von ihnen hatte gelernt, auf seine eigene Art und Weise mit Gabes Tod fertig zu werden. Es war noch nicht lange her, dass sein Team wieder ein wenig seiner Unbekümmertheit wiedergewonnen hatte – etwas, das man brauchte, um in dem Job bei Verstand zu bleiben. Es hatte eine Menge Zorn gegeben, Zorn, der sich auf unterschiedliche Weise ausgedrückt hatte. Sloane war sich dessen bewusst gewesen, doch seine eigene Trauer hatte es schwierig gemacht, das Thema anzusprechen. Wie konnte er den anderen helfen, weiterzumachen, wenn er für sich selbst nicht die Kraft dazu fand?

Und jetzt gab es da dieses dunkelblonde Rätsel von einem Kerl, der sein Team Tränen lachen ließ, und dabei war es erst sein erster Tag im Job. Von den anderen hatte keiner durchgehalten, nicht mit Sloane und nicht mit seinem Team. Cael und Maddock waren der einzige Grund, wieso sie Dex eine Chance gegeben hatten, aber je mehr Sloane beobachtete, wie das Team mit Dex interagierte, umso mehr begann er zu glauben, dass der Frischling vielleicht gut für sie sein konnte. Auf seine eigene bizarre Art *war* er charmant. Er redete ständig, hatte immer so ein dummes Grinsen im Gesicht, und Sloane hatte ihn mehr als einmal dabei ertappt, wie er eine schmalzige Ballade vor sich hin summte. Doch das Leuchten in Dex' blauen Augen schien sich auf den Rest seines Teams zu übertragen. Sloane wusste nicht recht, was das bedeutete, außer, dass es ihm eine Heidenangst machte. Aber sein Team brauchte das, also würde er sich damit abfinden und es durchstehen, so lange er konnte.

Sloane und sein Team fuhren zurück ins Hauptquartier, verstauten ihre Ausrüstung und steuerten ihre jeweiligen Büros an. Ab hier würden Recon-Agenten übernehmen und Spuren verfolgen, bis sie etwas fanden, während Hudson und Nina mit dem Labor zusammenarbeiteten, um jedes noch so winzige Beweisstück zu analysieren. Sobald sie einen Treffer landeten, würden Sloane und der Rest von Destructive Delta sich in Montur werfen und wieder rausfahren, doch bis dahin würden sie sich um ihre üblichen Pflichten kümmern.

Nach dem Mittagessen, wo Dex vor Aufregung beinahe kollabierte, als er die Kantine und ein Sortiment kostenfreier Speisen aller möglichen Anbieter sah, hatte Sloane einen guten Teil des Nachmittags damit verbracht, seinen Partner in Themis zu schulen: Wie es funktionierte, wie man Dateien erstellte, öffnete und ergänzte, hilfreiche Kurzbefehle, die den Prozess rationalisierten, und wie man Informationen an Teamkollegen schickte.

»Shit, ich habe es kaputt gemacht.« Dex schob sich vom Schreibtisch weg und warf die Hände in die Luft.

Sloane stand schmunzelnd auf, ging um den Tisch herum zu Dex und rollte ihn wieder an seinen Schreibtisch. »Du hast nichts kaputt gemacht. Themis lässt dich nichts tun, was du nicht tun solltest.« Er sah Dex über die Schulter, um zu sehen, was er denn nun wieder angestellt hatte. Es war schon das fünfte Mal, dass der Frischling angeblich das Netzwerk zerschossen hatte. Sloane fuhr mit dem Finger an den Rand des Schreibtisches, und drei Dateien poppten auf. »Da sind sie. Du hast sie nur minimiert. Wenn du in der Datei zweimal auf dieselbe Stelle tippst, gehen sie nach unten, und der Bildschirm leuchtet einmal auf, um dir zu zeigen, dass sie zwar noch offen, aber nicht sichtbar sind.«

»Fantastisch. Also, wie komme ich auf Google?«

Meinte er das ernst? »Wozu brauchst du Google?«

»Wann braucht man Google denn *nicht*?«

Er meinte es ernst. Es gab Momente, in denen Sloane sich fragte, wie Dex es so weit hatte bringen können. Entweder der Typ war täuschend clever oder extrem talentiert darin, so zu tun als ob. »Na zum Beispiel, wenn man eine Millionen Dollar teure Regierungsschnittstelle vor der Nase hat, die mit haufenweise Geheimdiensten auf der ganzen Welt vernetzt ist.«

Dex sah ihn blinzelnd an und spitzte dann nachdenklich die Lippen. »Also … ist das dann ein Nein zu Google?«

»Nimmst du eigentlich irgendwelche Medikamente?«, fragte Sloane und beäugte ihn. »Denn das ist etwas, das ich wissen muss, wenn du irgendwas in die Hand nehmen sollst, das gefährlicher ist als eine Rauchbombe.«

Dex lachte los. »Wusste ich doch, dass du Sinn für Humor hast.«

»Ich versuche gerade nicht, besonders lustig zu sein. Ich bin sehr besorgt.« Er deutete auf sein Gesicht. »Das hier ist mein besorgtes Gesicht.« Er konnte sehen, dass Dex sich große Mühe gab, nicht loszulachen. Darin war Sloane wesentlich besser.

»Sieht ziemlich genau so aus wie dein verärgertes Gesicht.«

Sloane schüttelte den Kopf. »Die beiden sind sehr verschieden.«

»Wirklich?« Belustigung leuchtete in Dex' Augen auf. Er lehnte sich zurück, streckte die Beine aus und verschränkte die Finger vor dem flachen Bauch. »Weil, für mich sehen beide gleich aus.«

Sloane ging um Dex herum und ließ sich neben ihm auf dem Schreibtischrand nieder, einen Arm auf das Bein gestützt, als er sich vorbeugte. »Ich mache es einfach für dich. Dieser Ausdruck hier bedeutet, dass du etwas getan hast, das mich besorgt. Wohingegen dieser Ausdruck, begleitet von körperlichem Schmerz an deiner Person, bedeutet, dass du etwas getan hast, das mich richtig sauer macht. Gesichtsausdruck und kein Schmerz ist gleich besorgt. Gesichtsausdruck und Schmerz ist gleich sauer. Ganz einfach.«

»Ich weiß das wirklich zu schätzen. Gehört das zur Ausbildung?«

»Ja. Du wirst feststellen, dass ich ein sehr fürsorglicher Partner sein kann, wenn du genau das tust, was ich sage, ohne Fragen zu stellen.«

Dex ließ ein Kichern hören, bevor er sich aufsetzte und mit breitem Grinsen vorbeugte. »Ist das auch dein Gesicht beim Sex?«

»Dieses Thema fasse ich nicht an.« Sloane kniff misstrauisch die Augen zusammen, als Dex ihm ganz nahe auf die Pelle rückte. Er hielt Dex' Blick stand, und nichts auf der Welt würde ihn dazu bringen, zuerst den Blick abzuwenden. Dex würde es nicht schaffen, ihn aufzuregen.

»Nicht mal ein bisschen darin rumstochern?«

Verdammt. Sloane musste lachen. »Du bist ein Idiot.«

»Eigentlich bin ich sogar ziemlich klug.« Dex rollte seinen Sessel ein paar Zentimeter näher. »Ich wiege meine Opfer gern in trügerischer Sicherheit.«

»Und inwiefern genau bin ich eines deiner Opfer?«

Dex ließ seine Augenbrauen tanzen, und Sloane machte sich auf etwas gefasst. Bei Dex würde er offensichtlich nie wissen, was als Nächstes passierte. Der Gedanke war entweder äußerst beängstigend oder seltsam unterhaltsam. Er hatte noch nicht herausgefunden, was von beidem.

»Da gibt es eine Sache, die du mir näher erläutern musst«, meinte Dex.

»Du hast meine Frage nicht beantwortet.«

Sein Partner nickte bedächtig, und seine Miene wurde feierlich, bevor er anfing, darüber zu schwadronieren, Sloanes *Feuer* zu löschen. Das Ganze klang ganz merkwürdig nach einem alten Song von den Eagles. Moment mal …

»Ist das ein Songtext?« Sloane stöhnte auf und lehnte sich zurück. »Das ist ein Lied, nicht wahr?«

Dex sprang auf die Füße, sang und spielte Luftgitarre, während er um Sloane herumhüpfte.

»Ach, du lieber Gott, es wird immer schlimmer.« Sloane vergrub das Gesicht in den Händen.

Dex' Headset leuchtete blau auf, und Sloane sah belustigt zu, als Dex es antippte. »Dies ist die Voicemail von Agent Dexter J. Daley. Ich bin im Augenblick nicht am Platz, sondern habe heißen, hemmungslosen Sex mit meinem Partner, Agent Sloane Brodie. Bitte hinterlassen Sie eine Nachricht nach dem Knurren.«

»Du Hundesohn.« Sloane sprang auf und schlug nach ihm. Dex lachte und sauste um Sloanes Tisch herum.

»Entspann dich, es ist nur der Sarge.«

»Was?«, krächzte Sloane.

Dex krümmte sich vor Lachen. »Oh Mann! Du solltest dein Gesicht sehen!«

»Ich mach dich alle«, stieß Sloane durch zusammengebissene Zähne hervor.

»Nur ein Scherz, Mann. Es ist mein Bruder, und er ist auf einer privaten Leitung.« Dex tippte wieder an sein Headset. »Was gibt's, Nerd?«

Sloane stürmte an seinen Schreibtisch und schob Dex beiseite, um sich zu setzen. Lachend schlenderte Dex zu seinem eigenen Sessel und ließ sich hineinfallen.

»Ja, ich lebe noch.« Grinsend warf Dex einen Blick zu Sloane hinüber. »Aber wenn Blicke töten könnten, sähe die Geschichte schon anders aus. Ich weiß nicht.« Er sah auf seine Uhr und dann zu Sloane. »Kommt darauf an, ob unser Teamleader noch mehr mit mir trainieren will …«

»Raus mit dir.«

»Tja, weißt du was, sieht so aus, als wäre es Zeit für Feierabend. Wir treffen uns am Empfang.« Dex stand auf, sein übliches Grinsen im Gesicht. »Willst du mit? Wir holen uns was zum Abendessen.«

»Falls dir meine subtile Geste nicht aufgefallen ist: Ich versuche, dich loszuwerden.«

»Verstanden.« Mit einem Zwinkern marschierte Dex zur Bürotür. »Bis morgen, Partner.«

»Zieh Leine.« Sloane tippte auf die Oberfläche seines Tisches und rief Dex' Bericht über seine Beobachtungen vom letzten Tatort auf. Die Tür glitt leise zu, und Sloane sah mit einem erleichterten Seufzer auf. Endlich ein wenig Ruhe und Frieden. Es war schwer zu glauben, dass heute Dex' erster Tag gewesen war. Es fühlte sich an, als wäre er schon länger hier. Zu sagen, der Typ wäre anders als jeder Partner, den Sloane je gehabt hatte, wäre die Untertreibung des Jahrhunderts. Andererseits hatte er auch etwas Unbekümmertes an sich, das bewirkte, dass die Leute sich in seiner Nähe wohlfühlten. Sloane konnte sich leicht selbst einreden, dass er den Mann schon viel länger kannte.

Der ganze heutige Tag hätte routinemäßig ablaufen müssen. Routinemäßige Einführung, routinemäßige Einsatzmeldung, routinemäßige Fahrt im BearCat – doch nichts heute hatte sich nach Routine angefühlt. Dex war von ihm nicht eingeschüchtert gewesen, forderte Sloanes Autorität aber auch nicht bei jeder Gelegenheit heraus, um zu zeigen, was ihn ihm steckte. Er schwamm mit dem Strom, und auch wenn es Sloane von Zeit zu Zeit auf die Nerven ging, dass der Mann einfach nicht die Klappe halten konnte, gab es doch auch Momente, in denen er genau die richtigen Worte zu finden schien. Das Ganze war einigermaßen verwirrend.

»Alles okay bei dir?«

Sloane hob ruckartig den Kopf bei der unerwarteten Störung und war verlegen, weil sein Sergeant ihn beim Tagträumen erwischt hatte. »Hey, Boss. Ja, mir geht es gut. Wieso?«

Maddock zuckte lässig mit den Schultern, kam ins Büro und machte es sich in Dex' Sessel bequem. »Nichts. Es ist nur so, dass du gerade gelächelt hast.«

»Oh.« Sloane räusperte sich. Das war ihm gar nicht bewusst gewesen. »Habe nur gerade an irgendeinen Blödsinn gedacht. Nichts Besonderes.«

»Etwas, das Dex getan hat?«

Das reichte schon, dass Sloane erneut ein Lächeln unterdrücken musste. Seinem Sergeant konnte er nichts vormachen. Der Mann roch es zwei Meilen gegen den Wind, wenn etwas faul war. Bei dem Gedanken musste er schmunzeln. »Ja, er hat irgendeinen Schmachtfetzen gesungen und dabei Luftgitarre oder -schlagzeug gespielt, ich weiß nicht, irgendwas Albernes in der Art.«

»Gewöhn dich daran. Das macht er häufig. Außerdem kennt er kein einziges Lied, das nach 1989 rauskam.«

Sloane starrte ihn an. »Du veralberst mich, oder?«

»Nein.« Maddock schüttelte den Kopf, ohne eine Miene in seinem immer ernsten Gesicht zu verziehen.

Unerklärlicherweise brach Sloane daraufhin in Gelächter aus, und als Maddock einstimmte, musste Sloane so lachen, dass ihm die Tränen kamen. Ein paar Augenblicke später schaffte er es, sich wieder zu fangen. Er schniefte und wischte sich über die Augen. »Bei allem Respekt, Maddock, aber dein Junge ist ein verdammt komischer Kauz.«

Maddock kicherte und grinste dann breit. »Oh ja, das ist er.« Dann wurde er wieder ernst, beugte sich vor und sah Sloane in die Augen. »Aber vielleicht ist er genau der komische Kauz, den das Team braucht.«

Sloane nahm dieselbe Haltung ein wie sein Sergeant. »Meinst du?«

»Ja, und ich weiß, dass dir der Gedanke auch schon gekommen ist.«

Sloane hob eine Augenbraue. Er war nicht im Geringsten überrascht, dass Maddock das schon herausgefunden hatte. Vor dem Mann ließ sich nichts verbergen. In Maddocks Haushalt aufzuwachsen musste interessant gewesen sein, um es milde auszudrücken. Sloane wusste nicht, wen er mehr bemitleiden sollte: Maddock, weil er Dex und Cael von Schwierigkeiten fernhalten musste, oder Dex und Cael, die zweifellos immer erwischt worden waren, bevor sie irgendeine Chance hatten, jugendlichen Blödsinn anzustellen. »Okay, ja«, gab Sloane zu, »der Gedanke ist mir vielleicht durch den Kopf gegangen.«

»Gut. Wie war sein erster Tag?«

Sloane rekapitulierte den Tag im Stillen: zu Anfang der Moment, als Dex im Trainingsbereich mit ihm zusammengestoßen war, dann der Trainingskampf, wo der Knabe einfach nicht liegenbleiben wollte, die Duschen und die Unbekümmertheit, mit der er seinen Bruder neckte, der Besprechungsraum und die Villa, wo er gute Ideen beigesteuert hatte, ihre Begegnung mit den Medien und wie Dex es geschafft hatte, Sloane mit Aufrichtigkeit und Mitgefühl zu beruhigen, bis vor ein paar Minuten, als Dex ihn zum Lachen gebracht hatte. So hatte er nicht mehr gelacht, seit … seit Gabe. Sloane sah Maddock in die Augen.

»Er wird sich gut hier machen. Wenn er uns nicht vorher alle in den Wahnsinn treibt.«

Maddock lächelte und stand auf. »Das ist alles, was ich wissen wollte.« Er ging zur Tür und hielt inne. Als er sich umdrehte, war sein milder Gesichtsausdruck eine Überraschung für Sloane. »Schön, dich wieder lachen zu hören, Sohn.«

Sloane schluckte schwer, und seine Stimme klang rau, als er antwortete: »Danke, Sarge.«

Damit war Maddock verschwunden und ließ Sloane in der leeren Stille seines Büros zurück, einer Stille, an die er sich mittlerweile gewöhnt hatte. Nicht, dass ihm das je etwas ausmachte. Im Grunde genommen waren Momente der Einsamkeit in seinem Job so gut wie nicht existent, und häufig stellte er fest, dass er diese Momente brauchte, um seine Gedanken zu sammeln. Er konzentrierte sich auf die offenen Berichte und beschloss, dass es besser für ihn wäre, sich in die Arbeit zu stürzen als auf das Minenfeld in seinem Kopf. Er fing an, alles durchzulesen, um sicherzugehen, dass Dex nichts ausgelassen hatte. Dabei tat er sein Bestes, die anhaltende Wirkung von Maddocks Worten zu verdrängen, ebenso wie die Erinnerung daran, wie hart das letzte Jahr und die vergangenen Monate für ihn gewesen waren. Er schüttelte die Erinnerung ab und mahnte sich, dass er diesen Weg nicht wieder beschreiten wollte. Dann überflog er den Bericht und bemerkte darin eine digitale Notiz, auf der in sauberen Buchstaben sein Name stand. Wie konnte es sein, dass der Typ ausflippte, wenn er seine eigenen Dokumente minimierte, aber gleichzeitig seinem Bericht ohne Probleme eine persönliche Notiz hinzufügte, was ein mehrstufiger Prozess war?

Bei entsprechender Markierung gestattete das Interface sichere Kommunikation zwischen ihnen beiden, unter Ausschluss der neugierigen Augen anderer Agenten. Sloane beäugte das gelbe Rechteck und fragte sich, wieso er es noch nicht geöffnet hatte. Es gab absolut keinen Grund, es nicht zu tun. Er tippte es an, und es klappte sich auf. Darauf befand sich nichts außer dem Symbol »play«. Eine Audiodatei.

»Tu es nicht, Sloane.« Er starrte das kleine Dreieck an, und eine Vorahnung von Unheil beschlich ihn. »Wenn du jetzt Play drückst, passiert bestimmt nichts Gutes.« Sein Finger schwebte über der Notiz. Was, wenn es etwas Wichtiges war? Sloane verzog das Gesicht. Wenn es wichtig wäre, hätte Dex es ihm gesagt. Schaudernd drückte er auf den Button und wusste, dass er es gleich bereuen würde.

Eine Mundharmonika heulte los, und er zuckte zusammen. Ein paar Sekunden später fing eine Frauenstimme zu singen an und riet ihm: *Keep smiling*. Weitere Künstler fielen in die Schmalzballade aus den Achtzigern ein, mit klebrig süßem Text über Sonnenschein und Freundschaft, und das Jaulen der Mundharmonika hörte nicht einen Takt lang auf. Sloane hatte noch nie etwas Beängstigenderes gehört.

»Ach, du lieber Gott.« Er drückte auf den Stummschalter, doch zu seinem Entsetzen passierte gar nichts. Er drückte noch einige Male und rief dann die Lautsprechereinstellungen auf. Nichts wollte funktionieren. Das konnte doch nicht wahr sein! Mit jedem schmalzigen Wort wurde es lauter. »Das ist ja wohl ein Scherz.« Egal, was er tat, dieses verdammte Lied hörte einfach nicht auf. »Oh, Gott, bitte mach, dass es aufhört.«

»Was zur Hölle machst du da?«

Sloane hob ruckartig den Kopf und sah Ash mit offenem Mund in der Tür stehen. Er konnte nur hilflos mit den Schultern zucken und panisch rufen: »Ich kann es nicht abstellen!«

Ash rannte herein und blieb neben ihm stehen. Auch er drückte den »Mute«-Button, natürlich ohne Erfolg, bewegte die Schieberegler hin und her, versuchte es mit Verschieben und Löschen der Audiodatei, doch nichts funktionierte. Das Ding schien dadurch nur immer lauter zu werden. Calvin und Hobbs kamen ins Büro, und auch die übrigen Agenten auf dem Korridor schlenderten näher, um zu sehen, was da los war.

»Ruf die IT an«, rief Ash über das Jaulen der Mundharmonika hinweg.

»Bist du verrückt? Ich hole doch nicht die IT hier rauf. Die halten mich ja für irre!«

Ash zeigte mit der Hand in Richtung der anderen Agenten, die sich lachend und kichernd an der Tür drängten. »Dafür ist es ein wenig spät. Außerdem, wenn es so weitergeht, musst du sie gar nicht mehr rufen, denn dann können sie es von selbst hören.«

Sloane kam eine Idee, und er tippte hektisch eine Sequenz in die Konsole an der Seite seines Schreibtisches. »Komm schon.« Einen Piepton später brach der Lärm ab, und sein Schreibtisch wurde schwarz. Blaue Buchstaben scrollten über die Oberfläche. *Reboot … bitte warten.*

Er biss die Zähne zusammen und musterte die anderen Defense-Agenten mit finsterem Blick. »Ihr habt gut lachen. Vergesst es nur nicht. Wenn er mich erwischen kann, dann schafft er das bei euch auch. Ihr wisst nicht, wann, und ihr wisst nicht, wo, aber wenn es passiert, wird es laut, verstörend und mit grauenhafter Popmusik sein. Und dann werde ich da sein und jede Sekunde davon genießen. Und jetzt macht, dass ihr aus meinem Büro kommt.« Eilig suchten die Agenten das Weite, ausgenommen Ash, Calvin und Hobbs.

Calvin räusperte sich und gab sich alle Mühe, nicht zu lächeln, scheiterte jedoch kläglich. »Ich lehne mich jetzt mal weit aus dem Fenster und behaupte, dass du dieses spezielle Lied nicht gerade magst.«

»Was hat mich verraten?«, schnaubte Sloane und wartete darauf, dass das Interface fertig lud.

»Ich habe es Dex gesagt.«

Sloane sah ihn an. »Erklär mir das näher.«

»Na ja, beim Mittagessen hat er mich gefragt, ob ich denke, dass es dir gefallen würde. Ich hatte keine Ahnung, welchen Song er meinte, also hat er es mir erklärt und die erste Strophe gesungen. Ich sagte ihm, die Chancen stünden gut, dass du ihm danach Schmerzen zufügen willst.«

Ein süffisantes Grinsen trat in Ashs Gesicht. »Willst du immer noch, dass er bleibt?«

»Halt die Klappe. Ich hoffe, er erwischt dich als Nächstes«, brummte Sloane.

Ash schüttelte den Kopf. »Keine Chance. Ich würde ihm Schmerzen zufügen. Physisch. Nicht auf deine jämmerliche Tour mit verletzten Gefühlen und so, sondern ich würde ihm wirklich körperlichen Schaden zufügen.«

»Geh weg.« Sloane ließ den Kopf auf den Schreibtisch sinken und schloss die Augen. »Ich muss meine Rache planen.«

Ash tauchte neben ihm auf. »Darf ich helfen?«

»Nein.«

»Wieso nicht?«

»Weil ich ihn leiden lassen will, nicht verstümmeln.«

»Spaßbremse.« Ash ging zur Tür hinaus, Calvin kichernd hinter ihm her, und Hobbs ohne jeden Beweis, dass er überhaupt je dagewesen war. Die Bürotür glitt wieder zu, und Sloane holte schnell sein Smartphone heraus und schickte Dex eine SMS.

Ich weiß nicht, wie du das gemacht hast, aber das wirst du bereuen.

Sekunden später summte sein Handy.

Tut mir leid. Ist einfach ein … Hard Habit to Break.

»Ach du Scheiße.« Ungläubig starrte Sloane auf sein Handy – ein Lied von Chicago. Rasch simste er zurück. *Wage es ja nicht.*

Sein Handy summte erneut. *Ich hoffe, das heißt nicht, wir gehen ab jetzt … Separate Ways.*

Sloane stöhnte und antwortete: *Stop.*

Du hast recht. Ich brauche etwas mehr … Self Control.

Ich meine es ernst. Der Typ gab einfach nie nach.

Would I Lie to You?

»Himmelherrgott.« *Ich hasse dich.*

:D

Sloane starrte das kleine lachende Gesicht an und warf dann sein Handy auf den Schreibtisch. Das war's. Gegen jemanden, der so eindeutig mental instabil war, konnte er nicht gewinnen. Na toll. Und das Erschreckendste dabei? Er schien den Typen tatsächlich zu mögen.

Sloane stöhnte wieder und ließ den Kopf hängen. »Ich sitze so was von in der Scheiße.«

7

Dex war fast eingeschlafen, als er seinen Namen hörte, und er erschreckte sich fast zu Tode. Hätte er nicht hastig die Arme ausgestreckt und sich am Rand seines Schreibtisches festgeklammert, wäre er vom Sessel gefallen. Hektisch sah er sich um.

»Was? Was ist passiert? Wer ist tot?«

»Niemand ist tot«, lachte Sloane. Dex' Partner lehnte sich in seinem Sessel zurück und schüttelte belustigt den Kopf. »Tut mir leid, ich wollte dich nicht erschrecken. Ich wollte dir nur sagen, dass du nach Hause gehen sollst.«

Dex sah auf seine Uhr. »Aber es ist noch gar nicht Feierabend.«

»Frischling, so was wie Feierabend gibt es hier nicht. Ist schon okay, du hast es dir verdient. Die Woche war die Hölle. Recon versucht herauszufinden, wo Lloyd Everton sich aufhält, aber der Kerl hat seine Spuren zu gut verwischt. Wir warten immer noch auf Neuigkeiten vom Labor, aber die haben Schwierigkeiten, irgendwas zu finden, was wir verfolgen könnten. Ich mache die Berichte fertig. Du gehst nach Hause und gönnst dir ein wenig Schlaf. Falls wir irgendwas haben, rufe ich dich an.«

Dex beäugte ihn skeptisch. War das ein Trick? Sloanes Vergeltungszug stand immer noch aus, nachdem Dex seinen unschuldigen Bruder genötigt hatte, sich in Sloanes Schreibtisch zu hacken und alle Audiotools bis auf die Lautsprecher zu blockieren, sobald Sloane in Dex' kleiner Liebesnotiz auf Play drücken würde. Als Dex am nächsten Tag ins Defense Department kam, war er mit Standing Ovations begrüßt worden, sehr zu Sloanes Ärger. Damit war Dex offiziell nun einer von ihnen. Sein Siegestaumel währte allerdings nur kurz, nämlich bis er sich an seinen Schreibtisch setzte und von seinem Partner prompt über sein bevorstehendes Ableben unterrichtet wurde. Aber entweder hatte Sloane die Sache komplett vergessen, oder er wartete auf den richtigen Zeitpunkt. Das gefiel Dex ganz und gar nicht.

»Du meldest dich freiwillig für die Berichte? Hast du vor, etwas total Beleidigendes zu schreiben und dann mit meinem Namen zu unterzeichnen? Ist es das, was passieren wird? Oder malst du eine ganze Seite voll mit Penissen?« Das würde er selbst jedenfalls tun.

Sloane gab ein äußerst attraktives Schnauben von sich. »Richtig. Weil ich auch bestimmt meinen Job riskieren werde, um dir einen Streich zu spielen. Keine Hintergedanken, Dex. Ich hasse Berichte, aber für einen Abend kann ich damit leben. Also los, hau schon ab.«

Das ließ Dex sich nicht zweimal sagen. Er sprang auf und streckte sich. »Okay. Danke, Mann.« Gähnend steuerte er seinen Spind an und grüßte im Vorbeigehen seine Kollegen.

Mann, er war todmüde. Diese Woche waren sie jeden Tag auf Trab gewesen, von einem Ende der Stadt zum anderen gefahren, hatten im BearCat gegessen und in Schichten geschlafen. Recon hatte seine Informanten darauf angesetzt, aber auf jede hilfreiche Spur waren mehrere falsche Alarme gekommen. Die Medien zerrissen sie in der Luft, tauchten an allen Ecken auf und provozierten die ohnehin schon verärgerte Öffentlichkeit. Jedes Mal, wenn ein Reporter Dex erkannte, brachte derjenige den Prozess wegen Walsh aufs Tableau. Es war ermüdend.

Zwischen den Einsätzen hatte Dex auch noch Training, inklusive Trainingskämpfe mit allen Teamkameraden außer Ash, zum Glück. Sloane schien sie beide nicht zusammen auf die Trainingsmatte schicken zu wollen, und Dex konnte nicht behaupten, dass er enttäuscht wäre. Dann stundenlanges Gewichtheben, Cardiotraining, Laufen, Schwimmen, Boxen und Yoga, gefolgt von ermüdendem Berichteschreiben. Er war überrascht, dass er nicht jedes Mal einen Bericht ausfüllen musste, wenn er aufs Klo ging. Wenn sein Team noch einen einzigen Anruf von irgendeinem Spinner bekam, der behauptete, er sei der HumaniTherianer-Killer, dann würde er … Dex wusste nicht einmal, was er dann tun würde, außer ihm einen tausendfachen Feuertod zu wünschen. Sein Gehirn war viel zu ausgelaugt, um noch zu arbeiten. Er wollte nur noch nach Hause und schlafen.

Die Duschen und Umkleidekabinen waren leer, da alle entweder noch im Außendienst oder in ihren Büros bei der Arbeit waren. In einem Punkt hatte Sloane recht: Es war auf jeden Fall eine höllische erste Woche gewesen. Ein harter Start, aber trotzdem musste er lächeln. Er mochte sein neues Team. Sie waren bei Weitem nicht perfekt, aber sie waren ein Haufen guter Leute, und er war dabei, sich langsam ihr Vertrauen zu verdienen und ihnen begreiflich zu machen, dass es okay war, ihr Leben ohne ihren gefallenen Kameraden weiterzuleben. Ash war zwar immer noch ein Idiot, aber er hatte nichts mehr über Dex' Beziehung gesagt oder irgendwas Persönliches, das einen wunden Punkt traf. Dex vermutete, dass Sloane etwas damit zu tun hatte. Das Problem war, dass sie auf eine Erlaubnis warteten, und zwar eine, die von ihrem Teamleader hätte kommen müssen.

Dex öffnete den Spind, holte seinen Kulturbeutel heraus und warf ihn auf die Stahlbank hinter sich. Vielleicht würde er in den nächsten Tagen versuchen, mit Sloane zu reden, auch wenn es noch etwas zu früh in ihrer Partnerschaft war und er riskierte, deshalb auf der Matte zu landen. Sie kannten sich erst eine Woche, aber kamen eindeutig schon besser miteinander aus, und Dex hatte den Mann sogar mehr als einmal zum Lachen bringen können. Lächeln passte zu Sloane. Eine Schande, dass er es nicht öfter tat. Unter all dem Schmerz und Kummer lag ein ziemlich schwarzer Sinn für Humor, und wer weiß, was sonst noch. Dex fragte sich, ob er den Mann finden konnte, der Sloane einmal gewesen war, wenn er nur tief genug grub. Da klingelte das Handy und riss ihn aus seinen Gedanken. Er hob es hoch und runzelte die Stirn, als er die unbekannte Nummer sah.

»Hallo?«

»Daley?«

»Am Apparat«, brummte er und versuchte dabei, die vertraute Stimme einzuordnen.

»Isaac Pearce hier.«

»Oh, hey, Mann. Entschuldige, ich bin gerade etwas neben der Spur.« Er fing an, sich auszuziehen, während er telefonierte, und seine Muskeln protestierten bei jeder Bewegung.

»Harter Tag?«

»Harte Woche«, antwortete Dex stöhnend, wickelte sich ein Handtuch um die Taille und setzte sich auf die Bank. Seine nackten Füße fühlten sich kalt auf den Gummifliesen an. »Wie geht's denn so bei dir?«

»Gut. Ich hoffe, es macht dir nichts aus, dass ich mir deine Nummer vom Captain geholt habe. Mir war eingefallen, dass ich dich an deinem letzten Tag gar nicht danach gefragt habe. Ich wollte mich melden, wegen dem Kaffee.«

Dex blinzelte. »Oh.«

»Falls du beschäftigt bist, verstehe ich das.«

»Nein, tut mir leid. Ich dachte, du hättest es dir vielleicht anders überlegt.«

»Wieso?«

Gute Frage. Wieso hatte er angenommen, dass Pearce nichts mit ihm zu tun haben wollte? »Ich schätze, ich dachte, du willst vielleicht nicht mehr, nachdem ich jetzt bei den THIRDS bin.«

Nach einer kurzen Pause antwortete Pearce, und das Lächeln war in seiner Stimme zu hören. »Du dachtest, ich will nicht mit dir abhängen, weil du jetzt zu den coolen Jungs gehörst?«

Dex lachte leise, verlegen, weil er Pearce so leichthin abgetan hatte. »Irgendwas in der Art. Ich gehe jetzt lieber duschen und hole mir zu Hause vielleicht noch eine Mütze Schlaf, damit ich dir nicht wegpenne. Wie wäre es, wenn wir uns lieber auf ein Bier treffen?«

»Noch besser. Wie wäre es mit *Poena*, drüben an der Second, so gegen acht? Das ist nur fünf Minuten von dir entfernt, dann musst du dich nicht hetzen.«

»Danke, Mann. Das weiß ich zu schätzen. Wir sehen uns dann.« Lächelnd legte er auf, ließ sein Handy im Spind liegen und ging unter die Dusche. Ein kurzes Nickerchen, und er wäre wieder so gut wie neu. Der Gedanke, Sloane auf ein paar Drinks einzuladen, ging ihm kurz durch den Kopf, doch dann fiel ihm wieder ein, warum das keine so gute Idee wäre. Irgendwas sagte ihm, dass es mit Pearce und Sloane im selben Raum mehr als nur ein wenig heikel wäre.

Er machte die Dusche an und stellte die Temperatur ein, schön heiß, bevor er unter den Wasserstrahl trat. Er stöhnte zufrieden und blieb ein wenig länger in der Dusche als er sollte, aber seine Muskeln fingen endlich an, lockerer zu werden, zum ersten Mal an diesem Tag. Als ihm langsam die Augen zufielen wurde es Zeit, endlich aus der Dusche zu kommen. Er zog seine Jeans an, ein bequemes Hemd mit langen Ärmeln, seine Chucks und seine schwarze Lieblingslederjacke, schnappte sich seine Sachen, machte den Spind zu – und dann wurde ihm klar, dass er in seinem übermüdeten Zustand auf keinen Fall fahren konnte. Er schlief ja praktisch im Stehen ein. Ihm fielen die Schlafquartiere ein, und er dankte im Stillen den THIRDS.

Der Schlafbereich bestand aus einem langen Flur, in dem sich Tür an Tür reihte. Wenn ein Raum frei war, stand die Tür offen, was bei den meisten gerade der Fall war. Er suchte sich ein Zimmer aus und schloss die Tür hinter sich. Nette Einrichtung hier. Als er das letzte Mal im Büro eingeschlafen war, war das in der HPF an seinem Schreibtisch gewesen. Beim Aufwachen hatte er einen steifen Nacken gehabt, und die Hälfte seines Papierkrams hatte ihm im Gesicht geklebt.

Im Zimmer befanden sich ein Doppelbett und daneben ein Tisch mit Stuhl. Es gab eine Lampe, Steckdosen für Geräte, einen kleinen Safe unter dem Schreibtisch und sogar einen Kühlschrank. Neben dem Kopfende war ein Kommunikator angeschlossen, und in einem Regal an der Wand gegenüber befand sich alles Mögliche an brauchbaren Gegenständen: von extra Laken bis hin zu Kaffeetassen. Grinsend zog Dex seine Jacke aus und warf sie auf den Stuhl, bevor er sich aufs Bett fallen ließ. Daran könnte er sich gewöhnen. Kaum berührte sein Kopf das Kissen, glitt er schnell in tiefen Schlaf.

Dex keuchte auf und bog den Rücken durch, als er die starken Hände spürte. Sie kneteten seine Pobacken und drückten sie auseinander, während der Schwanz seines Geliebten sich in Position brachte und sich langsam in ihn schob. Der Druck war schmerzhaft und erregend zugleich. Gott, es war so lange her. Dex umfasste seine eigene Erektion, als sein Liebhaber ihn nahm und sich Zentimeter um Zentimeter tiefer in ihn versenkte. Harte Muskeln pressten sich gegen seinen Rücken, drückten

Dex auf die Matratze, und er atmete hörbar, als sein Liebhaber bis zum Anschlag in ihn eindrang und dann die Hüften kreisen ließ, sich zurückzog und quälend langsam erneut in ihn schob. Dex stöhnte auf, Schmetterlinge im Bauch, und die Vorfreude in ihm wurde immer stärker, anders als alles, was er je zuvor gefühlt hatte. Sein ganzer Körper stand in Flammen, und er wand sich vor Verlangen unter dem wundervoll schweren Gewicht. Er konnte sich nicht erinnern, dass Lou sich je so angefühlt hatte. War es jemals so unglaublich gut gewesen?

Dex stöhnte auf, als ein Mund sich auf die Haut unter seinem Ohr drückte.

»Langsam, Frischling.«

Dex riss die Augen auf und fuhr in die Höhe, die Fäuste in die unvertraute Bettdecke geballt, und versuchte, sich zu orientieren. Shit. Oh, verdammt! Er schüttelte den Kopf und stand hastig auf. Nein, das konnte nicht sein. Er hatte doch nicht eben von Sex mit seinem Teamleader geträumt. Wenn Tony auch nur ansatzweise mitbekam, dass Dex davon träumte, mit seinem Partner zu schlafen, dann würde ein Shitstorm von ganz neuem Kaliber auf ihn herabregnen, und im Augenblick hatte Dex wahrlich genug am Hals.

Mit einem frustrierten Aufstöhnen ließ er sich auf den Bettrand fallen und fuhr sich mit den Händen durchs Haar. Sein Schwanz war immer noch schmerzhaft hart, und die Bilder seines überaus lebhaften und anregenden Traums spielten sich immer wieder in seinem Kopf ab. Dann sah er auf die Uhr und stöhnte noch einmal: 21:45 Uhr. So viel zu »kleines Nickerchen« *Shit.* Er sollte schon seit fast zwei Stunden in der Bar sein.

Hastig zog er seine Jacke an, stürmte aus dem Zimmer, machte auf dem Weg das Licht aus – und rannte unmittelbar gegen etwas Hartes. Kräftige Hände packten seine Arme, damit er nicht das Gleichgewicht verlor, und er sah in ein Paar Augen von dunkelgoldenem Bernstein.

»Hoppla, wo brennt's denn, McClane?«

»Oh.« Dex machte den Mund auf und wieder zu, und sein Kopf wurde hochrot, als ihm überaus unangebrachte Bilder von dem Mann vor ihm durch den Kopf schossen. Es half auch nicht gerade, dass Sloane verdammt heiß aussah: frisch geduscht und rasiert, adrett anzusehen in Jeans, schwarzem T-Shirt mit V-Ausschnitt unter modischer grauer Weste und Bikerboots. Sein nasses Haar war nach hinten gekämmt, die vollen Lippen leicht geöffnet, und er hatte den Kopf fragend schief gelegt.

»Alles okay? Dein Gesicht ist ganz rot. Brütest du was aus?« Sloane legte Dex die Hand an die Stirn, und Dex gab ein ersticktes Geräusch von sich, das sie beide zusammenfahren ließ. »Okay. Du beunruhigst mich.«

»Tut mir leid.« Dex riss sich zusammen, trat einen Schritt zurück und versuchte, sich wie ein normaler Mensch und nicht wie ein Psycho zu benehmen. »Ich wollte mich nach einem kurzen Schläfchen mit einem Freund treffen – vor zwei Stunden.«

»Oh.« Sloane trat beiseite, und sein breites Grinsen jagte Dex direkt in den Unterleib. »Tja, dann lass dich von mir nicht aufhalten. Wir sehen uns morgen früh.«

»Danke.« Dex deutete auf die Schlafräume um sie herum und hoffte, er klang nicht so nervös, wie er sich fühlte. »Holst du dir auch eine Mütze Schlaf?«

»Nein, meinen Rucksack.« Sloane schob die Hände in die Hosentaschen und zuckte mit den Schultern. »Wenn du so viel Zeit in einem dieser Räume verbringst, wie es bei manchen von uns der Fall ist, dann ist es einfacher, dir vom Empfang einen festen Raum zuweisen zu lassen. Dann bekommst du eine persönliche Schlüsselkarte und kannst deine Sachen darin lassen. Ist besser, als immer für Klamotten und anderes nach Hause zu müssen.«

»Ist ja wie im Studentenwohnheim, nur ohne Bierpartys und Orgien«, schnaubte Dex, bevor ihm klar wurde, was er gerade gesagt hatte. Puh, er musste wirklich lernen, nachzudenken, bevor er den Mund aufmachte.

Sloane hob eine Augenbraue. »Wow, wilde Zeiten in Berkeley, hm?«

»Nicht wirklich, ich – Moment mal, woher weißt du, dass ich in Berkeley war?« Dex bekam große Augen. »Du hast meine Akte gelesen?«

Sloane sah spöttisch drein. »Ja, natürlich. Es ist deine Personalakte, Dex, nicht dein geheimes Tagebuch. Was? Hast du gedacht, ich akzeptiere einen neuen Partner, ohne irgendwas über ihn zu wissen?« Mit einem Grinsen neigte er sich Dex zu. »Wach auf, Frischling. Das hier ist kein Buddy-Cop-Film. Wir sind Teil einer militärischen Organisation, die als Polizeikraft unter dem Auge des Verteidigungsministeriums operiert. Hier interessiert es niemanden, ob dir jemand ein Trinkpäckchen geklaut oder dich nicht zu seiner Star-Wars-Geburtstagsparty eingeladen hat.«

»Bist du fertig? Oder hast du noch mehr schlechte Metaphern, die du mir an den Kopf werfen willst? Nein? Gut, denn ich muss jetzt dahin, wo es Getränke für große Jungs gibt und andere Gesellschaft als passiv-aggressive Typen.«

Sloanes Kinnmuskeln spannten sich an, als er beiseitetrat, und sein Gesichtsausdruck verriet, dass er alles andere als erfreut war. Einfach gehen, das war das Beste. Wieso passierte es jedes Mal, wenn Dex dachte, er und sein Partner kämen endlich miteinander aus, dass der Typ irgendwas Ätzendes machte, das Pearces negatives Urteil über ihn bestätigte?

Dex ging und rief über die Schulter: »Geh nach Hause, Partner, und schlaf ein wenig. Oder noch besser, lass dich flachlegen. Könnte ein wenig Spannung abbauen.« Dex lächelte in sich hinein. Das sollte ihn lehren.

»Oder vielleicht schlafe ich etwas länger und *träume* davon, flachgelegt zu werden.«

Dex ging weiter, trotz des Kribbelns im Bauch. »Fick dich, Brodie.«

»Eigentlich klang es mehr nach fick *dich*, Daley. Vielleicht in deinem nächsten Traum.«

Weitergehen, Dex, einfach weitergehen. Er hörte Sloanes Lachen leiser werden, bis es hinter einer sich schließenden Tür verschwand. Okay, er musste also irgendwas im Schlaf gesagt haben, und Sloane hatte es gehört. Der Bastard wusste, dass Dex einen Sextraum mit ihm gehabt hatte. Keine große Sache, richtig? War ja nicht so, als würde Sloane irgendwem davon erzählen. Oder? Dex blieb wie angewurzelt stehen. Dann schluckte er seinen Stolz hinunter, drehte sich auf dem Absatz um und ging den Korridor zurück zu der einzigen verschlossenen Tür. Seine Faust schwebte in der Luft über der weißen Tür, bevor er in den sauren Apfel biss und klopfte. Sloane öffnete mit süffisantem Grinsen. Über Dex hing ein Fluch. Es musste so sein.

»Was kann ich für dich tun, Agent Daley?« Sloane lehnte einen Arm an den Türrahmen. »Bist du hier, um über den Sextraum zu reden, den du von mir hattest?« Er fuhr sich mit der Zunge über die Unterlippe, und seine Pupillen weiteten sich, als er sich zu Dex neigte. »Also, wie war ich?«, fragte er mit halblauter, rauchiger Stimme. Dex hob das Kinn, ohne den Blick abzuwenden.

»Ich hatte schon Bessere.«

»Das bezweifle ich.« Er beugte sich vor, und sein warmer

Atem kitzelte Dex an den Ohren. »Du hast immer noch einen Ständer.«

Dieses Spiel konnten auch zwei spielen. Dex drehte den Kopf, sodass seine Lippen über Sloanes stoppelige Wange streiften. »Schon möglich, aber wenn du nicht bereit bist, etwas dagegen zu tun, lass mich gefälligst in Ruhe.«

Sloane wich zurück, und in seinen dunklen Augen lag etwas Gefährliches. Dex fuhr sich mit der Zunge über die Lippen und wartete. Sie wussten beide, dass zwischen ihnen eine Art Anziehungskraft bestand, doch sie wussten auch, dass es ein Fehler wäre, ihr nachzugeben. Sloane war nicht irgendein Kerl, den Dex in einer Bar aufgegabelt hatte, für eine angenehme, aber kurze Nacht voll Sex, bevor sie wieder getrennter Wege gingen. Vielleicht fühlte Dex sich deshalb so mutig, weil er wusste, dass nicht mehr daraus werden würde.

Sloane tätschelte ihm die Wange. »Wird nicht passieren, Frischling, aber mach dir keine Sorgen. Ich werde dem restlichen Team nicht erzählen, dass du mich als Pornostar in deinem Traum gecastet hast. Vielleicht.«

»Verstehe.« Dex lächelte freundlich. Sloane hatte immer noch die Oberhand, und das konnte Dex nicht zulassen. Er holte sein Smartphone aus der Tasche, trat einen Schritt zurück und schoss ein Foto.

»Was machst du da?«

Dex wedelte mit dem Handy. »Du bist wirklich ein fürsorglicher Partner, weil du mir das zukommen lässt. Das wird vollkommen genügen.«

Sloane riss die Augen auf. »Wofür?«

»Was denkst du denn? Als Wichsvorlage natürlich, Dummerchen.«

»Du Hundesohn! Gib her!« Sloane machte einen Satz, und Dex entwischte noch so gerade dessen Griff und nahm die Beine in die Hand. Als er durch das Großraumbüro sprintete, gestand er sich ein, dass er vielleicht ein klein wenig vorschnell gewesen war. Er drückte den Knopf auf seinem Kommunikator, während er im Zickzack zwischen den Büros hindurchrannte. Die trällernde Stimme der freundlichen Therianer-Mitarbeiterin am Empfang meldete sich.

»Ja, Agent Daley?«

»Lisa! Machen Sie die Türen auf.« Dex blockte einen Schlag von Sloane ab und bog um die Ecke. »Fuck!«

»Komm her, du kleiner Scheißer!«

»Sir, ist alles in Ordnung?«, fragte die Rezeptionistin besorgt.

»Ja, Schätzchen, machen Sie die Türen auf. Alle bis zum Aufzug bitte.« Er bog um eine weitere Ecke und entkam nur um Haaresbreite Sloanes Griff.

»Sind Sie sicher …?«

»Ja, ja, ja!« Die Türen gingen auf, und Dex rannte schnurstracks hindurch und rief über die Schulter: »Ich schulde Ihnen eine Cola, Lisa!« In vollem Galopp preschte er durch den Korridor zum Aufzug.

»Du weißt, dass du beim Aufzug anhalten musst, und dann trete ich dir in den Hintern!«, rief Sloane von hinten.

Verdammt, er hatte recht. Dex überdachte die Optionen und traf seine Entscheidung im Bruchteil einer Sekunde. Er tat so, als wolle er schnurstracks zum Aufzug rennen, schlug dann aber einen scharfen Haken, schlüpfte an Sloane vorbei und rannte stattdessen aufs Treppenhaus zu. Schwungvoll öffnete er die Türen und grinste dabei, während Sloane irgendwo in der Ferne fluchte. Dex jagte die Stufen hinunter, immer zwei auf einmal, sprang über das Geländer und landete auf den Stufen darunter. Über sich hörte er die Tür aufschlagen und wartete nicht ab, sondern riss die Tür zum neunzehnten Stock auf und jagte zum Aufzug. Die Türen pingten und glitten auf. Er legte die Hand auf die Konsole, und schimpfte, dass der Aufzug verdammt noch mal schneller machen solle. Sloane erreichte ihn, gerade als die Türen zugingen. Mit einem atemlosen Auflachen lehnte Dex sich nach hinten an die Wand und genoss seinen Sieg. Das war knapp gewesen. Zu knapp.

Er holte sein Handy aus der Tasche, tippte auf den Bildschirm und fand das Bild. Sloanes Gesicht mit Schmollmund nahm den ganzen Bildschirm ein. Verdammt, der Knabe war sexy. Nun ja, für einen totalen Psycho. Die Aufzugtüren zum Parkhaus gingen auf, und er schob das Handy zurück in die Tasche. Nach einem kurzen prüfenden Blick eilte Dex die Steigung hinauf zu seinem Wagen und griff nach seinen Schlüsseln – als er plötzlich von hinten gegen den Kofferraum gedrückt und sein Arm auf den Rücken gezerrt wurde, dass er aufschrie.

»Gib mir das verdammte Handy«, knurrte Sloane.

»Herrgott, du hast mich zu Tode erschreckt!«

»Gut. Hast du wirklich gedacht, ich lasse dich so einfach davonkommen?«

»Meinst du nicht eher: so leicht *kommen lassen*?«, fragte Dex kichernd zurück.

»Gib mir das Handy.«

»Nein. Wenn du es willst, musst du es dir holen.«

Sloane drückte sich gegen ihn, und Dex zuckte zusammen, gab aber nicht nach. »Was ist dein Problem, Daley?«

»Ich habe kein Problem. Ich bin der sorglose Typ. Du andererseits … Du hast eine Menge aufgestauten sexuellen Frust, und das ist unserer Partnerschaft nicht gerade förderlich. Du solltest darüber nachdenken, etwas dagegen zu tun.«

Sloane drückte sich noch enger gegen ihn, und die Beule in seiner Jeans presste sich an Dex' Hintern und ließ ihn stöhnen. Oh Gott, der Mann war ebenso hart wie er selbst.

»Ist es das, was du willst?« Sloanes tiefe Stimme klang schroff. Er rieb sich an Dex, hielt ihn mit einer Hand an der Schulter fest und drückte ihm mit der anderen immer noch den Arm auf den Rücken. Sloanes Gewicht ließ Dex' Arm schmerzen, aber das machte ihm nichts aus. Er bog den Rücken durch und schob den Po nach hinten, Sloane entgegen. Er forderte nur Schwierigkeiten heraus, aber sie mussten etwas tun, um dieses kleine Spielchen, das sie da spielten, hinter sich zu lassen.

»Fuck«, keuchte Sloane. Er zerrte Dex um die Ecke an die Seite des Wagens und drückte ihn dagegen. Der große schwarze SUV, der daneben stand, sorgte für genug Deckung, um sie beide zu verbergen. Bevor Dex fragen konnte, was Sloane vorhatte, trafen sich ihre Lippen in einem leidenschaftlichen Kuss.

Sloanes Kuss war hungrig, und Dex erwiderte ihn mit gleicher Leidenschaft und saugte Sloanes Unterlippe zwischen die Zähne, bevor er die Zunge in seinen Mund schob. Sloanes Hände glitten an Dex' Gürtel, und Dex holte scharf Luft, als er spürte, wie Sloanes Hand sich um seinen Schwanz schloss und mit dem Daumen über seine Eichel rieb, um seine Feuchtigkeit zu verteilen. Dex sagte kein Wort, weil er fürchtete, dass Sloane dann aufhören würde. Stattdessen bewegte er sich in Sloanes Hand, während sie sich schwer atmend küssten. Dex griff zu Sloanes Jeans, löste den Gürtel und schob die Hose so weit hinunter, dass er Sloanes kräftigen, harten Schwanz herausholen konnte. Sloane drückte sich an ihn, umfasste beide Erektionen mit seiner großen Hand und fing an, genüsslich zu reiben.

»Oh, Gott«, keuchte Dex an Sloanes Lippen und grub die Finger in dessen harte Brustmuskeln. Sloane ließ seine Lippen von Dex' Mund zu seinem Hals wandern, biss zu, leckte dann über die wunde Stelle und überzog seinen Hals mit Küssen. »Sloane«, warnte Dex. Das würde er auf keinen Fall lange durchhalten, nicht mit den Bildern aus seinem Traum, die ihm immer noch im Kopf herumspukten, und der überaus realen und quälenden Hitze, die sich in ihm aufbaute.

»Komm in meiner Hand«, flüsterte Sloane leise, nahm Dex' Ohrläppchen zwischen die Zähne und jagte ihm damit einen Schauer über den Rücken. Dex hielt sich an Sloane fest und stieß sich in seine Hand, mit schnellen unregelmäßigen Bewegungen. Er spürte, wie sein Unterleib sich anspannte, die Hitze sich in ihm ausbreitete, als sein Orgasmus ihn überrollte. Sein ganzer Körper verkrampfte sich, als er kam. »Fuck, oh fuck ...«, keuchte er und hörte, wie Sloane aufstöhnte und die Zähne zusammenbiss. Sloane drückte sich mit dem Kopf an Dex, fuhr mit der freien Hand in dessen Haar und zog schmerzhaft daran, als sein Orgasmus ihn traf. Sloane bewegte noch einige Male sachte seine Hand und verlängerte die Wonne, bis Dex scharf Luft holte. Sloane ließ ihn los und schob Dex' Glied zurück in dessen Boxershorts. Sie standen immer noch Kopf an Kopf, während ihr Pulsschlag sich langsam beruhigte und ihr Atem wieder regelmäßiger wurde. Dex öffnete die Augen und begegnete Sloanes Blick. Der Schmerz darin war so gar nicht das, was er erwartet hatte. Andererseits war das, was eben passiert war, weit weg von allem, was in seiner Vorstellung als Ergebnis seines Versuchs, Sloane auf die Palme zu bringen, hatte passieren können. Sloane wischte sich die Hand mit einem Zipfel seines T-Shirts ab und sah Dex mit hartem Blick an.

»So. Jetzt habe ich was dagegen unternommen«, sagte Sloane.

»Aber ...« Dex' Worte wurden ruppig abgeschnitten.

»Das darf nicht passieren. Verstehst du?« Sloane griff in Dex' Tasche, holte das Handy heraus und tippte auf den Bildschirm, bis er offenbar sein Bild gefunden hatte. Einen Moment lang hielt Sloane inne und starrte es an. Dann tippte er noch einmal auf den Bildschirm, und Dex wusste, dass sein Finger über dem winzigen Mülleimersymbol schwebte. Sloane schloss die Augen, holte tief Luft und tippte kopfschüttelnd noch einmal auf den Bildschirm. Er drückte Dex das Handy in die Hand und stürmte davon.

Dex holte rasch seine Schlüssel heraus, klemmte sich hinters Lenkrad und schlug die Autotür zu. Er schluckte schwer, und eine wilde Mischung aus Gefühlen wirbelte in ihm herum, die er nicht einordnen konnte. Hochgefühl, Furcht, Fassungslosigkeit, Panik, Freude … Enttäuschung. Er ließ den Motor an und sah auf sein Handy. Als er den Bildschirm antippte, war Sloanes Foto immer noch da. Er hatte es nicht gelöscht. Mit einem frustrierten Aufstöhnen ließ Dex den Kopf auf das Lenkrad sinken.

»Dex, was machst du da bloß?«, fragte er sich selbst laut.

Auf einmal war sein Job um einiges komplizierter geworden.

Musik. Er brauchte Musik. Er machte das Radio an und scrollte durch die Liste seiner Alben, bis er das eine fand, das er suchte. Ah, die *Eagles* waren jetzt genau das Richtige. Er wollte gerade zurücksetzen, als ihn ein Klopfen an der Scheibe zu Tode erschreckte. Sloane stand mit wachsamer Miene vor dem Fenster. Dex drückte den Knopf für das Fenster und wartete geduldig, bis die Scheibe herunterfuhr, obwohl sein Verstand ihm riet, loszufahren und nicht zurückzublicken.

Als das Fenster unten war, sah er ruhig zu Sloane auf und fragte gespielt cool: »Ja?«

»Hey.« Sloane räusperte sich. Seine Stimme klang erstickt und unsicher. »Ich weiß, du bist schon spät dran, aber könnte ich, ähm«, er deutete auf den Beifahrersitz, »eine Minute?«

Dex nickte, entriegelte die Tür und wartete, bis Sloane auf den Beifahrersitz glitt, während sein Herz ihm bis zum Hals klopfte. Peinliche Stille breitete sich aus, als sie beide dasaßen und geradeaus sahen. Wieso war Sloane zurückgekommen? Man musste kein Genie sein, um zu erkennen, dass er bereute, was eben passiert war.

»Es tut mir leid«, sagte Sloane schließlich, und sein entschlossener Blick begegnete Dex' unsicherem. »Ich hätte es nie derart weit kommen lassen dürfen. Ich habe mich hinreißen lassen, und das war dumm, und wenn du mich melden willst, dann verstehe ich das.«

»Was?« Dieser Abend steckte voller Überraschungen.

»Ich habe die Grenze überschritten, Dex.«

»Tja nun, und ich habe mein Möglichstes getan, dich so weit zu treiben. Das hier haben wir beide verbockt, nicht nur du, und mal ganz ehrlich, du mich auch.« Sloanes hinreißender Schmollmund frustrierte Dex.

»Wofür?«

»Dafür, dass du denkst, ich renne jetzt zu meinem Papi und petze. Ich brauche meinen Dad nicht, um meine Probleme zu lösen, also kannst du mit dem Mist auch gleich aufhören.« Dex musterte Sloane, und zum ersten Mal sah er eine völlig andere Seite an dem harten Alpha, eine verletzliche Seite, von der Dex gar nicht gewusst hatte, dass es sie gab. Irgendwas ging da vor, etwas, das unter dieser schroffen Haltung verborgen lag. Den Mist hatten sie beide gebaut, schon wahr, aber da war etwas, das an Sloane nagte und das ihn dazu gebracht hatte, noch einmal zurückzukommen, denn sonst hätte er wahrscheinlich weitergemacht, als sei nichts geschehen und hätte von Dex erwartet, es klaglos hinzunehmen. Was immer es war, es sorgte dafür, dass Dex sich schlecht fühlte, weil er es provoziert hatte.

»Sieh mal, manchmal passiert einfach so ein Mist. Es war eine harte Woche, wir waren beide ein wenig … angespannt, und dass wir uns gegenseitig hochgeschaukelt haben, war auch nicht hilfreich. Ich gebe zu, dass eine gewisse Anziehung zwischen uns besteht, aber aus einer ganzen Liste an Gründen ist das etwas, das wir nicht näher verfolgen können. Und jetzt, nachdem wir das Ganze verarbeitet haben, können wir weitermachen. Wer weiß, vielleicht kommen wir ja sogar langsam besser miteinander aus. Was meinst du dazu?«

Sloane sah ihn blinzelnd an. »Du … kommst damit klar?«

»Ja.« Dex zuckte mit den Schultern, lächelte und beugte sich mit einem Zwinkern vor. »Ich meine, mir ist schon klar, dass das hier unwiderstehlich ist.« Er fuhr sich mit der Hand über den Oberkörper.

Sloane presste die Lippen aufeinander und versuchte offensichtlich, ein Lachen zu unterdrücken, aber am Ende gab er auf. »Du bist so ein Blödmann.«

»Was denn?«, fragte Dex unschuldig. »Es ist gefährlich, wenn man so viel Sexappeal hat.«

Sloane biss sich auf die Unterlippe. »Hör auf damit.«

»Okay«, seufzte Dex. »Aber nur, weil ich nicht will, dass du der Gravitationskraft meiner Großartigkeit erliegst.«

Lachend stieg Sloane aus dem Wagen und schloss die Tür, bevor er zur Fahrerseite ging und Dex die Hand hinstreckte. »Danke.«

Dex nahm Sloanes Hand und ignorierte die Wärme, die sich dabei in ihm ausbreitete. »Dafür sind Partner da, oder? Wir sehen uns morgen.«

Sloane trat einen Schritt zurück und schob die Hände in die Jackentaschen. »Gute Fahrt.« Er nickte Dex zu, drehte sich dann um und ging. Dex sah ihm nach, und als Sloane außer Sicht war, machte sich ein undefinierbares Gefühl in ihm breit, das er nicht erklären konnte. Er sagte sich, dass er das Richtige getan hatte, fuhr aus der Parklücke und machte sich auf den Weg.

Er griff in die Jackentasche, holte sein Handy heraus und behielt die Straße im Auge, während er erst an den unteren Rand des Bildschirms und dann oben rechts tippte. »Isaac Pearce anrufen«, sagte er und tippte in die Mitte des Bildschirms, wo sich, wie er wusste, der Lautsprecherbutton befand. Pearce hob beim zweiten Läuten ab.

»Daley, du weißt schon, dass akademisches Zuspätkommen immer noch heißt, dass du überhaupt auftauchen musst.«

»Tut mir echt leid, Mann. Mein Nickerchen hat zu lange gedauert.« *Und danach kam auch noch was.* »Steht das mit dem Drink noch?«

»Ja. Ich habe mir so was schon gedacht, also hänge ich hier noch herum und habe mir was zu essen bestellt. Wenn du dich beeilst, sind vielleicht noch ein paar Chicken Wings übrig.«

»Prima. Bin gleich da.«

Dex fand einen Parkplatz beim *Poena* um die Ecke. Unter der Woche um diese Zeit wäre im Pub zwar einiges los, aber nicht zu viel. Besonders, da es klein und gemütlich war und hauptsächlich aus abgewetztem Holz und altem Vinyl mit zwei kupfernen Zapfstationen für Bier bestand. An den Wänden hingen haufenweise verblichene Schwarzweißfotos aus den 1940er-Jahren. Es war eine dieser alten Bars, die es schon seit Ewigkeiten gab und die immer dieselben blieben, während die Welt draußen sich veränderte. Dex war ein wenig überrascht, dass Pearce gerade dieses Lokal ausgesucht hatte. Als er im schwach beleuchteten Pub ankam, suchte er nach Pearce und fand ihn an einem kleinen Tisch in der Ecke.

»Tut mir leid«, sagte er, als er ankam, zog seine Jacke aus und hängte sie um die Stuhllehne, bevor er sich setzte.

»Hör auf, dich zu entschuldigen, Daley, und bezahl einfach die nächste Runde.«

»Schon erledigt.« Dex winkte einer der Kellnerinnen, und

eine hübsche Brünette kam heran und holte einen Stift und einen kleinen weißen Block aus ihrer kurzen Schürze. Er bestellte zwei Bier. Wenigstens schlief er nicht mehr im Stehen ein, aber er war ziemlich hungrig. Also orderte er noch einen Burger und einen Korb Pommes dazu. Sloane würde ihn dafür wahrscheinlich umbringen, aber zum Teufel damit. War ja nicht so, als würde der Mann ihn nicht ohnehin zwingen, die Kalorien beim nächsten Training wieder abzuarbeiten. Sloane war kein Gesundheitsfanatiker, aber Dex' Vorliebe für Junkfood war ihm definitiv ein Dorn im Auge.

Die Kellnerin kam prompt mit den Bieren zurück, machte die Verschlüsse ab und stellte die Flaschen auf den Tisch, bevor sie ihre Runde fortsetzte.

»Ich dachte mir, vielleicht hattest du ja einen Notfall.« Pearce nahm sein Bier und prostete Dex dankend zu.

»Sag das bloß nicht zu laut, Mann. Diese Woche sind wir bereits jeden Tag rausgejagt worden. War keine gute.« Er trank einen Schluck von seinem kalten Bier und stieß ein zufriedenes Seufzen aus. Das fühlte sich gut an. »Ich bin es gar nicht gewohnt, dass ich die ganze Zeit danebensitzen muss, während mein kleiner Bruder fährt.« Dann musterte er Pearce und fragte sich, ob der Mann nicht vielleicht selbst gerade in einem üblen Fall steckte. Er sah aus, als könnte er selbst ein langes Nickerchen gebrauchen – oder auch mehrere.

Pearces Miene wurde mitfühlend. »Der Fall mit den HumaniTherianern?«

»Ja.« Dex' Essen kam, und er dankte der Kellnerin, bevor er Pearce von den Pommes anbot. Als der ablehnte, machte Dex sich darüber her. Das Pub war zwar nicht der Knüller, aber die machten hier auf jeden Fall verdammt gutes Essen.

Pearce beugte sich vor und stützte die Ellbogen auf den Tisch. »Das mit dem Fall ist beschissen.« Er senkte den Blick und zitterte leicht. Dex lehnte sich zurück, wischte sich mit der Serviette über den Mund und registrierte diskret Pearces nervöses Beintippen.

»Alles okay?«

»Ja. Nein.« Pearce gab ein humorloses Lachen von sich. Er schüttelte den Kopf und sah aus, als dächte er nach, was er sagen oder wie er es sagen sollte. Besorgt über Pearces plötzliche Unsicherheit, beugte Dex sich vor und legte ihm beruhigend die Hand auf den Arm. Irgendwas war da definitiv los. Er kannte Pearce vielleicht noch nicht lange, aber man musste kein Genie sein, um zu sehen, dass dem Mann etwas auf der Seele lag.

»Hey, du kannst mit mir reden.«

»Okay. Ich wollte nicht nur was mit dir trinken gehen. Ich wollte auch mit dir reden, weil ich mir Sorgen mache. Ich habe letzte Woche die Nachrichten gesehen, als ihr vor dieser Cateringfirma standet. Agent Brodie hat dich mit sich gezerrt, und na ja, ich konnte das nicht …« Er runzelte die Stirn und rieb sich übers Kinn. »Ich kann nicht länger schweigen. Du musst vorsichtig sein, Dex. Pass auf dich auf.«

»Ich weiß, es ist ein schwieriger Fall …«

»Den Fall meine ich nicht«, meinte Pearce leise und rutschte auf seinem Stuhl herum. »Ich meine deinen Partner. Es gibt eine ganze Menge Dinge, die du nicht über ihn weißt. Der Typ hat Leichen im Keller. Geheimnisse, die er nicht ans Licht kommen lassen will. Dinge, die die THIRDS nicht ans Licht kommen lassen wollen.«

Dex setzte sich auf und fragte sich, was Pearce wohl so zusetzen mochte. »Wovon sprichst du?«

»Hast du seine Akte gelesen?«

»Nein.« Rein technisch gesehen war Sloane im Recht gewesen, Dex' Akte zu überprüfen. Er hatte jeden Grund, erfahren zu wollen, wer sein neuer Partner sein würde, besonders, wenn es um jemanden ging, der von außerhalb rekrutiert worden war. Es versetzte Dex zwar einen kleinen Stich, aber er verstand es. Doch natürlich hieß das nicht, dass er nun loslaufen und dasselbe tun würde. »Alles, was ich wissen muss, finde ich selbst raus.«

»Und du denkst, er hat deine nicht gelesen?«

Dex' Miene sagte wohl alles, denn Pearce nickte.

»Hat er schon. Nett. Na ja, ich habe seine gelesen«, erzählte Pearce.

»Wie das?« Auf keinen Fall würden die THIRDS der HPF Zugang zu den Personalakten ihrer Agenten gewähren, es sei denn, es gab einen verdammt guten Grund dafür. Und selbst dann wären Informationen nur eingeschränkt zugänglich. Welchen Grund konnte Pearce angegeben haben, um Zugang zur Akte eines Teamleaders bei den THIRDS zu erhalten?

»Ich habe einen Gefallen eingefordert.«

Das musste ja ein ziemlicher Gefallen gewesen sein. Nach dem, was Dex in seiner kurzen Zeit bei den THIRDS gelernt hatte, hielten diese Jungs sich den Rücken frei, und ganz besonders vorsichtig waren sie, wenn es um die HPF ging. Die Beziehung zwischen beiden Behörden war bestenfalls angespannt. Wann immer Politik im Spiel war, kam es nicht darauf an, wer die beste Leistung brachte, sondern wer am lautesten mit dem Fuß aufstampfen und dann mit seinem Spielzeug davonstürmen konnte. »Okay. Ich verstehe wirklich nicht, was hier los ist.« Seit Dex rekrutiert worden war, warnte Pearce ihn ständig vor Sloane. Das Ganze fing an, ihn zu beunruhigen.

»Irgendwas an ihm war immer schon komisch, und ich musste wissen, was es war. Vor allem, weil …« Pearce kniff einen Moment lang fest die Augen zu und versuchte offenbar, sich zu beruhigen.

»Weil was?« Was konnte denn so schwer auszusprechen sein? »Pearce …?«

»Weil er mit meinem Bruder geschlafen hat.«

Dex rutschte das Herz in die Hose. »Was?«

»Sloane Brodie und Gabe waren ein Paar. Ein Jahr vor Gabes Tod war es ziemlich ernst geworden. Sie waren vier Jahre lang zusammen.«

Dex war so fassungslos, dass er nur dasitzen und versuchen konnte, zu verarbeiten, was er gerade gehört hatte.

»Das wusstest du nicht? Nein, natürlich nicht. Hast du wirklich geglaubt, er hat alle anderen Agenten vergrault, nur weil sein Dienstpartner gestorben war? Das wäre zwar hart gewesen, aber er hätte es durchgestanden. Brodie war sechs Monate lang vom Dienst befreit. Die THIRDS haben sich etwas ausgedacht, dass er einen Spezialauftrag hätte, oder irgendeinen Blödsinn, wie sie es immer tun, wenn einer ihrer Agenten außer Gefecht ist. Sie wollen nicht zugeben, dass diese Kerle so verwundbar sind wie der Rest von uns.«

»Wussten sie es?« Dex versagte die Stimme, und er räusperte sich. »Das Team, meine ich. Wussten sie von Sloane und Gabe?«

Pearce schüttelte den Kopf. »Es ist gegen die Regeln. Beim kleinsten Anzeichen einer Beziehung, die über reine Männerfreundschaft hinausgeht, wäre einer von ihnen versetzt worden. Sie haben Brodie aus gutem Grund so viel Zeit gegeben, und ich wollte wissen, welcher Grund das war, doch als ich Zugang zu seiner Akte bekam, konnte ich nichts finden.«

»Moment, du hast gar nichts gefunden?« Also, was machte Pearce dann derart zu schaffen?

»Das ist das Problem. Als mein Bruder noch am Leben war, habe ich seine Akte gesehen. Er hätte sie mir nicht zeigen dürfen, aber als er rekrutiert wurde, war er so aufgeregt, dass er mit mir dort eine Besichtigungstour gemacht hat, eingeschlossen sein Büro. Was ich da gesehen habe, war beängstigend. Da war alles drin, von seiner Größe, bis wohin unsere Eltern mit uns als Kinder in die Ferien gefahren sind. Das Ding war eine komplette Auflistung seines Lebens, vom Tag seiner Geburt an. Aber in Sloanes Akte stammen sämtliche Informationen nur aus seiner Zeit bei den THIRDS. Kein Wort darüber, woher er kommt, wer seine Eltern waren, und keinerlei medizinische Aufzeichnungen. Mein Bruder hatte eine vierteljährliche Überprüfung zu absolvieren, eingeschlossen einer ausgiebigen körperlichen Untersuchung. Und sämtliche Ergebnisse befanden sich in seiner Akte. Wieso stand in Sloanes Akte nichts davon?«

»Ich weiß nicht. Vielleicht ist es anders, wenn man in der Nahrungskette weiter oben steht?« Im Augenblick schien Pearce eine Menge mehr zu wissen als Dex, falls das, was er sagte, stimmte. Andererseits hatte er keinen Grund zu lügen, vor allem nicht, nachdem Dex jederzeit zurück ins Hauptquartier marschieren und seine Geschichte nachprüfen konnte. Das verzweifelte Flehen in Pearces Augen war schwer zu ignorieren. Die Sache war ihm offensichtlich wichtig, und ihn anzuhören war das Mindeste, was Dex tun konnte. »Du siehst so aus, als hättest du eine Theorie. Theorien können gefährlich sein.«

»Ich bin sicher, es hat etwas damit zu tun, dass er einer der Ersten ist.«

Dex runzelte die Stirn. »Erster was?«

»Grundgütiger, Dex.« Pearce schob seinen Stuhl näher, lehnte sich zu ihm und sah ihn mit seinen haselnussbraunen Augen eindringlich an. »Diesem Typen musst du als Partner dein Leben anvertrauen können – und du hast keine Ahnung, wer er ist oder wozu er fähig ist?«

Eigentlich schon. Sloane Brodie war sein Partner und Teamleader. Er war neurotisch und emotional instabil, aber jetzt begriff Dex, wieso. Sloane hatte Gabe Pearce geliebt. Vom ersten Augenblick an, als Dex in Sloanes Leben geplatzt war, hatte der Mann mit sich selbst im Clinch gelegen. Er mochte Dex, und sein Herz machte ihm deswegen die Hölle heiß. Denn Sloane sollte eigentlich niemanden mögen, der versuchte, Gabes Platz einzunehmen. Wären die Rollen vertauscht, hätte Dex wahrscheinlich dasselbe getan. Ganz bestimmt hätte er nicht irgendeinen Penner von außerhalb mit offenen Armen empfangen und zugesehen, wie der Neue hereinspazierte und den Platz von jemandem einnahm, den er geliebt hatte. Natürlich war es nicht die Schuld des Typen, aber seinem Herzen wäre das vollkommen egal. Er wäre verletzt und wütend gewesen.

Dex' Gedanken wanderten zu der Szene im Parkhaus und dem Ausdruck auf Sloanes Gesicht nach dem, was passiert war. Meine Güte, die Schuldgefühle fraßen den Mann wahrscheinlich auf. Sloane fühlte sich zu ihm hingezogen, und das machte es bestimmt noch zehnmal schlimmer. Er war nicht dabei, langsam darüber hinwegzukommen, sondern er trauerte immer noch. Verdammt. Dex hatte Mist gebaut. Und zwar von der übelsten Sorte.

»Ich weiß nur, dass die allerersten Agenten, die für die THIRDS rekrutiert wurden, Therianer der ersten Generation waren. Sloane Brodie ist einer von ihnen. Er wurde mit sechzehn Jahren rekrutiert, ausgebildet, und hat während seiner Zeit auf dem College in Teilzeit für die THIRDS gearbeitet. Die THIRDS haben alles arrangiert. Aber es ist so, als sei der Kerl eines Tages aus dem Nichts aufgetaucht. Ich habe ein wenig gegraben, und ich kann keine Spur von ihm aus der Zeit davor finden. So was kann nur passieren, wenn die Regierung es vertuscht.«

»Aber würde das denn nicht für mehr Misstrauen sorgen, als wenn sie sich irgendeinen Mist ausdenken?«

»Wenn man bedenkt, dass außerhalb der THIRDS niemand Zugang zu der Akte hat, wer soll da Fragen stellen? Und wenn jemand es doch tut, glaubst du, die Regierung würde demjenigen eine klare Antwort geben?«

»Da hast du nicht unrecht. Lieber Himmel, Pearce. Wie lange forschst du da schon nach?«

»Seit dem Augenblick, als ich wusste, dass es ernst zwischen ihm und meinem Bruder wird.« Pearce schluckte schwer und sah grimmig drein. »Natürlich spielt das jetzt keine Rolle mehr.«

»Ich verstehe deine Besorgnis, und ich weiß sie zu schätzen«, stellte Dex aufrichtig fest, »aber meine Familie arbeitet seit Jahren mit dem Mann zusammen, und glaub mir, wenn die denken würden, dass da irgendwas Verdächtiges im Gange wäre, dann hätten sie es mir gesagt. Sloane ist ein heftiger Typ, sicher, und vielleicht gibt es etwas, das die THIRDS nicht nach draußen dringen lassen wollen, aber ich glaube nicht, dass es dabei um etwas Schlimmes geht.«

Pearce gab ein resigniertes Seufzen von sich. »Du hast recht. Tut mir leid. Schätze, ich tue mich einfach schwer damit, loszulassen.«

»Und das ist auch vollkommen verständlich, Pearce.« Er tätschelte dem Mann den Arm und wünschte, er könnte etwas sagen oder tun, um ihm zu helfen. »Wenn du jemanden zum Reden brauchst, kannst du mich jederzeit anrufen.«

Pearce lächelte. »Danke, Dex.« Dann verschwand sein Lächeln, und er sah auf seine Hände. »Ich glaube, es sind die Schuldgefühle, die mich auffressen. Wenn ich ihn in Ruhe gelassen hätte, könnte er vielleicht noch leben.«

»Wie meinst du das? Du hattest nichts mit dem zu tun, was deinem Bruder zugestoßen ist, Pearce. Er hatte ein Treffen mit einem Informanten. Wir wissen alle, wie hässlich so was manchmal werden kann.«

Der Kummer in Pearces Augen war herzzerreißend. »Ich weiß, aber meine letzten Worte an ihn waren so unschön, und das, nachdem er so glücklich gewesen war. Brodie hatte ihn mit Tickets für eine Kreuzfahrt überrascht. In der Woche wollten sie zum ersten Mal gemeinsam in den Urlaub fahren. Es kam mir vor, als würde ich ihn verlieren. Ich sah ihn kaum noch, weil er jede freie Minute mit Brodie verbrachte. Von dem Moment an, als er zu den THIRDS ging, war es, als würden wir nur noch streiten. Auch in jener Nacht haben wir gestritten und Dinge gesagt, die wir nicht so meinten. Und das Nächste, was ich erfuhr, war … er war tot. Wenn ich nur einfach gegangen wäre …«

»Tu dir das nicht an. Du darfst dir nicht die Schuld geben für das, was mit deinem Bruder passiert ist. Du wolltest auf ihn aufpassen, und das machen Brüder doch, oder? Was mit Gabe passiert ist, war tragisch, aber er war ein erfahrener Agent, dessen Job es war, Risiken wie diese einzugehen.« Er drückte Pearces Arm. »Nach allem, was ich gehört habe, war dein Bruder ein großartiger Mensch. Er hätte gewollt, dass du dein Leben weiterlebst.«

Pearce nahm einen tiefen Schluck Bier und lächelte traurig. »Tut mir leid. Ich habe dich nicht eingeladen, um dich mit meiner rührseligen Geschichte zu belasten.«

»Betrachte es als Wiedergutmachung für mein Zuspätkommen«, antwortete Dex mit breitem Grinsen, hielt sein Bier hoch und tippte damit an Pearces Bierflasche. »Im Augenblick habe ich nicht oft Gelegenheit, außerhalb der Arbeit unter Leute zu kommen, daher ist es in Ordnung. Danke für die Einladung.« Dann fiel ihm das schwarze Band um Pearces Hals auf, mit einem Metallanhänger in griechischem Stil, der das Gesicht irgendeiner Göttin zeigte. »Das sieht ziemlich cool aus.«

»Danke.« Pearce errötete und sah verlegen aus. »Habe ich selbst gemacht.«

»Kein Scheiß?« Dex beugte sich vor und betrachtete die kunstvolle Metallarbeit. »Wow. Ich bin schon froh, dass ich weiß, wie man einen Stift benutzt. Das ist erstaunlich.«

»Mein Hobby sind Metallarbeiten. In Brooklyn habe ich eine Werkstatt. Du solltest mal vorbeischauen, dann zeige ich dir alles.«

»Das würde mir gefallen.«

Dex war erleichtert, als Pearce anfing, von seiner Metallwerkstatt zu erzählen und von den Arbeiten, die er dort in seiner Freizeit fertigte. Es war angenehm, eine Weile nicht an den HumaniTherianer-Fall zu denken. Am nächsten Morgen würde er damit weitermachen müssen, auf sein Board zu starren und zu beten, dass sie eine Spur fanden, bevor es ein weiteres Opfer gäbe.

8

Dieser Fall machte ihn wahnsinnig.

Dex war es nicht gewohnt, dass ihm die Informationen übermittelt wurden. Bei der Mordkommission war es seine Aufgabe gewesen, zu ermitteln und Informationen zu sammeln. Doch jetzt nicht mehr. Als Defense-Agent sorgte er für Rückendeckung und half bei der Untersuchung, aber die Ermittlungsarbeit wurde von den Recon-Agenten geleistet. Während Cael und Rosa telefonierten und Spuren verfolgten, saß er an seinem Schreibtisch fest, trainierte oder starrte den immer gleichen Bildschirm mit den immer gleichen Informationen an.

»Du gewöhnst dich daran.«

Dex wandte sich im Sessel um, damit er Sloane ansehen konnte, ohne den Kopf zu verdrehen. »Das nervt. Drei Wochen, Mann. Es sind schon drei Wochen.«

»Glaub mir, Frischling, nach ein paar Monaten wirst du diese Momente genießen.«

»Vielleicht«, brummte Dex und drehte sich wieder zum Bildschirm. Die HPF hatte Intel endlich Zugang zu ihren Berichten über angezeigte Drohungen gegen HumaniTherianer gewährt. Eine Sackgasse. Die forensischen Berichte über die beiden ersten Opfer waren sauber – zu sauber. Weder Fasern noch Haare, Fell, Blut, Haut – nichts, was nicht zum Opfer gehörte. Sie warteten immer noch auf die Laborergebnisse über Ortiz, doch bis jetzt erwies sich nichts als verdächtig oder ungewöhnlich. Es gab keine einzige Verbindung zwischen den drei Opfern. Keiner von ihnen war je mit einem der anderen beiden in Kontakt getreten. Die einzige Spur, die sie hatten, war Lloyd Everton, ein unregistrierter Therianer, der spurlos verschwunden war.

»Sie werden ihn finden«, sagte Sloane, als könnte er Gedanken lesen. Er gab ein merkwürdiges Geräusch von sich, halb Ächzen und halb Stöhnen, das Dex' Aufmerksamkeit auf sich lenkte. Er drehte sich im Sessel herum und sah, wie Sloane sich streckte, die Arme hoch über dem Kopf, Brustkorb rausgestreckt und den Nacken entblößt. Er rümpfte die Nase, als müsse er gleich niesen, und als er die Arme wieder senkte, fiel sein Blick auf Dex. Sie saßen beide da und starrten einander an, bis Dex sich wieder fing. Er räusperte sich, setzte sich auf und tippte auf die Oberfläche seines Schreibtisches, um seinen Computer zu aktivieren.

»Hast du noch mal über Tischhockey nachgedacht?« Dex krümmte sich innerlich über seinen kläglichen Versuch, nur ja keine Aufmerksamkeit auf das zu lenken, was auch immer da gerade zwischen ihnen gewesen war.

»Ja.«

Dex hob hoffnungsvoll den Kopf. »Und?«

»Nein.«

»Verdammt. Du bist überhaupt nicht spaßig«, grummelte Dex und ignorierte Sloanes Schmunzeln.

»Arbeit ist nicht dazu da, um Spaß zu machen. Es ist Arbeit.«

Dex gab ein Schnauben von sich. »Erzähl das mal Ash, wenn der sich einen Spaß daraus macht, kleine alte Damen zu Tode zu erschrecken.«

»Das war nur ein Mal. Und wenn ich mich recht erinnere, hast du dich danach noch stundenlang schlappgelacht. Du hast Tage später noch gelacht.«

Dex konnte auch jetzt nicht anders, als zu lachen. Sie waren zu einem Gebäude drüben in Hell's Kitchen gerufen worden, eine weitere aussichtslose Suche nach Lloyd Everton. Sie waren gerade in das Apartmentgebäude gegangen, als eine kleine alte Dame aus ihrem Apartment kam und genau in Ash hineinlief. Das arme Mütterchen bekam beinahe einen Herzanfall. Als sie sich wieder erholt hatte, fing sie an, Ash mit ihrer riesigen Handtasche zu attackieren, die sie ihm mehrere Male gegen den Kopf donnerte. »Das war das Lustigste, was ich je gesehen habe. Ich glaube, ich habe mir echt in die Hosen gemacht.«

»Zu viel Info, Daley, zu viel Info.«

Sie kicherten beide noch über den Vorfall, als Cael und Rosa ins Büro stürmten.

»Wir haben einen Aufenthaltsort von Everton, und zwar dem *echten* Everton«, rief Cael, ging zu Dex' Schreibtisch und rief Straßenpläne auf.

Sloane und Dex fragten gleichzeitig: »Wo?«

Rosa schmunzelte, bevor sie auf die digitale Karte auf Dex' Schreibtisch zeigte und ihr Lächeln rasch wieder verschwand. »Greenpoint.«

»Mist.« Sloane fuhr sich mit der Hand durchs Haar und tigerte neben Dex' Tisch hin und her. »Ich hasse Greenpoint. Die Gegend ist ein gottverdammter taktischer Albtraum.«

»So schlimm?« Dex registrierte die besorgten Mienen um sich herum.

Rosa nickte ernst. »Jedes THIRDS-Team, das jemals dort war, musste sich den Weg raus wieder freikämpfen. Als wir das letzte Mal reingingen, lief es nicht so gut.«

»Klingt nach Spaß«, meinte Dex trocken.

Sloane packte Dex am Arm, zog ihn vom Stuhl hoch, und seine Stimme war ein tiefes Knurren. »Wir gehen in ein Kriegsgebiet mit einer unbekannten Anzahl von Feinden, für einen Verdächtigen, der vielleicht unser Mann sein könnte, vielleicht aber auch nicht. Ich habe schon genug, worum ich mir Sorgen machen muss, ohne dass du davonrennst und dich verwunden oder umbringen lässt. Das hier ist dein erster Einsatz mit Gefahrenstufe Rot. Den solltest du besser überleben.«

»Hab's kapiert, Mann. Nicht tot werden. Glaub mir, das will ich noch weniger als du.«

»Gehen wir.« Sloane tippte an sein Headset. »Destructive Delta, bereitmachen. Wir fahren raus.«

Alle eilten aus dem Büro, Ash und Letty kamen von rechts und marschierten hinter ihnen, während Calvin und Hobbs sich von links einreihten. Dex hatte inzwischen die Formation des Teams und die Positionen der einzelnen Mitglieder darin verinnerlicht. Alles, was die THIRDS taten, hatte einen Grund, selbst etwas so Simples wie der Gang zur Rüstkammer.

Egal, wohin sie gingen, es lief immer gleich ab. Sloane ging stets an der Spitze, dicht hinter ihm Dex, da er Sloanes Partner und dessen Rückendeckung war. Sie waren zuständig dafür, das Team zu steuern. Hinter Dex kamen Letty und Ash: die Waffenexpertin und der Nahkampfspezialist. Zu viert bildeten sie die erste Verteidigungslinie ihrer Recon-Agenten Cael und Rosa. Falls irgendein Bastard es schaffen sollte, an den ersten vier Agenten vorbeizukommen, kamen hinter Cael und Rosa noch Calvin und Hobbs: der Scharfschütze und der Sprengstoffexperte. Und wenn alle Stricke rissen, war da noch sein Dad, der die Nachhut bildete. Letzten Endes lief Dex' Ausbildung darauf hinaus, für Sloane zu übernehmen, falls der außer Gefecht gesetzt oder vom Team getrennt wurde. Ein Gedanke, der Dex eine Mordsangst einjagte.

Ausgerüstet mit einem Arsenal an tödlichen und nichttödlichen Waffen, stiegen sie in den BearCat und fuhren nach Greenpoint. Die Fahrt dorthin verlief angespannt, und niemand sagte ein Wort, nicht einmal Dex. Er war sich der Tatsache vollkommen bewusst, dass er manchmal ein Klugscheißer war, aber sogar er wusste, wann es Zeit war, den Mund zu halten. Der große Flachbildschirm über der Konsole zeigte ihre Position an, während sie fuhren. Hobbs fuhr auf die Interstate 495 zur Pulaski Bridge, und Tony tippte an sein Headset. »Hobbs, bleib an der Ecke Franklin und Cayler stehen. Wir gehen von hinten rein.«

Nur Minuten später kam der BearCat rumpelnd zum Stehen, und Hobbs und Calvin kamen zu ihnen.

Tony deutete auf die Konsole. »Cael, ruf die Karte auf.«

Cael gehorchte, und Tony beugte sich über ihn, um auf dem Bildschirm ein Rechteck zu markieren. Dann tippte er in die Mitte, und alles innerhalb des Rechtecks wurde rot. »Das ist unser Radius. Zwischen Greenpoint Avenue und Oak Street, und von der Manhattan Avenue zum East River. Intel sagt, dort versteckt sich Everton.«

»Woher wissen wir, dass er in diesem Bereich bleiben wird?« Dex sah zu, wie sein Dad die Bereiche drumherum antippte. Kleine Bildschirme poppten auf, mit Informationen als Lauftext.

»Alles nördlich der Greenpoint Avenue und westlich der Brücke ist Territorium der Caniden. Südlich der Meserole Avenue und westlich vom McGuinness Boulevard bis nach Nassau befindet sich das Gebiet der Bären-Therianer. Alles, was sich nicht in diesen beiden Territorien befindet, ist das Gebiet, wo man für gewöhnlich die Raubkatzen findet. Das hier«, fuhr er fort und tippte noch einmal auf das Rechteck, »ist das einzige neutrale Gebiet. Laut Intel ist Evertons Therianerform ein Jaguar, was bedeutet, dass du hier unser wichtigster Mann bist, Sloane. Ash, du gehst als Absicherung mit. Cael, du kundschaftest vor ihnen aus. Calvin, Dex, Hobbs, Letty und Rosa, ihr erkundet die Gegend entlang der West Street und alles bis zum

Fluss. Sloane, Ash und Cael, alles östlich der West Street. Ich will Everton bei Bewusstsein. Ich bleibe im Truck, und wenn ihr Verstärkung braucht, ruft mich. In Ordnung, gehen wir.«

Alle bestätigten seine Anweisungen und machten sich zügig an die Vorbereitungen. Dex stand an einer Seite und überprüfte Sloanes PSTC-Kit, als er hörte, wie Ash Tony leise zuknurrte: »Du schickst ihn als Kundschafter da raus?«

Tony antwortete, ohne von seinem Tablet aufzusehen. »Du scheinst dir mehr Sorgen um Cael zu machen als um deinen neuen Kollegen.«

»Hey, er hat sich für Defense gemeldet. Wenn er es nicht packt, dann sollte er nicht hier sein. Aber Cael ist Recon. Und das hier ist Greenpoint, nicht der Central Park.«

»Cael kann auf sich selbst aufpassen.«

Ash schnaubte frustriert. »Das ist nicht der Punkt.«

»Was ist dann der Punkt?« Nun sah Tony doch zu Ash auf und zog eine Augenbraue hoch. »Hast du kein Vertrauen in die Fähigkeiten deines Teams, Agent Keeler?«

»Du weißt, dass das nicht der Grund ist«, betonte Ash leise. »Erinnerst du dich noch an das letzte Mal, als wir da reingingen?«

»Ja. Und deshalb muss er noch mal da rein. Er muss aus seinen Fehlern lernen.«

Ash sah aus, als wollte er widersprechen, doch dann drehte er sich um und drängte sich an Dex vorbei in den hinteren Bereich des Trucks. Dex hätte ihm den Stinkefinger gezeigt – hätte ihm das, was er eben gehört hatte, nicht solche Sorgen gemacht. Er vergewisserte sich, dass sein Bruder am anderen Ende des Trucks beschäftigt war, und trat dann zu seinem Dad.

»Was war denn, als sie das letzte Mal reingingen?«

»Du solltest nicht lauschen«, grummelte sein Dad.

»Das erzählst du mir schon, seit ich klein war. Ich denke, wir wissen beide, dass die Lektion nie gesessen hat. Was ist beim letzten Mal mit Cael passiert?«, fragte er erneut und gab dabei sein Bestes, einen kühlen Kopf zu bewahren und nicht darüber nachzudenken, dass seine Familie Geheimnisse vor ihm hatte. Tony zögerte, bevor er schließlich nachgab.

»Es ist nicht leicht für ihn, in einem Team aus Großkatzen zu arbeiten. Er hat die dumme Vorstellung, dass er sich jedes Mal beweisen muss, wenn sie als Tiere agieren. Seine psychologische Bewertung im letzten Quartal nach dem Vorfall hat aufgezeigt, wie er sich selbst im Vergleich zu den Großkatzen im Team sieht. Dass er sich für unzulänglich hält, weil er der Kleinste von ihnen ist, weil er nicht so brüllen kann, weil er zwar schnell ist, aber nur kurze Sprints schafft, weil er nach Sicht jagt und nicht nach Geruch, und weil es ihm schwerfällt, sich an neue Umgebungen zu gewöhnen.« Tony legte sein Tablet weg, und in seinen Augen stand Besorgnis. »Beim letzten Fall, der uns hier rausgeführt hat, ist Cael Hals über Kopf los. Er dachte nicht daran, auf Verstärkung zu warten, und dann fand er sich plötzlich einem Zusammenschluss aus Jaguar-Therianern gegenüber. War ganz schön angeschlagen, als er da rauskam.«

Dex runzelte die Stirn und versuchte sich zu erinnern, wann das denn gewesen war. Er würde sich doch bestimmt daran erinnern, dass er damals deswegen ausgeflippt wäre. Doch als Tony den Blick abwandte, fiel Dex die Kinnlade herab. »Du hast mir erzählt, er wäre undercover unterwegs!« Dex fiel wieder ein, was Pearce ihm erzählt hatte, dass die THIRDS nicht zugeben wollten, dass ihre Agenten verwundbar waren. Er hatte es nicht glauben wollen, aber jetzt kannte er die Wahrheit. Was von dem, was Pearce erzählt hatte, stimmte noch alles?

»Nicht so laut«, befahl Tony. »Glaubst du, ich wollte dir das verheimlichen? Ich musste ihm versprechen, dass ich dir nichts sage.«

»Wieso solltest du bei so einem Unsinn mitmachen?«

»Weil du dasselbe von mir erwartet hättest«, antwortete Tony leise. »Sieh mal, ich weiß, wie sehr ihr Jungs euch gegenseitig beschützen wollt, aber ihr müsst endlich mal den Hintern hochkriegen. Aus der Phase solltet ihr inzwischen rausgewachsen sein.«

Dex verschränkte trotzig die Arme. »Du weißt, dass ich nie aufhören werde, auf ihn aufzupassen.«

»Und er wird nie aufhören, zu dir aufzusehen. Das heißt nicht, dass ihr euch nicht gegenseitig um Hilfe bitten könnt. Das ist keine Schwäche. Ich wünschte, ihr würdet das beide in eure Dickschädel kriegen, bevor ich euretwegen noch mehr graue Haare bekomme.«

Es gefiel Dex gar nicht, das zuzugeben, aber sein Dad hatte recht. »Wie ist er da rausgekommen?«

»Ash. Er ist da rein und hat die Kerle windelweich geprügelt. Er ist ein Mistkerl ersten Ranges, aber er hat Cael gern. Er passt auf ihn auf.«

»Verdammt. Ich will ihn wirklich hassen.«

Tony klopfte Dex auf den Rücken. »Das Gefühl beruht wahrscheinlich auf Gegenseitigkeit.«

Dex gab ein unverbindliches Brummen von sich. Zumindest war ihm jetzt klar, warum Ash ihn duldete. Wenn Cael nicht wäre, würde der Bastard ihm wahrscheinlich das Leben schwer machen. Nicht dass er es ihm jetzt leicht machte.

Das Geräusch der schweren Schutzwand, die hinten im Truck auf den Boden traf, holte ihn aus seinen Gedanken, und er sah Rosa, die an einer Seite stand, das PSTC-Kit neben ihrem Rucksack festgeschnallt, und gerade Caels Ausrüstung ordentlich verstaute und seine Uniform aufhängte. Sein Bruder war als Erster dran.

So viele Jahre waren vergangen, und Dex zuckte immer noch

zusammen, wenn er den schmerzvollen Aufschrei seines Bruders hörte, während er sich wandelte. Proteine, Fette und Zellen ordneten sich neu, um seine Therianergestalt zu formen. Als sie Kinder waren, hatte Dex Cael gefragt, wie es wäre, ein Therianer zu sein, und er hatte niemals die Antwort seines kleinen Bruders vergessen, noch dessen Traurigkeit dabei.

»Es ist, als würde eine Hälfte von mir fehlen, aber sie fehlt nicht, sondern sie ist in mir. Aber egal, in welcher Form ich mich befinde, ich werde nie in der Lage sein, beide Hälften zusammenzubringen. Ich werde nie ganz sein, so wie du. Dad sagt, meine Therianergestalt ist meine Seele, und deshalb bin ich wie ein vollwertiger Mensch, aber es fühlt sich nicht so an.«

Es war Cael sehr schwergefallen, sich damit abzufinden, dass er ein Therianer war. Und obwohl er wusste, dass er adoptiert war, hatte er sich nie gefragt, wie sein Leben wohl bei seinen biologischen Eltern gewesen wäre. Für Cael waren Dex und Tony seine wahre Familie, ganz besonders, weil er wusste, welche Schwierigkeiten Tony erduldet hatte, nachdem er ihn adoptiert hatte. Wie Dex hatte auch Cael seine Eltern während der Unruhen verloren. Das Apartmengebäude, in dem sie gelebt hatten, war hauptsächlich von Therianern bewohnt gewesen. Eine Gruppe bösartiger Bastarde hatte es mitten in der Nacht in Brand gesteckt, ohne sich darum zu scheren, dass das Gebäude voller Familien und kleiner Kinder war. Cael war sechs Monate alt gewesen, und er hatte als Einziger überlebt.

Tony war am Tatort gewesen, damals noch Detective bei der HPF, und er hatte Cael gefunden. Er erzählte Cael immer, in dem Augenblick, als er ihn in den Armen gehalten hatte, war ihm klar gewesen, dass er ihn nicht wieder loslassen konnte. Es war eine Zeit gewesen, in der artübergreifende Adoption nicht existiert hatte, und Tony hatte sich einer Welt aus Wut und Vorurteilen von beiden Seiten gegenübergesehen. Aber ihrer beider Dad war ein sturer Hund und ein guter Mann. Er kämpfte um Cael, und als man ihn dezent warnte, dass ein Therianer als Sohn seiner Karriere schaden würde, opferte er seinen Job bei der HPF. Tony zeigte ihnen den Mittelfinger, durchlief das Adoptionsverfahren für Therianer, das er dadurch im Großen und Ganzen erst aufbaute, und Cael Maddock wurde ein Mitglied der Familie. Tony verlor seinen Job, aber seine Entschlossenheit und sein großes Herz brachten ihm eine Position bei den neu gegründeten THIRDS ein.

Dex ließ sich auf der Bank nieder, Sloanes PSTC-Kit zu seinen Füßen auf dem Boden. Die Schutzwand hob sich, und Cael schauderte von der Nase bis zum fleckigen Schwanz, seine Ohren zuckten, und er öffnete den Mund weit zu einem Gähnen, das seine scharfen Reißzähne zeigte. Nacheinander streckte er die langen Beine, schwankte kurz und fing sich wieder. Dann trottete er zu Dex und legte ihm den Kopf auf den Schoß, während Ash in das große Rechteck trat und die Schutzwand wieder nach unten fuhr.

»Hey, Brüderchen.« Dex kraulte Cael hinter den Ohren und lächelte, als Cael die Augen schloss und schnurrte. Hinter der Schutzwand war ein tiefes Grollen zu hören, gefolgt von einem Brüllen, das den ganzen verdammten Truck erschütterte.

»Fuck.« Dex schluckte schwer, als die Schutzwand wieder hochfuhr. Und da hatte er wirklich gedacht, Ash könnte nicht noch furchterregender werden. Welch ein Irrtum. Ash nieste und schüttelte den wuchtigen Kopf, dass seine dunkle Löwenmähne flog. Dann hob er den Kopf, sah Dex an und schnaubte.

»Tja, sieh dich nur an«, keuchte Dex und drückte sich eine Hand auf die Brust. »Wie majestätisch.«

Ash ließ ein wütendes Fauchen hören und zeigte seine Reißzähne, größer und schärfer als die von Cael. Er kam näher und stieß ein tiefes Grollen aus. Dex versuchte sich einzureden, dass er überhaupt nicht eingeschüchtert wäre. Das da drin war immer noch Ash. Keine Überraschung, dass er in seiner Therianerform derselbe Mistkerl war wie in Menschengestalt. Ein wildes Brüllen von ihm ließ Dex auf die Bank hochklettern, mit bis zum Hals klopfendem Herzen und Betäubungsgewehr im Anschlag. Ash machte einen Satz nach vorn, und Dex legte an.

»Ich schwöre dir, ich schicke deinen haarigen Hintern zurück nach Narnia, wenn du nicht auf Abstand gehst«, warnte Dex und entsicherte die Waffe.

»Ash!« Sloanes Tadel verhallte ungehört, als Ash nach Dex schlug. Zum Glück für Dex fand Ashs Pranke nicht ihr Ziel. Cael schlug sie beiseite und fauchte, die Ohren flach angelegt, als er Ash mit seiner Pranke seitlich am großen pelzigen Kopf traf. Es floss kein Blut, aber Cael hatte seinen Standpunkt deutlich gemacht: Klauen weg von seinem großen Bruder.

Ash zuckte zusammen und wich mit einem Maunzen zurück. Schmollend ließ er sich nieder, und Dex sah zu, wie Cael zu ihm kam, ihn mit dem Kopf unters Kinn stupste und dann leckte, was Ash zu genießen schien, seinem Schnurren nach zu urteilen.

Dex sprang von der Bank und sicherte die Waffe wieder, warf Ash einen finsteren Blick zu und sah dann seinen Bruder an. »Cael, also komm. Hör auf, den Typen zu lecken. Das ist krass.«

Letty schnaubte. »Also bitte, als würdest du nicht auch Typen lecken.«

»Das ist was anderes«, erklärte Dex und verzog das Gesicht. »Keiner von denen war Ash. Außerdem ist Ash, soweit ich mich erinnere, allergisch gegen Nüsse.«

Der Rest des Teams lachte, bis Tony in die Hände klatschte und die beiden Raubkatzen scheuchte, als wären sie nur Hauskätzchen. »Raus mit euch beiden. Hier drin wird es langsam verdammt eng.«

Letty öffnete die hinteren Türen für die beiden, die daraufhin aus dem Truck sprangen. Rosa blieb dicht hinter ihnen und lachte über ihren Partner. Dex konnte sehen, wie Cael und Ash sich draußen spielerisch balgten, sich gegenseitig ansprangen, herumrollten und nacheinander schnappten. Irgendwie süß. Calvin schloss die Türen des BearCat wieder und blieb an einer Seite stehen.

»In Ordnung, los geht's, Hobbs.« Tony ließ sich wieder auf seinem Sitz nieder, und Dex sah zu, wie Hobbs, nur mit einem Handtuch in das große Rechteck trat. Er nickte ernst, und die Schutzwand glitt nach unten. Calvin wartete geduldig daneben, und Dex sah, wie er zusammenzuckte, als Hobbs aufschrie. Es war ein tiefer und rauer Laut, der einzige, den er seit Menschengedenken von dem Mann gehört hatte. Und er hatte ihn immer noch nicht sprechen gehört.

Sekunden später war eine Reihe heftiger Knurrlaute zu hören, und dann fuhr die Schutzwand hoch. Dex musste einräumen, dass er beeindruckt war. Hobbs' Therianergestalt kam sehr selten vor: ein golden gefleckter Tiger, größer als der gewöhnliche Tiger-Therianer und mit Streifen und Fell in blasserer Farbe. Seine Färbung machte ihn noch bemerkenswerter. Anders als seine Teamkameraden tappte Hobbs still zu Calvin und rieb seinen Kopf an dessen Bein. Mit einem warmen Lächeln kraulte der Hobbs seitlich am Kopf, und die beiden gesellten sich schweigend zu ihren Teamkameraden draußen.

Tja, nur noch einer übrig. Dex runzelte die Stirn, als er die Schmetterlinge im Bauch verspürte. So was Dummes. Er war doch auch nicht nervös geworden, als die anderen im Team sich wandelten, also wieso sollte er jetzt nervös sein? Therianer behielten ihre Menschlichkeit auch in Tiergestalt – vorausgesetzt, sie besaßen überhaupt Menschlichkeit. Deshalb waren Psychopathen auch animalischer als der durchschnittliche Therianer. Außerdem war es eine bestätigte Tatsache, dass menschliche Charakteristika auch in Therianergestalt erhalten blieben. Ein krankhafter Therianer war sowohl in menschlicher als auch in Tierform krankhaft. Viele Therianer sahen das anders. Sie glaubten, dass ihre Tierform die Seele der menschlichen Seite widerspiegelte. Dex war nie ein besonders spiritueller Mensch gewesen, doch andererseits konnte er auch nicht erklären, warum er nun so nervös war, als er darauf wartete, seinen Partner in Therianergestalt zu sehen.

Sloane stand auf, räusperte sich und wandte sich an Tony. »Würdest du uns eine Minute geben?«

»Sicher.« Tony tätschelte Dex am Arm, bevor er aus dem Truck stieg und sich zum restlichen Team gesellte.

»Was ist los?« Dex musterte seinen Partner. »Du wirst doch jetzt nicht schüchtern vor mir, oder?«

»Nein, ich möchte, dass du den Ernst der Lage verstehst. Das hier wird gefährlich. Du musst immer nahe beim Team bleiben. Halte die Augen offen, mach keine plötzlichen Bewegungen, und ruf Verstärkung, wenn du welche brauchst. Ash, Cael und ich werden damit beschäftigt sein, Everton aufzuspüren, also werde ich dir nicht den Hintern retten können. Das Letzte, was ich brauche, ist, dass du …«

Dex hob die Hand und unterbrach ihn. »Weißt du was? Hör auf damit.«

»Was?«

»Ich bin ein Frischling, schon kapiert, aber diese Jekyll-und-Hyde-Masche, die du da abziehst, gefällt mir gar nicht. Einen Moment bist du der Gute, und im nächsten bist du dabei, mir eins reinzuwürgen. Dein Job ist es, mir zu zeigen, was Sache ist, nicht, mir den Arsch für etwas aufzureißen, das ich noch gar nicht getan habe. Ich bin dein Partner. Du musst mich nicht mögen, aber du musst mich verdammt noch mal respektieren.«

Sloane sah ihn blinzelnd an. »Ich … ich hatte keine Ahnung, dass ich so rüberkomme.« Er presste die Lippen zusammen und nickte. »Du hast recht. Ich habe dich bisher nicht mit dem Respekt behandelt, den du verdienst. Du bist ein fähiger Agent, und ich habe mich von meinen eigenen Unsicherheiten in meinem Urteil beeinflussen lassen.«

»Wovon sprichst du da?« Unsicherheiten? Dex konnte sich gar nicht vorstellen, dass Sloane Brodie wegen irgendetwas unsicher sein konnte.

»Nach dem, was mit Gabe passiert ist …« Sloane schüttelte den Kopf – und das war der Augenblick, in dem Dex ein Licht aufging.

»Deshalb hast du dich jedes Mal wie ein Idiot benommen, wenn wir ausrückten? Weil du dir Sorgen gemacht hast, dass mir etwas zustößt?« Jetzt, wo er darüber nachdachte, was Gabe wirklich für Sloane bedeutet hatte, ergab das alles einen Sinn, und Dex verfluchte sich dafür, dass er nach der Konfrontation mit den Medien seinem Partner gegenüber nicht aufmerksamer gewesen war. Es gelang ihm rasch, Sloanes Eigenheiten und Verhaltensweisen zu deuten. Es stimmte zwar, dass sein Partner unter beunruhigenden Stimmungsschwankungen litt, doch Dex lernte schnell, dass es dafür immer einen Grund gab. Und der Tiefschlag, dass seine Partner nicht lange durchhielten, war ganz sicher nicht hilfreich gewesen.

»Nicht bloß dir. Ich sorge mich um jeden in meinem Team.«

»Das verstehe ich, aber es ist nicht dein Job, für mich den Babysitter zu spielen und auf meine Wehwehchen zu pusten. Du musst mir vertrauen. Ich mag ja eine Nervensäge sein, aber ich weiß, was ich tue.« Er musterte Sloane eindringlich, als sein Partner über seine Worte nachdachte, den Blick irgendwohin zur Seite gewandt. Dex wusste nicht, was Sloane in diesem Moment durch den Kopf ging, aber als Sloane ihm in die Augen sah und die Hand ausstreckte, war er erleichtert.

»Okay, aber versprich mir, dass du in Formation bleibst und vorsichtig bist. Benimm dich nicht, als würdest du in deiner eigenen Version von *Stirb Langsam* spielen, okay? Sollte ich ein ›Jippiejayay‹ aus deinem Mund hören, haben wir ein ernstes Problem.«

Schon irgendwie erschreckend, wie gut Sloane ihn langsam kannte. Dex nahm die ausgestreckte Hand und grinste frech. »Abgemacht. Besiegeln wir's mit einem Kuss?«

»Raus«, grollte Sloane. »Du konntest nicht anders, oder?«

»Du weißt ja gar nicht, was du verpasst.« Zwinkernd trat Dex einen Schritt zurück und verschränkte die Arme.

»Was?« Sloane beäugte ihn skeptisch, während er begann, sich auszuziehen. »Hör auf, mich so anzusehen. Wir sind hier nicht im Striplokal.«

Dex wackelte mit den Augenbrauen. »Da hast du recht. Das hier ist viel besser. Ich muss nicht bezahlen.«

Sloane, gerade dabei, sein Shirt auszuziehen, hielt mitten in der Bewegung inne und sah ihn finster an.

»In Ordnung«, sagte Dex seufzend. Er griff in die hintere Hosentasche, holte einen Zehn-Dollar-Schein aus der Brieftasche und winkte Sloane damit zu, während er auf ihn zuging. »Nur damit du eine Ahnung bekommst, was mir diese Partnerschaft bedeutet. Für den hier hätte ich mindestens einen Lap Dance im *Papi Chulo's* bekommen.« Sloane sah ihn mit hochgezogener Augenbraue an, und Dex grinste breit, hakte den Finger in Sloanes Hosenbund und zog ihn näher. Sloane gab ein tiefes Ächzen von sich, und Dex steckte den Schein sehr sorgfältig zur Hälfte hinein.

»Du bist ein Idiot.«

Dex trat einen Schritt zurück und wartete. »Na, komm schon. Ich erwarte etwas für mein Geld.«

Sloane zog den Schein aus seinem Hosenbund und verstaute ihn langsam ihn seiner Brieftasche, dann griff er an seinen Gürtel.

»Das ist es.« Dex konnte sehen, dass Sloane sich mühte, nicht zu lächeln und sich auf die Unterlippe biss, als er Gürtel und Reißverschluss aufzog. »Brauchst du Musik? Dafür kann ich sorgen.« Er stimmte eine kehlige Interpretation von »Hit Me with Your Best Shot« an, und Sloane brach in Lachen aus.

»Was zum Teufel singst du da?«

»Du hast recht«, schalt Dex sich selbst. »›Black Velvet‹ ist für diesen Moment besser geeignet. Damit hätte ich anfangen sollen.« Er kicherte, als Sloane sich vor Lachen krümmte. Es klang voll und tief, und Dex fand es ansteckend. Er mochte Sloanes Lachen. Es ließ seine Bernsteinaugen aufleuchten und kleine Fältchen an den Seiten erscheinen, die bewiesen, dass Sloane früher sehr viel mehr gelacht hatte, als er es derzeit tat – obwohl der Mann in letzter Zeit gar nicht so schlecht drauf war.

»Was zur Hölle geht hier vor?«

Beide wirbelten herum und sahen sich Tony gegenüber, der sie mit offenem Mund anstarrte. »Wir sind mitten in einer Suche, und ihr beide macht hier … ich weiß nicht, was ihr da macht, aber es ist todsicher nicht das, was ihr tun solltet.«

Dex öffnete den Mund, doch Sloane hielt die Hand hoch. »Meine Schuld, Sir.«

»Mir ist egal, wessen Schuld es ist, setzt eure Ärsche in Bewegung. Dex, komm hier runter, damit dein Partner wandeln kann, *sofort*.«

»Ja, Sir.« Dex schnappte sich eilig seinen ballistischen Schild von der Wand, zusammen mit seinem Helm, und ging zur Tür des Trucks. Er wartete, bis Tony sich umdrehte, um dann über die Schulter einen Blick auf Sloane zu werfen, der ihn amüsiert musterte. Er hielt den Daumen hoch und flüsterte heiser: »Ich mache dir eine Playlist.« Als er aus dem Truck sprang, konnte er Sloane innen kichern hören. Dex setzte den Helm auf und schnallte die Riemen unter seinem Kinn fest, während er zu Letty, Rosa und Calvin ging.

»Was habt ihr zwei gemacht?« Calvins Stimme war leise, damit Tony ihn nicht hörte.

»Ich habe Sloane Geld gegeben, damit er für mich strippt.« Dex grinste und klappte das Visier herunter. »Die besten zehn Mücken, die ich je investiert habe.«

Etwas riesiges Schwarzes sprang aus dem Truck, und Dex fiel vor Überraschung beinahe über die eigenen Füße. Als er das Gleichgewicht wiedererlangte, registrierte er, dass er den riesigen schwarzen Jaguar angaffte. »Sloane …«

Sloane drehte den Kopf, und seine bernsteinfarbenen Augen schimmerten hell, bevor er wie der Blitz die Straße entlang davonschoss, Ash und Cael hinter ihm her. Dex stand einen Augenblick lang da, und sein Herz raste. Sloane war ein Therianer, aber nun letztendlich das Tier in ihm zum Vorschein kommen zu sehen, war eine merkwürdige Erfahrung. Er wünschte, er hätte mehr Zeit gehabt, ihn wirklich zu *sehen*. Er war beeindruckend gewesen, so viel war mal sicher.

Er hatte glänzendes schwarzes Fell, und die Rosetten darauf waren als ganz schwache Andeutung zu sehen. Er war nicht so groß wie Hobbs, und Ashs Mähne ließ diesen mächtiger wirken, aber Sloane war ganz Eleganz und geschmeidige Muskeln, und sein schwarzes Fell ließ ihn unter seinen helleren Teamkameraden herausstechen.

»Okay, Team. Viel Glück, und seid vorsichtig.« Damit kletterte Tony zurück in den BearCat. Das Knallen der zuschlagenden Türen hallte in ihren Ohren. Tja, das war es nun also. Calvin ging als erster mit Hobbs, der leise an seiner Seite lief, und der Rest folgte die Cayler Street entlang. Sie hielten sich nahe beieinander, Schilde in der Hand und Waffen im Anschlag. Als sie ans Ende der Straße kamen und rechts abbogen, wurde die Lage um einiges rauer.

»Wenn du einen schwarzen Jaguar siehst, der nicht Sloane ist, dann schießt du«, wies Rosa Dex an.

Mist. Dex hoffte ernsthaft, dass er nicht am Ende noch seinen Partner betäubte. Das würde Sloane so *richtig* sauer machen. Apropos, sein Partner hatte recht gehabt, als er gesagt hatte, dass sie in eine Schlacht ziehen würden. Hier sah es aus wie in einem Kriegsgebiet. Dex konnte nicht behaupten, öfter als ein paarmal hier gewesen zu sein, und das war vor vielen Jahren gewesen, als er noch ein Kind gewesen war und bevor die Gegend zu der trostlosen Ruinenlandschaft verkommen war, die sich ihm jetzt darbot. Früher hatte es hier Familien gegeben, Wohnhäuser und Geschäfte. Autos und Lieferwagen hatten an den Straßen gestanden. Jetzt waren die Straßen leer, die Gebäude um sie herum waren verlassen und baufällig; ihre Stahlträger waren der Witterung ausgesetzt und rosteten vor sich hin.

Als sie in die Noble Street kamen, wurde es noch schlimmer. Dex brauchte nicht viel Vorstellungskraft, um sich hier in feindlichem Territorium unter Beschuss zu sehen. Um sie herum gab es nichts als Schmutz, Steinhaufen, totes Gestrüpp und Gräser, die in den Rissen im Asphalt wuchsen. Die Gebäude um sie herum bröckelten, und die, die noch standen, waren mit Graffiti besprüht. Haufenweise Müll lag auf den Straßen, und die einzigen Geräusche kamen von knirschendem Geröll und zerbrochenem Glas unter ihren Stiefeln, als sie beständig vorwärtsrückten.

Dex konnte nichts durch die fensterlosen, verdunkelten Flächen der vielen Gebäude erkennen, aber er fühlte Blicke, die auf ihm ruhten. Sie wurden beobachtet. Damit hatte Dex kein Problem, solange die Therianer nicht auf ein Spielchen mit ihnen herauskamen.

Plötzlich blieb Hobbs wie angewurzelt stehen, und alle anderen taten dasselbe und beobachteten den Tiger-Therianer, der den Kopf hob und schnupperte. Dann trottete er weiter voran, und alle folgten ihm auf dem Fuß. Als Hobbs schneller wurde, liefen auch sie schneller, bis sie hinter ihm herrannten. Plötzlich stürzte sich etwas aus dem Dunkel auf Hobbs und warf ihn um. Hobbs rollte sich ab, landete auf den Füßen und fauchte. Sein weit aufgerissenes Maul offenbarte riesige Reißzähne. Er schlug mit der Tatze nach dem großen Puma und erwischte ihn seitlich am Hals, woraufhin Blut floss und ein schmerzhaftes Fauchen zu hören war.

Ein weiterer Therianer sprang aus den Schatten auf Hobbs' Rücken und wollte ihn in den Nacken beißen, doch Hobbs rollte sich noch einmal herum und quetschte die kleinere Raubkatze unter sich ein. Es ging zwei gegen einen, und Dex fluchte unterdrückt, als noch eine dritte Raubkatze auftauchte und auf Hobbs losging, diesmal mit einem Biss ins Hinterbein. Hobbs stieß ein wildes Brüllen aus, drehte sich und schnappte nach dem Leoparden, der nur knapp außerhalb seiner Reichweite blieb.

»Hobbs!« Calvin stürmte hinter seinem Partner her. Oh Mist, genau das, was Dex befürchtet hatte. So viel zu dichter Formation.

Der verletzte Puma richtete den Blick auf Calvin. Dex nahm ihn ins Visier und folgte dem Puma in der Bewegung, als dieser losstürzte. Als er sprang, feuerte Dex, und Calvin duckte sich aus dem Weg. Der Pfeil aus Dex' Betäubungsgewehr traf die Raubkatze in den Hals und ließ sie davonjagen.

Dex registrierte eine Bewegung links von sich, und er

schluckte schwer, als mehrere Therianer langsam aus den Schatten auftauchten, mit gefletschten Zähnen, fauchend und knurrend. Es war eine Gruppe von Wölfen und Raubkatzen. Dex holte tief Luft und mahnte sich, ruhig zu bleiben und seinen Herzschlag unter Konttrolle zu bringen. Seine Finger im Handschuh packten die Waffe fester, als noch mehr Therianer auftauchten. Sollte ihm irgendeiner von denen zu nahe kommen, war Dex bereit, sie auszuschalten. Dann hörte er Schüsse und sah, wie Calvin sich einem kleinen Rudel Wolf-Therianer stellte. Zwei von ihnen sprangen ihn von hinten an und warfen ihn nieder. Sein Helm prallte hart auf den Boden. Calvin stand nicht mehr auf.

»Calvin!« Dex, Letty und Rosa schossen auf alles, was sich bewegte und nicht Hobbs war, der schwer damit zu tun hatte, seinen bewusstlosen Partner zu sichern. »Er ist in Schwierigkeiten«, rief Dex und traf einen weiteren Therianer am Nacken. Mist. Er würde bald nachladen müssen.

»Wir auch«, warf Rosa ein.

Dex überflog kurz prüfend das Terrain und registrierte ein dreistöckiges Gebäude mit einer Feuerleiter, die nicht aussah, als würde sie bei der nächsten kräftigen Brise zu Staub zerfallen. »Dahin!« Er deutete auf das Gebäude. »Besserer Aussichtspunkt. Wenn wir hierbleiben, sitzen wir auf dem Präsentierteller.«

»Lass sie kommen«, knurrte Letty und lud die Waffe.

»Okay, Ripley, und wenn dir Betäubungspfeile und Munition ausgehen, was dann? Bewegung. Gib Rückendeckung.« Er gab Rosa einen kleinen Schubs auf das Gebäude zu.

»Gibt der Frischling jetzt etwa die Befehle?«, fragte Rosa belustigt.

»Sloane ist nicht hier, also ja, ich gebe die Befehle.« Sie rannten auf die herabhängende Feuerleiter zu, und als sie dort ankamen, packte er Rosa an der Weste und beförderte sie unter die Leiter. Er legte seinen Schild auf den Boden und ließ die Waffe am Riemen herabhängen, damit er die Hände zu einer Räuberleiter formen und Rosa damit hinaufhelfen konnte. »Komm schon. Letty, beweg deinen Hintern.«

Letty gab noch einen Schuss ab, bevor sie die Beine in die Hand nahm und Rosa folgte. Dex wollte den beiden gerade sagen, sie sollten die Leiter herabsenken, als Hobbs aufbrüllte. Er kämpfte gegen ein halbes Dutzend Therianer, in der Hoffnung, Calvin zu schützen. Dex wusste, dass das Protokoll vorsah, sich zurückzuziehen und Hobbs mit der Bedrohung fertig werden zu lassen – aber scheiß drauf. Sein Teamkamerad lag da wie ein Stück Fleisch auf dem Servierteller. Die Leiter kam rasselnd und quietschend herunter, aber Dex hatte anderes im Sinn.

»Dex, worauf wartest du?«, rief Rosa hinab. »Schwing deinen Hintern hier rauf! Ich rufe den Sarge.«

»Alles im Griff.« Dex griff hinter sich, zog das Seitenfach an seinem Rucksack auf, holte einige Blendgranaten heraus und steckte eine davon in seine Tasche. »Wollen doch mal sehen, wie euch diese Babys hier gefallen.« Er ignorierte Rosas und Lettys Flüche, hob seinen Schild auf und rannte die Straße hinunter, eine Blendgranate in der freien Hand und konzentriert darauf, seine Atmung unter Kontrolle zu halten. Rechts von ihm kam etwas angeflitzt, genau auf ihn zu.

»Fuck!« Er legte einen Zahn zu, zog mit den Zähnen den Stift aus der Blendgranate und schleuderte sie dann in hohem Bogen von sich. »Hobbs! In Deckung!«

Hobbs ließ sich zu Boden fallen und rollte sich herum. Seine Hintertatzen wirbelten Dreck auf, als er aus dem Weg stürmte. Die Blendgranate explodierte in einer Wolke aus weißem Rauch und blendendem Licht. Irgendetwas sprang Dex von links an, und er ruderte mit den Armen und ging schlitternd zu Boden, den Schild an sich gedrückt, als würde er einen Home Steal beim Baseball versuchen. Er rutschte unter dem Wolf-Therianer hindurch, als der über ihn hinwegsprang, und verlor keine Zeit, sich aufzurappeln und loszurennen, den Wolf dicht auf seinen Fersen.

Okay, jetzt war ihm auch klar, warum Sloane wollte, dass er die Finger von den Cheez Doodles ließ. Ohne seinen Schild wäre das Laufen um einiges einfacher, aber ihn zurückzulassen, wäre dumm. Er holte die andere Blendgranate aus der Tasche und zog den Stift. »Hobbs!«

Die Therianer, die nach Hobbs schnappten, wichen zurück, und Hobbs ergriff die Gelegenheit, sprang zu Calvin und legte sich über ihn, um ihn mit seinem Körper zu schützen. Er verbarg den großen Kopf unter seinen riesigen Tatzen. Etwas Schweres krachte in Dex, sodass ihm die Luft wegblieb und er der Länge nach auf dem Boden landete, den Schild neben sich. Zum Glück schaffte er es, die Blendgranate fest in der Hand zu behalten. Mit der freien Hand hob er den Schild wieder auf und deckte damit seinen Körper, die Beine dahinter angezogen, als der erste Kiefer nach ihm schnappte und das Gewicht des Therianers ihn zwischen Asphalt und Schild niederdrückte.

»Hundesohn!« Sie umzingelten Hobbs. »Verdammte Scheiße.« Dex stieß den Schild nach vorn, woraufhin der Therianer auf der anderen Seite ein schrilles Jaulen ausstieß, was ihm genug Zeit verschaffte, auszuholen und die Blendgranate zu schleudern. »In Deckung!«

Hobbs stieß ein Brüllen aus, aber Dex sah, wie er sachte mit den Zähnen Calvins Weste an der Schulter packte und anfing, seinen Partner über den Boden wegzuziehen. Aus dem Nichts tauchte ein zweiter Wolf-Therianer auf und schnappte nach Dex' Gesicht. Dex reagierte instinktiv und wich zurück, sodass die Zähne des Wolf-Therianers wie durch ein Wunder nur sein Kinn streiften und nichts als ein scharfes Stechen hinterließen. Als er es nicht schaffte, Dex das Gesicht abzubeißen, verbiss er sich in der Schutzpolsterung um seinen Oberarm. Dank sei dem Herrn für kleine Wunder. Der Wolf zerrte und schüttelte den Kopf in dem Versuch, Schaden anzurichten. Zwar schützte die Körperpanzerung seinen Arm, doch die heftigen, ruckartigen Bewegungen waren schmerzvoll. Wenn Dex nicht schnell etwas unternahm, würde der Bastard ihm noch den Arm auskugeln.

»Verdammt!« Dex balancierte den Schild mit den Knien, holte einen Betäubungspfeil aus seiner Weste und rammte ihn dem Wolf-Therianer in den Hals. Der jaulte auf und sprang zurück, schlug um sich und versuchte, das Ding aus seinem Hals zu bekommen. Der Wolf, der gegen seinen Schild drückte, suchte eilig das Weite, offensichtlich nicht in Stimmung, auch einen Pfeil abzubekommen. Dex kam wieder auf die Beine, eilte zu Hobbs und packte Calvins Weste an der anderen Seite, um Hobbs zu helfen, ihren Teamkameraden in das verlassene Gebäude hinter ihnen zu ziehen.

»Dex«, meldete sich Lettys besorgte Stimme im Headset.

Dex zog Calvin an die Betonziegelmauer, setzte ihn auf und prüfte dann seinen Puls. Er war okay. Dann tippte er schwer atmend an sein Headset.

»Uns geht es gut. Calvin ist außer Gefecht, aber er atmet. Hobbs ist bei uns.«

»Irgendein Zeichen von Everton?«

Dex aktivierte die Lichter an seinem Schild und überprüfte das Gebiet um sie herum. »Negativ.« Nicht dass er erwartete, Everton zu finden. Im Augenblick machte er sich mehr Sorgen darum, was sich wohl sonst noch hier herumtrieb.

»Okay, wir kommen und holen euch – ach, du Scheiße.«

»Letty?«

Dex schlich ans Ende der Mauer und riskierte einen kurzen Blick. »Oh, fuck.« Jetzt kamen sie alle aus ihren Löchern. Was in aller Welt sollte er jetzt tun? Er sah zum Dach des Gebäudes gegenüber, wo Rosa und Letty auf alles feuerten, was sich bewegte. Calvin zu Dex' Füßen war außer Gefecht. In der Dunkelheit vor sich hörte er Bewegungen. Hobbs knurrte, und Dex hob die Waffe, bis das Knurren anderer Therianer um sie herum zu hören war. Sie waren umzingelt. Worauf in aller Welt hatte er sich da nur eingelassen? Er musste Sloane rufen, und Cael, und, verdammt noch eins, sogar Ash.

Ums sie herum wurden Dutzende leuchtender Augen sichtbar, und Dex schluckte schwer. »Oh mein Gott.« Selbst mit Hobbs wären sie nicht in der Lage, mit so vielen Therianern fertigzuwerden. Wie konnte er nur glauben, er sei für so etwas geschaffen? Er war Detective bei der Mordkommission, kein Elitesoldat. Sie waren umzingelt, wie winzige Insekten in einer Kakerlakenkolonie. Hobbs fauchte, und Dex drehte den Kopf und sah, wie er Calvin mit der Schnauze an der Wange anstieß. Er schnaubte und fing dann an, laut zu schnurren. Im Ernst jetzt? Sie waren kurz davor, zu Trockenfutter verarbeitet zu werden, und Hobbs schnurrte? Dex streckte die Hand aus – und Hobbs fauchte ihn an und entblößte seine rasiermesserscharfen Reißzähne. Dex zog die Hand zurück und hielt sie beschwichtigend hoch.

»Schon gut, tut mir leid.«

Mit einem Brummen stupste Hobbs Calvin noch einmal am Kopf, bis sie ein schwaches Stöhnen hörten.

»Calvin?« Dex kauerte sich neben ihn und rüttelte ihn sachte an der Schulter. »Los, Kumpel, du musst jetzt wirklich aufwachen.«

Ein weiterer Stups von Hobbs an der Schläfe und eine feuchte Zunge, die über seine Wange fuhr, ließ Calvin leise lachen. Er rührte sich benommen, öffnete die Augen und versetzte Hobbs einen Klaps, der sich dafür mit einem weiteren Tigerkuss auf die Wange revanchierte. Trotz der Umstände konnte Dex nur grinsen, besonders, als Calvin Hobbs an den Ohren griff und seinen Kopf zu sich herabzog, sodass sie Kopf an Kopf da saßen.

»Mir geht's gut, Kumpel. Versprochen«, versicherte Calvin seinem Partner leise.

Plötzlich stellte Hobbs die Ohren auf; er wich zurück und richtete den Blick auf Dex, Calvin tat es ihm nach.

Dex grinste noch breiter. »Ihr zwei seid allerliebst.«

»Und nur weil du mir den Hintern gerettet hast, werde ich dafür sorgen, dass Hobbs dich nicht zu Katzenfutter verarbeitet, weil du das gesagt hast.«

»Das ist in Ordnung, denn ich glaube nicht, dass er die Zeit dazu finden wird.« Dex half Calvin auf die Beine. Er wusste, dass die Lage heikel war, und er war nicht zu stolz, um zuzugeben, dass er ein wenig Angst hatte, aber er konnte das schaffen. Seine Familie hatte genug Vertrauen in ihn, um ihn im Team haben zu wollen. Er würde sie nicht im Stich lassen, egal was passierte. Er würde kämpfend untergehen.

»Danke.« Calvin lächelte schwach, doch als er Dex' Kinn sah, weiteten sich seine Augen. »Shit, bist du in Ordnung?«

»Ja, nur ein Kratzer. Mach dir keine Sorgen deswegen.«

»Tut mir leid«, antwortete Calvin mit unglücklicher Miene.

Dex fluchte unterdrückt. Er packte Calvins Arm und legte ihn sich um den Nacken, bevor er wieder an sein Headset tippte. »Sarge?«

»Bin unterwegs. Musste ein paar vom Truck abschütteln. Macht euch bereit für einen Sprint.«

»Verstanden. Letty, Rosa, ich brauche eine von euch, um den Weg für mich freizuräumen.«

Lettys rauchige Stimme antwortete: »Ich gebe euch Deckung.«

Dex nahm noch eine von seinen Blendgranaten und machte sich bereit. Er holte tief Luft und sah dann hinab zu Calvin. »Bereit?«

Calvin nickte.

Tonys barsche Stimme rief: »BearCat in Position. Los, los, los!«

Dex zog den Stift der Blendgranate, schleuderte sie ins Dunkel und ließ eine Kakofonie aus Gebrüll und schmerzerfüllten Schreien hinter sich. Mit der freien Hand hob er seinen Schild auf und lief so schnell er konnte, während er den Großteil von Calvins Gewicht schulterte. Zum Glück für ihn war Calvin etwas kleiner und leichter. Hätte er Sloane oder Ash zu transportieren gehabt, dann säße er gewaltig in der Tinte. Von jetzt an würde er seine Einheiten im Bankdrücken sehr viel ernster nehmen. Sie rannten hinaus, mitten auf die Straße, wo der BearCat stand und das Maschinengewehr auf dem Dach eine Runde Warnschüsse nach der anderen abgab. Letty deckte Dex den Rücken, während er Calvin zum Heck des Trucks half.

Rosa und Letty waren schnell an seiner Seite, und Rosa schlug an die hinteren Türen. Die öffneten sich automatisch, und Rosa half Dex, Calvin hochzuheben. »Beeilung, Dex!«, drängte Letty, sprang hinauf in den Truck und zog Calvin ganz hinein. Dann deutete sie hinter ihn, und Dex fluchte leise. In der Ferne kamen Sloane, Ash und Cael direkt auf sie zugerannt. Zwischen sich hatten sie Everton eingezwängt, der darüber gar nicht glücklich war, und nach ihren Tatzen und Hälsen schnappte, während er rannte.

Dex half Rosa in den Truck, bevor er mit Hobbs hineinkletterte. Dann eilten alle nach vorne in den Truck, und Rosa schlug gegen die Stahltür der Fahrerkabine. »Mach den Käfig fertig, Sarge!«

»Schon dabei.«

Die Käfigwand, die ihnen am nächsten war, fuhr rasselnd hoch und rastete schließlich mit einem Dröhnen, gefolgt von einem Klicken ein – keinen Augenblick zu früh. Everton sprang mit einem Aufbrüllen herein, prallte gegen die Stahlgitter und schlug in einem ungeschickten Versuch, die Agenten zu erwischen, mit einer Tatze zwischen den Gitterstäben aus. Die übrigen Käfigwände fuhren laut rasselnd hoch. Als Everton dieses Mal mit der Tatze gegen die Gitterstäbe schlug, bekam er einen elektrischen Schlag, der ihn zurückzucken ließ. Er legte die Ohren flach an und fauchte, doch dann setzte er sich in der Mitte des Käfigs auf den Hintern und stellte seine Ausbruchsversuche ein.

Sloane, Ash und Cael waren bereits im Truck, und Rosa schlug noch einmal gegen die Stahltür. Auf ihr Signal hin schloss Tony die Hintertüren und jagte den Motor hoch. Jeder hielt sich an einem der Deckenriemen fest, als der Truck schleunigst aus Greenpoint verschwand. Alle blieben in höchster Alarmbereitschaft und ließen Everton nicht aus den Augen, während der Truck zurück ins Hauptquartier fuhr. Dex wusste, dass der Truck den Tunnel an der Hinterseite des Gebäudes nehmen würde, doch statt nach rechts zum Parkhaus würde er links abbiegen und zum unterirdisch gelegenen Untersuchungsgefängnis fahren, wo sie mit nur einem Knopfdruck Verstärkung anfordern konnten. Dort befanden sich auch die Hafträume sowie Bereiche für Post Shift Trauma Care.

Der Truck kam zum Stehen, und Tony öffnete die hinteren Türen. Ihnen gegenüber befand sich eine Reihe mit Vorhängen abgetrennter Bereiche für die Rückwandlung. Sloane, Ash, Cael und Hobbs sprangen aus dem Truck und liefen jeder hinter einen Vorhang. Die Wandlung war ein intimer Vorgang, bei dem man angreifbar war, und er war etwas, das die meisten Therianer nicht auf die leichte Schulter nahmen. Rosa, Letty, Calvin und Dex stiegen aus dem Truck, ihre PSTC-Kits in der Hand, während Tony bei Everton blieb.

Jeder bezog Posten vor dem Vorhang des jeweiligen Partners und wartete. Als Dex eine schroffe Stimme hörte, die seinen Namen rief, nahm er Sloanes Ersatzkleidung aus dem Kit und reichte sie durch den Vorhang, wo sie ihm umgehend abgenommen wurde. Ein paar Minuten später hörte er seinen Namen erneut. Dex schlüpfte durch den Vorhang und war nicht überrascht, als er seinen Partner am Rand einer Pritsche sitzend vorfand, den Kopf in den Händen. Es würde einige Minuten dauern, bis das Schwindelgefühl abklang. Dex griff in den Rucksack und holte eine große Flasche Gatorade heraus. Schweigend gab er sie Sloane, der sie mit zitternder Hand nahm. Sie rutschte ihm aus den Fingern, und Dex fing sie auf.

»Ist okay, Kumpel. Lass mich helfen.«

Sloane gab ein unverständliches Gemurmel von sich und runzelte in offensichtlichem Missfallen die Stirn, als Dex ihm die Hand an den Hinterkopf legte.

»Na komm, lehn dich zurück.« Als Sloane nicht nachgab, hockte sich Dex vor ihm nieder und nahm sein Gesicht in beide Hände. »Ich weiß, du bist der große böse Alpha, aber ich bin dein Partner. Ich bin hier, um dir zu helfen, okay? Du hast deinen Job gemacht, jetzt lass mich meinen machen.« Er hoffte, dass die Aufrichtigkeit in seiner Stimme Sloane beweisen würde, dass er jedes Wort davon ernst meinte. Es war das erste Mal, dass er seinem Partner Post Shift Trauma Care leistete, und er wollte dafür sorgen, dass Sloane alles hatte, was er brauchte, um sich angemessen zu erholen.

Sloane brummte und nickte langsam. Also versuchte Dex es noch einmal, indem er sachte die Hand an Sloanes Hinterkopf legte und darauf wartete, dass sein Partner sich zurücklehnte. Nach einem Augenblick des Zögerns tat Sloane das auch, und Dex führte die geöffnete Flasche Gatorade vorsichtig an Sloanes Lippen und half ihm, in kleinen Schlucken zu trinken, bis die Flasche leer war. Dann wartete er, bis Sloane sich wieder vorbeugte, bevor er dessen Kopf losließ und die Flasche in den nahe stehenden Mülleimer warf. Als Nächstes holte er ein Paar mächtige Energieriegel aus dem Kit, reich an Kohlehydraten und Proteinen, riss von beiden die Folie ab und gab sie Sloane.

Nachdem der sie gegessen hatte, stemmte er sich auf die Füße. Er taumelte, und Dex legte ihm einen Arm um die Taille, um ihn zu stützen. »Whoa, langsam, mein Großer.« Er drückte die Handfläche auf Sloanes Bauch und tat so, als würde es ihn kein bisschen berühren, als Sloane seine Hand umklammerte, den anderen Arm um ihn legte, ihn an seine Seite zog und schwach drückte. Sloane schloss die Augen, holte tief Luft und atmete langsam wieder aus, während er darauf wartete, dass das Schwindelgefühl verging. Es würde nicht lange dauern, und er wäre wieder so mürrisch wie gewohnt.

»Danke«, sagte Sloane mit einem kleinen Lächeln und ließ Dex los. Doch plötzlich verschwand sein Lächeln, und er nahm Dex' Gesicht in beide Hände. Sachte fuhr sein rechter Daumen über Dex' Wange und jagte ihm einen Schauer über den Rücken. »Was ist mit deinem Gesicht passiert?«

»Nichts, nur ein Kratzer«, murmelte Dex.

»Du bist aus der Formation ausgebrochen, richtig?«

Dex presste die Lippen zusammen, und Sloane fluchte leise und ließ ihn los. Frustriert fuhr er sich mit der Hand durchs Haar. »Was zur Hölle dachtest du, was du da machst?«

»Meinen Job«, antwortete Dex ruhig und wollte durch den Vorhang hinausgehen, als Sloane ihn am Arm packte und herumdrehte. »Wir haben darüber gesprochen, weißt du noch?«

»Ja, ich weiß noch, dass du versprochen hast, vorsichtig zu sein. Verdammt, Dex, du hattest eindeutige Befehle. Ich habe dir gesagt, du sollst dich an den Rest des Teams halten und in der Formation bleiben! Du hast dir fast das verdammte Gesicht abreißen lassen!«

»Sloane.«

Sloane drehte sich zu Calvin um und fauchte: »Was?«

Calvin straffte die Schultern und sah Sloane in die Augen. »Dex ist aus der Formation ausgebrochen, um mir den Arsch zu retten. Denn ich bin zuerst losgerannt.«

»Was?« Sloane starrte erst Calvin an und dann den Rest des Teams. Niemand sagte ein Wort, doch das Schweigen der anderen war Bestätigung genug.

»Hobbs war in Schwierigkeiten …«

Sloane marschierte auf Calvin zu und packte ihn an der Weste. »Was zum Teufel hast du dir dabei gedacht? Du hast ein neues Mitglied deines Teams im Stich gelassen. Er hätte getötet werden können!«

»Ich habe Mist gebaut, ich weiß, aber …«

»Verdammt richtig, du hast Mist gebaut.« Sloane gab ihm einen Schubs in Richtung Hobbs und ignorierte dessen Stirnrunzeln. »Ich will euch beide nachher oben in Maddocks Büro sehen.«

Calvin murmelte, dass er verstanden hatte, während Hobbs einfach nur nickte. Die beiden traten beiseite, als Sloane seine Weste von Letty entgegennahm und sie anlegte, die Riemen festzog, zum BearCat donnerte und dabei über die Schulter rief: »Rosa, kümmere dich um sein Gesicht.« Kaum war er im Truck, kam Calvin zu Dex, und die Schuldgefühle, die ihm ins

Gesicht geschrieben standen, machten es Dex schwer, sauer auf ihn zu sein.

»Es tut mir so leid, Dex. Ich habe echt Mist gebaut.«

»Stimmt.« Dex sah, wie Calvin niedergeschlagen den Kopf hängen ließ, lächelte und tätschelte Calvin die Wange. »Aber ich verstehe es. Er ist dein Partner. Ich kann nicht behaupten, dass ich an deiner Stelle nicht dasselbe getan hätte. Aber nächstes Mal gehen wir als Team rein, okay?« Calvin nickte und lächelte ihm dankbar zu, bevor er mit Hobbs im Schlepptau zum Truck marschierte. Dex drehte sich zu Rosa um, die ein Erste-Hilfe-Kit aus ihrem Rucksack holte. »Hättest du was dagegen, wenn wir das im Truck machen? Ich würde gern hören, was Mr Everton zu sagen hat.«

»Klar.«

Er ging neben ihr und stellte mit leiser Stimme fest: »War nicht das erste Mal, dass das passiert ist, stimmt's?« Die Art, wie das Team bemüht gewesen war, überallhin zu sehen, nur nicht zu Sloane, hatte Dex alles gesagt, was er wissen musste. Sie machten sich Sorgen, aber sie wollten ihre Teamkameraden nicht in die Pfanne hauen.

Rosa schüttelte den Kopf, blieb stehen und zog Dex zur Seite, während der Rest des Teams zum Truck marschierte. Sie gab ihm das Erste-Hilfe-Kit, öffnete es und riss die Verpackung eines Therianer-Desinfektionspads in Standardgröße auf. Sie hatten ein paar Minuten Zeit, während das Team Everton zur Rückwandlung zwang und anschließend Post Shift Trauma Care leistete. Er nickte und machte sich auf den Schmerz gefasst, als sie das Pad auf sein Gesicht drückte.

»Grundgütiger, das sticht vielleicht.« Dex ignorierte ihr Kichern, als sie seine Kratzer weiter versorgte. Ihr Blick glitt kurz zum Truck, bevor sie fortfuhr.

»Ich weiß, was du denkst, aber normalerweise sind sie nicht

so leichtsinnig. Hobbs war nicht in Form. Niemand kriegt ihn sonst klein. Ich weiß nicht, was los ist, aber in letzter Zeit gibt es Spannungen zwischen den beiden. Calvin ist sonst nicht so still. Und Hobbs, nun ja, er war schon immer der ruhige Typ, aber normalerweise ist er scherzhafter drauf. Sie verhalten sich nicht wie sie selbst. Sloane ist es nicht aufgefallen, weil er mit dir beschäftigt war.« Rosa sah ihn mit hochgezogener Augenbraue an und schenkte ihm dann ein listiges Grinsen. »Es heißt, du hältst ihn ganz schön auf Trab.«

»Ich gebe nicht gern an«, antwortete Dex und zwinkerte. »Denkst du, wir müssen uns Sorgen um die beiden machen?«

»Nicht, nachdem Sloane sie sich zur Brust genommen hat.« Sie klang überzeugt, was Dex half, ein wenig ruhiger zu werden. Er war sich immer noch nicht sicher, was mit Calvin und Hobbs los war, aber wenigstens war er nicht der Einzige, dem es aufgefallen war. Er würde die beiden im Auge behalten müssen. Das Letzte, was sie brauchten, war eine Wiederholung dessen, was heute passiert war.

Sloanes Knurren riss ihn aus seinen Gedanken. »Rosa, bist du fertig?«

»Ja.« Sie nahm Dex das Kit aus den Händen, klappte es zu und verstaute es wieder im Rucksack.

»Gut. Kommt beide hier rüber.«

»Komme.« Dex dankte Rosa und ging mit ihr zum Truck. Sie stiegen hinein und ließen sich auf der Bank nieder. Everton saß auf Maddocks Platz und trug eine Garnitur Ersatzkleidung aus dem Vorratsschrank im Truck. Er hatte eine Decke um die Schultern, und auf dem Boden lagen leere Verpackungen von Energieriegeln. Zwar befand er sich nicht mehr im Käfig, aber er war umstellt. Sloane stand vor dem zitternden Therianer, Arme verschränkt, seine Haltung Respekt einflößend.

Lloyd Everton sah wie ein ganz normaler Typ aus. Er war

groß, ziemlich schlaksig, hatte einen ungepflegten Bart und unordentliches dunkles Haar. Er war Mitte bis Ende vierzig, doch sein müdes Gesicht, die tiefen Falten darin und die grauen Strähnen im Haar ließen ihn viel älter aussehen. Er saß vornübergebeugt, die Beine an den Knöcheln überkreuzt, und seine Miene war die eines Mannes, der zwar erschöpft, doch entschlossen war. Noch entschlossener jedoch war der THIRDS-Agent vor ihm.

Dex beobachtete seinen Partner eingehend, neugierig, wie er Everton dazu bringen wollte, zu kooperieren. Im Augenblick sahen sich beide finster an und schätzten einander ein. Everton hätte es als Unregistrierter nicht so weit geschafft, wenn er nicht ein knallharter Mistkerl wäre. Jeder Unregistrierte hatte seine eigenen Gründe dafür, sich nicht registrieren zu lassen. Darunter fand sich alles Mögliche, von dem Glauben, dass Therianer den Menschen überlegen seien und daher über dem menschlichen Gesetz stünden, bis hin zu der Überzeugung, dass alles eine Verschwörung der Regierung sei, um ein noch teuflischeres Komplott zu vertuschen. Doch was auch immer Evertons Gründe sein mochten – die Tatsache, dass er ein Unregistrierter war, war in diesem Augenblick das Geringste seiner Probleme.

9

»Mr Everton, ich bin Agent Brodie, und ich versichere Ihnen, ich will nur reden.«

Sloane hatte den Therianer vor sich eingeschätzt und nahm nun eine entspanntere Haltung ein. Er glaubte nicht, dass Everton eine Bedrohung darstellte, aber mit seinem Team im Truck würde er kein Risiko eingehen. Beim ersten Anzeichen von Schwierigkeiten würde er Everton außer Gefecht setzen.

»Für jemanden, der nur reden will, haben Sie aber eine Menge Waffen da«, gab Everton trocken zurück, ohne den Blick von Sloane zu wenden.

»Die sind reine Vorsichtsmaßnahme.«

»Ah, ja. Wie der Käfig.«

»Eine bedauernswerte Notwendigkeit.«

Everton legte den Kopf schief und überraschte mit einem niedergeschlagenen Gesichtsausdruck. »Sie stecken Ihresgleichen in einen Käfig.«

Diese Worte waren Sloane schon unzählige Male mehr oder weniger vorwurfsvoll an den Kopf geworfen worden. Doch Evertons leise Worte trafen ihn härter als jede feindselige Anklage. Er hielt seine Reaktion unter Kontrolle, etwas, das er gleich zu Anfang, als man ihn rekrutierte, gelernt hatte. Er konnte es sich nicht leisten, etwas anderes zu sein als ein THIRDS-Agent. Sein Job war es, neutral zu bleiben, nach Gerechtigkeit zu streben und den Frieden innerhalb seiner Spezies aufrechtzuerhalten. »Ich muss mein Team schützen,

Mr Everton. Das ist meine Familie. Würden Sie nicht tun, was Sie tun müssen, um Ihre Familie zu schützen?«

Ein Moment der Stille, bevor Everton ein Seufzen von sich gab. »Okay. Tja, offenbar geht es hier nicht um eine routinemäßige Registrierungssache, also worum geht es dann?«

»Kommen Sie, Mr Everton. Seien wir ehrlich zueinander. Das macht es sehr viel leichter für uns beide.« Sloane nahm das Tablet, das Cael ihm reichte, und zeigte es Everton. »Mr Ortiz. Sie waren während eines Wohltätigkeitsessens für Ms Thalias Cateringfirma in seinem Haus, an dem Tag, als er ermordet wurde, korrekt?« Er musterte Everton, der lediglich einen kurzen Blick auf das Foto eines lebendigen Hector Ortiz' warf und nickte.

»Das ist richtig.«

»Haben Sie sich Mr Ortiz zu irgendeinem Zeitpunkt genähert?« Er gab Cael das Tablet zurück. Rosa würde alles für eine spätere Überprüfung aufnehmen.

»Nein. Ich war mit meiner Arbeit beschäftigt.«

»Erzählen Sie mir von dem Kellner, der auf Sie zukam. Was hat er zu Ihnen gesagt?«

Everton rutschte auf seinem Sitz hin und her. »Dass er wisse, was ich bin. Wie ich es wagen könne, so zu tun, als sei ich ein zivilisiertes Mitglied der Gesellschaft. Und falls ich das Grundstück nicht verlassen würde, rufe er die Behörden an.«

Sloane presste die Lippen zusammen. Das klang ungeheuer höflich für den Kellner, der ihnen beinahe ins Gesicht gespuckt hätte. »Ist das eine höfliche Umschreibung?«

»Ja. Ich fühle mich nicht wohl mit der Ausdrucksweise, die er gebrauchte«, antwortete Everton und rutschte wieder unbehaglich auf seinem Sitz herum.

»Bitte, Lloyd. Es ist wichtig, dass Sie mir erzählen, was er gesagt hat, genau so, wie Sie sich daran erinnern.«

»Okay. Er sagte: ›Ich weiß, was du bist, du unregistriertes Stück Scheiße. Wenn du nicht augenblicklich aus diesem Haus verschwindest, werde ich deinen tuntigen Arsch melden und dafür sorgen, dass sie dich in einen Käfig sperren, als das gottverdammte Vieh, das du bist.«

Sloane räusperte sich. Tja, das klang auf jeden Fall mehr nach dem Typen. Manchmal fragte er sich, wer eigentlich in Wahrheit die Tiere waren. »Trotz dieser Drohung haben sie weitergearbeitet. Warum?«

»Ich brauchte das Geld. Als Unregistrierter findet man nur schwer Arbeit. Man wird abgezockt und bekommt kein Geld, wenn der Job erledigt ist, weil man nichts dagegen tun kann. Ms Thalia hat so etwas nie gemacht. Sie hat immer gezahlt, und pünktlich dazu.« Er schniefte und senkte den Blick auf seine Hände. »Ich habe Frau und Kinder zu ernähren.«

Sloane ging vor Everton in die Hocke und fragte mitfühlend: »Warum dann nicht registrieren? Für sie?«

Everton erwiderte seinen Blick, und Zorn blitzte in seinen bernsteinfarbenen Augen auf – Augen, die Sloane daran erinnerten, was hätte sein können. Es war, als würde er in einen verzerrten Spiegel blicken, der ihm zeigte, wie sein Leben verlaufen wäre ohne das Glück, eine Familie zu haben. Wenn Sloane es denn überhaupt geschafft hätte, so alt zu werden wie Everton. Rasch schob er die Gedanken beiseite.

Als Everton fortfuhr, war seine Stimme leise. »Ich lasse mich nicht von der Regierung markieren, als wäre ich ein Verbrecher. Die sagen, wir wären Bürger wie alle anderen, aber sie überwachen uns, beobachten jede Bewegung und behandeln uns wie Tiere. Unsere Existenz allein macht uns schuldig, bis das Gegenteil bewiesen ist. Mein Großvater ist auch mal markiert worden, damals in Deutschland. Ich lasse nicht zu, dass sie das mit mir oder meiner Familie machen.«

»Es ist nicht dasselbe, Lloyd«, sagte Sloane sanft.

Everton wich zurück, Trauer in den Augen. »Irgendwo fängt es immer an, Agent Brodie.«

Es hatte keinen Sinn, mit Everton zu streiten. In der Sache würde er sich offensichtlich nicht umstimmen lassen, und Sloane hatte kein Recht, ihn dazu zu bringen, seine Meinung zu ändern. Der Mann hatte sich entschieden und war bereit, den Konsequenzen ins Auge zu sehen. Seufzend stand Sloane auf und fuhr mit der Befragung fort. »Okay. Um welche Zeit sind Sie gegangen?«

»Gegen Mittag. Ich habe es so lange hinausgeschoben, wie ich konnte. Ab acht Uhr morgens war ich an meinem Platz, habe dort Wodka und Orangensaft serviert und meinen Posten nicht verlassen, bis ich ging. Die Gäste können das bestätigen.«

»Haben Sie etwas Verdächtiges gesehen, oder jemanden? Jemanden, der vielleicht nicht dort hingehörte? Haben Sie irgendwas gehört?« Als Everton zu ihm hochsah, wusste Sloane, dass sie wieder bei null waren. Wie war es möglich, dass ein Therianer einen Menschen ermordete, während sich so viele andere Therianer unter demselben Dach befanden, ohne dass die irgendetwas davon mitbekamen?

»Es tut mir wirklich leid, Agent Brodie, ich war nur dort, um zu arbeiten. Auf andere Dinge habe ich nicht groß geachtet.«

»Wieso sind Sie untergetaucht?«

Everton sah ihn an, als wäre die Antwort offensichtlich. »Ich habe die Nachrichten gesehen. In dem Moment, als es hieß, man suche nach einem unregistrierten Katzen-Therianer, war mir klar, was los war. Selbst als Unschuldiger konnte ich nicht einfach hier auftauchen und aussagen. Nicht, dass es am Ende einen Unterschied gemacht hätte.«

»Wieso Greenpoint?«

»Ich lebe hier«, antwortete Everton und ließ beschämt den Kopf hängen.

»Mit Ihrer Familie?«, fragte Sloane. Er war nicht so sehr überrascht, dass eine Familie an einem feindseligen Ort wie Greenpoint leben konnte, sondern vielmehr, dass Everton die seine dort leben ließ. Der Mann riskierte doch schon so viel für sie. Der Gedanke stimmte Sloane traurig. Everton war schlicht ein weiteres Therianerkind, das die Welt nie hatte haben wollen – weggeworfen und gezwungen, sich allein durchzuschlagen, auf welche Weise auch immer, während er zu verstehen versuchte, was er denn nur falsch gemacht haben konnte, um ein solches Schicksal zu verdienen.

»Gott, nein.« Everton schüttelte den Kopf. Die Frage schien ihn zu entsetzen. »Alles, was ich verdiene, geht an meine Familie, damit sie irgendwo in Sicherheit leben kann, mit Nahrung, Kleidung und Ausbildung für meine Kinder. Ich würde lieber sterben, bevor ich sie in Greenpoint stranden lasse. Hier wimmelt es von Therianern, die sich weigern, sich ihre menschliche Seite einzugestehen. Manchmal frage ich mich, ob sie überhaupt noch Menschlichkeit in sich haben.«

»Ich danke Ihnen, Lloyd.« Nun, da die Befragung vorbei war, kam der noch beschissenere Teil. Sloane wälzte die Gedanken im Kopf hin und her, während sein Blick auf Everton ruhte. Er wusste, wie dessen Antwort aussehen würde, doch er versuchte es trotzdem. »Ich nehme nicht an, dass es viel nützen würde, wenn ich Ihnen noch Fristverlängerung zur Registrierung gebe?«

Everton schenkte ihm ein trauriges Lächeln. »Danke, aber nein.«

»Okay.« Sloane wandte sich an Ash. »Gib mir das TIK.« Er nahm das schwarze Band von Ash entgegen und trat mit entschuldigendem Lächeln auf Everton zu. »Ich brauche eine Probe Ihrer DNA und eine Bestätigung Ihrer Klassifizierung. Sie müssen in Gewahrsam bleiben, bis das Labor bestätigt hat, dass das Blut, das auf Mr Ortiz gefunden wurde, nicht von Ihnen stammt.« Sloane schnallte die Manschette um Evertons Arm, gab das Passwort ein und startete den Scanvorgang. »Wenn Sie von allen Vorwürfen entlastet werden, können Sie gehen und haben eine Woche Zeit, um sich zu registrieren. Ich kann nicht garantieren, dass es ein nächstes Mal geben wird, Lloyd.«

»Danke.« Everton legte seine Hand auf die von Sloane und schenkte ihm ein warmes Lächeln. »Sie sind ein guter Kerl.«

Sloane brachte es nicht übers Herz, etwas zu sagen. Er nickte und beendete die Analyse, bevor er das TIK mit sämtlichen Details zu Everton entfernte und Ash zurückgab. Als er wieder sprach, klang seine Stimme rauer als beabsichtigt. »Die Agenten Keeler und Guerrera geleiten Sie in die Arrestzelle.«

Ash und Letty stellten sich zu beiden Seiten von Everton auf, und nach einem letzten Nicken des Dankes von Everton eskortierten sie ihn schweigend aus dem Truck. Sloane hoffte, dass ein Aufenthalt in der Arrestzelle Evertons Meinung ändern würde. Wenn er einen Vorgeschmack darauf bekam, wie seine Zukunft aussehen könnte, würde er vielleicht an seine Familie denken und entscheiden, dass sie wichtiger war. Jeder musste Opfer bringen, das war Sloane vollkommen bewusst. Er hatte jede Menge Opfer gebracht in seinem Leben. Es war sinnlos, zu beklagen, was hätte sein können.

Sloane hatte eine zweite Chance erhalten, und wenn er das Spiel mitspielen musste, um das Beste aus dieser Chance zu machen, dann sollte es so sein.

»Was jetzt?«, fragte Cael leise.

»Jetzt warten wir auf die Laborergebnisse zu Ortiz und beten, dass irgendwas dabei herauskommt. Wir müssen diesen Fall lösen. Irgendetwas übersehen wir.«

»Tja, warum nehmt ihr in der Zwischenzeit nicht alle für den Rest des Abends frei«, meinte Maddock und marschierte ans Ende des Trucks. »Ich gebe euch über die DNA-Ergebnisse Bescheid, sobald wir sie bekommen, oder falls irgendwas Neues auftaucht. Lieutenant Sparks will den Leiter von Therianer Defense dazu bringen, unserer gesamten Laborarbeit Priorität einzuräumen. Er will diesen Fall genauso schnell gelöst haben wie wir, also vermute ich, dass wir die Genehmigung bekommen. Calvin, Hobbs, in mein Büro. Sloane, parke den BearCat und schließ ihn ab, danach gehst du mit den anderen unter die Dusche.«

»Ja, Sir.« Sloane trat zur Seite, und Calvin und Hobbs folgten wortlos ihrem Sergeant. Sah aus, als würde Maddock sich persönlich um die beiden kümmern. Sloane wusste nicht, was Calvin geritten hatte, derart aus der Formation auszubrechen. Es sah ihm nicht ähnlich, so leichtsinnig zu handeln. Sloane wandte sich an Rosa und Cael. »Ihr zwei geht voraus und informiert Intel, dann geht ihr duschen. Wir kümmern uns um den Truck.« Sloane machte die Türen hinter Rosa und Cael zu, schloss ab, bevor er zur Fahrerkabine ging und wandte sich dann an Dex. »Du kannst deine Ausrüstung in einen der Käfige abladen und die Weste in deinem Spind verstauen.«

»Okay, danke.«

Sloane kletterte auf den Fahrersitz, während Dex seine Waffen, Rucksäcke und den Großteil seiner übrigen Ausrüstung verstaute und nur den Beinriemen und die taktische Weste anbehielt. Als er in die Fahrerkabine kam, ließ Sloane ihn die Tür hinter sich verriegeln. Sobald Dex auf dem Beifahrersitz saß und angeschnallt war, fuhr Sloane los.

»Die beiden werden es überstehen, oder?«, fragte Dex ernst.

»Wer? Calvin und Hobbs?«

»Ja.«

»Du kennst deinen Dad. Er wird ihnen eine Mordsangst einjagen und dafür sorgen, dass ihnen absolut klar ist, dass sie Mist gebaut haben. Besonders nachdem sie seinen Jungen in Gefahr gebracht haben.«

»Vielleicht sollte ich ein Wort mit ihm reden«, meinte Dex stirnrunzelnd und lümmelte sich auf dem Sitz, während Sloane den BearCat die Rampe hinauffuhr, die zum Parkhaus führte.

»Keine gute Idee, Frischling.«

»Ich will keine Sonderbehandlung von ihm, nur weil wir aus derselben Familie sind«, gab Dex gereizt zurück.

»Erstens kriegst du keine Sonderbehandlung. Niemand denkt das. Maddock behandelt dich genauso wie alle anderen. Aber wenn irgendwer dämlicherweise dein Leben aufs Spiel setzt, dann zieht er eine Kombi aus angefressenem Sergeant und stinkwütendem Dad ab. Da führt kein Weg dran vorbei. Bei Cael ist er genauso. Denkst du, dein Dad behandelt Cael mit Nachsicht? Wenn überhaupt, dann geht er mit ihm noch strenger um, aber er tut es, weil er will, dass seine Jungs sicher sind. Du hast Glück, Frischling. Die meisten von uns hatten nie so etwas.«

Dex schwieg einen Moment und sah aus dem Fenster. »Dem entnehme ich, dass deine Eltern nicht mehr da sind?«

Sloane stellte den BearCat auf seinen Platz, machte den Motor aus und blieb sitzen. Ihm war bewusst, dass Dex ihn beobachtete. Dann holte er tief Luft, um sich zu beruhigen und drehte sich zu Dex um. »Okay, hör zu, denn ich sage das nur einmal. Ich rede nicht über meine Vergangenheit, also frag mich nicht über meine Eltern aus, woher ich komme, oder was ich vor den THIRDS gemacht habe. Das geht niemanden etwas an. Ich rede mit niemandem darüber. Nicht mit Maddock, nicht mit dem Team, mit niemandem.«

»Hast du mit Gabe darüber gesprochen?« Dex musterte

ihn eingehend, und Sloane wandte den Blick ab. Ein scharfer Schmerz fuhr ihm in die Eingeweide.

»Auch das steht nicht zur Diskussion.« Sloane kletterte aus dem Truck und schlug die Tür zu. Das Geräusch hallte durch die höhlenartige unterirdische Garage. Dex schloss zu ihm auf und hielt mit seinen langen Schritten zum Aufzug mit. Auch er sagte nichts, etwas, das Sloane als nichts Gutes zu deuten gelernt hatte. Außerdem hielt es nie lange an.

»Ich respektiere das, aber: Bist du sicher, dass es da nichts gibt, was ich als dein Partner wissen sollte?«

»Wenn du sagst, du respektierst meine Entscheidung und dann gleich eine Frage hinterherschiebst, die ebendie infrage stellt, dann hebt das deine Behauptung von angeblichem Respekt auf, Daley.«

Dex hob kapitulierend die Hände. »Jetzt nennst du mich Daley, was bedeutet, dass du sauer auf mich bist. Hab's kapiert. Tut mir leid.«

»Ich bin nicht sauer«, brummte Sloane, trat in den Aufzug und legte die Hand auf das Display. »Lass gut sein. Wenn es etwas Relevantes gäbe, würde ich es dir sagen.«

»Okay.«

Sie schwiegen den ganzen Weg hinauf nach Sparta und durch die Lounge zur Umkleide – wo Sloanes Schuldgefühle schließlich die Oberhand gewannen. Er nahm Dex am Arm und zog ihn in einen der leeren Trainingsräume. Die Lichter waren aus, aber durch das Atrium drang genug Helligkeit, dass sie einander sehen konnten. Dex stand so nahe, dass Sloane seinen Duft wahrnehmen konnte, eine Mischung aus irgendwas mit Zitrus und Dex' eigenem männlichen Geruch, und dazu noch Schmutz und Schweiß. Es kostete Sloane eine Menge Anstrengung, sich nicht an ihn zu lehnen. Auf jeden Fall nahm es ihm den Wind aus den Segeln. Sein Zorn, der noch vor einem

Augenblick da war, verpuffte nun komplett. Seit Gabe hatte er nie mehr eine derart starke Anziehung zu jemandem empfunden, und das Schlimmste daran war, dass er nicht wusste, was er dagegen tun sollte. Je mehr Zeit er in Dex' Gesellschaft verbrachte, umso mehr fühlte er sich innerlich zerrissen.

»Es tut mir leid. Ich versuche, mich nicht wie ein Arsch deswegen zu verhalten. Ich … ich bin nicht so weit, mit irgendwem über diesen Teil meines Lebens zu reden. Und ich weiß nicht, ob ich je so weit sein werde.« Er legte die Hände an Dex' Wange und tat so, als wollte er dessen Verletzung begutachten. Als sein Blick den von Dex traf, fühlte er sich wie hypnotisiert von dessen Augen. Er hatte schon viele Therianer mit so hellen Augen gesehen, aber nicht viele Menschen. Und sie hatten etwas an sich, das ihn anzog. Als diese blauen Wasser sich auf Sloanes Lippen richteten, wusste er, dass er in Schwierigkeiten war.

»Wenn du je das Gefühl hast, dass du so weit bist, sollst du wissen, dass du mir vertrauen kannst.«

Sloane nickte, fuhr mit dem Daumen über Dex' weiche Lippen, und das Gefühl eines Anfluges von Bartstoppeln unter seiner Hand ließ seinen Körper auf höchst unangemessene Weise reagieren. Er musste gehen, auf der Stelle. Dex blieb da, wo er war, und sein Atem ging so unregelmäßig wie der von Sloane. Ihre Körper waren einander immer näher gekommen, doch dann zuckten sie beide zusammen, als irgendwo in der Halle ausgelassenes Lachen losbrach. Sloane fuhr zurück, und sein Herz hämmerte so heftig, dass es ihm aus der Brust zu springen drohte.

»Wir sollten gehen«, sagte er und bedeutete Dex, als Erster den Trainingsraum zu verlassen. »Und danke, für vorhin. Für die PSTC.«

Dex lächelte ihm zu. »Habe nur meinen Job gemacht.«

»Tja, hast ihn gut gemacht.«

Als sie zur Umkleide kamen, waren Calvin, Hobbs, Ash und Cael bereits dort. Calvin und Hobbs bliesen Trübsal wie erwartet, aber Sloane wusste, dass das nicht lange andauern würde. Vielleicht brauchten sie alle etwas, um die Stimmung aufzuhellen.

Sloane ging zu seinem Spind und zog seine Weste aus. »Hey, wieso gehen wir nicht alle auf ein paar Drinks ins *Bar Dekatria*?«

Dex grinste breit. »Echt?«

»Wieso nicht? Ich gebe Maddock Bescheid, für den Fall, dass wir angefordert werden. Wir haben alle eine kleine Pause verdient.«

»Super, Alk!« Cael führte einen kleinen Freudentanz auf und brachte das Team zum Lachen, aber Sloanes Blick ruhte auf Dex. Der Frischling hatte ein faszinierendes Lächeln und ein unverfälschtes dazu, so eines, bei dem die Augen mitlachten. Es gefiel ihm, dass Dex allem gegenüber aufgeschlossen war, und was auch immer er tat, er tat es voller Hingabe. Er arbeitete hart, und Sloane lernte seinen Sinn für Humor zu schätzen, auch wenn er ihn zeitweise wahnsinnig machte. Sloane zog sich weiter aus und verstaute die Weste unten in seinem Spind.

Dex' Handy klingelte, und Sloane warf einen Blick hinüber, gerade rechtzeitig, um zu sehen, wie Dex sich die Hose über den Hintern nach unten schob. Zu Sloanes Entsetzen ließ er sie da, während er ans Handy ging. Das kräftige Weiß seiner Boxershorts stand in scharfem Kontrast zu den dunkelgrauen Hosen und schien seinen appetitlich gerundeten Hintern noch zu betonen. Trotz der Stimme in seinem Kopf, die ihm befahl wegzusehen, brachte Sloane es nicht fertig. Bis jetzt hatte er es geschafft, der Versuchung, ihn anzustarren, zu widerstehen. Dex klemmte sich das Handy mit der Schulter ans Ohr und schlüpfte erst mit einem Arm aus der Weste, wechselte dann das Handy auf die andere Seite und wiederholte die Aktion mit dem anderen Arm.

»Habe ich in deinem Schreibtisch gelassen. Schublade ganz oben rechts.«

Sloane riskierte einen kurzen Blick, um sicherzugehen, dass niemand ihn beim Starren erwischt hatte, bevor er Dex weiter beobachtete. Dieser war sich seines Striptease gar nicht bewusst, während er weiter am Telefon plauderte. Inzwischen ohne Hemd, stand er nun im eng anliegenden schwarzen Unterhemd da, und sein Rücken wölbte sich beinahe genauso aufreizend wie sein Hintern. Sloanes Gedanken wanderten zu der Nacht in dem Parkhaus. Er hatte nicht aufhören können daran zu denken, was sie getan hatten, oder was da in ihn gefahren war. Es verging kein Tag, an dem er sich nicht mit außergewöhnlicher Deutlichkeit daran erinnerte, wie gut Dex' Körper sich an seinem angefühlt hatte, an seine harte Erektion, an den Ausdruck reinster Wonne in seinem geröteten Gesicht, als er in Sloanes Hand gekommen war.

»Das andere rechts«, sagte Dex und kicherte. »Tut mir leid. Ich erzähle dir gerade Käse. Es ist in der linken.«

Rechts neben Sloane knallte ein Spind zu, sodass er kräftig zusammenzuckte. Er warf Ash einen finsteren Blick zu. Sein Freund lehnte am geschlossenen Spind und sah ihn mit hochgezogener Augenbraue an. Schwer seufzend machte Sloane sich wieder daran, seine Sachen zu verstauen.

»Genießt du die Show?«

Sloane biss die Zähne zusammen und weigerte sich, den Köder zu schlucken. Typisch für ihn. Von allen anderen in der Umkleide musste ausgerechnet Ash derjenige sein, der ihn dabei erwischte, wie er seinen Partner ausführlich musterte.

»Was?«, fragte Ash unschuldig. »Nur eine Beobachtung.

Ganz ähnlich wie deine Beobachtung eines gewissen Hinterns.« Schmunzelnd marschierte Ash davon.

»Hey, überleg es dir schnell.« Dex warf Sloane etwas zu, und er fing es auf. Es war ein Schlüsselbund. »Gib sie nicht aus der Hand. Du kannst uns fahren.«

Hinter Dex gab Cael ein lautes Jammern von sich. »Och, komm schon, Mann. Du lässt ihn das Ding fahren?«

Dex grinste seinen Bruder breit an. »Ich vertraue ihm.«

»Du willst sagen, *mir* vertraust du nicht?«

»Doch«, antwortete Dex mit breitem Grinsen. Er ging zu seinem Bruder, nahm ihn am Kinn und drückte ihm einen dicken Schmatz auf die Wange. »Nur nicht, wenn es um mein Auto geht.« Mit einem Lachen ging Dex davon, und Cael wischte sich mit dem Handrücken über die Wange.

»Du Mistkerl!« Cael drehte sich um und sah Sloane finster an.

Oh-oh. »Was ist?«, fragte Sloane und schob die Schlüssel in die Tasche seiner Jeans, die ordentlich gefaltet in seinem Spind lag. »Ist das denn so eine große Sache?«

»Große Sache?« Cael warf die Arme in die Luft. »Dieses Auto ist wie sein verdammtes Kind. Er lässt niemanden ans Steuer. Nicht mich, nicht Dad, nicht seinen Ex. Er deckt es nachts zu und zwingt dich, einer mündlichen eidesstattlichen Erklärung zuzustimmen, bevor er dich in dem blöden Ding auch nur sitzen lässt. Ich bin sein Bruder! Ich kenne ihn mein ganzes Leben lang. Dich kennt er erst ein paar Wochen, und dir gibt er die Schlüssel?« Cael schimpfte den ganzen Weg zur Dusche weiter. »Da denkt man, man kennt einen Mann, und dann bam! Tritt er dir genau dahin, wo es wehtut. Wieso kickst du mir nicht gleich in die Nüsse, Dex? Würde weniger wehtun.«

Sloane lachte, als er Dex' Antwort aus der Dusche hörte: »Nur dass du es nicht vergisst: Der Vorschlag kam von dir.«

Alle marschierten unter die Dusche, und das Geplänkel und die Witzeleien halfen ihnen, die Spannung des Tages zu lindern. Cael jammerte weiter darüber, dass Dex ihn nicht mit seinem Auto fahren ließ, während Dex abwechselnd seinen Bruder veralberte und Ash auf die Nerven ging. Calvin und Hobbs waren immer noch still, aber wenigstens lächelten sie. Danach trafen sie Letty und Rosa in der Lounge, wo Cael seine Automobil-Wehwehchen mit Rosa teilte. Sie drückte ihn an sich und hätschelte ihn, wie sie es immer tat, indem sie auf Spanisch tröstende Worte über ihren armen kleinen *gatito* murmelte. Letty schüttelte amüsiert den Kopf, während Dex an Sloane vorbeisprintete, mit Ash auf den Fersen, der ihm sein bevorstehendes Ableben androhte. Das dürfte ein interessanter Abend werden.

Die *Bar Dekatria* war keine fünfzehn Minuten Fahrt vom Hauptquartier der THIRDS entfernt, umgeben von Restaurants und dem von Letty bevorzugten *Jamba Juice*, das direkt um die Ecke lag. Es war eine Bar im Retrostil mit drei Stockwerken: Martini Lounge, Tanzfläche und Dachterrasse. Das Erdgeschoss war klassisch, mit auf alt getrimmten Liegesesseln und sogar einer Lavalampe an der Bar, die für Dex auf jeden Fall ein Hit war. Es gab eine geräumige Tanzfläche, die immer voll wurde, sobald der Alkohol seine Wirkung entfaltete, auch wenn die echte Tanzerei im ersten Stock stattfand. Dort war alles aus sattem Holz mit dunklen Akzenten, wie zum Beispiel die schwarze Lederbar mit Ledersitzen. Die vielen Kerzen, die zusammen mit diversen Wandleuchten sorgfältig um den Raum herum arrangiert waren, verliehen dem Ort eine warme, intime Atmosphäre. Am Ende des langen Raumes befanden sich ein paar gepflegte Billardtische, von denen Ash bereits einen in Beschlag genommen hatte.

Es lief immer gleich ab. Cael und Ash taten sich zusammen, um gegen Letty und Rosa zu spielen. Höchstwahrscheinlich gingen die Jungs dabei mit Pauken und Trompeten unter, und Ash schmollte dann, bis er zu betrunken war, um sich daran zu erinnern, wieso er eigentlich schmollte. Er würde sich an Cael hängen und unangebrachte Dinge sagen, die Cael erröten ließen. Calvin und Hobbs würden an einem Tisch in der Nähe sitzen und plaudern. Also, Calvin plauderte und Hobbs hörte zu und steuerte gelegentlich mit einem Grunzen oder Brummen seinen Beitrag zur Unterhaltung bei.

Sloane würde das tun, was er das ganze letzte Jahr getan hatte: Er würde an einem Tisch in der Nähe seines Teams oder an der Bar sitzen, sich einen netten kleinen Rausch antrinken und dann mit dem Taxi nach Hause fahren. Wieso hatte er noch mal vorgeschlagen, hierherzukommen? Er setzte sich auf einen Stuhl an der Bar und wollte gerade etwas bestellen, als sein durchgeknallter Partner auftauchte und sich auf den Stuhl neben ihm fallen ließ.

»Hey Partner!« Dex legte einen Arm um Sloanes Schultern, ein breites Grinsen im Gesicht. »Was soll es sein? Warte.« Er blinzelte und legte sich einen Finger an die Schläfe. »Cosmo? Fuzzy Navel? Martini, geschüttelt, nicht gerührt? Nein? Okay, hm.« Sloane wappnete sich schon, als Dex eine Bestellung abgab. »Zwei Heineken.«

Der tätowierte Barkeeper im engen schwarzen T-Shirt ging mit leisem Lachen, um das Bestellte zu holen. Wie schaffte Dex es nur, alle um sich herum mit seinem Charme um den Finger zu wickeln? Ausgenommen Ash natürlich. Der schien immun gegen dieses schiefe Grinsen zu sein. Der Barkeeper kam mit zwei Flaschen zurück, machte sie auf und schob sie herüber. »Danke, Mann. Kannst du einen Deckel für mich und meine Truppe offen halten?«

Ein anerkennender Blick glitt über Dex. »Klar.« Er schenkte Dex ein breites Lächeln, bevor ein anderer Kunde nach ihm rief.

Sloane schüttelte den Kopf. »Wie machst du das?«, fragte er ehrlich verblüfft.

»Was denn?«, fragte Dex und hielt Sloane seine Flasche zum Anstoßen hin. Sloane tat ihm den Gefallen.

»Wie kannst du die ganze Zeit so fröhlich sein? Sieht anstrengend aus.«

»Ich weiß nicht. Vermutlich gibt es keinen Grund, nicht fröhlich zu sein. Ich habe einen Job, der mir gefällt, gute Gesellschaft«, meinte er mit einem Zwinkern, »eine großartige Familie, ein Bier in der Hand. Warum sollte ich unglücklich sein?«

»Du bist einer dieser nervigen Das-Glas-ist-halb-voll-Typen, oder?«

»Ich bin mehr der Das-Glas-ist-voll-Typ. Wer will denn schon die Hälfte von irgendwas?« Er trank einen tiefen Schluck von seinem Bier, und Sloanes Blick wanderte zu Dex' Kehle, als er schluckte. Schnell sah er weg.

»Ich wollte noch sagen, du warst gut in Greenpoint. Ich bin nicht glücklich darüber, dass du aus der Formation ausgebrochen bist, aber als die Dinge brenzlig wurden, hast du dich für dein Team eingesetzt.«

»Wow. Zwei Komplimente an einem Tag«, zog Dex ihn auf.

Sloane nippte an seinem Bier und ignorierte die Art, wie Dex einen Ellbogen auf die Bar stützte und die Wange auf seiner Faust ruhen ließ, als er dasaß und Sloane ansah, mit einem Lächeln, das seine Augen funkeln ließ.

»Tja, nun, lass es dir nicht zu Kopf steigen.«

Dex grinste dreist und hielt sein Bier hoch. »Dafür sind die hier da.«

»Wird eine dieser Nächte, hm?«

»Ich habe die Absicht, mich gründlich und wunderbar vögeln zu lassen«, antwortete Dex stolz und nippte wieder an seinem Bier.

»Schon eine Weile her?«

»Ja. Die letzten paar Monate haben mir nicht gerade viel Grund zum Feiern gegeben.« Er trank noch ein paar Schlucke und schob die leere Flasche zur Seite. In Sekundenschnelle tauchte eine neue auf, ohne dass er überhaupt danach fragen musste. Sloane wäre nicht überrascht, wenn die nächste mit einer Nummer käme.

»Muss hart gewesen sein.« Sloane hatte nicht wirklich die Nachrichten verfolgt, als die ganze Sache stattgefunden hatte. Er war mit seinen eigenen Problemen beschäftigt gewesen, hatte aber davon gehört. Maddock und Cael hatten es beide nicht erwähnt, auch wenn er vermutete, dass sie Dex höchstwahrscheinlich geschützt hatten. Der Rest der Dienststelle war eine andere Geschichte. Die THIRDS kamen nicht mit Problemen der HPF in Berührung, es sei denn, es gab einen Grund dafür, oder etwas geriet in ihre Zuständigkeit. Doch angesichts dessen, dass es bei den THIRDS ganz um die Union zwischen Mensch und Therianer ging, hatte der Fall zu einer Menge interessanter Diskussionen und Meinungen geführt. Wobei die übereinstimmende Ansicht herrschte, dass der Detective der HPF das Richtige getan hatte.

Als Sloane Dex zum ersten Mal begegnet war, hatte ihn die Tatsache beunruhigt, dass Dex seinen Partner angezeigt hatte, obwohl Sloane wusste, dass es das Richtige gewesen war. Doch er hatte sowieso nach einer Ausrede gesucht, um den Typen zu hassen. Jetzt wurde ihm klar, wie schwer die ganze Sache für Dex gewesen war, und er bewunderte ihn dafür, dass er sie relativ unbeschadet überstanden hatte.

»Ich habe gegen meinen Partner ausgesagt und mich deswegen beschissen gefühlt. Danach wurde ich im Parkhaus überfallen. Kam rechtzeitig nach Hause, um zu sehen, wie mein Freund auszieht, natürlich nachdem er mit mir Schluss gemacht hat. Später wurde ich in der Dienststelle zusammengeschlagen und habe meinen Job verloren – sozusagen. An meinem ersten Tag im neuen Job wurde ich von meinem Teamleader nach allen Regeln der Kunst verdroschen, und dann wurde ich heute beinahe von einem Rudel Therianer gefressen. Alles in allem, ein paar ziemlich produktive Monate.«

Sloane warf ihm einen listigen Blick zu. »Dein Teamleader hört sich nach einem echten Arsch an.«

»Er hat so seine Momente«, gab Dex zwinkernd zurück, woraufhin Sloanes Puls in die Höhe jagte – zumindest bis ihm aufging, was Dex eben gesagt hatte.

»Moment, noch mal zurück. Du bist zweimal zusammengeschlagen worden? Wie ist das passiert?«

Dex richtete den Blick auf seine Bierflasche und zuckte mit den Schultern, während er an der Ecke des Etiketts zupfte. »Sie haben mich auf dem falschen Fuß erwischt.«

»Vielleicht haben dich deine Schuldgefühle auf dem falschen Fuß erwischt.«

»Wovon redest du da?«, brummelte Dex, doch seine gespielte Unwissenheit täuschte niemanden.

»Komm schon, Dex. Wenn du nicht gegen bewaffnete Schläger oder eine Horde Ninjas angetreten bist, dann hättest du die ganz schön in den Hintern treten können. Ich habe dich kämpfen sehen.«

»Was? Unsere Trainingskämpfe in Sparta?«, spöttelte Dex.

Sloane gefiel nicht, was er da hörte, auch wenn er nicht behaupten konnte, dass es ihn überraschte. Dex war ein guter Kerl. Er kümmerte sich um die Leute um ihn herum und scheute keine Mühen, zu tun, was richtig war. »Du hast dich gegen mich behauptet. Glaub mir, das sagt eine ganze Menge. Diese Typen, die dich auf dem falschen Fuß erwischt haben, waren das Menschen?«

»Ja.«

»Waren sie bewaffnet?«

»Ja.« Sloane sah ihn mit gehobener Augenbraue an, und Dex zuckte zusammen. »Gewissermaßen. Sie hatten einen Knüppel.«

»Willst du mir erzählen, dass ein THIRDS-Agent nicht in der Lage war, sich gegen einen Haufen Rabauken mit einem Knüppel zu behaupten?« Er wusste, dass diese Schlagstöcke aus Stahl richtige Mistdinger waren. Sie konnten echt Schaden anrichten, aber nichts im Vergleich zu einer Feuerwaffe oder einer Klinge. Dex war ein sehr fähiger Agent.

»THIRDS-*Frischling*«, brummte Dex kläglich. »Und das waren keine Rabauken, sondern Cops.«

»Shit.« Sloane fuhr sich mit der Hand übers Gesicht. Er nickte verständnisvoll, auch wenn er mit dem, was Dex getan hatte, nicht einverstanden war. Er beugte sich vor und drückte den Finger auf die glatte schwarze Oberfläche des Bartresens. »Das war das letzte Mal, dass das passiert ist, hörst du? Wenn du dir von diesen Arschlöchern die Seele aus dem Leib prügeln lässt, wird das die Schuldgefühle auch nicht vertreiben, glaub mir. Wenn du das Gefühl hast, du brauchst jemanden, der dir in den Allerwertesten tritt, dann gib mir Bescheid, und ich schicke dich in den Ring mit Ash. Ich bin mir sicher, er wird mit Freuden zu Diensten sein.«

Dex schauderte. »Hab's begriffen. Wie kommt es eigentlich, dass ihr zwei beste Freunde seid? Nichts für ungut, aber der Typ ist ein absoluter Blödmann.«

»Er ist nicht so übel, wie er scheint.« Sloane trank noch einen Schluck Bier. Heute Abend war er nicht recht in der

Stimmung, sich zu betrinken, obwohl das auch daran liegen konnte, dass er nicht so viel Möglichkeit dazu hatte, solange er mit Dex plauderte – nicht dass er sich beklagen wollte. Das Reden mit Dex fiel ihm leicht. Er konnte mal eine Diskussion führen, bei der es um mehr ging als um Ashs Gesetz der drei S: Schießen, Sex und Sport.

»Wirklich?«

Sloane brauchte einen Moment, um sich wieder daran zu erinnern, worüber sie gerade sprachen. »Ja. Wir kennen uns, seit wir Kinder waren. Wir waren beide damals in einer schlimmen Lage, also *ich* war in einer schlimmen Lage, und er half mir da durch. Tatsächlich hat er mir durch ein paar harte Zeiten geholfen. Ich weiß, er kann einem den letzten Nerv rauben, aber er würde eine Kugel für mich abfangen. Hat er sogar schon.« Sloane schüttelte den Kopf und lachte leise bei der Erinnerung. »War nur eine Fleischwunde. Er hat monatelang herumgezickt, die Sache von vorn bis hinten ausgeschlachtet, aber er hatte es verdient. Er hat mir immer den Rücken freigehalten, und ich ihm. Wir sind die einzige Familie, die wir haben.«

»Was ist mit dem Rest des Teams?«

»Natürlich sind die auch Familie. Aber weißt du, Rosa hat ihre Freundin. Sie sind seit zehn Jahren zusammen. Letty hat einen Freund drüben in Brooklyn. Calvin hat seine Mom, und Hobbs hat seine Eltern und ein paar Brüder. Die beiden sind Freunde, seit sie Kinder waren. Hobbs' Mom hat früher Babysitter für Calvin gespielt, wenn seine Mom bei der Arbeit war. Sie sind im selben Apartmenthaus groß geworden. Deshalb sind sie so dicke Freunde. Und dann gibt es Ash und mich.« Er zuckte mit den Schultern, nicht sicher, was er sonst noch darüber sagen konnte, das sich nicht erbärmlich anhören würde, selbst für seine eigenen Ohren. »Also, was ist mit deinem Partner passiert?«

Dex sah aus, als wäre er vielleicht nicht bereit, die bisherige Unterhaltung zu beenden, doch Sloane war dankbar, als er einen Schluck Bier trank und nickte. »Es hätte Routine sein sollen. Wir hatten nicht allzu oft mit Therianern als Informanten zu tun, aber sie helfen der HPF mehr, als man dort zugeben will. Menschliche Verbrecher entziehen sich sehr gern der HPF, indem sie sich in Wohngegenden mit Therianern verstecken, vor allem, wenn sie bereit sind, für Schutz zu bezahlen. Jedenfalls versuchten wir gerade, einen Typen zu finden, der bei einem Raubüberfall einen Verkäufer getötet hatte, und wir wussten, dass er sich bei einer Gang von Therianern versteckte. Wir fanden einen Typen, der Informationen hatte, und als wir uns mit ihm trafen, stellte sich heraus, dass er noch ein Kind war, höchstens fünfzehn. Ich fing an, mit ihm zu reden, aber Walsh funkte ständig dazwischen, packte ihn und warf ihm vor, Informationen zurückzuhalten. Also kannst du dir vorstellen, wie das ablief. Der Typ wurde abwehrend, denn so angegangen zu werden passte ihm nicht, wie auch der ganze Mist, den Walsh von sich gab. Ich wollte die Situation entschärfen, aber der Typ meinte, er würde nichts mehr sagen und ging. Und auf einmal hat Walsh seine Waffe gezogen und feuerte los. Hat den Jungen genau zwischen die Schulterblätter getroffen. Eine Kugel.«

Dex schüttelte den Kopf, die Lippen aufeinandergepresst. »Ich stand da, ganz benommen und dachte nur, das, was ich da gerade gesehen habe, kann nicht passiert sein. Walsh riss mich aus meiner Benommenheit und fing an mir zu erzählen, dass der Typ es so gewollt hätte, dass er wahrscheinlich eine Waffe hatte, dass er high war, und dazu noch all den anderen Mist. Zuerst wusste ich gar nicht, wovon er redete. Aber dann wurde mir klar, was er da tat.«

»Er wollte dich in eine Richtung drängen. Dich dazu bringen, dass du seine Geschichte als Wahrheit annimmst.«

Dex verzog den Mund zu einem schiefen Lächeln. »Ja. Ich weiß nicht, ob er darauf hoffte, dass ich genug unter Schock stand, um mich überzeugen zu lassen, aber es hat nicht funktioniert. Außerdem war ich nicht dumm. Das Einzige, was zwischen ihm und einer Gefängnisstrafe stand, war ich.«

Sloane starrte ihn an. »Du denkst wirklich, er hätte dich umgebracht?«

»Um ehrlich zu sein, ich weiß es nicht. Ich möchte gern denken, dass er es nicht getan hätte, aber so kaltblütig wie er diesen Jungen erschossen hatte, wollte ich kein Risiko eingehen, vor allem da es keine Zeugen in der Nähe gab. Er hatte eine Menge zu verlieren. Ich habe mich dumm gestellt. Habe genau das gesagt, von dem ich wusste, dass er es hören wollte. Ich fühlte mich so krank dabei, dass ich beinahe gekotzt hätte. Als die Verstärkung kam, habe ich … getan, was ich tun musste. Den Blick, mit dem er mich angesehen hat, als sie ihm die Handschellen anlegten und hinten in den Wagen setzten, werde ich nie vergessen. Es war der Blick eines Mannes, den es eiskalt erwischt hatte.«

»Tut mir leid.« Sloane bedeutete dem Barkeeper, Dex noch eine Flasche zu bringen. Sein Partner hatte sie verdient. Wenn es sein musste, würde er Dex auch nach Hause bringen. Walsh geschah recht, was er bekommen hatte, nicht nur für seine Taten, sondern auch dafür, dass er einen Mann wie Dex durch eine solche Hölle gejagt hatte. Und wofür?

»Ich wusste, dass es wahrscheinlich das Ende meiner Karriere sein würde, auf die eine oder andere Art«, fuhr Dex fort, »aber wenn ich in diesen Zeugenstand getreten wäre und gelogen hätte, könnte ich nie wieder in einen Spiegel sehen.« Ein Ausdruck müder Trauer glitt über sein attraktives Gesicht, und Sloane sehnte sich nach dem Lächeln in diesem Gesicht zurück.

»Ja, und wir wissen doch beide, wie gern du dich im Spiegel siehst.«

»Trottel«, kicherte Dex und knuffte ihn spielerisch in den Arm. »Im Übrigen: Der Typ dort drüben starrt schon die ganze Zeit intensiv auf deinen Hintern. Ich denke, er will gern umziehen.«

Sloane warf einen Blick über die Schulter zu einem der Billardtische, wo ihn ein junger Kerl in verwaschenem T-Shirt und einer schmuddeligen Baseballmütze von den Eagles auf dem Kopf musterte. Dann lächelte er, bevor einer von den anderen Typen aus seiner Clique ihn am Arm packte und wegzog. Sloane drehte sich wieder zu Dex um und schüttelte den Kopf. »Kein Interesse.«

»Wieso? Er ist …«

»Ein Jäger. Ich hab's nicht so mit Fetischen.«

»Moment, was? Woher weißt du das?« Dex spähte unauffällig über Sloanes Schulter.

»Sein Hals. Jäger lassen sich auf der rechten Seite am Hals Tattoos stechen, die Therianer-Markierungen imitieren sollen.« Gott sei Dank war es illegal, dass Menschen sich an der linken Seite tätowieren ließen, denn sonst wäre es viel frustrierender gewesen, Therianer zu identifizieren. Obwohl Sloane wusste, dass es da draußen einen harten Kern von Jägern gab, die das Risiko eingingen. »Ich gebe mich nicht mit Typen ab, die nur mit mir zusammen sein wollen wegen dem, was ich bin. Nicht mal für Sex.«

»Kenn ich, weiß ich, war ich schon – und alles, was dabei raussprang, war ein lausiges T-Shirt?«

Sloane verzog das Gesicht. »So in der Art. Das T-Shirt hätte ich der einstweiligen Verfügung vorgezogen.«

»Oh, Mist, so übel?« Dex machte große Augen und beugte sich mit geröteten Wangen zu Sloane. Sah so aus, als wäre sein

Partner auf dem besten Wege sich in einen angeheiterten Zustand zu versetzen. Wieso zur Hölle auch nicht?

»Es war auf dem College. Der Typ stand wirklich auf mich, und ich gebe zu, ich fiel auf das, was er zu bieten hatte, herein. War schwer, nicht darauf hereinzufallen. Er hatte diesen speziellen Blick.«

Dex stützte den Kopf auf die Hand, und ein wonniges Lächeln breitete sich in seinem Gesicht aus. »Welchen denn?«

Ungefähr so, wie Dex ihn gerade ansah. Nur, wenn Sloane so darüber nachdachte, hatte er bisher nie dieses Gefühl von Hitze und Aufregung verspürt, das er empfand, wenn Dex ihm nahe war. »So als würde er nicht einen Freak in mir sehen, der jeden Moment zum Tier werden und alles niedermetzeln könnte. Er sah mich an, als wäre ich … ich weiß nicht, wie ich es beschreiben soll. Es war eine willkommene Abwechslung. Jedenfalls haben wir begonnen, miteinander auszugehen, miteinander zu schlafen, und dann wurde es ein wenig bizarr. Es ging schrittweise vonstatten. Er hat mich nicht von heute auf morgen gefragt, ob er mir einen Sattel auf den Rücken schnallen könnte, oder so.«

Dex spuckte einen Schluck Bier aus und keuchte, als er etwas sagen wollte. »Fuck, Mann. Sag so was doch nicht, wenn ich gerade trinke.«

»Tut mir leid.« Sloane lachte und lehnte sich zu Dex, um ihm auf den Rücken zu klopfen, während der kräftig hustete. »Alles in Ordnung?«

Dex nickte, und seine Stimme klang heiser, als er sagte: »Ja, erzähl weiter von … du weißt schon, davon.« Er nahm eine Serviette und wischte sich über den Mund.

»Jedenfalls hat es klein angefangen. Er stellte eine Menge Fragen über meine Therianergestalt, aber das war in Ordnung. Daran war ich gewöhnt. Irgendwann hat er komische Ausdrücke benutzt, wenn wir miteinander im Bett waren.« Sloane spürte, wie sein Gesicht rot wurde. »Ich kann nicht glauben, dass ich diese Unterhaltung mit dir führe.«

»Wir könnten auch über *mein* Sexleben sprechen.«

»Ja, also, er hat Dinge gesagt wie, ähm …« Sloane räusperte sich und beugte sich vor. »Wenn du lachst, schlag ich dich.«

»Okay. Nicht lachen.«

»Er hat mich gebeten, ihn zu besteigen und wild zu begrabschen. Und dann wollte er, dass ich ihn markiere.«

Dex starrte ihn an. »Ihn markieren im Sinne von, *ihn markieren*?«

»Ja, und es wurde noch schräger, aber was mir den Rest gab, war der Moment, als er mich bat mich zu wandeln, damit er sich bei meinem Anblick einen runterholen kann.«

Dex zuckte zusammen. »Oh, ich kann mir vorstellen, dass das eine Beziehung kaputt macht.«

»Kein Scheiß. Danach haben wir uns getrennt. Und dann fing er an, mich zu stalken, also habe ich eine einstweilige Verfügung erwirkt.«

»Was ist aus ihm geworden?«

Sloane zuckte mit den Schultern. Er war so erleichtert gewesen, den Typen loszuwerden, dass er danach nicht weiter darüber nachgedacht hatte. »Er ist eines Tages verschwunden. Hat sich wahrscheinlich jemand anderen gesucht.«

»Wow.«

»Ja.« Sloane trank sein Bier aus. Dann fiel ihm auf, dass Dex sehr still geworden war. Er riskierte einen Blick und sah, dass sein Partner kurz davor war zu platzen. »Komm schon, dann mach.«

Dex brach in Gelächter aus und krümmte sich mit rotem Gesicht. Immer wenn er versuchte sich zusammenzureißen oder etwas zu sagen, prustete oder lachte er wieder los.

»Ich wusste, du würdest lachen.« Sloane zog einen Schmollmund und musterte seinen Partner. Er nahm an, dass der versuchte zu sagen, dass es ihm leidtue, doch am Ende klang er, als würde jemand die Luft aus einem Ballon lassen. Dann wurde das Licht gedämpfter, die Musik dröhnte, und Leute steuerten auf die Tanzfläche zu. Dex sprang von seinem Stuhl, und Sloane drehte sich zu ihm um.

»Oh, sie spielen mein Lied.«

»Im Ernst, das ist dein Lied?« Sloane lauschte dem Discosound und dem stampfenden Trommelrhythmus, bevor eine hohe Männerstimme anfing, einen anzüglichen Text zu singen.

»Nicht wirklich, ich mag es nur«, meinte Dex und bewegte sich fast unmerklich zur Musik.

»Moment mal, dein Dad hat gesagt, du kennst keine Lieder nach 1989.«

Dex lachte. »Oh, mein Gott, und du hast ihm geglaubt?«

»Richtig, weil das ja so weit hergeholt ist«, meinte Sloane und verdrehte die Augen.

»Tja, er hat einen Witz gemacht. Mir ist die Musik vor 1989 einfach lieber, aber gelegentlich höre ich mir auch etwas Moderneres an.« Er spitzte die Lippen und warf Sloane einen lockenden Blick zu. »Lass uns tanzen.«

»Hau ab«, lachte Sloane. »Zu dem Song tanze ich nicht. Geht es da nicht darum, auf den Strich zu gehen?«

Dex zuckte mit den Schultern, wackelte im Takt der Musik mit dem Hintern und sang Sloane mit hoher Stimme etwas darüber vor, eine Ghettoprinzessin zu sein.

»Möchte wetten, dass du eine bist.« Bei jedem anderen angetrunkenen Kerl wäre Sloane gegangen, aber aus irgendeinem unbestimmten Grund, den er nicht begreifen konnte, lehnte er sich zurück, verschränkte die Arme und sah zu – gestattete sogar –, wie Dex immer näher kam. Sein Kopf sagte ihm, er sollte seinen Partner zur Ordnung rufen, bevor der sie beide zum Affen machte, aber das dumme Grinsen in Dex' Gesicht machte es ihm schwer. Außerdem hatten sie alle einen harten Tag hinter sich, und nach seiner Unterhaltung mit Dex wusste er, dass das hier das erste Mal seit Langem war, dass der Mann ein wenig Spaß hatte.

»Komm schon, Daddy.«

»Nein, und wenn du mich je wieder Daddy nennst, trete ich dir in den Hintern.«

»Na schön, dann halt nicht.« Dex drehte sich auf dem Absatz um und warf die Arme hoch. »Ladies! Tanzfläche!«

Sloane sah zu, wie Dex die Tanzfläche ansteuerte, mit einem halben Dutzend Frauen im Schlepptau, Rosa und Letty eingeschlossen.

»Shit. Der Frischling hat Rhythmus.« Ash bestellte an der Bar und lehnte am Tresen, während er wartete. »Wenn ich gewusst hätte, dass er derart gut im Abschleppen ist, hätte ich Maddock gebeten, ihn früher ins Team zu holen.«

»Ich bezweifle, dass Dex damit einverstanden wäre, dein Abschlepphelfer zu sein«, brummte Sloane und lachte leise, als Ash ihm den Mittelfinger zeigte, sein Bier nahm und sich verzog. Lächelnd widmete er sich wieder seiner Beobachtung von Dex und der unbekümmerten Art, mit der er sich bewegte. Zwei Frauen hatten Dex in die Mitte genommen. Die hinter ihm umfasste seine Hüften, während die vor ihm ihre Hände seinen Brustkorb hinaufwandern ließ, und beide rieben ihre Körper an ihm, während sie tanzten. Dex hob die Arme und bewegte sich im Takt, ein schiefes sexy Lächeln im Gesicht. Er amüsierte sich prächtig und kümmerte sich nicht darum, was irgendein anderer dazu sagen mochte, oder dass die beiden Frauen ihn begrabschten. Ab dem zweiten Refrain hatte er einen ganzen Harem um sich, und er schenkte jeder einzelnen ein Lächeln, tanzte abwechselnd mit einer von ihnen, zog sie auf und brachte sie zum Lachen.

Ein Yuppie, Ende zwanzig, näherte sich Sloane, die Hände verlegen in die Taschen seiner teuren Hose geschoben. »Hey.«

Sloane machte sich nicht die Mühe, aufzusehen. »Hey.«

»Ist das dein Freund?«, fragte der Typ und nickte in Richtung Dex.

»Was?« Im Moment dachte er darüber nach, dass er zwar nicht verknallt war, aber definitiv zu viele erotische Gedanken über Dex im Kopf hatte, um es nicht zu sein. Sloane fühlte sich ertappt und setzte sich aufrecht hin.

»Dein Freund ist heiß.«

Sloane schüttelte den Kopf. »Er ist nicht mein Freund. Er ist mein Partner. Ich meine im Job. Wir arbeiten zusammen.« *Na, elegant formuliert.*

Yuppies Lächeln teilte sein Gesicht beinahe in zwei Hälften, so breit war es. »Oh, dann macht es dir also nichts aus, wenn ich mit ihm tanze?«

»Nur zu.«

»Geil.«

Sloane sah dem zarten brünetten Hinterkopf des Typen finster hinterher, als der ging. *Geil?* Was war der denn, ein Teenagermädchen? Verdammter Arsch.

Yuppie mischte sich in den Harem, aber es schien ihnen nichts auszumachen, und sie nahmen ihn in ihren Kreis auf. Der Typ drückte sich an Dex, legte einen Arm um ihn und fing an, sich an ihm zu reiben. Kurz darauf hatten beide Hände von Yuppie den Weg zu Dex' Hintern gefunden, hielten ihn fest, und seine Lippen waren nur noch Zentimeter von Dex' Lippen entfernt. Der Typ hatte die Hände überall an ihm, ließ sie irgendwann unter Dex' Shirt gleiten und wanderte viel zu nahe in Richtung Leistengegend.

Sloane drehte sich mit dem Stuhl zur Bar um und bestellte eine Cola. Er hätte lieber noch eine Runde Bier bestellen sollen, vielleicht auch einen Kurzen oder zwei. Sah so aus, als würde er am Ende doch allein mit dem Taxi nach Hause fahren. Nicht dass er sich irgendwas mit Dex erwartet hatte, auch wenn er die Plauderei genossen hatte. Dex war allein, aber Sloane bezweifelte, dass er das lange bleiben würde. Er war klug, gut aussehend und witzig. Nach all dem Mist, den Dex hatte durchmachen müssen, verdiente er einen guten Kerl. Jemanden, der ihn im Arm hielt, über seine dummen Schrullen lachte und, lieber Gott, jemanden, der eine Reihe von Liedern aus den 80ern aushalten konnte, ohne verrückt zu werden. Der Gedanke ließ Sloane lächeln.

»Ich würde ihn nicht gehen lassen.«

Sloane hob ruckartig den Kopf und sah den Barkeeper ihm gegenüber am Tresen lehnen.

»Er mag Sie. Sehr. Sieht man an der Art, wie er Sie anschaut.«

»Tja, na ja, das ist nicht wirklich das Problem«, gab Sloane schroff zurück. Wollte er jetzt wirklich dem Barkeeper sein Herz ausschütten?

»Oh, Sie haben schon jemanden?«

Sloane schüttelte den Kopf, und seine Kehle fühlte sich zugeschnürt an. »Nein, ich habe vor einer Weile jemanden verloren.«

»Hey, das tut mir leid, Mann.« Der Typ beugte sich vor, legte den Kopf schief und sah ihn mitfühlend an. Er sah aus, als würde er über etwas nachdenken, bevor er offenbar zu einer Entscheidung kam. »Ich will nicht respektlos sein, aber ich bin sicher, Ihr Freund hätte gewollt, dass Sie glücklich werden. Denken Sie darüber nach. Sie wollen einen guten Kerl nicht an einen Blödmann wie den da drüben verlieren.« Der Barkeeper ging wieder, und Sloane starrte ihm nach. Tja, wenigstens war er nicht der Einzige, der Yuppie für einen Blödmann hielt.

Ash knuffte ihn spielerisch. Sah so aus, als wäre sein Freund schon auf dem besten Weg, wieder mal auf dem Rücksitz von Caels Wagen einzupennen. »Hey, alles okay bei dir?«, fragte er Sloane.

»Ja.«

»Mensch!« Ash schlug ihm die Hand auf den Rücken, dass es wehtat. Jawohl, auf gutem Wege, sich zuzudröhnen. »Das hättest du sehen sollen. Sein eigener Bruder hat deinem Partner gerade gehörig die Tour vermasselt.«

»Was?« Sloane wusste gar nicht, warum er so überrascht war. Es war ja nicht so, dass er wusste, wie die Brüder miteinander umgingen, abgesehen von dem, was er bei der Arbeit mitbekommen hatte. Manchmal waren sie wie Kinder. Aber Dex hatte ihm nie den Eindruck vermittelt, dass sein Bruder sich in sein Sexleben einmischen würde.

»Der Schönling wollte Dex gerade zur Toilette schleifen, war ganz heiß auf ihn, und da ist Cael zu ihm hinmarschiert und hat ihn zum Teufel gejagt. Ich sage dir, der Zwerg lässt sich von keinem was gefallen. Dex hat recht. Er sieht zwar aus wie ein niedliches Haustier, aber er kann ganz schön beißen.«

»Wieso sollte Cael das tun?« Moment, hatte Ash Cael gerade *niedlich* genannt? Sein Freund war anscheinend vollkommen dicht.

Ash zuckte mit den Schultern. »Keine Ahnung, Mann. Ehrlich gesagt, Dex ist so im Eimer, dass er es nicht einmal gemerkt hat. Der Typ kann tanzen, aber Alkohol verträgt er gar nicht.«

»Fährt Cael dich nach Hause?«, fragte Sloane und tätschelte Ashs kräftigen Bizeps. Der Mann war schon beim Unterhemd angekommen, was in Ash-Sprache bedeutete, dass es bald Zeit war zu gehen. »Kumpel, du musst wirklich aufhören, immer zu strippen, wenn du betrunken bist.«

»Es ist heiß«, gab Ash mit Schmollmund zurück. Er zeigte irgendwo nach hinten. »Cael hat meine Jacke. Und ja, er fährt mich nach Hause.«

»Sicher, dass du nicht von Calvin oder Hobbs gefahren werden willst?« Sloane hatte keine Ahnung, wie Cael es überhaupt schaffte, Ash jedes Mal bis zur Haustür zu bringen. Der Junge war kräftig, aber Ash war doppelt so groß wie er.

»Cael ist okay. Er parkt vor dem Haus, bleibt eine Weile da mit mir sitzen, und dann weckt er mich und bringt mich zur Tür.« Ash zuckte lässig mit den Schultern. »Er ist gut im Zubettbringen.«

Sloanes Augenbrauen wanderten bis fast an seinen Haaransatz. »Er bringt dich ins Bett?«

»Auf die Couch.« Ash sah ihn an. »Was?«

»Nichts.« Sloane hob die Hände und unterdrückte ein Lächeln.

»Sieh mal, er ist ein cooler Typ. Ich mag ihn. Nicht mögen im Sinne von schwul, sondern einfach, du weißt schon, er ist ein cooler Kerl, und ich hänge gern mit ihm ab. So was ist möglich. Ich kann mit einem Schwulen befreundet sein und selbst nicht schwul sein.« Ash ballte die Hände auf dem Tresen zu Fäusten, und Sloane legte seinem Freund vorsichtig die Hand auf die Schulter.

»He, langsam, Großer. Niemand streitet mit dir. Alles in Ordnung mit dir?«

Ash nickte und lächelte unsicher. »Ja. Ich glaube, ich habe zu viel getrunken.« Er sah zu den Billardtischen, wo Cael mit Calvin lachte. »Ich muss gehen.«

»Okay.« Sloane sah zu, wie sein Freund davonschlenderte und sich auf einem Stuhl neben Cael platzierte. Er legte den

Arm um ihn und lehnte sich zu ihm hin. Cael lächelte ihn an und stieß mit dem Kopf scherzhaft an Ashs. Mist, Sloane bekam seine Reaktion nicht mit.

»Hey, Mann, da bissuja.« Dex tauchte mit breitem Grinsen neben ihm auf, und seine Aussprache war leicht undeutlich. »Ichabe nach dir gesucht.«

Sloane lächelte. »Du hast mich gefunden.«

»Habe ich!«, rief Dex aufgeregt aus. Er schwang einen Arm um Sloanes Schultern und drückte sich an ihn, sodass der unbehaglich das Gewicht verlagerte. Der Duft des Mannes drang zu ihm, eine berauschende Mischung von Mann, Schweiß und Dex' Duschgel. Je länger Dex dastand und sich an ihn lehnte, umso intensiver schien der Duft zu werden.

»Was ist aus deinem Freund geworden?«, fragte Sloane.

»Wer?« Dex runzelte in tiefer Konzentration die Stirn.

»Der mit der Zunge in deinem Hals.«

»Oh, Chris. Kit? Craig?« Dex blinzelte nachdenklich und schnippte dann mit den Fingern. »Dan. Weiß nicht. Ist gegangen.«

»War der dein Typ?«, fragte Sloane und versuchte, beiläufig zu klingen.

»Wer, Craig? Nein, er war ganz niedlich, aber zu jung und zu geschniegelt.« Neckend kratzte er über Sloanes Stoppeln unter dem Kinn. »Ich mag sie lieber ein wenig rauer.«

Sloane sah ihn mit gehobener Augenbraue an. »Tatsächlich?«

»Ja. Ich stand schon immer auf Kerle, die einfach waren, also nicht im Sinne von leicht zu haben – obwohl, auf die stand ich auch, keine Altlasten, weißt du?«

Sloanes Kiefermuskeln spannten sich an, und er sah auf seine inzwischen verwässerte Cola. »Ja.«

»Aber siehst du das hier vor mir?« Dex deutete auf Sloanes

Gesicht und pikte mit dem Zeigefinger sachte Sloanes Wange. »Das ist schön.«

»Was?« Noch nie hatte jemand ihn oder irgendetwas an ihm als schön bezeichnet. Normalerweise waren sie zu beschäftigt damit, um ihr Leben zu rennen.

»Dieser Schmerz, den du jeden Tag zu verbergen versuchst. Der bewirkt etwas«, sagte Dex und legte sich die Hand aufs Herz.

»Ich hoffe, du hast nicht irgendeinen Fetisch oder so, denn das ist echt krass.«

Dex schüttelte den Kopf. »Heute Abend hast du gelacht. Ich habe dich zum Lachen gebracht. Zu wissen, was hier drin ist, und dass ich dafür sorgen konnte, dass du dich eine Zeit lang gut fühlst … es war ein Fehler von mir, Typen wie dich abblitzen zu lassen. Ihr braucht Liebe.«

Sloane schluckte schwer. Er begriff nicht ganz, was Dex da plapperte, aber er fühlte sich nicht ganz wohl mit der Richtung, in die es ging.

»Kerle wie du brauchen Liebe«, wiederholte Dex. »*Du* brauchst Liebe.«

»Du bist echt breit.«

»Stimmt.« Dex lehnte sich an Sloane und legte ihm mit einem kleinen Seufzer die Hand auf die Schulter. »Du hast gute Schultern zum Anlehnen, weißt du das?«

»Nicht wirklich. Bei mir hat sich noch nie jemand angelehnt.« Die meiste Zeit seines Lebens hatte er sich an andere angelehnt, bis es niemanden mehr zum Anlehnen gab außer Ash.

»Im Moment lehne ich mich bei dir an.«

Sloane kaute eine Minute lang auf seiner Unterlippe, bevor er kapitulierte und den Kopf an Dex' Kopf ruhen ließ. Er gestattete seinen Augen, zuzufallen.

»Du bist ein großer Softie«, murmelte Dex.

»Ich kann dir in den Hintern treten, weißt du noch?«

»Ja, aber das liegt daran, dass du Angst hast.«

Sloane richtete sich auf und drehte sich um, um Dex zu fragen, wovon er da redete. Ohne Sloanes Schulter fiel Dex gegen ihn, und instinktiv fing Sloane ihn auf. Ihre Gesichter waren einander so nahe, dass Sloane das Bier in Dex' warmem Atem riechen konnte.

»Du hast dich bewegt«, murmelte Dex und ließ seine Hand um Sloanes Taille an dessen Rücken gleiten.

»Tut mir leid.« Sloane hielt Dex aufrecht, und sein Kopf befahl ihm, den Mann wegzuschieben, aber sein Körper hatte andere Vorstellungen. Er schlang die Arme um Dex und drückte seinen Partner sanft an sich. »Alles okay bei dir?«

Dex runzelte die Stirn, und sein Blick fiel auf Sloanes Lippen. »Bin nicht sicher.«

»Fühlst du dich krank?«

»Nein.« Dex schüttelte den Kopf. »Kribbelig.«

»Kribbelig? Du hast jetzt keinen Herzanfall neben mir, oder?«, meinte Sloane neckend.

»Denke nicht. Aber das Ding schlägt schnell.«

Sloane schluckte schwer, unsicher, was er sagen sollte, als Caels Stimme ihn aufschreckte. »Hey.«

»Er ist gestolpert«, platzte Sloane heraus und schob Dex von sich. Ein verwirrtes Grinsen trat in Caels Gesicht.

»Okay. Er stolpert ständig. Jedenfalls fahre ich jetzt Ash nach Hause. Macht es dir was aus, wenn du meinen Bruder nach Hause bringst? Ash belegt irgendwie den gesamten Rücksitz, und dann ist es auch noch die entgegengesetzte Richtung.«

Sloane öffnete den Mund, doch dann fing Dex an, etwas zu singen, was nach einer weiteren schmalzigen Ballade aus den Achtzigern klang.

»Viel Glück damit.« Cael wartete nicht einmal eine Antwort ab, sondern klopfte Sloane nur auf den Arm und sauste davon. *Hinterhältiger kleiner Bastard.* Dex sang weiter und summte die Melodie an den Stellen, wo ihm der Text nicht mehr einfiel. Sloane stand auf und half ihm auf die Füße.

»Was in aller Welt singst du da?«

»Eddie Money«, antwortete Dex gähnend.

»Wer?«

»1989.«

Sloane musste einfach lachen. »Du bist der größte Trottel, der mir je begegnet ist.« Er legte einen Arm um Dex und winkte dem Rest des Teams zum Abschied zu, während er seinen Partner aus dem Club manövrierte und sich auf dem Weg bei verschiedenen Leuten entschuldigte, wenn Dex stehen blieb, um jemandem Komplimente wegen seines Shirts oder seiner Schuhe zu machen oder ein Würstchen zu stibitzen. Sein freches Grinsen und sein Zwinkern brachten ihm von der Frau, von deren Teller er es geklaut hatte, ein Kichern anstelle einer Ohrfeige ein. Sloane führte Dex zur Vordertür hinaus, auf den Gehweg in die frische Oktoberluft. Die Tiefgarage war nur einen Block weiter, aber es dauerte doppelt so lange, nachdem Dex immer wieder stehen blieb, um zu jedem, der vorbeiging, Hallo zu sagen.

Als sie endlich in im Parkhaus waren, half Sloane Dex auf den Beifahrersitz, bevor er die Tür hinter ihm schloss und um den Wagen lief, um sich hinters Steuer zu setzen. Er stellte den Sitz ein und steckte den Schlüssel ins Zündschloss.

»Okay, also wo …«

Sloane holte tief Luft, als Dex sich auf einmal ganz nah zu ihm beugte. Doch sein Aufkeuchen wurde sofort von Dex' Lippen auf seinem Mund erstickt. Der Kuss erwischte ihn vollkommen unvorbereitet; er war hungrig, leidenschaftlich und schmeckte nach Bier. Jede einzelne Alarmglocke in Sloanes Kopf klingelte wie verrückt, aber statt seinen Partner von sich zu schieben, hielt er ihn fest und vertiefte den Kuss, ließ seinen Mund alles nehmen, was Dex ihm bot. Ihr Atem vermischte sich, heiß und schwer, als Sloane das Verlangen wie ein Schlag traf. Mit einigen Schwierigkeiten erhob Dex sich auf die Knie, und bevor Sloane wusste, wie ihm geschah, saß Dex schon rittlings auf seinem Schoß. Seine Erektion drückte sich durch die Jeans und rieb gegen Sloanes mächtigen Ständer.

Gott, er schmeckte fantastisch, und seine Lippen waren so weich. Sloanes Hände wanderten nach unten zu Dex' Taille und unter dessen Shirt. All die geschmeidigen, festen Muskeln unter seinen Fingern ließen Sloane tief aufstöhnen. Dex legte die Hände um sein Gesicht und küsste ihn, bis sie beide nach Luft rangen. Sloane schluckte schwer, als er Dex' vom Küssen geschwollene Lippen sah, sein Gesicht erhitzt, und die hellen blauen Augen erfüllt von Lust. Gott, Sloane konnte sich gar nicht erinnern, wann er sich zuletzt so lebendig gefühlt hatte.

»Du bist so verdammt sexy«, hauchte Dex, und sein Körper strahlte sengende Hitze aus. Er drückte die Lippen an Sloanes Hals, küsste ihn und fuhr mit der Zunge bis hinauf an sein Ohr.

»Dex …«, flüsterte Sloane und versuchte, sich zusammenzureißen. Das hier war auf so viele Arten falsch. Erstens, Dex war sturzbetrunken. Zweitens, sie fingen gerade erst an, miteinander auszukommen. Drittens, sie waren Partner. Die Liste der Gründe, warum das hier eine ganz schlechte Idee war, war umfangreich und wurde immer länger, mit jeder Berührung von Dex' warmen Lippen auf Sloanes Haut. »Dex«, versuchte Sloane es wieder, als er spürte, wie Dex auf ihm still wurde. »Dex?« Er legte ihm eine Hand auf den Rücken und spürte, wie sein Brustkorb sich regelmäßig hob und senkte. »Das muss jetzt ein Scherz sein. Das glaube ich jetzt nicht.«

Mit einem schweren Seufzer schob Sloane seinen schlafenden Partner vorsichtig auf den Beifahrersitz. Nachdem er ihn angeschnallt hatte, lehnte er sich zurück, musterte ihn einen Moment lang und sagte sich, dass es so besser war. Es ersparte ihm die Notwendigkeit, Dex' Gefühle zu verletzen. Obwohl, sollte das noch einmal passieren, wenn Dex nüchtern war, dann würden sie darüber reden müssen. Was sie dann zu diskutieren hätten, war ihm allerdings ein Rätsel. Wahrscheinlich würde Dex sich am Morgen an nichts von alldem mehr erinnern. Die Frage war: Wollte er, dass Dex sich erinnerte?

Er startete den Wagen und fuhr aus der Parklücke. Doch am Ende des Parkplatzes wurde ihm etwas klar: Er hatte keine Ahnung, wo Dex wohnte.

»Shit.« Vorsichtig stieß er Dex an der Schulter an. »Dex, wach auf.«

Nichts. Der Mann war völlig hinüber.

»Verdammt.« Pfeif drauf. Er würde Dex mit nach Hause nehmen und auf seiner Couch schlafen lassen. Um diese Zeit war es weniger als zehn Minuten Fahrweg bis zu seinem Apartment. Es hatte keinen Sinn, Cael zu behelligen, der hatte wahrscheinlich alle Hände voll zu tun mit Ashs betrunkenem Hintern. Während der gesamten Fahrt spielte Sloane verschiedene Szenarien im Kopf durch, wie er mit Dex umgehen würde, falls der sich erinnerte, was vor ein paar Minuten passiert war.

Wieso machte er eigentlich so eine große Sache daraus? Es war ja nicht so, als hätte es irgendwohin geführt. Sie hatten keinen Sex im Auto mitten im Parkhaus gehabt. Sloane schalt sich selbst. Sie würden nirgendwo Sex haben, schon gar nicht im Auto.

Acht Minuten später stand er auf einem Parkplatz neben seinem Apartmentgebäude. Es sah so aus, als würde Dex' Wagen heute Nacht nicht in die Garage kommen. Wie in aller Welt sollte er den Kerl jetzt nach oben bringen? Sloane schnallte sich ab und beugte sich hinüber, um Dex auf die Wange zu tippen.

»Hey, McClane, aufwachen.«

Dex rührte sich nicht.

»Ich werde dich nicht tragen, also wach besser auf.« Er drehte Dex' Gesicht zu sich herum. Seine Lippen waren noch immer leicht gerötet von der Knutscherei, und ohne darüber nachzudenken, was er da tat, lehnte Sloane sich hinüber und drückte seine Lippen auf die von Dex. Ein schwaches Stöhnen und ein schauderndes Seufzen kamen von Dex, bevor er sich rührte. Sloane strich ihm ein paar verirrte Haarsträhnen aus dem Gesicht und starrte in schlaftrunkene Augen. »Hey. Du musst so weit aufwachen, dass du laufen kannst. Kannst du mir den Gefallen tun?«

»Hmm«, brummte Dex und kämpfte sich in eine Sitzposition hoch. Sloane nutzte Dex' halb bewusstlosen Zustand zu seinem Vorteil, indem er aus dem Wagen stieg, die Tür zumachte und dann zu Dex' Seite lief, um ihm beim Abschnallen zu helfen. Dex lehnte sich an ihn und atmete tief ein.

»Riechst gut«, murmelte er, und die Augen fielen ihm schon wieder zu.

»Nein. Noch nicht einschlafen. Komm schon. Auf die Beine, Agent Daley.« Zu seiner Belustigung nickte Dex, hielt sich an Sloanes Arm fest und zog sich hoch. Sloane schloss das Auto ab und führte Dex die beiden metallenen Treppenläufe hinauf, einen Arm um seine Taille geschlungen. Als sie den Aufzug erreichten, stützte Sloane Dex an seine Hüfte und drückte den Knopf. Ein paar Beinaheunfälle später erreichten sie endlich den sechsten Stock. Sloane fischte die Schlüssel aus der Tasche, sperrte sein Apartment auf und führte Dex hinein. Der Mann war wie ein Zombie, zwar völlig weggetreten, aber laufen konnte er so gerade noch. Wenigstens sabberte er nicht.

Nachdem die Wohnungstür wieder sicher geschlossen war, ließ Sloane seine Schlüssel in die kleine Schale auf dem Tisch daneben fallen und half Dex durch das Esszimmer ins Wohnzimmer zu seiner schwarzen Polstercouch. Dort setzte er ihn hin, warf Dex' Lederjacke auf einen der Sessel und versuchte ihn dann auf dem Rücken niederzulegen, doch Dex drehte sich um und landete auf dem Bauch.

»Okay, na dann.«

Mit einem schweren Seufzer ging Sloane in die Hocke, um Dex die Chucks auszuziehen und neben sich auf den Boden zu stellen. Er schob Dex' Beine hinauf auf die Polster, trat einen Schritt zurück und sah zu, wie Dex ein lautes Stöhnen von sich gab und sich umdrehte. Dabei rutschte sein Shirt nach oben und enthüllte flache Bauchmuskeln und eine schmale blonde Haarlinie bis zum Bauchnabel, die unter dem Bund seiner Unterhose verschwand. Dex warf einen Arm über die geschlossenen Augen, und sein Shirt glitt noch weiter nach oben. Das war ein Test, oder? Um zu sehen, ob Sloane der Versuchung nachgab?

Tja, er war stärker als das. Es war ihm egal, dass Dex' Lippen leicht geöffnet waren, während sein Brustkorb sich langsam hob und senkte, sein Bauch entblößt war und seine andere Hand gefährlich nahe an seiner Lendengegend ruhte. Sloane spürte ein Ziehen im Unterleib, als ihn erneut das Verlangen überkam. Er hatte sich eingeredet, dass die Szene im Auto ein Ausrutscher gewesen war, ein kurzer Fehltritt, verursacht dadurch, dass Dex ihn kalt erwischt hatte.

Was war nur los mit ihm? Und um es noch schlimmer zu machen, wusste Sloane jetzt, wie Dex schmeckte. Er hatte die Hände in Dex' Haut gegraben, ihn einige quälende Minuten lang an sich gedrückt gehalten. Sloane konnte sein Gehirn nicht daran hindern, Bilder von Dex heraufzubeschwören:

nackt, in seinem Bett, mit diesem faszinierenden Hintern in die Luft gereckt. Sloane schlüpfte aus seiner Jacke, hängte sie an den Haken an der Wand neben der Tür und ließ seine Schuhe auf dem Regal darunter stehen. Als er wieder ins Wohnzimmer kam, fiel sein Blick auf einen Bilderrahmen auf dem Bücherregal, und er blieb wie angewurzelt stehen. Ein Foto von ihm und Gabe mit dem Team. Sein Herz rutschte eine Etage tiefer.

Was machte er nur? Er ging zum Bücherregal und nahm das Foto. Gabes lächelndes Gesicht jagte ihm eine Woge der Reue durch den Leib. War er ein schlechter Mensch, weil er sich zu Dex hingezogen fühlte? Er vermisste Gabe, kein Zweifel, und er liebte ihn immer noch. Es gab Momente, in denen er mitten in der Nacht aufwachte, sich zur Seite rollte und, bevor die Schlaftrunkenheit nachließ, Gabe neben sich spürte.

Dex gab ein leises Stöhnen von sich und lenkte damit Sloanes Aufmerksamkeit auf sich. Empfand er denn überhaupt etwas für Dex, oder war er nur einsam? War er wirklich derart neben der Spur, dass er schon glaubte, er fühlte sich zu jemandem hingezogen, nur weil der ihn zum Lachen brachte? Er stellte das Foto von Gabe wieder ins Regal. Er wusste, was er zu tun hatte. Er musste sich Dex aus dem Kopf schlagen. Es wäre ihnen beiden gegenüber nicht fair. Sloane war noch nicht bereit für eine Beziehung, und eine rein körperliche Affäre wäre ihrer Arbeitsbeziehung nicht förderlich. Der Gedanke tat weh, aber nicht mehr als der Gedanke an ein weiteres gebrochenes Herz.

10

Mist! Er fühlte sich sterbenselend. Vielleicht würden noch ein paar Minuten im Bett helfen.

Dex rollte sich herum, und das Bett verschwand unter ihm. Mit einem dumpfen Schlag plumpste er zu Boden, schaffte es aber trotz Verwirrung und Benommenheit, sich umzudrehen. Beim Anblick einer ihm unbekannten Zimmerdecke runzelte er die Stirn. Wie der Blitz schoss er hoch – und bereute es augenblicklich. Einen Moment lang kniff er fest die Augen zu, damit das Zimmer sich nicht mehr um ihn drehte und das Pochen in seinem Hirn verebbte. Als offensichtlich wurde, dass keins von beidem aufhören würde, öffnete er sie wieder.

Wo zum Teufel war er? Oh, verdammt, war er mit jemandem nach Hause gegangen? Er sah an sich hinab und resümierte, dass die Tatsache, dass er angezogen war und auf einer Couch geschlafen hatte, gute Zeichen dafür waren, dass er keinen Sex gehabt hatte. Aber wieso konnte er sich nicht daran erinnern, wie und mit wem er hierhergekommen war? Langsam stand er auf und sah sich prüfend um. Das Wohnzimmer war überaus nett. Freiliegende Ziegelwände mit schwarzen Regalen an den Wänden, vom Boden bis etwa in Taillenhöhe, wo sie in mehrere große Schubladen übergingen. In den Regalen befanden sich Bücher, gerahmte Fotos und Schnickschnack.

Das Mobiliar passte gut zum rustikalen Stil des Lofts. Da war der Dreisitzer, von dem Dex geplumpst war, ein Beistelltisch aus dunklem Holz in der Mitte, und an der Seite noch ein Zweisitzer. An einer Seite neben dem Tisch standen zwei helle Sessel und hinter dem Zweisitzer ein langer Holztisch mit zwei Lampen. Die Regale gegenüber beherbergten eine riesige Filmsammlung sowie einen hübschen Flachbildfernseher. Dex sah aus dem Fenster und stellte fest, dass das Apartmentgebäude eine großartige Aussicht hatte. Es befand sich direkt an der High Line, der stillgelegten Hochbahntraße von New York, was bedeutete, dass es eine ziemlich teure Wohngegend war. Wo auch immer er hier war, es war aufgeräumt, sauber und elegant. Aus dem Augenwinkel registrierte er ein eingerahmtes Foto von seinem Team.

Ach, du Schande, er war in Sloanes Apartment? Was tat er hier? *Oh mein Gott, bitte sag mir, dass ich nicht versucht habe, mit ihm zu schlafen.* Nicht, dass Sloane nicht absolut und total heiß war, aber das würde zu einem Drama führen, das keiner von ihnen im Augenblick brauchen konnte. Dex versuchte sich an die letzte Nacht zu erinnern. Er war betrunken gewesen, aber nicht so betrunken, um unter Gedächtnisverlust zu leiden. Er nahm sich einen Moment Zeit, um sich zu beruhigen, setzte sich auf den Rand der Couch und verfolgte im Geiste seine Schritte zurück, von dem Moment an, als sie den Arbeitstag beendet hatten.

Arbeit! Scheiße, wie spät war es? Er sah auf seine Uhr. »Oh mein Gott!« Es war zehn Uhr vorbei. »Sloane!« Dex sprang auf, machte einen Schritt und stürzte mit dem Gesicht voran auf den Teppich. »Gottverdammt.« Er verpasste seinen blöden Chucks einen Tritt. »Sloane!«

Irgendwo rechts von ihm war eine Reihe dumpfer Schläge zu hören, und dann kam Sloane mit gezogener Glock durch eine der Türen gehetzt.

Dex setzte sich auf, die Augen weit aufgerissen beim Anblick von Sloane, der nichts trug als eng anliegende Boxershorts und ein lockeres graues Shirt mit V-Ausschnitt. Seine Haare standen in alle Richtungen ab, und er sah aus, als wäre er bereit, in ein paar Ärsche zu treten, auch wenn er gerade in Unterwäsche dastand. Fuck. Das war heiß. Sloane sah sich kurz prüfend im Zimmer um, bis er Dex auf dem Boden entdeckte.

»Was machst du denn da unten?« Er sicherte seine Waffe und half Dex auf die Beine.

»Ähm, ich bin gestolpert.«

»Du bist *gestolpert*?« Sloane starrte ihn an. »Und deswegen schreist du hier Zeter und Mordio?« Sloane schlug ihn leicht auf den Arm. »Du hast mir einen Heidenschrecken eingejagt.«

»Tut mir leid.« Dann fiel Dex wieder ein, warum er so laut geworden war, und er packte Sloane am Arm. »Er reißt uns den Arsch auf.«

»Was? Wer?«

»Mein Dad. Wir sind drei Stunden zu spät.«

Sloane grinste und fing dann zu lachen an. »Denkst du nicht, ich hätte dich geweckt? Himmel, Dex, ich habe Maddock heute Morgen angerufen und ihm gesagt, dass wir heute später kommen.« Sloane legte seine Glock ganz oben auf das höchste Regal außer Sichtweite, bevor er kichernd ging.

»Moment, das können wir einfach so?«

»*Ich* kann das, aber nicht sehr oft, also gewöhn dich nicht dran.« Sloane bedeutete ihm, mitzukommen, was Dex nur zu gern tat, ohne jedoch den Blick von Sloanes Hintern zu wenden. *Du liebe Güte, was würde er nicht alles geben für ein Stück von diesem leckeren …*

»Hungrig?«

»Und wie«, brummte Dex, räusperte sich und riss sich schweren Herzens von dem Anblick los. Am Ende des Wohnzimmers kam das Esszimmer und rechts die Küche. Dex blieb stehen. Sie war so beeindruckend wie der Rest des Lofts: freiliegende Ziegelwände, Holzfußboden, weiße Schränke mit Akzenten in dunklem Holz und Geräte aus rostfreiem Stahl. In der Mitte befand sich ein großer freistehender Küchentresen mit einer Oberfläche aus weißem Marmor und drei runden Hockern. Es sah … heimelig aus.

»Setz dich. Ich mache uns Kaffee und Bagels zum Frühstück. Wir können auf dem Weg zur Arbeit essen.«

Dex setzte sich an den Tresen. »Du meinst, du machst uns Kaffee und Bagels zum Frühstück, und wir können hier essen. An dieser schönen abwischbaren Fläche«, meinte er und strich liebevoll über die marmorne Arbeitsfläche.

Sloane stutzte kurz, bis ihm offenbar ein Licht aufging. »Ach, ja. Auto. Kostbares Baby.«

»Du lernst schnell. Das gefällt mir.« Dex zwinkerte ihm zu und stützte die Ellbogen auf den Tresen, während er Sloane in der Küche zusah. »Dein Apartment ist der Hammer.«

»Danke.« Sloane schaltete die moderne Cappuccino-Espressomaschine ein, und schon bald erfüllte das himmlische Aroma von frisch gebrühtem Kaffee die Küche. Er stellte eine Pfanne auf den Herd und ging zu dem riesigen Stahlkühlschrank.

»Wie lange wohnst du schon hier?«

»Seit dem College«, antwortete Sloane, holte eine Schachtel mit Bio-Eiern, Milch, Sahne und Butter heraus und legte alles auf den Tresen neben dem Kühlschrank. »Magst du Cheddarkäse? Echten Cheddar, nicht dieses radioaktive Pulver auf deinen Cheez Doodles, das sich als Cheddar ausgibt.«

»Ja«, antwortete Dex und kicherte. »College? Wow. Muss dich ein hübsches Sümmchen gekostet haben.«

»Wenn das deine Art ist zu fragen, wie ich mir eine solche Wohnung leisten kann: kann ich nicht.« Sloane schob die Zutaten näher an die Pfanne. »Die THIRDS haben sie bezahlt.« Sloane drehte sich von ihm weg, und sein unwirscher Tonfall verriet Dex, dass das etwas war, worüber er nicht gern redete, doch er erzählte trotzdem weiter. »Es war Teil des ursprünglichen Einberufungspakets.«

»Richtig hübsch. Haben sie das bei allen Rekruten der ersten Generation gemacht?«

Sloane drehte sich mit gerunzelter Stirn zu ihm um. »Woher weißt du das?«

»Pearce hat mal so was erwähnt.«

»Pearce?«

Oh Mist. Gut gemacht Dex. Mit beiden Füßen voll ins Fettnäpfchen. »Ähm, ja, Isaac Pearce.«

»Wann war das?« Sloane stemmte die Hände in die Hüften, und sein Stirnrunzeln vertiefte sich.

»Vor ein paar Wochen«, brummte Dex und beschäftigte sich mit der Obstschale auf dem Tresen. Er nahm einen Apfel und studierte ihn eingehend, um Sloane und seinen zornigen Laserblick nicht ansehen müssen. »Wir haben uns auf einen Drink getroffen.«

»Ihr zwei seid befreundet?«

Dex versuchte sich unbekümmert zu geben und rollte den Apfel auf dem Tresen von einer Hand in die andere. »Nein. Wir haben nie wirklich miteinander geredet, bis zu dem Tag der Gerichtsverhandlung. Als ich in dem Parkhaus überfallen wurde, tauchte er auf und hat diese Arschlöcher verjagt. Er hat mich gefragt, ob ich mal einen Kaffee mit ihm trinken würde.«

»Und ihr habt über mich gesprochen.«

»Ich kann wohl davon ausgehen, dass ihr beide nicht gerade Freunde seid?« Dex sah auf und wappnete sich, als Sloane den Apfel nahm und zurück in die Schale legte.

»Nein, sind wir nicht. Beantworte die Frage«, stieß Sloane hervor.

»Es ist irgendwie aufgekommen.«

»Was hat er gesagt?«

Dex schluckte schwer, als Sloane die Faust auf den Tresen donnerte. »Verdammt, Dex. Was hat er gesagt?«

Was zum …? Wieso wurde er jetzt verhört? »Ich verstehe nicht ganz, wieso du das wissen musst.« Also wurde von ihm erwartet, dass er Sloane alles erzählte, während der Typ ihm seinerseits absolut nichts sagte? Vertrauen war eine Straße in beide Richtungen, und im Augenblick passte es Dex überhaupt nicht, eine dieser Richtungen blockiert zu sehen.

»Wenn es um Isaac Pearce geht, dann geht es mich etwas an.«

»Wieso? Weil du mit seinem Bruder geschlafen hast?«, gab Dex mürrisch zurück.

Sloane zuckte zurück als hätte man ihn geschlagen, und statt sich für den Tiefschlag schuldig zu fühlen, weigerte Dex sich, jetzt einen Rückzieher zu machen. »Ja, so ungefähr habe ich mich auch gefühlt. Weißt du, es wäre schön gewesen, es von dir zu hören.« Sloane riss sich aus seiner Trance und wollte weggehen, aber Dex hielt ihn am Arm fest und fragte bittend: »Hattest du je vor, es mir zu sagen?« Sloane antwortete nicht. Er entzog sich dem Griff und stützte die Arme auf den Tresen neben dem Herd, mit dem Rücken zu Dex.

War es denn so schwer für Sloane, ihm zu vertrauen? Hatte er dem Mann irgendeinen Grund gegeben, an ihm zu zweifeln? Seit er zum Team gehörte, hatte er sich jeden einzelnen Tag verdammt viel Mühe gegeben, eine Verbindung zu Sloane aufzubauen und ihm zu zeigen, dass er wollte, dass diese Partnerschaft funktionierte. Dass er langfristig dabei war und dass er da sein würde, wenn Sloane ihn brauchte. Dass Sloane sich auf ihn verlassen konnte. Machten Partner das denn nicht so? »Ich habe nicht erwartet, dass du mir den roten Teppich ausrollst. Sondern mir nur sagst, dass du involviert warst. Vielleicht hätte ich dann verstanden, wieso du mich so sehr hasst.«

»Ich habe dich nie gehasst.« Sloane schüttelte den Kopf. Dann drehte er sich um, und seine Augen sprühten Funken. »Ich kann nicht glauben, dass du hinter meinem Rücken zu Isaac gegangen bist.«

»Was daran ist hinter deinem Rücken, wenn ich gar nicht wusste, was der Mann für dich bedeutet hat? Wir sind doch angeblich Partner. Wir sollten einander vertrauen. Es *ging* mich etwas an, Sloane, denn Gabe war nicht nur dein Partner. Du hast ihn geliebt, tust es immer noch, und er wurde im Job getötet. Und jetzt ist es mein Job, und ich bin dein Partner und …« Er biss sich auf die Unterlippe. Und was? Hatte er ein Recht, darüber aufgebracht zu sein? Ging es hier um Vertrauen oder um etwas anderes?

Sloane spottete: »Und was? Weil du ihn bei der Arbeit ersetzt hast, dachtest du, du könntest ihn auch in meinem Bett ersetzen? Das Parkhaus und dein kleiner halbherziger Versuch, mich im Auto zu verführen, waren ja nette Versuche, aber nicht gut genug, um dir die Position zu sichern.«

Das tat verdammt weh – mehr als Dex erwartet hätte. »Wow. Okay.« Dex nickte und presste die Lippen aufeinander. Er wagte es nicht, etwas zu sagen, und sein Herz fühlte sich an, als sei es nur einen Schlag davon entfernt, zu Staub zu zerbröseln. Er war schon ein ziemlicher Idiot, dass er sich in diese Lage gebracht hatte. Sloanes schneidende Bemerkung hatte ihn aus heiterem Himmel getroffen, sodass er sich nicht einmal für seine Annäherungsversuche letzte Nacht schämte.

Dex ging ins Wohnzimmer und hörte Sloane in der Küche laut fluchen. Er war sauer auf Sloane, aber nicht annähernd so wütend wie auf sich und seine Reaktion. *Wer zum Teufel denkt er, dass er ist?* Die Vorstellung, dass Sloane glaubte, Dex wolle Gabes Platz in seinem Leben einnehmen, verursachte ihm Übelkeit. War das alles, was Sloane in ihm sah? War das der einzige Grund, warum er aus der Deckung gekommen war, ihn geküsst und zugelassen hatte, dass Dex ihm nahekam?

Er zog seine Schuhe an, nahm seine Jacke und schlüpfte hinein. Seine Schlüssel waren in der Tasche, also ging er dorthin, wo er die Wohnungstür vermutete.

Sloane kam aus der Küche und hielt ihn am Arm zurück. »Dex, warte einen Moment.«

Er musste dringend hier raus. »Lass mich los.«

»Nein, erst hörst du …«

»Nein, du hörst zu«, blaffte Dex und schob Sloane von sich. »Ich bin nicht Gabe, und du kannst mich mal, wenn du denkst, ich wäre nichts weiter als ein jämmerlicher Ersatz.«

»Das habe ich nie gedacht«, widersprach Sloane leise.

»Behandle mich nicht wie ein Arschloch. Ich verdiene ein wenig mehr Respekt als das.« Dex schwang die Tür auf, fand den Aufzug und fuhr nach unten. Er lief eilig hinaus in den Regen. Das verdammte Tüpfelchen auf dem i. Und als er sah, wer dort stand, war sein Tag komplett gelaufen.

»Meine Fresse«, brummte Dex. Er hatte einen viel zu großen Kater für diesen Mist, und er hatte noch nicht einmal einen Kaffee gehabt. »Was zur Hölle machst du denn hier?«

Ash musterte ihn argwöhnisch. »Dasselbe könnte ich dich fragen.«

»Na komm, Ash. Du bist ein großer Junge. Was denkst du denn, was ich hier mache?«

Ash marschierte schnurstracks auf ihn zu, und Dex wartete nur darauf, dass der Typ ihm ein Haar krümmte. Er war fast enttäuscht, als Ash es nicht tat. »Was treibst du für ein Spielchen, Daley? Sowas kann er gerade nicht in seinem Leben gebrauchen.«

»Was bist du, sein Kindermädchen? Was weißt du denn, was er braucht? Oder bist du vielleicht ein wenig verknallt und willst nicht, dass er es weiß? Ist es das? Gibt es da sonst noch was, das du in deinem Schrank versteckst, neben deiner AK-47 und den gestrickten Weihnachtspullis?«

»Verpiss dich, Mann. Sloane ist wie ein Bruder für mich. Wie würdest du dich fühlen, wenn dein Bruder die Liebe seines Lebens verloren hat, und dann kommt irgendein Arsch daher und führt ihn an der Nase herum?«

»Weißt du was?« Dex hob die Hände. »Diesen Mist muss ich mir nicht anhören.« Er wollte an Ash vorbei, als ihn etwas Hartes am Kopf traf. Der unerwartete Schlag betäubte ihn einen kurzen Moment.

Für den Bruchteil einer Sekunde dachte er, dass Ash vielleicht doch am Ende die Beherrschung verloren und zugeschlagen hatte, doch als er die Finger an die Augenbraue hielt, fühlte sie sich klebrig und nass an. Der Regen wurde stärker, wusch das Blut von Dex' Fingern und seinem Gesicht. Zu seinen Füßen lag ein Stein, beschmiert mit seinem Blut.

»Ach, du Scheiße, bist du okay?« Ash legte ihm eine Hand auf die Schulter. »Was ist das?«

Dex hob ruckartig den Kopf, als er quietschende Reifen hörte und auf der Straße einen Typen mit Kapuzenshirt und Baseballkappe sah. Er saß auf einem Geländemotorrad und lachte ihn aus. In dem Moment riss Dex der ohnehin schon dünne Geduldsfaden. »Na warte, du kleiner Scheißer!«

Der Typ bretterte los, die West Sixteenth Street hinunter, und Dex nahm die Verfolgung auf und versuchte, dabei nicht von einem Auto überfahren zu werden, als er über die Tenth rannte. Da er dem Gegenverkehr entgegenlief, hielt er sich auf dem Gehweg. Er hatte genug davon, herumgeschubst zu werden und sich zum Narren halten zu lassen. So schnell er konnte, sprintete er dem Mistkerl hinterher und wischte sich das Haar zur Seite, das wegen des strömenden Regens in seinem Gesicht klebte. Ein kleiner Teil von ihm hoffte, dem Typen würde ein Schlagloch zum Verhängnis werden. Das würde ihm eine Lehre sein, sich nicht wie ein Arschloch zu verhalten. Doch der Scheißkerl hatte Glück, denn die rote Ampel auf der Eleventh hielt den Verkehr auf. Dex legte einen Zahn zu und verfolgte ihn auf dem Radweg zu den Chelsea Piers. Das rote Tor zum Pier war offen, und der Bastard rutschte, als er scharf nach links auf das Holzdock einbog. Dex wurde nicht langsamer. Der Mistkerl hatte nicht mehr viel Weg auf dem Dock. Am Ende bog er scharf nach rechts ab, und Dex folgte ihm.

Und dann wünschte er, er hätte das gelassen.

Seine Augen weiteten sich und er wirbelte herum, in der Hoffnung, auf dem Weg, den er gekommen war, zurückrennen zu können. Aber es war zu spät. Das würde wehtun.

Es klingelte, und Sloane knöpfte seine Jeans zu, bevor er zur Tür ging. Er hoffte, dass es Dex war, damit er sich dafür entschuldigen konnte, dass er sich wie ein Idiot benommen hatte. Nachdem Dex hinausgestürmt war, war Sloane im Wohnzimmer auf und ab getigert und hatte sich gefragt, wie er das wieder in Ordnung bringen sollte. Er musste den Mist, den er gebaut hatte, unbedingt wieder gerade biegen. Wie konnte er Dex nur vorwerfen, Gabe ersetzen zu wollen? Er war so in seinem eigenen Schmerz und seinen Schuldgefühlen gefangen gewesen, weil er sich zu Dex hingezogen fühlte, dass er diesem die Schuld dafür gegeben hatte.

Gott, er war echt das Letzte, als Partner und als Freund – falls Dex ihn überhaupt als Freund betrachtete, denn Sloane hatte so gar nichts getan, um diese Bezeichnung zu verdienen. Er riss die Tür auf und runzelte die Stirn, als er stattdessen Ash vor sich sah.

»Oh, du bist es.«

»Na, nun freu dich doch nicht so«, grummelte Ash, trat ein und schüttelte das Regenwasser von seiner Jacke auf den Fußabtreter.

»Tut mir leid, ich habe jemand anderen erwartet.«

»Du meinst Dex?« Ash sah ihn stirnrunzelnd an. »Was wollte er hier?«

Sloane schloss die Tür hinter ihm. »Cael hat mich gestern Abend gebeten, Dex nach Hause zu bringen, aber er war völlig weggetreten. Mir ist zu spät eingefallen, dass ich nicht weiß, wo er wohnt, also hat er auf meiner Couch geschlafen.«

»Und du konntest Cael nicht anrufen?«

»Es war spät und ich war müde, ganz zu schweigen davon, dass er mit dir beschäftigt war. Wo ist dein Problem, Ash?« Der heutige Tag entwickelte sich zu einem riesigen Desaster.

»Hast du mit ihm geschlafen?«

»Was?« Sloane starrte seinen Freund an. »Was soll das denn, Mann? Bist du deshalb hier? Weil du mich fragen willst, ob ich meinen Partner vögele?« Wie lange hegte Ash schon diesen Verdacht? Wie konnte sein Freund das überhaupt nur denken? Er war der Einzige, der von Gabe gewusst hatte, der Einzige, der alles über Sloane wusste.

»Ich bin hergekommen, weil ich mir Sorgen gemacht habe. Als Maddock meinte, du hättest angerufen, wusste ich, dass etwas nicht stimmt. Du rufst nie an, dass du später kommst. Jetzt weiß ich, wieso.« Ashs Miene war ernst. »Und hast du?«

»Nein«, antwortete Sloane durch zusammengebissene Zähne. »Ich habe nicht mit meinem Partner geschlafen.«

»Aber du wolltest.« Das war mehr Feststellung als Frage, was Sloane gar nicht gefiel. Hauptsächlich deshalb, weil Ash recht hatte, und das wussten sie beide.

Sloane verschränkte die Arme. »Du hast fünf Sekunden, um mir zu sagen, was du willst.«

»Schön. Ich dachte, ich sollte dir sagen, dass dein verrückter Partner hinter einem Blödmann mit Motorrad hergerannt ist.« Ash griff in seine Tasche und holte einen Stein heraus. Sloane erstarrte, und sein Herz hämmerte, als er Blutflecken darauf sah. »Der hat ihn mit dem Ding am Kopf getroffen. Er ist okay. Hat ein wenig geblutet, aber nichts Ernstes.«

Sloane riss seine Stiefel vom Schuhregal. »Himmel, Ash, und du bist nicht auf die Idee gekommen, ihm beizustehen?«

»Es ging ihm gut. Außerdem kann er auf sich selbst aufpassen. Das war nur irgendein Idiot. Wenn du mich fragst, verdient er eine Tracht Prügel dafür, dass er ein verdammter Eaglesfan ist.«

»Moment, wie war das?« Sloane rutschte das Herz in die Hose, und er packte Ash an den Schultern. »Wie sah der Typ aus?«

»So eins fünfundsiebzig bis eins achtzig, schmuddelige Jeans, schwarzes Kapuzenshirt, bescheuertes T-Shirt mit einer Band und eine bescheuerte Eagles-Baseballkappe.«

»Mist. Der Typ war gestern in der Bar. Ruf sofort Verstärkung!« Sloane warf die Stiefel beiseite und fing an, sich auszuziehen. Er hatte keine Ahnung, was zum Geier hier los war, aber das konnte kein Zufall sein. War ihnen der Typ mit der Eaglesmütze nach Hause gefolgt? Hatte er sie beobachtet? Wie sollte er sonst wissen, wo Dex zu finden war?

»Willst du jetzt etwa wandeln?«

»Dex ist in Schwierigkeiten! Und verfolge seine Spur. Er hatte seinen Kommunikator dabei, als er ging.« Hastig zog er sich fertig aus und betete, dass Dex okay war. Er musste es einfach sein.

Oh, Gott, was, wenn er dorthin kam, und Dex war …? Daran durfte er gar nicht denken. Er durfte an nichts anderes denken als daran, Dex zu erreichen. Er entledigte sich seiner letzten Sachen, und während er Ash hinter sich telefonieren hörte, schloss er die Augen, atmete tief durch und zwang seine menschliche Seite, sich zurückzuziehen. Seine Muskeln spannten sich an und zerrten an ihm, und er biss die Zähne zusammen gegen den quälenden Schmerz, als seine Therianerseite sich durch seinen Leib wand und mit Zähnen und Klauen herauswollte. Seine Sicht verschwamm und wurde dann schärfer, sein Geruchssinn wurde intensiver, als seine Körpermasse sich wandelte, seine Haut sich dehnte und zusammenzog und sein Fell durch die Haut brach.

Und während der Schmerz immer schlimmer wurde, konnte er an nichts anderes mehr denken als an Dex. *Bitte, lass mich ihn rechtzeitig erreichen.*

Dex hatte schon zwei Angreifer ausgeschaltet, als ein weiteres halbes Dutzend auf ihn losging. Er konnte gerade noch die Bauchmuskeln anspannen, als der Baseballschläger ihn traf und ihm die Luft aus den Lungen trieb. Er krümmte sich und fiel auf die Knie, die Arme um seine Mitte geschlungen. Sie gaben ihm keine Chance, wieder hochzukommen. Der Schläger traf ihn im Rücken und schickte ihn längs zu Boden. Dex rollte sich zusammen, schützte seinen Kopf und schmeckte den kupferartigen Geschmack von Blut im Mund, als sie ihn in die Rippen traten.

»Halt dich raus aus dem HumaniTherianer-Fall, Daley.« Das war der Penner, den er verfolgt hatte, dämlicherweise direkt in einen Hinterhalt. Wie in aller Welt hatte der Kerl ihn gefunden? *Ganz schlauer Zug, Dex.* »Und halt dich fern von Sloane Brodie.«

»Was?« Dex keuchte, als der Baseballschläger mit seinem Arm kollidierte. Er stieß einen Schrei aus, und der Schmerz in seiner Seite war fast so schlimm wie der in seinem Kopf.

Sein Gesicht pochte dort, wo es über die Holzplanken des Piers geschrammt war, als er zu Boden ging. Ihm war übel, und er wusste, sein leerer Magen war der einzige Grund, wieso er noch nicht kotzte. Er hatte Sloane versprochen, sich zu wehren, und zu Anfang hatte er es auch getan. Die wollten ihn nicht töten, nur zusammenschlagen. Er hatte es so satt, verdroschen zu werden.

Es hatte auch keinen Sinn, Fragen zu stellen. Diese Kerle waren dafür bezahlt worden, ihn zu verletzen, als Warnung. Ganz offensichtlich kannten sie ihn gar nicht. Dex wollte sich trotz seines lädierten und zerschlagenen Körpers aufrichten, aber es war vergeblich. Ein Stiefel bohrte sich in seinen Rücken und drückte ihn zurück auf den Pier. Dex spuckte Regenwasser und keuchte, während seine Lungen sich mühten, Luft aufzunehmen.

Doch da erschütterte ein Brüllen alle Fenster in der Nähe, und eine große schwarze Gestalt tauchte in der Ferne auf. Dex konnte nicht sehr deutlich sehen, aber das war auch nicht nötig. Er lächelte trotz des stechenden Schmerzes an seiner Lippe.

»Jetzt seid ihr alle am Arsch«, murmelte er, während die schwarze Gestalt rasch näher kam. Er hörte, wie die Schläger fluchend die Beine in die Hand nahmen und so schnell sie konnten in alle Richtungen davonrannten. Sloane raste an ihm vorbei, und sein Brüllen und Fauchen hallte Dex in den Ohren. Dann kamen laute Aufschreie und Jammern, und auch wenn Dex wusste, dass Sloane niemanden töten würde, hatte sein Partner nichts dagegen, ein paar bleibende Erinnerungen zu verursachen.

Seine Lider wurden schwer, während die Welt sich mit Sirenengeheul und Geschrei füllte. Defense-Agenten mit Gewehren strömten aus Trucks, Officers der HPF durchsuchten mit gezogenen Waffen die Umgebung. Sein Partner hatte nicht nur die Kavallerie zu seiner Rettung geschickt, sondern die gesamte verdammte Army. Etwas schnaubte über Dex, er hob die Hand und registrierte dabei kaum, wie sehr sie zitterte. Sloane tauchte vor ihm auf, und obwohl seine Lippe dabei höllisch wehtat, musste Dex lächeln, als sein Partner die Schnauze an seine Hand drückte und sein Schnurren, so laut wie eine Kettensäge, Dex' ganzen Arm vibrieren ließ.

Trotz des verschwommenen Blickfelds und der Dunkelheit, die langsam immer näher kroch, konnte Dex nicht verstehen, wie irgendwer eine solch wunderschöne Seele hassen konnte. Er rollte sich etwas auf den Rücken, sengender Schmerz durchflutete seinen ganzen Körper, und er zitterte heftig. Doch dann wurde ihm plötzlich wärmer. Sloane lag an ihn gedrückt, seinen Schwanz schützend über Dex' Beine gerollt, und sein Körper strahlte Wärme aus. Sachte legte er den Kopf an den von Dex. Ein Regentropfen fiel unangenehm in Sloanes Ohr, und es zuckte, als sei er nur eine große Hauskatze. Irgendwo in der Nähe konnte er hören, wie Ash ihm zurief, dass er durchhalten solle, dass Hilfe unterwegs sei.

»Nicht den Therianer! Er ist ein THIRDS-Agent«, schrie Ash. »Das ist sein Partner! Treibt diese Arschlöcher in den Truck, und seid bloß nicht so zimperlich dabei. Was ist los? Och, er will zicken, weil er eins mit der Tatze abbekommen hat? Bringt ihn zu mir, ich gebe ihm einen echten Grund zum Jammern!«

Sloane legte die Ohren flach an, fletschte die Zähne und fauchte die Sanitäter an, die sich vorsichtig näherten. Ash kam angelaufen und ging vor ihnen in die Hocke. Er legte die Hand auf Sloanes Kopf, woraufhin der leise maunzte.

»Sloane, komm schon, mein Freund. Dex braucht medizinische Versorgung. Du musst sie ihren Job machen lassen. Sie sind hier, um ihm zu helfen.«

Sloane schnaubte und drehte den Kopf zu Dex, stupste ihn an und knurrte leise. Dex legte die Hand auf Sloanes Nase und lächelte. »Schon okay.« Eine große pinkfarbene Zunge leckte über seine Hand, und Dex rümpfte die Nase. Seine Stimme klang heiser, als er sagte: »Bah, das ist echt krass, Mann.«

Sloane schloss die Augen und rümpfte die Schnauze, bevor er aufstand und zur Seite tappte. Dex ließ ihn nicht aus den Augen, während die Sanitäter ihn untersuchten, bevor sie ihn auf eine Trage hoben. Als einer eine wunde Stelle berührte, stöhnte Dex laut. Sloane gab ein donnerndes Brüllen von sich, und Dex streckte eine Hand aus, um ihn zu beruhigen. Das Letzte, was er sah, bevor alles schwarz wurde, waren leuchtend bernsteinfarbene Augen, die über ihn wachten.

»Das ist alles meine Schuld.«

Sie befanden sich in einem Privatzimmer, das mehr Ähnlichkeit mit einem Schlafzimmer als einem Krankenzimmer hatte, doch trotzdem fühlte Sloane sich unwohl. Normalerweise hätte er keinen Fuß in ein solches Gebäude gesetzt, aber man hatte Dex ins New York Presbyterian Hospital gebracht, der bevorzugten medizinischen Einrichtung der THIRDS. Die Arbeit für seine Organisation brachte einige Vorteile mit sich, und herausragende medizinische Versorgung war einer davon. Doch es war nicht die Behandlung, die Sloane beklommen machte, sondern die tief verwurzelten Ängste, die dabei in ihm hochkamen. Trotzdem konnte er Dex nicht verlassen. Er musste wissen, dass mit seinem Partner alles in Ordnung war. Er musste sich entschuldigen, er musste … Gott, er hatte keine Ahnung, was er tun musste. Er wusste nur, dass er Mist gebaut hatte, und jetzt lag Dex in einem Krankenhausbett. Wie sollte Sloane Maddock und Cael gegenübertreten in dem Wissen, dass er das zugelassen hatte?

»Hey, bleib mal eine Sekunde lang stehen.« Ash packte ihn an den Schultern und hielt ihn davon ab, wie ein Tiger hin- und herzulaufen. »Alles in Ordnung bei dir?« Er drehte ihn herum. »Hier drin, meine ich.«

Sloane holte tief Luft und atmete langsam wieder aus. Er wusste Ashs Aufmerksamkeit zu schätzen. »Es geht mir gut.« Nein, es ging ihm nicht gut. Bei Weitem nicht. Aber er konnte nicht gehen. Für das was er getan hatte, verdiente er diese Situation hier. Dex hatte ihn die ganze Zeit nur unterstützt, hatte ihn zum Lachen gebracht und ihn Dinge fühlen lassen, die er so verdammt lange nicht mehr gefühlt hatte, und was hatte Sloane ihm dafür gegeben? In seiner Kehle bildete sich ein Kloß, als er Dex unter den weißen Laken liegen sah. Seine gebräunte Haut war von hässlichen Blutergüssen, Schnitten und Kratzern bedeckt. Man hatte ihn geröntgt, und die Ärzte bestätigten, dass nichts gebrochen oder gerissen war. Dex hatte ein paar Schwellungen, und ein paar Wochen lang würde er starke Schmerzen haben. Die größte Überraschung bestand in der Feststellung des Arztes, dass die Angreifer Dex geschont hatten. So als wollten sie ihm wehtun, aber keinen wirklichen Schaden anrichten. Das war ganz untypisch für jeden Angriff, mit dem er je zu tun gehabt hatte.

»Oh mein Gott!«

Der untröstliche Gesichtsausdruck von Cael traf Sloane schwer, und er stellte fest, dass er nichts tun konnte außer zuzusehen, wie Cael an die Seite seines Bruders eilte. Er streckte die Hand nach Dex' Gesicht aus, zögerte dann aber. An der Augenbraue war eine üble Beule, wo ihn der Stein getroffen hatte, doch obwohl sie stark geblutet hatte, hatte man sie nicht nähen müssen. Über die Nase verlief eine kleine, aber üble Schnittwunde, schlimme Kratzer zogen sich über die rechte Gesichtshälfte, seine Unterlippe war am Mundwinkel aufgeplatzt und auf der linken Wange prangte noch ein Bluterguss. Am Ende beschloss Cael, Dex sachte das Haar aus der Stirn zu streichen.

»Was ist passiert?«, fragte Cael so leise, dass seine Stimme kaum zu hören war.

»Dex hat letzte Nacht auf meiner Couch geschlafen. Ich wollte ihn nach Hause fahren, aber er ist im Wagen weggepennt, und ich wusste nicht, wo er wohnt. Jedenfalls hatten wir heute Morgen einen Streit, und er ist gegangen. Ich dachte, er wäre los zur Arbeit, als Ash auftauchte.« Er und Ash hatten bei den Recon-Agenten ihre Aussagen gemacht, sobald sie im Krankenhaus angekommen waren und nachdem Sloane sich wieder gewandelt hatte. Es war schwierig gewesen, denn Sloane hatte am liebsten an Dex' Seite bleiben wollen. Doch es gab nicht viel, was er sonst tun konnte, während das Krankenhauspersonal Dex zur Notfallbehandlung davonrollte, um innere Blutungen, Schwellungen oder Knochenbrüche auszuschließen.

Ash erzählte alles, was passiert war, während er draußen mit Dex gestanden hatte, und Sloane bestätigte die Aussage. »Ich erinnere mich an den Typen von der Bar. Tatsächlich hatte Dex mich noch auf ihn aufmerksam gemacht. Er dachte, der Typ sei an mir interessiert. Jetzt ist mir klar, dass er an etwas anderem interessiert war. Ich habe Recon eine Beschreibung gegeben, und sie reichen sie an Intel weiter, um sie durch Themis laufen zu lassen. Sobald sie einen Treffer haben, geben sie eine Fahndung heraus. Die Defense-Agenten legen den Typen, die nicht flüchten konnten, gerade die Daumenschrauben an.«

Cael nickte, und Sloane ging zu ihm und berührte den jüngeren Therianer vorsichtig an der Schulter. »Es tut mir so leid, Cael. Ich hätte besser auf ihn aufpassen müssen.« Cael sah zu ihm auf, und Sloane erblickte wie erwartet Zorn in seinem Blick. Doch diese Wut galt nicht Sloane, wie sich herausstellte, als Cael antwortete.

»Es ist nicht deine Schuld. Du bist sein Partner, nicht sein Babysitter. Er ist ein THIRDS-Agent, Herrgott. Er müsste es doch besser wissen!« Cael schüttelte den Kopf, Tränen in den Augen. »Immer macht er so dummes Zeug wie das hier. Er fühlt sich verletzt oder sauer, und statt etwas dagegen zu unternehmen oder mit jemandem zu reden, behält er alles für sich, bis er am Ende irgendwas total Blödes tut. Idiot.«

»Hey.« Sloane zog Cael in die Arme und drückte ihn. »Es ist okay. Er wird wieder. Ich weiß, es sieht schlimm aus, aber das meiste sind nur Blutergüsse. Der Arzt hat ihm ein Beruhigungsmittel gegeben, damit er sich ausruhen kann.«

»Und was ist nächstes Mal?«, fragte Cael heiser. »Dad wird echt sauer auf ihn sein. Ist auch gut so. Er verdient einen Tritt in den Hintern.« Er löste sich von Sloane und wischte sich mit dem Ärmel seines Hoodies über die Augen.

Cael so zu sehen, ohne Uniform, so verletzlich, erinnerte Sloane daran, wie jung Cael noch war und wie viel Verantwortung Sloane nun trug. Er hatte dabei versagt, Caels großen Bruder zu schützen. So wie der Junge zu Dex aufsah, voll Bewunderung, wie er auf ihn aufpasste, mit ihm angab … Sloane hatte vergessen, dass diese Art von Liebe existierte.

»Ich hole ihm einen Kaffee für später, wenn er aufwacht, sonst fängt er an zu zicken«, brummte Cael und ging hinaus.

Sloane seufzte schwer und ließ sich auf den blassgrünen Zweisitzer neben Dex' Bett fallen.

»Hör auf damit.« Ash kam zu ihm, ließ sich neben ihm nieder und legte einen Arm um ihn.

»Ash, er war sauer, weil ich ihm nicht von mir und Gabe erzählt habe.«

Nach kurzem Nachdenken zuckte Ash mit den breiten Schultern. »Die Entscheidung lag bei dir.«

»Ja, aber er ist mein Partner. Ich hätte ihm vertrauen sollen. Stattdessen musste er es von diesem Mistkerl Isaac hören.« Von allen Leuten, die in dieses Parkhaus hätten kommen können, um Dex zu helfen, wieso musste es ausgerechnet Isaac Pearce sein? Sloane war dankbar dafür, dass der Kerl im richtigen Moment aufgetaucht war, aber von allen HPF-Beamten, die höchstwahrscheinlich im Gerichtsgebäude gewesen waren, wieso gerade er?

»Moment, Dex kennt Isaac?«

»Gewissermaßen. Er hat Dex geholfen und ihn dann auf einen Drink eingeladen.«

Ash brummte. »Hat Dex gesagt, worüber sie gesprochen haben?«

»Abgesehen davon, dass er Dex von Gabe erzählt hat, habe ich keine Ahnung. Ich weiß nicht einmal, warum er es ihm überhaupt erzählt hat. Was hat Dex damit zu tun, außer dass er mein Partner ist?«

»Wahrscheinlich, um Dreck aufzuwirbeln. Der Kerl ist ein echter Blödmann.« Ash zog seinen Arm zurück und beugte sich vor, um Sloane anzusehen. »Was ist los?«

Sloane lehnte sich zurück. »Mir geht es gut.«

»Wirklich? Denn das hier …«, er machte eine allgemeine Handbewegung in Sloanes Richtung, »das sieht nicht nach gut aus. Sondern nach Schwierigkeiten. Er ist nicht Gabe.«

»Das weiß ich«, gab Sloane unwirsch zurück. Er war gereizt. Hätte er sich das gleich von Anfang an eingestanden, wäre nichts von alldem passiert. »Dex ist ganz und gar nicht wie Gabe.« Die beiden waren so verschieden wie Tag und Nacht. Gabe mit den dunklen Augen, dem scheuen Lächeln und dem leisen Lachen, stets ruhig und besonnen. Er hatte immer gewusst, was er wollte und wie er es bekommen konnte. Dex gab sich selbstbewusst, doch die meiste Zeit verbarg er seine Unsicherheiten hinter einem Lächeln und seinen Witzen. Er war ein Charmeur, heißblütig und voller Leben. Lebhaft, laut und enthusiastisch. Mit Gabe hatte Sloane sich sicher, wertgeschätzt und geliebt gefühlt. Dex gab ihm das Gefühl als stünde sein Körper von innen her in Flammen, als sei er der einzige Mann im Raum. Die Art, wie er Sloane ansah … so als könnte er nur das Gute in ihm sehen, als würden die schlechten, erschreckenden und hässlichen Teile in ihm nicht existieren.

Ein lautes Stöhnen war zu hören, und Sloane sprang auf, während Dex flatternd die Augen öffnete. »Hey, du bist wach.« Er wollte Dex' Hand nehmen, doch dieser zog sie weg und kratzte sich am Handrücken, wo die Infusionsnadel steckte.

»Verdammt, das juckt.« Seine Stimme war kratzig und er klang benommen, aber die Worte waren Musik in Sloanes Ohren.

Er musste einfach lächeln. »Ja, die Dinger sind ziemlich nervig. Ich bin so froh, dass du wach bist. Wie fühlst du dich?« Dex zog eine Augenbraue hoch, und Sloane zuckte zusammen. »Richtig. Blöde Frage.« Er kaute auf seiner Unterlippe und beschloss, zur Hölle damit. »Es tut mir leid, Dex. Es tut mir so leid.«

»Nein«, gab Dex entschieden zurück und presste die Lippen zu einer dünnen Linie zusammen.

Sloane machte sich auf eine Standpauke gefasst. Er würde alles akzeptieren, was Dex ihm an den Kopf warf. Es war das Mindeste, was er tun konnte, und er verdiente es.

»Wage es nicht, dir dafür die Schuld zu geben. Ich war dumm. Ich habe meinen Kopf nicht benutzt.«

Moment, nahm Dex ihn in Schutz? Nach allem, was er getan hatte? »Ja, aber wenn ich mich nicht wie ein Volltrottel benommen hätte, wärst du nicht gegangen, und …«

»Und sie hätten mich irgendwo anders erwischt.«

»Als ich dich da auf dem Pier liegen sah, voller Blut …« Sein

Herz machte einen kleinen Satz, als Dex ihm zulächelte. Woher wusste der Mann nur immer, was er sagen oder tun musste, wenn es um Sloane ging?

»Hey, eins musst du über mich wissen, nämlich, dass ich einen ziemlichen Dickschädel habe, und wie dir bestimmt schon aufgefallen ist, beziehe ich ziemlich oft Prügel. Im Sinne von öfter als normal. Muss an meinem Charme liegen. Bringt alle Jungs aus dem Häuschen. Ich würde dir ja Nachhilfe geben, aber dafür müsste ich Geld verlangen.«

Sloane spürte ein Brennen in den Augen, schob das Gefühl jedoch rasch beiseite. »Du bist echt ein Idiot. Bin ich froh, dass sie deinen miesen Sinn für Humor nicht beschädigt haben.«

»Hey, Dex.«

Dex sah zu Ash hoch und lächelte freundlich. »Simba.«

Ash sah nicht beeindruckt aus. »Ich sollte den Stecker ziehen und dich von deinem Elend erlösen.«

»Dafür musst du nicht den Stecker ziehen, nur dein Gesicht verstecken. Ich glaube, hier liegt irgendwo eine Bettpfanne herum, die du dafür nehmen könntest. Da drin ist wahrscheinlich weniger …«

»Dex!« Sein Partner war krankenhausreif geprügelt worden, und trotzdem ging es ihm gut genug, um seine kleine Privatfehde mit Ash weiterzuführen. Erstaunlich.

»Tut mir leid«, murmelte Dex.

»Ha!«, sagte Ash triumphierend.

Sloane sah Ash ungläubig von der Seite an. »Echt jetzt?«

»Tut mir leid.«

Sloane warf seinem besten Freund einen letzten warnenden Blick zu und wandte sich wieder an Dex. »Hey, ich weiß, du fühlst dich gerade mies, aber kannst du mir erzählen, was passiert ist?« Dex tastete auf dem Bett nach der kleinen Fernbedienung. Sloane schob sie ihm hin und wartete, als das Bett langsam hochfuhr und Dex in eine sitzende Position brachte. Dass Dex scharf die Luft einzog und bei der langsamen Bewegung des Bettes zusammenzuckte, verschaffte Sloane eine Ahnung, wie stark seine Schmerzen sein mussten. Er ging davon aus, dass der Arzt kräftige Schmerzmittel verschreiben würde. Schließlich fing Dex an zu erzählen.

»Mir fiel nicht auf, dass es derselbe Typ aus dem Club war, bis es zu spät war. Außerdem war ich blöderweise zu sauer, um so aufmerksam zu sein, wie ich es sollte. Es war eine Warnung. Er hat mir gesagt, ich solle mich aus dem HumaniTherianer-Fall heraushalten …« Dex biss sich auf die Unterlippe und warf einen kurzen Blick auf Ash.

Der hob die Hände. »Na schön. Ich bin draußen, aber vergesst nicht, dass Maddock bald hier sein wird.«

Sloane dankte seinem Freund und wandte sich wieder an Dex. »Was ist los?« Dex wich seinem Blick nicht aus, als er fortfuhr.

»Er hat mir gesagt, ich soll mich von dir fernhalten.«

»Das ergibt alles keinen Sinn. Wir haben schon Monate vor deiner Rekrutierung an dem Fall gearbeitet. Warum jetzt die Warnung? Und wieso du?«

»Und was hat es mit dir zu tun?« Dex schüttelte den Kopf und stöhnte. »Es wirkte so … merkwürdig.«

Sloane legte den Kopf schief. »Wie meinst du das?«

»Es kam mir vor, ich weiß nicht, wie der Angriff im Parkhaus.«

»Du denkst, es waren dieselben Typen, die das arrangiert haben?«

»Ich glaube nicht. Damals ging es um den Prozess, und dieses Mal ging es um diesen Fall. Aber es war dasselbe Gefühl, als wäre das Ganze … das hört sich jetzt verrückt an, aber fast – freundschaftlich.«

»Du hast recht, das hört sich wirklich verrückt an.« Sloane

fielen die Worte des Arztes ein. »Aber jetzt wo du es sagst: Der Arzt meinte, das hier sei der seltsamste Angriff gewesen, den er je gesehen hätte. Die haben keinen echten Schaden angerichtet, als seien sie ausdrücklich angewiesen worden, dich nicht wirklich zu verletzen.«

Dex machte große Augen. »Tja, die haben mich aber verletzt, und zwar ganz schön, falls du es noch nicht bemerkt hast.«

»Du weißt, was ich meine. Sie hätten dich umbringen können, Dex, oder dich ins Koma prügeln. Stattdessen vermöbeln sie dich und sagen dir, dass du dich fernhalten sollst. Das kommt von jemandem, der dich kennt, vielleicht nicht persönlich, aber jemandem, der weiß, wer du bist.«

Sämtliche Luft schien aus dem Raum zu weichen, als Sloanes Worte in seinem Kopf ankamen. Ach, du Schande, jemand, den Dex kannte, hatte dafür bezahlt, ihn einzuschüchtern.

»Ich glaube, hier brauchen wir meinen Dad«, meinte Dex.

Sloane ging zur Tür und sah hinaus. Ash saß auf dem Stuhl neben der Tür, den Arm tröstend um Cael gelegt. »Hey, Ash.«

Ash drehte sich zu ihm um. »Ja?«

»Kannst du Maddock anrufen? Wir brauchen ihn hier, jetzt gleich.«

»Alles in Ordnung?«

»Ja, ruf ihn für mich an, okay?«

Ash sah unsicher aus, nickte aber. Sloane dankte ihm und ging wieder zu Dex. Und weil er wusste, dass dieser außer Gefahr war, konnte er jetzt endlich seinen ganzen Frust rauslassen. Er setzte sich auf den Bettrand und sah Dex finster an.

»Ich kann nicht glauben, dass du dem Kerl einfach nachgejagt bist. Was hast du dir dabei nur gedacht?«

»Ich habe gedacht, der Mistkerl hat mir einen Stein an den Kopf geworfen, das tut weh, und jetzt trete ich ihm in den Hintern.«

»Und sieh nur, wie gut das geendet ist«, gab Sloane gedehnt zurück und streckte die Hand aus, um sachte Dex' Augenbraue zu untersuchen. »Du hast mir einen Mordsschreck eingejagt, Dex.« Sein Blick ruhte auf Dex' fragender Miene, als die Tür aufflog und Maddock hereinstürmte.

»Ich habe gerade geparkt, als Ash angerufen hat. Bin so schnell gekommen, wie ich konnte.« Maddock gab Dex einen Kuss auf den Scheitel, und wieder einmal wurde Sloane an das andere Leben seines Sergeants erinnert. Wie machte Maddock das nur? Seine Kinder jeden Tag ins Gefecht marschieren zu sehen, ohne sich vor Sorge in die Hosen zu machen?

»Mir geht es gut«, wehrte Dex stöhnend seinen Dad ab.

»Ash hat mir erzählt, was passiert ist. Am liebsten möchte ich dir auf der Stelle den Arsch aufreißen, weil du diesem Idioten hinterhergerannt bist, aber …« Maddock stieß einen schweren Seufzer aus. »Ich bin froh, dass es dir gut geht. Ich habe mit dem Hauptquartier gesprochen. Die Typen, die wir eingelocht haben, sagen alle dasselbe, dass sie erst heute Morgen von einem Typen mit Eagleskappe angeheuert wurden und Anweisungen bekamen, wo sie warten sollten. Man hat ihnen gesagt, sie sollen dich allein zu fassen kriegen und vermöbeln, aber vorsichtig mit dir sein, und wir waren uns alle einig, dass das absolut keinen Sinn ergibt. Themis hat einen Treffer zu dem Typen mit der Baseballmütze ausgespuckt: Ford Wallace. Er hat ein Strafregister. Angriff mit einer tödlichen Waffe, bewaffneter Raubüberfall, Diebstahl und noch eine Menge anderer Sachen. Themis hat Überwachungsmaterial von Wallace, wie er die Bar gestern Nacht kurz nach euch beiden verlassen hat. Und es gibt noch mehr Bilder, wie er euch zu Sloanes Apartment gefolgt ist. Er war schlau und hat ausreichend Abstand gehalten. Leider konnten wir keine Bilder finden, die nahe genug an Sloanes Apartment waren, um ihn zu fassen.

Wahrscheinlich ist er euch beiden nach Hause gefolgt und hat auf dich gewartet. Ich weiß nicht, was er getan hätte, wenn ihr beide das Apartment gleichzeitig verlassen hättet. Recon sucht derzeit nach ihm. Woran erinnerst du dich?«

Dex warf Sloane einen Blick zu, der daraufhin zustimmend nickte. Sie mussten der Sache auf den Grund gehen. Und da hatten sie gedacht, der Fall könnte nicht noch schlimmer werden.

»Sie haben mich gewarnt, ich solle die Finger von dem HumaniTherianer-Fall und von Sloane lassen.«

»Sloane?« Maddocks Stirnrunzeln vertiefte sich, als er sich Sloane zuwandte. »Was in aller Welt hat das Ganze denn mit dir zu tun?«

»Ich weiß nicht. Wir glauben, wer auch immer Dex gewarnt hat, kennt ihn oder weiß, wer er ist. Und will aus irgendeinem Grund nicht, dass Dex involviert wird.« Sloane hörte Dex aufkeuchen.

»Isaac Pearce.«

»Moment.« Maddock hob eine Hand. »Gabes Bruder? Was ist hier los, Dex?«

Sloane wusste, dass Dex ihn nicht outen würde – sozusagen –, aber jedes Mal, wenn die Sprache auf Gabe kam, fürchtete Sloane, dass die Wahrheit herauskäme. Nichts konnte auf ewig verborgen bleiben, und oft hatte er das Gefühl, dass es nur eine Frage der Zeit war, bis all seine Geheimnisse ans Licht kamen.

»Also, ich kann mich ja täuschen, und der Mann wirkt anständig, aber ich habe das Gefühl, dass ich dir das erzählen sollte. Mal sehen, was du davon hältst. Als ich im Parkhaus überfallen wurde, wieso ist gerade er aufgetaucht? Ich glaube nicht, dass er mit dem Angriff etwas zu tun hatte, aber was, wenn er mich beobachtet hat? Was, wenn er versucht hat, mein Vertrauen zu gewinnen?« Dex runzelte besorgt die Stirn, und Sloane war froh, zu sehen, dass sein Partner in dieselbe Richtung dachte wie er. Er hörte aufmerksam zu, als Dex fortfuhr: »Damals hat er mich gefragt, ob ich mal einen Kaffee mit ihm trinken würde. Ich sagte zu. Der Typ hat mir den Hintern gerettet. Ein paar Wochen später ruft er an. Wir treffen uns auf ein Bier, ich denke mir, er will nur ein bisschen quatschen, und weißt du was? Stattdessen fängt er an, mich auszufragen, ob ich Sloanes Akte gesehen hätte.«

Maddock und Sloane reagierten gleichzeitig: »Was?«

Dex sah zwischen ihnen hin und her. »Das war gruselig.«

»Erzähl einfach weiter«, sagte Maddock.

»Richtig. Also, er fängt an, mir zu erzählen, dass, ähm ...« Dex verstummte und strich die Decke glatt, offensichtlich unsicher, wie er weitermachen sollte.

»Dex«, mahnte Sloane leise und stützte die Arme aufs Bett, um seinem Partner in die besorgten Augen zu sehen. »Falls die Möglichkeit besteht, dass Isaac Pearce etwas mit dem zu tun hat, was dir am Pier zugestoßen ist, oder, Gott bewahre, mit diesem Fall, dann müssen wir es wissen.«

»Du hast recht«, seufzte Dex. »Er sagte, er hätte deine Akte gesehen.«

»Wie denn das?«

»Ich weiß nicht. Er meinte, er hätte einen Gefallen eingefordert. Er war irgendwie nervös, als wäre er nicht sicher, ob er mit mir darüber reden sollte. Auf jeden Fall ist er ständig darauf herumgeritten, dass darin nichts über dich aus der Zeit vor den THIRDS stünde.«

Sloane richtete sich auf und bemühte sich, seinen Zorn im Zaum zu halten. »Er hat dir erzählt, dass man mir nicht trauen kann. Deshalb hast du mich gefragt, ob es etwas gäbe, das du über meine Vergangenheit wissen solltest. Und deshalb hast du erwähnt, dass ich einer von der ersten Generation bin. Er hat dir die Idee in den Kopf gesetzt. Lass mich raten, er fing damit an, dass er Jahre damit verbracht hätte, an meine Akte zu kommen, dass er so gar nichts gefunden hätte, dass ich versuchen würde, etwas zu verbergen, und dass die THIRDS etwas verbergen wollten.«

Dex fiel die Kinnlade herab. »Woher weißt du das?«

»Weil er Gabe dasselbe erzählt hat.« Sloane ballte die Hand zur Faust und wünschte, er könnte auf irgendwas einschlagen.

»Nicht aufregen, Sohn.« Maddock sah ihn eindringlich an.

Sloane nickte, atmete tief durch und konzentrierte sich darauf, seine Atmung unter Kontrolle zu halten. Es würde ihm wirklich nichts Gutes bringen, wenn er hier und jetzt die Fassung verlor. »Tut mir leid, Sarge. Alles in Ordnung.« Dieser Hurensohn. Der Typ konnte einfach nicht aufhören, in seinem Leben herumzupfuschen, selbst nachdem Gabe nicht mehr da war.

Maddock schien alles sorgfältig zu überdenken. »Also, er kommt dir zu Hilfe, versucht dein Vertrauen zu gewinnen, um dich dazu zu bringen, deinem Partner zu misstrauen und vielleicht etwas Distanz zwischen euch zu schaffen, aber als das nicht funktioniert, bezahlt er ein paar Schläger, die dich in die Mangel nehmen sollen, um zu sehen, ob du diesmal den Schwanz einziehst? Ich verstehe immer noch nicht, was Sloane mit dem HumaniTherianer-Fall zu tun hat. Und wenn wir in Betracht ziehen wollen, dass Pearce irgendwie in die Morde involviert ist, dann haben wir nichts, um das zu untermauern. Unser Verdächtiger ist ein Therianer, und es gibt absolut keine Beweise, die nahelegen, dass er einen Komplizen hat, schon gar keinen menschlichen.«

Sloane setzte sich auf und schüttelte den Kopf. »Sieh mal, ich weiß, dass der Kerl ein Arsch ist, und niemand kann ihn weniger leiden als ich, aber er ist immer noch Gabes Bruder und ein Cop. Ich kenne ihn seit Jahren, und ich kann mir nicht vorstellen, dass er so etwas tut.« Sloane konnte nicht glauben, dass er Isaac Pearce verteidigte, nach der Hölle, durch die der Kerl ihn gejagt hatte. Isaac hatte Sloane immer übelgenommen, dass er mit seinem Bruder zusammen war. Die beiden hatten ständig deswegen gestritten. Doch ein Arsch ersten Ranges zu sein, machte einen nicht zum Mörder.

»Wir müssen da wirklich vorsichtig vorgehen«, stellte Maddock fest und ging um Dex' Bett herum, um sich neben Sloane niederzulassen. »Falls Isaac involviert ist, dürfen wir nichts tun, was ihn zum Untertauchen zwingt, und falls er nicht unser Mann ist, müssen wir sichergehen, dass wir keinen Mist bauen. Wenn das HPF Wind davon bekommt, dass wir einen ihrer angesehensten Detectives beschuldigen, einen Mann, dessen Bruder wir in unseren Diensten verloren haben, und er erweist sich als unschuldig, dann kommt ein Shitstorm über uns, wie wir ihn noch nie gesehen haben. Und mit dem immer noch ungelösten Fall wird uns der Leiter der Therianer Defense mit den Nüssen an die Wand nageln.«

»Also, wie sieht unser nächster Zug aus?«, fragte Dex.

Maddock und Sloane hoben gleichzeitig den Kopf. Sloane gab sein Bestes, nicht zu lächeln – nicht, wenn er nicht von Maddock und Dex in den Hintern getreten werden wollte.

»Unser nächster Zug?« Maddock stand auf, und seine Haltung war Angst einflößend. Junge, Junge, das würde gut werden. »*Mein* nächster Zug besteht darin, diskret Nachforschungen über Pearces jeweiligen Aufenthaltsort während der Morde anzustellen und ihn entweder als Verdächtigen zu identifizieren oder auszuschließen. Außerdem werde ich den Rest des Teams darauf ansetzen, diesen Bastard zu fassen, der dich angegriffen hat. *Dein* nächster Zug besteht darin, zu Hause zu bleiben, bis du wieder in der Lage bist, auf die Toilette zu gehen, ohne dabei deine Milz zu verlieren.«

Sloane wappnete sich für Dex' Reaktion.

»*Was?* Das ist doch wohl ein verdammter Scherz«, protestierte Dex. »Du schickst mich auf die Ersatzbank? Mitten im verdammten Spiel? Das kannst du doch nicht machen.« Er wollte sich aufsetzen und zuckte zusammen. »Au.« Er biss die Zähne zusammen und sah seinen Dad finster an.

»Du kannst deinen Hintern darauf verwetten, dass ich dich auf die Bank setze, Daley. Du warst gerade der Punchingball für eine ganze Truppe Schläger. Du musst dich jetzt erst mal erholen.«

Dex gab ein lautes und frustriertes Stöhnen von sich. »Leck mich am Aaarsch!«

»Lass dein Sexleben da raus.«

Sloane gab sich alle Mühe, nicht zu lachen. Manchmal fragte er sich, ob Dex wirklich adoptiert war, denn die beiden waren sich so ähnlich, dass es schon beängstigend war. Nun ja, Maddock war um einiges knurriger als Dex, und wenn er mal Humor zeigte, dann immer mit todernstem Gesichtsausdruck, aber die beiden zusammen zu erleben, war etwas ganz anderes.

»Ha, ha.« Dex runzelte die Stirn. »Siehst du das?« Er zeigte auf sein Gesicht. »Das ist nicht mein belustigtes Gesicht. Genau genommen ist das mein Gesichtsausdruck für: Ich kann nicht glauben, dass mein eigener Dad mich vom Platz stellt! Du … du …«

Maddock zog eine Augenbraue hoch. »Falls du glaubst, du wärst zu alt dafür, dass ich dir eine gute Tracht Prügel verpasse, werde ich dich mit allergrößter Freude daran erinnern, dass das nicht der Fall ist.«

»Argh! Vergiss es. Na schön.« Dex schmollte wie ein bockiges Kind. »Das ist echt scheiße.«

»Sloane bleibt bei dir.«

Ach du Schande.

»Du verpasst mir ein Kindermädchen?« Dex richtete seinen finsteren Blick auf Sloane.

»Also bitte, Junge. Was glaubst du, mit wem du redest? Ich habe dich aufgezogen.« Maddock sah Sloane grimmig an. »Weißt du, wie oft ich ihn als Kind erwischt habe, wie er aus dem Fenster kletterte?«

Nein, aber Sloane war ziemlich sicher, dass er es gleich erfahren würde.

»So oft, dass ich vor seinem Fenster *und* dem seines Bruders Gitterstäbe habe anbringen lassen. Du behältst ihn im Auge, hörst du. Er ist ein gerissener kleiner Bastard. Sobald du ihm den Rücken zudrehst, ist er entweder durch die halbe Stadt oder hängt in den Rosenbüschen der Nachbarin.«

»Oh, mein Gott, ein einziges Mal, und man ist für sein Leben gebrandmarkt«, maulte Dex und ließ den Kopf nach hinten in sein Kissen fallen. »Au.«

»Ich will kein Wort mehr davon hören.«

»Na schön«, grummelte Dex. »Wie lange?«

»So lange ich es sage.«

Dex meldete sich wie in der Schule. »Ich habe eine Bitte.«

»Abgelehnt.«

»Du weißt doch gar nicht, was ich will. Lass mich ausreden. Das tut weh.« Dex setzte sich wieder auf, den Mund schmollend verzogen, die Schultern hängend. Er legte den Kopf schief, die Augen groß. Oh, er war gut, das musste Sloane ihm lassen. Nicht einmal Maddock war immun gegen dieses Gesicht.

»Herr, verleih mir Kraft. Also gut. Was ist?«

»Ich hätte gern, dass Sloane eine sexy Krankenpflegeruniform trägt, so eine aus weißem Latex mit Chaps, die den Hintern freilassen.«

»Allmächtiger.« Maddock drehte sich zu Sloane und zuckte zusammen, höchstwahrscheinlich wegen des entsetzten Ausdrucks in Sloanes Gesicht. »Tut mir leid. Ich mache es wieder gut, versprochen. Ich verschaffe dir Sonderurlaub oder so was.«

»Ich glaube, dafür hat das Jahr gar nicht genug Tage«, brummte Sloane und ignorierte Dex' breites Grinsen.

»Der Arzt sollte in Kürze vorbeikommen, um ihn zu entlassen. Falls ihr etwas braucht, ruft an. Ich sorge dafür, dass ihr auf dem Laufenden bleibt. Außerdem werde ich ein paar Agenten vor dem Haus postieren, nur für alle Fälle. Du sorgst dafür, dass er es ruhig angehen lässt, und wenn du ihn dafür ans Bett fesseln musst, ist mir egal.« Maddock ging zur Tür und rief über die Schulter: »Dex, du benimmst dich, oder ich kürze deinen Sold.«

»Das kannst du nicht machen!« Dex sah Sloane an. »Kann er das machen?«

Als die Tür zuging, seufzte Dex erleichtert auf. »Keine Sorge, ich werde ihm sagen, dass du deinen Job ganz toll machst. Er wird es nie erfahren.«

Mit einem listigen Grinsen machte Sloane es sich auf dem Zweisitzer bequem. »Nichts da. Ich bringe dich nach Hause, mache dir etwas zu essen, und danach legst du dich hin, nimmst eine Schmerztablette, schläfst und isst noch mal was nach dem Aufwachen. Und, so wahr mir Gott helfe, du lässt dich von mir versorgen, und du wirst es mögen.«

»Lass mich raten: oder du trittst mir in den Hintern?«

Sloane zuckte die Schultern. »Nachdem das ja schon passiert ist, werde ich mich damit begnügen, dir auf Teufel komm raus auf die Nerven zu gehen.« Wenn er sich schon da durchquälen musste, dann konnte Dex ebenso leiden. Nur weil er zugestimmt hatte, sich um seinen Partner zu kümmern, würde er sich noch lange nicht von diesem Schmollmund und den großen blauen Augen um den kleinen Finger wickeln lassen.

»So wie jetzt gerade?«

»Ich habe von den Besten gelernt.«

Dex kniff die Augen zusammen. »Die Macht ist stark in ihm.«

Sloane lachte. »Alles klar, Yoda.«

»Also bitte«, spottete Dex. »Wir wissen doch beide, dass ich Han Solo wäre. Du kannst Luke sein.«

»Okay, Han.«

»Ash wäre Vader. Bäh, Ash wäre dein Vater.« Dex kicherte über seinen eigenen Witz und zog dann wieder scharf die Luft ein. »Autsch.«

Ach, du liebe Güte. Sloane ließ den Kopf nach hinten auf das Sofa sinken. Wieso hatte er das Gefühl, dass er derjenige mit den Schmerzen sein würde?

11

Sloane wusste nicht, wer von ihnen am Ende im Streckverband enden würde, Dex oder er. Der Arzt hatte Dex beinahe aus dem Krankenhaus geworfen, nachdem er versucht hatte, ihm zu erklären, wie er sich am besten erholen solle, nur um dabei ständig von Dex mit irgendeiner albernen Frage unterbrochen zu werden: Ob es zum Beispiel die Heilung erschweren würde, wenn er Videospiele spielen, zur Toilette gehen, duschen, schlafen, auf der Seite schlafen, auf dem Rücken schlafen, auf dem Bauch schlafen, die Treppe hinaufgehen, die Treppe hinuntergehen, Autofahren, sitzen, Alkohol trinken, Wäsche waschen, Schuhe ausziehen, sich anziehen, herumalbern, Sex haben würde. Und das innerhalb der ersten fünf Minuten nach Ankunft des Arztes. Daraufhin gab der Doktor auf und wandte sich an Sloane. Törichter Mann, wollte Dex einfach ignorieren. Dex war kein Mensch, den man ignorierte.

Am Ende befahl Sloane Dex, sich ein wenig auszuruhen, oder mit anderen Worten, die Klappe zu halten, und bat den Arzt, mit ihm nach draußen zu gehen. Bei dem Ausdruck reinster Erleichterung im Gesicht des Mannes musste Sloane schmunzeln. Er konnte das Gefühl nachvollziehen. Der Arzt gab ihm Anweisungen für Dex' Schmerzmittel einschließlich der maximalen Dosis. Nach einem mitfühlenden Lächeln entließ der Arzt Dex in Sloanes Obhut. Er brauchte drei Stunden, um Dex nach Hause zu bringen. Hauptsächlich deshalb, weil Dex, kaum dass Sloane ihm den Rücken zuwandte, seinen Rollstuhl über den Krankenhausflur steuerte und dabei beinahe eine Massenkarambolage auslöste. Dafür schuldete Maddock ihm einiges mehr als Sonderurlaub.

Endlich hatte er Dex auf dessen Couch verfrachtet. Sloane wusste nicht, wie er sich Dex' Wohnung vorgestellt hatte. Vielleicht hatte er etwas im Stile von M.C. Escher erwartet, aber ganz sicher nicht die gepflegte, moderne und kultivierte Einrichtung, in der er sich wiederfand. Links von der Diele war das Wohnzimmer, dunkle Holzfußböden mit weißen Wänden und Mobiliar in Schokoladentönen. Gegenüber der langen braunen Couch befand sich ein großer Kamin, an den zurückgesetzten Wänden standen reihenweise Holzregale, voll mit Filmen, Büchern, Spielen und CDs. Es gab Beistelltische mit Lampen und gerahmte Fotos von ihm und seiner Familie sowie von ihm und seinen biologischen Eltern.

»Hübsche Wohnung«, meinte Sloane und sah sich um.

»Hättest sie sehen sollen, nachdem Lou ausgezogen war. Sah aus, als hätte man mich ausgeraubt. Mir war gar nicht klar, wie viel von dem Zeug ihm gehörte, bis er es mitgenommen hatte.« Dex zuckte mit den Schultern. »Ich habe eine Menge Sachen ausgepackt, die ich im Keller eingelagert hatte und war dann ganz groß online auf Shoppingtour. Die haben mir einen eigenen UPS-Fahrer zugeteilt und so.«

Sloane konnte nicht sagen, ob Dex den letzten Teil nur erfunden hatte. Bei seinem Partner war alles möglich. Er wäre nicht überrascht, wenn der Mann es mit seinem Charme geschafft hätte, seinen eigenen Auslieferer zu bekommen.

Hinter dem Wohnzimmer kam die Küche, abgetrennt durch einen großen Marmortresen. Sie war ganz in Schwarz mit Arbeitsflächen aus weißem Marmor, einschließlich dem großen freistehenden Tresen in der Mitte. Gegenüber der Küche ging es auf einer Seite ins Esszimmer und rechts davon zur Treppe, die vermutlich zu den Schlafzimmern führte.

»Das nervt«, beschwerte Dex sich zum hundertsten Mal.

Sloane konzentrierte sich wieder auf ihn, zog ihm die Schuhe aus und stellte sie diesmal hinter die Couch, damit er nicht über sie fiel. »Je eher es dir besser geht, umso eher lässt Maddock dich wieder arbeiten, also trag es wie ein Mann. Hast du genug Kissen?«

»Ja.«

»Decken?«

»Ja.«

»Schmerzmittel?«

»Ja.«

»Hunger?«

»Oh, mein Gott!«

»Tut mir leid.« Sloane hob die Hände. »Ich will nur helfen.«

Dex drehte den Kopf zu Sloane und kniff die Augen zuammen. »Lass das. Mach nicht dieses Gesicht.«

»Was denn für ein Gesicht?« Die Schmerzmittel sollten bald Wirkung zeigen. Natürlich hatte Sloane keine Ahnung, ob das etwas Gutes war oder nicht. Er setzte sich neben Dex an den Beistelltisch aus Hartholz.

»Das mit der vorgeschobenen Unterlippe«, antwortete Dex, streckte den Arm aus und tippte mit dem Finger Sloanes Unterlippe an. Instinktiv schlug Sloane seine Hand weg, und Dex gab einen Schmerzenslaut von sich.

»Oh, Mist, es tut mir leid!« Sloane ging neben ihm in die Hocke und wollte seinen Arm nehmen, aber sein Partner wich zurück und hielt den Arm an die Brust gedrückt. Dex war ganz rot im Gesicht geworden, und Sloane krümmte sich innerlich.

»Was soll das, Mann? Du bist ja eine grausige Krankenschwester!«

»Ich habe es vergessen. Tut mir leid. Es war ein Reflex. Du musst aufhören, mir den Finger ins Gesicht zu piken. Du bist doch mit einer Raubkatze groß geworden. Wenn du denen irgendwelchen Mist ins Gesicht wirfst, dann sind Schläge vorprogrammiert. Wie kann ich es wiedergutzumachen?« Ihm war klar, dass er damit Ärger herausforderte, aber er fühlte sich wirklich schlecht, weil er Dex geschlagen hatte. »Bist du sicher, dass du genug Schmerzmittel hast?«

»Nicht annähernd genug.«

Sloanes Handy klingelte, und er dankte Gott im Stillen dafür. Er stand auf und war tatsächlich froh, Maddock zu hören.

»Hey. Irgendwas Neues?«

»Wir haben ein paar ganz kleine Nachforschungen über Isaac Pearces Aufenthaltsorte angestellt. Er ist nicht unser Mann. Offenbar hält er sich entweder in seiner Werkstatt in Brooklyn auf oder bei seiner Kirchengruppe. Mehrere Mitglieder dort bestätigen, dass Isaac zum Zeitpunkt der Morde mit ihnen zusammen war. Außerdem gibt es ein Paar, das ein Café betreibt und bestätigt, dass Isaac während unserer Zeitfenster in ihrem Laden war. Es gibt Quittungen, die das belegen. Ich habe ihn auch durch Themis laufen lassen, ohne Ergebnis. Die gute Nachricht ist, dass wir die Laborergebnisse über Ortiz jeden Augenblick bekommen sollten.«

»Okay. Danke. Halt uns auf dem Laufenden.«

»Mache ich. Was macht unser Leidender?«

Sloane warf einen kurzen Blick auf Dex, der ihn finster ansah. »Leid verbreiten.«

»Dann lass ich dich mal weitermachen.«

»Vielen Dank auch«, grummelte Sloane. Er steckte das Handy weg und informierte Dex über Isaac. Dessen Miene blieb unbewegt. Sloane lächelte. »Also, was muss ich für dich tun, damit du mich nicht mehr so ansiehst?«

Dex lebte auf. »Kannst du meinen iPod einstecken?«

Sloane beäugte ihn skeptisch. »Kommt darauf an. Mit welchen Höllenklängen willst du meine Ohren denn malträtieren?«

Dex rümpfte die Nase und gab ein hochmütiges Schniefen von sich. »Ich finde deinen Mangel an melodischer Finesse beunruhigend.«

»Ach, ja?« Sloane steckte den iPod in die Station auf dem Kamin und drückte auf Play. Ein weiterer Elektropopsong im Discostil hämmerte durch den Lautsprecher. Sloane drehte sich um und sah Dex mit gehobener Augenbraue an. »ABBA?«

»Was für ein Schwuler bist du denn?« Dex zeigte mit dem Finger zur Tür. »Verlass mein Haus. Deinesgleichen ist hier nicht willkommen.«

Sloane lachte, setzte sich in den Sessel und legte die in Socken steckenden Füße auf das Tischchen. »Okay, schön. ABBA ist akzeptabel. Das muss ich einräumen.«

»Nein, ABBA ist der Hammer.« Dex bewegte leicht die Schultern im Takt – die einzige Bewegung, die ihm möglich war, ohne dabei vor Schmerz zusammenzuzucken – und verfiel dann in eine rauchige Version von »Gimme! Gimme! Gimme!«

»Nicht singen«, stöhnte Sloane.

»Du vergisst wohl, wo du bist. Du befindest dich in der Casa de Dex, und in der Casa de Dex wird viel gesungen.« Dex sang weiter, und Sloane schloss die Augen und ließ den Kopf nach hinten sinken. In Wahrheit machte es ihm gar nichts aus, wenn Dex sang. Er hatte eine ziemlich schöne Stimme. Es ging mehr ums Prinzip. Es passte ihm nicht, wenn Dex seinen Kopf durchsetzte. Und es passte ihm noch weniger, wenn Dex recht hatte.

Als die Medikamente anfingen zu wirken, stellte Sloane angenehm überrascht fest, dass sein Partner zahmer wurde. Es war hart für Dex, dass er nicht aufstehen und Chaos verbreiten konnte, was wiederum hart für Sloane wurde, doch mit den Medikamenten und seiner nervigen Popmusik verbrachte Dex einen Großteil der Zeit damit, zu schlafen und gedanklich abzuschalten. Dadurch konnte Sloane mit seinem Tablet, das mit Themis verbunden war, seinen Papierkram nachholen. Er konnte sogar ein wenig lesen und sich selbst ein Nickerchen gönnen. Maddock hatte genehmigt, dass er die Zeit frei bekam, vorausgesetzt, es kam nichts Dringendes herein. Sloane konnte den Großteil seiner anfallenden Arbeit vom Tablet aus erledigen, und falls er persönlich ins Büro musste, würde Cael oder jemand anderes aus dem Team bei Dex bleiben. Sloane warf einen Blick auf seinen schlafenden Partner. Dex war immer noch ein Frischling. Er hatte erst einen Vorgeschmack darauf bekommen, was es hieß, ein THIRDS-Agent zu sein. Sloane war Teil der THIRDS, seit er sechzehn Jahre alt gewesen war, wobei er für die Regierung noch länger tätig gewesen war. Nach all diesen Jahren bei den THIRDS musste ein Mann seine freie Zeit genießen, wann immer er konnte.

»Woran denkst du gerade?«

Dex' Stimme war leise, als er Sloane schlaftrunken ansah und sich in einen ganzen Berg weicher Kissen zurücklehnte. Er hatte die letzten vier Stunden geschlafen und sah niedlicher aus als Sloane zugeben wollte. Sein Haar stand in alle Richtungen ab, die Decke hatte sich um ein Bein gewickelt, eine Socke hatte er irgendwie im Schlaf abgestreift, und mit einer Hand umklammerte Dex einen Zipfel der Decke vor der Brust. Er war wirklich ein großes Kind. Sloane räusperte sich und konzentrierte sich wieder auf sein Tablet.

»Ich habe nur gerade daran gedacht, wie lange ich das schon mache.«

»Wie lange denn?«

»Einundzwanzig Jahre.«

»Wow. Gefällt es dir so sehr?«

Sloane zuckte mit den Schultern. »Nicht so sehr, weil es mir gefällt, sondern weil ich nie etwas anderes getan habe. Dafür bin ich ausgebildet worden. Soweit es Regierungsorganisationen betrifft: Wenn ich wählen müsste, würde ich mich jederzeit für die THIRDS entscheiden.«

»Warum?« Dex sah ihn eindringlich an, und Sloane grübelte über seine Antwort nach. Er wollte nicht groß von seiner Geschichte mit der Organisation erzählen, aber Dex war sein Partner, und er verdiente so viel von der Wahrheit, wie Sloane sich überwinden konnte, mit ihm zu teilen.

»Weil ich mir vor langer Zeit geschworen habe, zu tun was ich kann, um anderen wie mir zu helfen. Es geht nicht darum, die Bösen zu fassen. Es geht darum, Therianern zu helfen, die verängstigt und verloren sind, die Fehler gemacht haben oder niemanden hatten, der sie leitete und ihnen die Chance gab, einen besseren Weg einzuschlagen. Jemand, der ihnen zeigt, dass sie die Chance auf ein besseres Leben haben.«

Dex schwieg einen Moment, und der Blick seiner hellen blauen Augen wurde mitfühlend. »Es muss hart gewesen sein.«

»Ja.« Instinktiv rieb Sloane über die längst verheilten Narben an den Handgelenken – und registrierte zu spät, was er getan hatte.

Dex' Augen weiteten sich und wurden feucht. »Es tut mir leid«, sagte er mit freudlosem Lachen. »Ich bin echt ein Idiot.«

»Hey, nein.« Sloane stand auf und stupste Dex sachte, damit er sich neben ihm auf der großen Couch niederlassen konnte. »Was ist denn das?«, fragte er und wischte mit dem Daumen sanft die Träne unter Dex' linkem Auge weg.

»Nichts«, antwortete Dex, schloss die Augen und atmete schaudernd aus. »Sind die Medikamente.«

»Dex«, mahnte Sloane und bekam ein Seufzen als Antwort.

»Du hast gesagt, dass du nicht darüber reden willst.«

Sloane wandte den Blick ab, und seine Kinnmuskeln spannten sich an. »Will ich auch nicht. Und werde ich nicht. Aber ich sage, dass du dich deshalb nicht schlecht fühlen musst. Tue ich ja auch nicht. Es ist lange her. Ich war jung, ich war allein, und ich hatte Angst. Es war alles, was mir geblieben war. Zumindest dachte ich das. Aber jetzt weiß ich, dass ich mich geirrt hatte.« Dex nahm Sloanes Hand, drehte sie um und strich mit dem Daumen über das Handgelenk und die kaum sichtbare Narbe. Die THIRDS hatten einen verdammt guten Job gemacht, als sie ihn wieder zusammengeflickt hatten. Andererseits war Sloane damals naiv gewesen und hatte den Schnitt in die falsche Richtung gesetzt. Die Ärzte hatten ihm gesagt, er hätte Glück gehabt. Dex biss sich auf die Unterlippe, nahm Sloanes andere Hand, drehte sie um und fluchte leise. Sloane zog die Hand weg.

»Wie gesagt. Es ist lange her. Das Leben war anders. Ich war anders. Werd jetzt bloß nicht sentimental meinetwegen, Daley«, zog er Dex auf und fragte sich, wieso er die linke Hand nicht auch weggezogen hatte. Dex nahm sie vorsichtig und drückte einen sanften Kuss darauf, woraufhin Sloane das Herz in die Kehle rutschte.

Er beugte sich vor und drückte zögernd die Lippen auf Dex' Mund. Er war warm, und seine Lippen öffneten sich und luden Sloane ein. Sloane wusste, dass er es nicht tun sollte, aber er ließ seine Zunge in Dex' Mund gleiten, und ihre Zungen erforschten und kosteten einander. Nicht hektisch oder leidenschaftlich wie bei ihrem ersten Kuss in der Garage. Sloanes Hand glitt an Dex' Hinterkopf, zog ihn behutsam näher und schob die Finger in sein Haar. Er konnte nicht sagen, wie lange der Kuss dauerte, nur dass es ein gutes Gefühl war.

Er löste sich von Dex, um seinen Kopf an dessen Stirn zu drücken. Wieso machte er das nur immer wieder? Er musste damit aufhören. Es war keinem von ihnen gegenüber fair, ganz besonders nicht Dex. Er stand auf und ging in die Küche, um eine Flasche Wasser zu holen, und dabei war ihm bewusst, dass Dex ihn beobachtete. Zu Sloanes Überraschung und Erleichterung sagte Dex gar nichts. Auch später kam er nicht darauf zu sprechen, sondern verhielt sich so, als wäre nichts passiert. Jeder andere Typ hätte zu wissen verlangt, was los war oder hätte Sloane schon längst gesagt, dass er zum Teufel gehen solle. Aber nicht Dex. Wieso?

Der Rest des Tages verlief weit besser, als Sloane erwartet hatte. Er hatte eine peinliche Atmosphäre zwischen ihnen befürchtet, aber Dex ließ das nicht zu. Er fühlte sich immer noch benommen wegen der Medikamente, aber er schien entschlossen, gute Laune zu verbreiten, wenn auch mit jeder Menge Gezicke und Gestöhne dazwischen. Sie sahen zusammen fern und DVDs. Dex gab zu bestimmten Szenen lebhafte Kommentare ab und sorgte dafür, dass Sloane Tränen lachte. Während der guten Teile war Dex ganz vertieft. Sloane kochte entweder selbst oder bestellte Essen. Während Dex schlief, rief er Ash an und ließ sich Kleidung zum Wechseln und Vorräte bringen.

Bis zum Ende der Woche fühlte Dex sich besser, und er hörte auf zu nörgeln. Das Herumlaufen fiel ihm leichter, auch wenn er immer noch höllisch empfindlich war. Cael kam vorbei, so oft er konnte, um nach seinem großen Bruder zu sehen und ihm Junk-Food mitzubringen, um das Dex per SMS gebeten hatte und das Sloane sich zu kaufen weigerte. Dinge wie Gummibärchen und diese verdammten Cheez Doodles.

Cael blieb immer eine Weile, und Sloane musste zugeben, dass er es genoss, mit den Brüdern abzuhängen und sich all die komischen Anekdoten aus ihrer Kindheit anzuhören. Er lauschte gern ihren Geschichten. Seine eigene Kindheit vermisste er nicht. Es war schwer, etwas zu vermissen, das er nie gehabt hatte.

In dieser Woche schlief Sloane jeden Tag auf der Couch. Zwar wurde es zunehmend kälter, als der November kam, doch die Heizung in Dex' Apartment hielt ihn gemütlich warm. Dex hatte gemeint, dass das dumm sei, wenn oben doch ein breites Doppelbett stand, aber da blieb Sloane hart. Keine verdammte Chance, dass er ein Bett mit Dex teilen würde. Er traute keinem von ihnen beiden so weit, dass sie nicht doch etwas taten, was sie dann bereuen würden, ganz besonders da Sloane merkte, wie schwer es ihm fiel, der Versuchung zu widerstehen – und es wurde mit jedem Tag schlimmer.

Es hatte mit Kleinigkeiten angefangen. Eine Hand an der Schulter oder am Oberarm, wenn er neben Dex auf der Couch saß, als der so weit erholt war, um sitzen zu können. Dex, der sich an ihn lehnte und den Kopf an Sloanes Schulter legte. Er tätschelte Dex am Knie und ließ seine Hand dann eine Weile dort ruhen, wenn sie fernsahen. Am Wochenende hatte er Dex die Hand auf den Rücken gelegt, als der nach dem Abendessen das Geschirr spülte. Anfang der zweiten Woche hatte Dex gezittert, als er nach der Dusche nach unten kam, und als er sich auf die Couch neben Sloane setzte, hatte dieser den Arm um ihn gelegt und ihm über den Arm gerieben, um ihn zu wärmen. Dex suchte nie von sich aus Körperkontakt. Er wartete darauf, dass Sloane den ersten Schritt tat und ging dann darauf ein, so als wüsste er, dass Sloane sonst davor zurückscheuen würde. Es war beängstigend, wie gut Dex ihn schon kannte. Doch noch erschreckender war, wie wohl er sich in Dex' Gesellschaft fühlte.

Heute hatten sie sich etwas besonders Leckeres zum Abendessen bestellt, um zu feiern, dass Maddock heute Morgen grünes Licht gegeben hatte. Ab morgen würde Dex wieder arbeiten gehen. Er hatte immer noch Schmerzen, und Maddock hatte ihm das Versprechen abgenommen, es ruhig angehen zu lassen, aber Sloane war überzeugt, dass Dex zu fast allem Ja gesagt hätte, nur um wieder arbeiten zu dürfen. Sie waren in der Küche damit beschäftigt, den Tresen abzuräumen und das Geschirr ins Spülbecken zu stellen, als Dex sich umdrehte, um etwas zu sagen, und dabei mit Sloane zusammenstieß.

»Oh, Mist. Tut mir leid.«

»Nein, war meine Schuld«, gab Sloane zurück und streckte den Arm um Dex herum, um das letzte Besteck ins Becken zu werfen. »Ich habe nicht darauf geachtet, wohin ich gehe.«

»Zu beschäftigt damit, meinen Hintern anzustarren, hm?«

Sloane schnaubte. »Ja, ist irgendwie schwer zu übersehen.«

»Also, bitte. Du weißt doch, dass du ihn willst«, zog Dex ihn auf.

Sloane hätte mit einer geistreichen Bemerkung darauf reagieren sollen. Doch stattdessen wurde sein Gesicht rot wie eine Tomate, und er gab ein nervöses Lachen von sich. Dex legte den Kopf schief und lächelte.

»Wirst du jetzt tatsächlich rot?«

»Nein.« Sloane wischte über den Tresen und versuchte, die Bilder von Dex' nacktem Hintern zu verdrängen, die ihm durch den Kopf gingen. »Ich muss gehen.«

»Oh, okay.«

Sloane sah Dex an und fühlte sich wie ein Idiot, weil Dex nun seinetwegen so enttäuscht dreinsah. »Tut mir leid. Ich will nicht unhöflich sein. Das Essen war großartig, und die Zeit mit dir zu verbringen … das hat mir wirklich gefallen. Ich will nur …«

»Nichts tun, was du bereuen würdest? Verstehe ich.«

Sloane blinzelte. Dex' Intuition überraschte ihn.

»Auch wenn ich mich manchmal so benehme, bin ich doch

nicht wirklich ein Trottel. Ich will nichts tun, was die Situation zwischen uns unangenehm machen würde. Irgendwie mag ich es einfach, wenn du da bist.«

»Ja?«

»Ja.« Dex fuhr sich abwesend mit der Hand durchs Haar. Die Geste und dazu das schüchterne Lächeln in seinem Gesicht gingen Sloane zu Herzen. Es war das erste Mal, dass er diese Seite an Dex sah, und er fand sie absolut liebenswert. Dann biss Dex sich auf die Unterlippe, und das rührte etwas anderes in Sloane, das ihn alle Bedenken über Bord werfen ließ. Er zog Dex am Nacken zu sich heran, an seinen Mund, an seinen ganzen Körper. Als Dex seine Überraschung überwunden hatte, schlang er die Arme um Sloanes Nacken, schmiegte sich an seinen Körper, und seine Erektion drückte sich gegen Sloanes Bein, während ein tiefes Grollen in seinem Brustkorb rumorte und als langes Stöhnen herauskam. Er küsste Dex hungrig und ließ eine Hand zwischen sie gleiten, um Dex' Erektion zu umfassen und durch die Jeans zu reiben, während er mit der anderen Hand hinten in Dex' Hosenbund wanderte, um eine wohlgerundete Pobacke zu umfassen.

»Oh, Gott«, stöhnte Dex, bewegte die Hüften und rieb sich in Sloanes Hand. »Fuck, ich will dich so sehr.«

Damit brach Sloanes letztes Fünkchen Widerstand in sich zusammen. Er packte Dex' Shirt mit beiden Händen, um es ihm über den Kopf zu ziehen und auf den Küchenboden fallen zu lassen, bevor er ihm die Hose öffnete und mit Lippen, Zunge und Zähnen eine Spur über seinen Hals bis zur Schulter zog, wo er sachte zubiss und Dex so auf köstlichste Weise erzittern ließ. Mit einem tiefen Knurren griff er Dex, hob ihn in die Höhe und lachte leise, als der überrascht aufkeuchte. Seine Arme schlossen sich um Sloanes Nacken, als der ihn zum Tresen trug und dort niederließ.

»Mann, wir essen hier drauf.«

»Klappe.« Sloane ließ seine Lippen wieder an Dex' Mund wandern und küsste ihn, während er ihm die Jeans über die Beine nach unten schob, gefolgt von den Boxershorts. Einen kurzen Augenblick hielt er inne, lange genug, um Dex' prächtigen Ständer zu betrachten.

»Ich kann dir ein Bild davon einrahmen, wenn du willst. Oder du könntest ihn in den Mund nehmen.«

Sloanes Blick glitt über diesen wundervollen, erhitzten Körper mit verheilenden Blutergüssen in allen Regenbogenfarben, hinauf zu Dex' kessem Lächeln und den schalkhaften blitzenden hellblauen Augen. Der Bluterguss im Gesicht war größtenteils verschwunden, und wieder einmal fühlte Sloane die volle Wirkung von Dex' Charme. Wie hatte Sloane die kleinen Fältchen übersehen können, die sich in seinen Augenwinkeln formten, wenn er lächelte? Dex sah erst ihn mit gehobener Augenbraue an und dann zwinkernd hinab auf seinen Schwanz.

»Keine Sorge, Kumpel. Er braucht einen Moment, um die ganze Pracht zu erfassen.«

»Wie wäre es, wenn ich dir zeige, was *du* brauchst.« Sloane drückte Dex auf den Rücken. Dann strich er ihm mit der Hand über den glatten Brustkorb, über den Bauch, ergriff endlich Dex' Schwanz und nahm ihn ganz tief in den Mund, bis die Spitze an seine Kehle stieß.

»Fuck!« Dex schloss die Augen und ließ den Kopf nach hinten sinken. Seine Hände drückten sich flach auf die glatte Oberfläche des Tresens, während Sloane an ihm saugte. Er bewegte sich langsam, die Augen auf Dex gerichtet. Sloane genoss Dex' Aroma in seinem Mund, die Laute, die er von sich gab, die Art, wie sein Rücken sich vom Tresen aufbäumte. Sloane hob den Kopf ein wenig, umkreiste mit der Zunge die Eichel und drückte dann damit gegen den kleinen Schlitz, sodass Dex nach Luft schnappte. Er sah das Begehren in seinem Gesicht, hörte sein schweres Atmen und die leisen Worte, und er wollte die süße Qual noch verlängern und ihn dazu bringen, sich vor Verlangen zu winden, bis er bettelte. Er leckte den Vorsamen auf, bevor er wieder schneller wurde und seine Zunge an die Unterseite von Dex' Schaft drückte.

»Komm schon, Mann«, flehte Dex atemlos.

Sloane packte Dex an den Hüften, zog ihn zu sich heran, hob sich seinen kleineren Partner über die Schulter und lachte, als der einen überraschten Aufschrei von sich gab.

Nachdem er einen Moment wild mit den Armen gerudert hatte, wurde Dex still. »Das ist total verkorkst.«

»Gib Ruhe.« Sloane gab Dex einen Klaps auf den nackten Hintern. Das Geräusch gefiel ihm.

»Ooh, sexy.«

Sloane eilte die Stufen hinauf und achtete dabei darauf, Dex nicht gegen irgendwelche Wände zu donnern. Er erreichte das Schlafzimmer und legte ihn auf das große Doppelbett. Er war schon einige Male in diesem Schlafzimmer gewesen, wenn Dex Hilfe gebraucht hatte, um nach oben zu kommen. Es war geräumig und geschmackvoll eingerichtet wie der Rest des Hauses. Der dicke Teppich in dunklem Schokoladenton passte zu den Vorhängen der zwei großen Fenster rechts im Zimmer sowie dem hohen Kopfteil des großen Bettes und bildete einen starken Kontrast zu den weißen Wänden. Links und rechts vom Bett standen dunkle Nachttische mit je einer Lampe, dazu eine passende Kommode. Gegenüber dem Bett stand ein großer Schrank, und rechts davon ging es ins Badezimmer. Doch der nach Sloanes Meinung beste Bestandteil des Schlafzimmers war der nackte Mann mitten auf dem Bett, der vor Verlangen nach ihm bebte. Sloane schob sich über Dex, zog ihm Hose und Unterwäsche ganz aus, küsste ihn und knabberte an ihm.

»Zubehör?«, fragte Sloane und drückte die Stummtaste für die Alarmglocken in seinem Kopf. Er war zu sehr auf Dex konzentriert, verloren in seinem Anblick, seinem Duft und seinem Körper.

»Nachttisch.«

Sloane zog Dex die übrige Kleidung aus, bevor er im Nachttisch kramte und eine Tube Gleitgel und ein Kondom herausholte und aufs Bett warf. Dann ging er zum Fußende des Bettes, zog mit lüsternem Grinsen sein Shirt aus und warf es beiseite. Dex stützte sich auf die Ellbogen und fuhr sich mit der Zunge über die Unterlippe, während er dabei zusah, wie Sloane sich auszog. Als Nächstes waren die Socken an der Reihe, gefolgt von Jeans und Boxershorts. Die Hände in die Hüften gestemmt fragte er. »Gefällt dir, was du siehst?«

Dex nickte. »Obwohl die Frage, die du eigentlich stellen solltest, lautet: oben oder unten?«

Hitze wallte in ihm auf, von den Zehenspitzen durch den ganzen Leib. Verdammt, und da hatte er gedacht, sein Schwanz könne gar nicht noch härter werden. »Oben oder unten?«

Dex überlegte kurz und rollte sich dann auf den Bauch. Er sah Sloane über die Schulter an. »Nimm mich.«

»Oh, verdammt.« Sloane schob sich über ihn und eroberte desse Lippen sanft mit seinem Mund. Er küsste ihn leidenschaftlich, bevor er sich zurücklehnte, Dex' Pobacken knetete und sie spreizte. Meine Güte, war er heiß. Sloane stieg vom Bett, packte Dex an den Knöcheln und zog ihn zu sich heran, bis sein Hintern am Rand des Bettes war. Dex stöhnte, grub die Finger in die Bettdecke unter sich und presste den Kopf auf die Matratze, als Sloane auf die Knie ging. Er spreizte Dex' Pobacken wieder und stöhnte auf. Dex keuchte, als er Sloanes Zunge in sich spürte.

»Oh, fuck«, stöhnte er und krallte die Finger immer wieder

in die Bettdecke. Er schob eine Hand unter sich, und sein Po hob sich leicht, als er sich selbst streichelte. Sloane knabberte an ihm, und Dex atmete langsam und bebend aus, zitternd am ganzen Körper. Sloanes Fingernägel gruben sich in Dex' Pobacken, während er ihn mit seiner Zunge verwöhnte.

»Sloane …«

Sloane reagierte auf Dex' leises Flehen, indem er aufstand und ihm kurz auf den Po klopfte, damit er nach oben rutschte. Dex schob sich schweigend aufs Bett und hob sich auf Hände und Knie, den Blick auf Sloane gerichtet, als der das Tütchen aufriss und ihm das Kondom gab.

»Streif es mir über.«

Dex gab einen erstickten Laut von sich, bevor er sich aufsetzte und aufreizend zu Sloane bewegte. Er rollte ihm das Kondom über und rieb seinen Schwanz dabei, woraufhin Sloane tief aufstöhnte. Dann nickte Sloane in Richtung Gleitgel, und Dex nahm die Tube, gab etwas von dem Inhalt in seine Hand, umfasste wieder Sloanes Erektion und massierte das Gel ein, ohne den Blick von ihm zu wenden. Als es fast zu viel wurde, nahm Sloane ihn bei den Handgelenken, drehte ihn um und drückte ihn sanft wieder auf Hände und Knie. Dann strich er einige Male über sein schmerzend hartes Glied, bevor er das Gleitgel nahm, ein wenig davon zwischen Dex' Pobacken verteilte und ihn ein paar quälend lustvolle Augenblicke mit den Fingern dehnte. Als Sloane es nicht mehr aushielt, wie Dex stöhnte und sich seinen Fingern entgegendrängte, drückte er seine Eichel an Dex' Öffnung. Er schob sich langsam hinein und mahnte sich dabei, Dex' Verletzungen nicht zu vergessen. Es war eine süße Qual, aber er wollte ihm auf keinen Fall wehtun.

»Komm schon, Sloane. Du machst mich schon nicht kaputt.« Dex bog sich nach hinten und drängte sich seinem Schwanz entgegen, der sich bis zum Anschlag in ihn versenkte, sodass sie beide aufschrien. Sloane sank auf Dex' Rücken und hielt inne.

»Verdammt, Dex. Ich will dir nicht wehtun.« Sloane schloss für einen Moment die Augen, um sich zu fangen.

»Dann nimm mich endlich.«

»Okay.« Sloane kniete hinter Dex und packte ihn an den Hüften. Dann zog er ihn mit einem Ruck wieder an sich und stieß sich vorwärts. Dex gab einen überraschten Aufschrei von sich, der das Verlangen in Sloane anfachte, Dex weitere dieser Laute zu entlocken. Mit Leidenschaft rammte er sich immer wieder in ihn, sodass das Bett unter ihnen wackelte. Er verlor sich völlig in seinem Verlangen und drehte Dex auf den Rücken. Nachdem er ihm ein Kissen unters Steißbein geschoben hatte, beugte er sich vor, um ihn hemmungslos zu küssen. Er wand eine Hand um Dex' Schwanz und führte mit der anderen seinen eigenen Schaft, um wieder in Dex einzudringen, woraufhin der erneut überrascht aufkeuchte. Sloane versenkte sich immer wieder in ihm, während er gleichzeitig Dex' Schwanz mit der Hand verwöhnte.

»Fuck, ich liebe es, wenn du diese Geräusche von dir gibst.«

Dex zitterte unter ihm, und Sloane grinste. Nun da er es geschafft hatte, Dex zum Schweigen zu bringen, wollte er nichts mehr, als seine Stimme hören, sein lustvolles Stöhnen, sein Aufkeuchen, seine Flüche, als Sloane sich erst langsamer und dann wieder schneller bewegte. Quälend langsam zog er sich zurück, bevor er mit einem harten Stoß seiner Hüften so tief eindrang wie er konnte. Dann verlagerte er ein wenig das Gewicht, zog sich beinahe ganz zurück und stieß wieder tief hinein. Dex schrie auf, als Sloane genau die richtige Stelle traf.

»Oh, fuck!«

»So ist es gut«, schnurrte Sloane und lehnte sich vor. Er gab Dex' Schaft frei und führte dessen Hand, damit er weitermachen konnte. Der Anblick, als Dex kam, war beinahe genug, um ihn selbst über den Abgrund zu stürzen. Er zog sich weit genug zurück, um sich Dex' Beine über die Schultern zu legen und schlang die Arme um sie, während sein Unterleib gegen Dex' Po hämmerte und sein Bestes gab, Dex' Prostata zu massieren. Auf Dex' gerunzelter Stirn standen Schweißperlen, und aus seinem offenen Mund drangen die wundervollsten Laute. Sloane beugte sich vor, sodass sein Gewicht sein Glied tief in Dex trieb. Er biss die Zähne zusammen und bewegte sich schneller, mit kurzen harten Stößen. »Oh, Fuck. Dex …«

Dex nickte leidenschaftlich. »Ja.«

Sloanes Hüften gerieten völlig aus dem Rhythmus, sein Atem ging stoßweise, und Schweiß lief ihm über den Rücken, als er die Kontrolle verlor. Sein Orgasmus baute sich auf und traf ihn mit voller Wucht, als er ein animalisches Grollen ausstieß und sich in das Kondom ergoss. Dex schrie auf, als sein eigener Höhepunkt seine Muskeln um Sloanes Schaft anspannte und dessen Orgasmus verlängerte. Sloane zitterte am ganzen Körper, und er sank auf Dex, vorsichtig, um ihn nicht unter seinem Gewicht zu erdrücken. Er wusste, er sollte sich von Dex lösen, aber der überwältigende Friede, der ihn überkam, zusammen mit der Benommenheit über das, was sie gerade getan hatten, ließen ihn Dex stattdessen an sich ziehen.

Er wusste, dass er sich damit verwundbar zeigte, aber in diesem Augenblick brauchte er Dex in seinen Armen, und als der seine Umarmung mit nur einem leisen Seufzen erwiderte, war Sloane erleichtert. Er wusste nicht, wie lange es dauern würde. Wahrscheinlich nur so lange, bis der Morgen kam, aber jetzt in diesem Moment war er glücklich. Nach ein paar Minuten zog er sich widerstrebend aus Dex zurück und rollte sich zur Seite, um das Kondom abzustreifen, zuzuknoten und in den Mülleimer neben dem Nachttisch zu werfen.

Dann sammelte er Kraft, um sich umzudrehen und zuzusehen, wie Dex ein feuchtes Tuch aus einem Päckchen im anderen Nachttisch nahm und sich den Bauch abwischte. Als er damit fertig war, wollte er aufstehen, aber Sloane streckte die Hand aus. »Gib her.«

Dex lächelte und gab ihm das Tuch. Sloane warf es in den Mülleimer und ging dann ins Badezimmer. Dort spritzte er sich etwas Wasser ins Gesicht, bevor er seine zerzauste und erhitzte Erscheinung im Spiegel registrierte. Er stützte die Hände aufs Waschbecken und gab sich alle Mühe, nicht in Panik zu geraten. Damit hatten sie jetzt alles unheimlich kompliziert gemacht. *Er* hatte alles unheimlich kompliziert gemacht. Sloane mochte Dex, sehr sogar, und das machte es umso schlimmer.

»Hey, komm ins Bett.«

Sloane zuckte zusammen und sah Dex im Türrahmen lehnen, die Hand ausgestreckt und ein liebevolles Lächeln im Gesicht. Wie lange stand Dex schon da? Sloane wartete auf irgendein Anzeichen von verletzten Gefühlen oder Enttäuschung, aber Dex lächelte ihn nur weiter liebevoll an.

»Ich könnte eine gute Mütze Schlaf gebrauchen, denn morgen früh bin ich bestimmt *so was* von wund.« Er beugte sich vor und flüsterte: »Da war dieser heiße Typ, der mich volle Kanne auf der Matratze gevögelt hat. Der war vielleicht *riesig*.«

Sloane lachte leise, und ein Teil seiner Anspannung fiel von ihm ab. »Klingt ziemlich intensiv.«

»War es auch. Deshalb könnte ich auch ein wenig Kuscheln gebrauchen.«

»Du willst kuscheln?«

»Na klar will ich kuscheln. Du kriegst doch nicht dieses hübsche Stück Hintern, ohne danach zu kuscheln. Also schlage ich vor, Sie begeben sich auf der Stelle ins Bett, Mister.«

»Ja, Sir!« Sloane salutierte und ging zurück ins Schlafzimmer, Dex direkt hinter ihm. Er schlüpfte unter die warme Decke, legte sich auf den Rücken und lächelte, als Dex ebenfalls ins Bett kam und sich eng an ihn schmiegte. Er drehte Sloanes Gesicht zu sich und küsste ihn sanft auf die Lippen, bevor er ihn wieder losließ. Dann legte er einen Arm um Sloanes Oberkörper, ein Bein um das von Sloane und machte es sich gemütlich. Sloane hielt Dex im Arm, drückte ihm einen Kuss auf den Scheitel und wartete auf das gleichmäßige Heben und Senken des Brustkorbs, begleitet von den warmen Atemzügen an seiner Haut, die ihm sagten, dass Dex schlief. Erst dann flüsterte er: »Danke.«

Mit einem halblauten Stöhnen rollte Dex sich auf den Rücken, und seine Hand fiel auf die leere Seite des Bettes. Sloane war wohl früh gegangen, in der Hoffnung, irgendwelche Peinlichkeiten zu vermeiden, auch wenn es solche von Dex' Seite ganz bestimmt nicht geben würde. Gestern Nacht im Badezimmer hatte Dex die Schuldgefühle in Sloanes Gesicht gesehen, und er wollte nichts überstürzen. Sosehr er auch ergründen wollte, was zwischen ihnen war, wusste er doch, dass Sloane noch nicht so weit war. Fürs Erste würde Dex die Momente genießen, so lange sie dauerten. Um alles andere würde er sich später sorgen.

Er zwang sich aus dem Bett zu steigen und lächelte, als er an die vergangene Nacht dachte. Gott, er konnte sich gar nicht erinnern, wann er zum letzten Mal jemanden so sehr begehrt hatte. Allein der Gedanke an Sloane in ihm bescherte ihm einen Ständer. Nichts, was eine kalte Dusche und ein wenig Handarbeit nicht beheben konnten. Er putzte sich die Zähne und drehte sich zur Dusche, im Kopf Gedanken an einen großen knurrigen Alpha mit Bernsteinaugen, süßem Hintern und einem kräftigen, harten Schwanz. Das würde die schnellste Masturbation der Geschichte werden.

»Was dagegen, wenn ich mitkomme?«

»Fuck!« Dex wirbelte herum und fiel beinahe über die eigenen Füße, doch Sloane fing ihn auf und zog ihn an seine Brust. Sein volles Lachen fuhr Dex durch den gesamten Körper, vom Kopf bis zu den Zehenspitzen.

Sloane drückte ihn an sich und küsste ihn auf den Mund. »Morgen. Tut mir leid. Ich wollte dich nicht erschrecken.«

»Du musst damit aufhören!«

»Womit?«

»Damit, dass du immer so aus dem Nichts auftauchst.«

Sloane runzelte belustigt die Stirn. »Ich benutze Türen wie jeder andere auch.«

»Ja, aber du machst keine Geräusche wie jeder andere auch. Du und dieses Raubkatzengeschleiche. Erschreckt mich jedes Mal zu Tode.«

»Tut mir leid«, meinte Sloane und schmunzelte. »Ich werde versuchen, mich anzukündigen, wenn ich das nächste Mal einen Raum betrete.«

»Ja, mach das«, grummelte Dex.

»Oje, da braucht jemand seinen Kaffee«, schnurrte Sloane und strich mit der Hand über Dex' nackten Körper. Dex schob dramatisch die Unterlippe vor.

»Stimmt genau.«

»Ich habe Kaffee und Frühstück gemacht. Deswegen warst du allein im Bett.«

Dex starrte ihn an. »Du hast mir Frühstück gemacht?«

»Ja. Hat dein Ex nie Frühstück für dich gemacht?«

Dex grinste spöttisch. »Lou versteht vielleicht was von gutem Essen, aber das heißt nicht, dass er auch kochen kann. Das habe ich immer gemacht. Er hat Reste von der Arbeit mitgebracht. Ich hatte nichts gegen die Reste, denn die waren richtig lecker, aber wenn es keine gab, dann war ich fürs Kochen zuständig. Außerdem hat er immer lange geschlafen, und ich bin früh aufgestanden, also, du weißt schon. Wie vorbeifahrende Boote in der Nacht und so.«

»Tja, jetzt gibt es Frühstück für dich.« Er drückte Dex einen Kuss auf den Nacken, woraufhin der erbebte. »Weißt du, was du sonst noch nötig hast?«

»Hm?« Dex schmiegte sich an ihn, und in diesem Moment war ihm alles gleichgültig außer Sloanes großen Händen, die seine Pobacken drückten.

»Ich denke es ist nötig, dass du mich ausziehst, unter die Dusche führst und mir zeigst, wie sehr du es zu schätzen weißt, dass ich dir Frühstück mache.«

Dex' Gesicht wurde feuerrot, und er nickte eifrig. »Das kann ich.« Sein Herz machte einen Satz, und sein Puls hämmerte beim Anblick von Sloanes sich weitenden Pupillen. Das Verlangen darin weckte schmerzliche Sehnsucht in Dex. Er fuhr sich mit der Zunge über die Unterlippe und griff Sloanes T-Shirt am Saum, zog es ihm über den Kopf und warf es beiseite. Danach kam der Gürtel an die Reihe. Keine Zeit für Geduld oder Finesse. Er wollte Sloane nackt, und das so schnell wie möglich. Seine Muskeln schmerzten noch immer, und sein Körper musste sich eigentlich noch erholen, aber sein Gehirn schob das alles beiseite beim Gedanken an die unanständigen Dinge, die er unter der Dusche tun konnte. Schon faszinierend, was ein Mann alles aushalten konnte, wenn Sex als Belohnung winkte.

Sobald er Sloane nackt vor sich hatte, nahm er ihn bei der Hand, zog ihn unter die Dusche und stellte das Wasser auf eine angenehm warme Temperatur. Dann drehte er sich um und sah Sloane in die Augen.

»Was darf's denn sein?«

Ein sündiger Ausdruck trat in Sloanes Gesicht, als er sich an die Wand lehnte. »Ich will dich auf den Knien sehen, mit meinem Schwanz im Mund.«

Allmächtiger. »Okay« war alles, was über Dex' Lippen kam. Um ehrlich zu sein war er überrascht, dass sein Gehirn noch so weit funktionierte, um das von sich zu geben. Er ging auf die Knie und hatte Sloanes harte Erektion direkt vor Augen. Mit zitternder Hand führte er sie in seinen Mund und fing an, ihn mit Saugen und Lecken zu verwöhnen. Er beobachtete Sloanes Reaktionen, während das Wasser auf sie niederprasselte. Langsam gab er ihn wieder frei, um mit der Zunge über seinen Schaft zu fahren, bis hinauf zur Eichel und über den kleinen Schlitz. Sloane stöhnte halblaut auf und zog die Unterlippe zwischen die Zähne, ließ eine Hand in Dex' Haar gleiten und schloss sie fest um seine feuchten Locken. Vorsichtig bewegte er die Hüften vorwärts, und Dex öffnete den Mund.

»Oh Gott, ja«, stöhnte Sloane, während er langsam Dex' Mund vögelte, zu Anfang mit langsamen Bewegungen, bei denen er sich fast ganz zurückzog und dann ebenso langsam wieder in seinen Mund schob. Dex schloss die Lippen fest um Sloanes harten Schaft und grub die Finger in dessen Po, während er mit der freien Hand sein eigenes Glied umfasste. »Fuck. Das ist gut, Dex. Oh Gott, genau so.« Sloanes andere Hand fand den Weg in Dex' Haar und er zog daran. Das störte Dex nicht weiter, entschädigte ihn der Anblick der Lust in Sloanes Gesicht doch für die Unbequemlichkeit. Dann wurden Sloanes Stöße unregelmäßiger und schließlich keuchte er: »Dex …«

Dex brummte zustimmend, und Sloane stieß einen erstickten Schrei aus, als er kam. Dex schluckte, und ein weiterer Schauer lief durch Sloanes Körper. Er krümmte sich, die Arme um Dex' Kopf geschlungen, während er sich immer wieder in seinen Mund ergoss. Nur ein paar Herzschläge später kam auch Dex heftig. Sloane zog sich langsam aus Dex' Mund zurück und lehnte sich mit dem Rücken an die kleinen braunen und weißen Fliesen der Dusche. Dex ignorierte den Schmerz in Knien und Rücken, als er aufstand. Er küsste Sloane und genoss das tiefe Stöhnen, das der von sich gab, als er sich selbst auf Dex' Lippen schmeckte. Als das Wasser kalt wurde, wuschen sie sich gegenseitig, trockneten sich ab und zogen sich wieder an. In kameradschaftlichem Schweigen gingen sie die Treppe hinunter, wo Sloane den leckeren Frühstücksbagel, den er für Dex gemacht hatte, in den Tischbackofen schob, um ihn aufzuwärmen, und ihm eine große Tasse Kaffee machte.

Sloane fuhr sie mit seinem schnittigen schwarzen Chevy Impala zur Arbeit, mit dem er ihn auch schon vom Krankenhaus abgeholt hatte. Aus irgendeinem Grund hatte Dex erwartet, dass Sloane einen SUV oder etwas Ähnliches besitzen würde, doch als er ihn lässig hinter dem Steuer sitzen sah, befand Dex, dass der Impala perfekt war. Er passte zu Sloanes gepflegtem Aussehen und seiner mysteriösen Anziehungskraft. Sie debattierten nicht darüber, was heute Morgen und in der Nacht davor geschehen war, und wie Dex vermutet hatte, entspannte Sloane sich, als ihm klar wurde, dass Dex nicht davon anfangen würde. Es gab keinen Grund für ein Gespräch im Sinne von »das muss unter uns bleiben«. Dex war vollkommen bewusst, was auf dem Spiel stand, und er hatte nicht die Absicht, es zu vermasseln. Er mochte ja eine große Klappe haben, aber er konnte schweigen, wenn es darauf ankam.

Im Hauptquartier zogen sie ihre Uniformen an und marschierten nach oben zu Unit Alpha. Dex hatte Sloane sogar lächeln sehen, und das mehr als einmal. Das Wissen, dass er der Grund für dieses Lächeln war, ließ Dex selbst wie verrückt grinsen. Als sie ins Defense Department kamen, war Dex ganz überrascht von dem herzlichen Empfang. Alle waren aufrichtig froh, ihn zu sehen – eine nette Abwechslung von der Art, wie er im Sechsten Revier nach der Verhaftung seines Ex-Partners begrüßt worden war. Sloane klopfte ihm auf den Rücken.

»Willkommen zu Hause, Dex.«

Das aus Sloanes Mund, und Dex schwebte auf Wolke sieben. Kaum hatten sie ihre Schreibtischsysteme hochgefahren, erhielt Destructive Delta Befehl, sich in Konferenzraum A einzufinden. Sein Team – ausgenommen Ash – begrüßte ihn mit Umarmungen oder männlichem Rückenklopfen. Es war schon erstaunlich, wie schnell er die Leute ins Herz geschlossen hatte. Er setzte sich zwischen Sloane und Rosa an den Tisch und grinste Ash zu, der ihm gegenüber neben Cael saß, das übliche missgelaunte Stirnrunzeln im Gesicht. Tja, Zeit, zu arbeiten. Während Hudson und Nina vorn noch mit Tony sprachen, öffnete Dex seinen Rucksack und holte seinen neuen Handpuppenfreund heraus.

Ash machte riesengroße Augen. »Was zum Henker ist das?«

Dex grinste. »Sloane hat ihn mir auf dem Heimweg im Geschenkeladen des Krankenhauses besorgt.« Es war eine Handpuppe in Form eines Löwen, mit einer großen braunen Nase und einer flauschigen Mähne, die in alle Richtungen stand. Dex senkte die Stimme und knurrte, während seine Finger die kleinen Kiefer der Puppe bewegten: »Hi, ich bin Ash. Meine Hobbys sind: auf Sachen schießen, auf Sachen schießen und ähm, auf Sachen schießen. Oh, und ich mag Fisch.«

Alle am Tisch brachen in Lachen aus, außer Ash, der sich fassungslos zu Sloane umdrehte. »Ist das dein Ernst?«

Sloane zuckte mit den Achseln. »Es war die einzige Möglichkeit, ihn lange genug abzulenken, um ihn ins Auto zu verfrachten. Außerdem war er verletzt, und es gefiel ihm. Ich konnte nicht Nein sagen.«

»Doch, hättest du gekonnt«, stieß Ash zwischen zusammengebissenen Zähnen hervor. »Das ist einfach falsch.«

»Nein, *das da* ist falsch«, meinte Rosa und zeigte auf Dex, der die Hand in die Puppe führte, wieder herauszog und dabei Stöhnlaute von sich gab.

»Oh ja, das gefällt dir, nicht wahr?«

»Du Hundesohn!« Ash machte einen Satz, um die Puppe zu packen, und Dex schnappte nach Luft und drückte die Ash-Puppe an seine Brust.

»Wage es nicht, Hand an ihn zu legen! Wir sind verliebt. Du kannst nichts sagen oder tun, um das, was zwischen uns ist, zu ändern.« Er tätschelte Ash-Püppchens Mähne und sagte leise: »Ist okay. Ich bin ja hier. Er kann dir nichts tun.« Er drückte der Puppe einen Kuss auf die Nase.

»Du hast echt Probleme«, knurrte Ash und drohte ihm mit dem Finger.

Rosa lachte und umarmte Dex. »Ich habe dich vermisst.«

»Okay, alle herhören.« Tony stand am Podest. »Die Laborergebnisse für Ortiz sind da, und Hudson wird euch informieren, was sie gefunden haben. Es hat etwas länger gedauert als erwartet, denn es waren noch Nachforschungen nötig, um den Verdacht der Laborleute zu bestätigen.«

Hudson ging ans Podest, tippte aufs Display und rief das Bild eines tropischen Strandes mit schwarzem Sand auf. »Das ist Punalu'u Beach auf Hawaii. Wie ihr sehen könnt, besteht er aus schwarzem Sand, von dem Spuren an Ortiz gefunden wurden. Wir können bestätigen, dass er in seinem ganzen Leben nie am Punalu'u Beach war, geschweige denn um die Zeit seiner Ermordung herum, noch seine Frau oder einer der anwesenden Gäste beim Brunch. Aber wir haben die Probe in Themis eingegeben und einen Treffer erhalten. Es gibt ein Etablissement, das genau diesen Sand von Punalu'u importiert.« Hudson räusperte sich und trat zur Seite. Seine Miene war besorgt – irgendwas war im Busch.

»Und?«, fragte Ash. »Wollt ihr uns aufklären, oder sollen wir raten?«

Tony trat wieder ans Podest, und Dex lehnte sich neugierig vor. Den Blick kannte er. Was auch immer sein Dad gleich sagen würde, es war nichts Gutes.

»Wir haben bestätigt, dass der Sand, der an Ortiz gefunden wurde, von *The Styx* stammt.«

Eine unwillkommene Spannung senkte sich wie schwerer Nebel über den Raum. Was auch immer es war, es war ernst. Dex hob eine Hand. »Tut mir leid. Ich weiß nicht, was das bedeutet.« Niemand antwortete, und Dex verstand gar nicht wieso, bis Sloane seinem Blick begegnete, und Dex das Herz schwer wurde bei dem Kummer in den Augen seines Partners.

»Dort wurde Gabe getötet. In der kleinen Gasse hinter dem *The Styx*.«

Dex schloss die Augen und fluchte leise. Es schien, als ob der Geist von Gabe Pearce ihnen folgte, egal wo sie waren, was sie auch taten. Dex wollte ja nicht, dass Sloane Gabe vergaß. So egoistisch war er nicht. Doch je mehr Zeit er mit Sloane verbrachte, umso schwerer fiel es ihm, immer wieder mitanzusehen, wie dem Mann das Herz brach. Jedes Mal, wenn Dex dachte, dass Sloane an einem Punkt angekommen sein könnte, an dem er langsam heilte, tauchte irgendetwas in diesem Fall auf, das seinen Partner wieder nach unten zog. Sloane musste Gabe zur Ruhe betten, doch es war glasklar, dass das nicht passieren würde, bis sie, was auch immer da vor sich ging, aufgeklärt hatten. Für Sloanes Seelenfrieden – und seinen eigenen – musste Dex das bis zum Ende durchziehen.

Schließlich ergriff Tony wieder das Wort, und seine Stimme klang rauer als gewöhnlich. »Es gibt noch mehr. Ich habe Hudson und Nina gebeten, Agent Pearces Fall wieder zu öffnen. Sie werden die Berichte noch einmal durchgehen und alles durch Themis laufen lassen.«

»Du glaubst, die Fälle könnten miteinander in Verbindung stehen?«, fragte Dex, als Sloane aufstand.

»Gabe war kein Aktivist der HumaniTherianer. Außerdem war der Fall klar.«

»Ich weiß«, antwortete Tony leise.

»Warum dann alles wieder ausgraben, wenn die Fälle nichts miteinander zu tun haben?«

»Das wissen wir nicht. Ich muss alle Möglichkeiten in Betracht ziehen. Gabe wurde beim *The Styx* getötet. Unser letztes Opfer hatte Spuren genau desselben Sandes an sich, der von dieser Bar importiert wird, doch Ortiz hat nie einen Fuß dort hinein gesetzt. Falls es irgendetwas gibt, das wir damals vielleicht übersehen haben, müssen wir es wissen. Es gibt zu viele Faktoren hier, die nicht zusammenpassen, und uns läuft die Zeit davon. Es tut mir leid, Leute. Cael, Rosa, ihr fahrt zum *The Styx* und sprecht mit dem Eigentümer. Ash, du und Letty geht als Verstärkung mit.«

Sloane schüttelte mit eindringlichem Blick den Kopf. »Nein. Dex und ich gehen als Verstärkung mit, so wie immer.«

Tony seufzte schwer. »Sloane …«

»Falls es eine Verbindung zu Gabe und seinem Tod gibt, dann will ich das wissen. Du kannst mich in der Sache nicht außen vor lassen. Nicht dieses Mal.«

»Du bist zu nahe dran.«

»Das sind wir *alle*. Diesmal kann ich objektiv bleiben, und Dex wird da sein, um dafür zu sorgen. Falls er zu irgendeinem Zeitpunkt der Ansicht ist, dass ich von dem Fall abgezogen werden muss, werde ich mich fügen, freiwillig.«

Alle starrten Sloane an, aber Ash war der Erste, der sprach. »Du willst die Entscheidung Dex überlassen?«

»Ja. Das Wichtigste ist, dass ich in der Lage bin, zu handeln, ohne dabei mein Team und meinen Partner zu kompromittieren. Ich vertraue seiner Entscheidung.« Sloane sah Tony an. »Und?«

Tony dachte einen Moment darüber nach. »Okay. Dex, solltest du zu irgendeinem Zeitpunkt das Gefühl haben, dass dein Partner die Ermittlungen gefährdet, sorgst du dafür, dass er abgezogen wird. Verstanden?«

»Ja, Sir.« Dex betete, Sloane möge ihm keinen Grund dazu geben.

»Also dann. Falls ihr auf irgendwelche Probleme stoßt, ruft ihr Verstärkung. Ab mit euch.«

Das Team zerstreute sich, und Dex folgte Sloane aus dem Konferenzraum. Sie schwiegen den ganzen Weg zum Aufzug und zur Rüstkammer hinunter, wo sie sich nur die Grundausrüstung holten. Das hier war kein Notfall, also würden die Waffe zur Unterstützung und die Gewehre genügen, die hinten in dem schwarzen Suburban ohne Logo gesichert waren, den sie anstelle des BearCat fahren würden. Sloane brauchte etwas Zeit zum Nachdenken, und Dex würde dafür sorgen, dass er so viel Zeit bekam, wie er brauchte. Wenn sein Partner bereit war zu reden, würde er es tun.

In der Garage blieben Cael und Rosa nur kurz stehen, um ihnen leise zu sagen, dass sie sich beim *The Styx* treffen würden, und Dex bestätigte mit Daumen hoch. Es war, als laufe das ganze Team wie auf Eiern. Da er der Frischling war, ließ Dex sich auf dem Beifahrersitz des aufgemotzten Suburbans nieder und schnallte sich an. Sie fuhren aus der Garage, die Thirtyseventh East hinunter, dann rechts und danach links auf die Second Avenue.

»Du bist so still.« Sloane trommelte mit den Fingern aufs Lenkrad, als sie an einer roten Ampel hielten.

»Ich lasse dir nur ein wenig Raum.« Dex konzentrierte sich auf die kahlen Bäume, die den Vincent-F.-Albano-Jr.-Spielplatz umgaben. Der Winter machte es sich bequem, und das Team trug inzwischen Thermounterwäsche. Dex freute sich nicht darauf, mit seiner Ausrüstung durch Schneestürme zu toben.

»Musst du nicht, es geht mir gut. Aber danke.«

Dex war überrascht, sagte aber nichts. Wenn Sloane keine große Sache daraus machen wollte, würde er es auch nicht tun. »Also, wo ist diese Bar?« Die Ampel wurde grün, und sie fuhren die Second Avenue weiter.

»Meatpacking District. Es ist eine Bar mit Restaurant. Gabe war gern dort, weil sie diesen großartigen rustikalen Stil hat. Hohe Decken, freiliegende Ziegelwände, Schmiedearbeiten. Gutes Essen, nette Leute. Der Garten wird abends zur Cocktaillounge, und dann gibt es da dieses coole einfahrbare Dach.«

»Klingt nett.« Dex lächelte, obwohl er sich fühlte, als würden sich alle seine Eingeweide neu sortieren. Im derzeitigen Verkehr brauchten sie etwa zwanzig Minuten zum *The Styx*. Sie parkten den Suburban ein paar Meter entfernt, und Dex drehte sich im Sitz zu Sloane um. »Es ist in Ordnung, wenn du im Auto bleiben willst.«

»Mir geht es gut. Bringen wir es hinter uns.«

The Styx war einen Block von der High Line entfernt: einem meilenlangen öffentlichen Park mit Pflanzen, Aussichtsplattformen, Restaurants und Sammelplätzen für Ausstellungen – und das alles auf einer stillgelegten Hochbahn über dem Meatpacking District. Das Gebäude der Bar selbst besaß einen rauen Charme, wie so viele andere in einer Stadt, die eine Vielfalt an urbanem Décor bot. Es stand in einer Reihe mit exklusiven Klubs, trendigen Restaurants und teuren Boutiquen. An einer Seite der Ziegelfassade wand sich dieser teure, künstliche Efeu hoch, verflochten mit Glyzinie, so wie ihn Unternehmen in alten Gebäuden oft nutzten, und links und rechts der abgewetzten Holztüren standen zwei große rechteckige Blumentöpfe aus Holz, voll mit Pflanzen und mit grüner Farbe bemalt, um farblich zum Eingang und den Ausgangstüren zu passen. Nebenan befand sich ein großer Nachtklub, der um diese Zeit himmlisch ruhig war.

Als sie eintraten, konnte Dex sehen, warum es Gabe hier so gut gefallen hatte. Die Atmosphäre war heimelig. Trendig, aber nicht protzig. Innen bestand alles aus rustikalen Balken und Ziegelwänden mit noch mehr Glyzinie, ganz besonders um die mittelgroße Bar mit Marmortresen. Sie war gesäumt von schwarzen Stühlen mit hohen Rückenlehnen, und in den Glasregalen hinter der Bar war ein Heer von alkoholischen Getränken zu sehen.

Links von der Bar konnte Dex in den Garten blicken, den Sloane erwähnt hatte. An den Wänden wuchs dichter Efeu, und überall auf dem Boden standen Blumentöpfe mit Pflanzen und Bäumen. Etwa ein Dutzend Tische mit weißen Tischtüchern stand auf dem Fliesenboden verteilt. Dex konnte sich vorstellen, dass es hier abends recht voll wurde, wenn Leute eine Kleinigkeit essen wollten, bevor sie in die Klubs nebenan gingen. Sein Blick fiel auf den glitzernden Steinboden, und überall entdeckte er Spuren von schwarzem Sand. Es würde ihn wundern, wenn hier irgendwer ging, ohne das Zeug mit nach Hause zu schleppen. Im Essbereich stellte er fest, dass die Tische mit Trieben von eindrucksvollen purpur-blauen Blumen in schwarzen Vasen im griechischen Stil dekoriert waren. Er näherte sich einer Vase und sah, dass in allen schwarzer Sand war.

»Wunderschön, nicht wahr?« Dex sah auf zu Rosa, die liebevoll über die Blütenblätter einer der Blumen strich. »Hyazinthen. Es gibt eine griechische Legende dazu. Eine tragische Liebesgeschichte.«

Dex verzog das Gesicht. »Waren das nicht alles tragische Liebesgeschichten?«

Rosa kicherte, während sie zu Cael aufschlossen, der nach ihnen rief. Sie folgten einem Kellner in den hinteren Bereich, vorbei an der Küche in ein mittelgroßes Büro, wo ein schlanker Mann Mitte fünfzig in Jeans, verwaschenem T-Shirt und modischem Jackett um seinen Schreibtisch herumkam, um sie zu begrüßen.

»Hey, was kann ich für Sie tun, meine Herren? Bitte sagen Sie mir, dass mein Laden nicht in noch einen Mord verwickelt ist. Um ehrlich zu sein, versuche ich immer noch, mich vom letzten zu erholen.«

Dex sah, wie Sloane die Lippen zu einer dünnen Linie zusammenpresste, aber sein Partner schwieg. Cael holte sein Tablet aus der gepolsterten Tasche seiner Weste und tippte darauf herum. »Es tut mir leid, Ihnen das sagen zu müssen, Mr Danak, aber unser Labor hat bestätigt, dass die Spuren von schwarzem Sand, die wir an unserem letzten Opfer fanden, aus Ihrer Bar stammen.« Er zeigte Mr Danak das Tablet mit einem Bild von Ortiz darauf.

»Ich erinnere mich. Ihre Agenten fragten, ob er je hier gewesen sei. Ich fürchte, meine Antwort ist immer noch dieselbe. Ich habe ihn nie gesehen, ebenso mein Personal, und wir hätten uns an ihn erinnert. Es muss ganz sicher eine andere Erklärung geben, wie der Sand auf Mr Ortiz gekommen ist.«

»Um das herauszufinden, sind wir hier. Als ich vorhin anrief sagten Sie, Sie heben das Bildmaterial der Sicherheitskameras ein Jahr lang auf?«

»Das ist korrekt.« Danak deutete auf den kleinen Raum rechts von seinem Büro. »Die Überwachungsausrüstung ist dort drin. Bedienen Sie sich.«

»Ist das Material digital?«, fragte Cael.

»Ja.«

Mit einem dankenden Nicken betrat Cael den Raum, und der Rest des Teams folgte. Sie blieben an der Tür stehen, während Cael sein Tablet an den hochgerüsteten Desktop anschloss. Nach einigem Getippe gab Cael etwas auf der Tastatur ein und verschaffte sich Zugang zum Server und den dort gespeicherten Videodateien. »*The Styx* hat nur wenige Kameras innen und eine, die auf den Vordereingang gerichtet ist. Nichts in Richtung Hinterausgang, da die Gäste dort nicht hinausgehen sollen. Ich lasse die letzten drei Monate durch Themis laufen. Sollte nicht länger als ein paar Minuten dauern.«

Themis spielte das Video im Schnelldurchlauf ab. Kleine weiße Quadrate legten sich über jedes Gesicht, das auftauchte, während eine schmale Leiste rechts auf dem Bildschirm Informationen abspulte, Namen, Details, Daten, Zeiten, Adressen, alles im Zusammenhang mit den Personen, die auf dem Bildschirm auftauchten. Dann hielt der Bildschirm an, und ein weißes Rechteck blitzte über dem Gesicht eines Mannes auf.

»Wir haben etwas.«

Dex beugte sich vor, als er den Mann erkannte. »Moment mal. Das ist …«

»Isaac Pearce«, warf Sloane über Dex' Schulter ein.

Cael nickte. »Na ja, Tony hat uns gesagt, wir sollten seine Daten in Themis behalten, nur für alle Fälle. Klar, dass Themis auf ihn stößt, vor allem da er in Verbindung zu Gabe steht und Gabes Name im System reaktiviert wurde.«

»Ja, aber was tut er hier?« Dex sah zu, wie Cael das Video abspielte. Pearce saß mit einem Bier an der Bar.

»Vielleicht kam er aus demselben Grund hierher, aus dem ich den Ort gemieden habe. Es war Gabes Lieblingsbar.«

Als sie sich das Video ansahen, tauchte jemand mit Hoodie und Baseballmütze links in der Tür auf. Als er Pearce sah und der auf ihn aufmerksam wurde, ergriff der Typ die Flucht. Pearce stürmte hinter ihm her und riss dabei beinahe ein Pärchen um, das gerade hereinkam. »Was war das? Spul mal zurück«, bat Dex und sah es sich sorgfältig an.

»Wer ist das?«, fragte Sloane.

Cael schüttelte den Kopf und fuhr mit dem Finger über den Bildschirm. »Ich weiß nicht. Sein Gesicht war von den Kameras abgewandt. Die zweite Kamera war zu der Zeit auf den Garten gerichtet und die dritte nach hinten auf den Essbereich innen, also kann Themis keine 3D-Karte erstellen. Wer auch immer das ist, er sieht aus, als hätte er Angst vor Isaac.«

»Wann war das?«, fragte Dex.

»Vor drei Tagen.«

Rosa wandte sich mit mitfühlender Miene an Sloane. »Es tut mir leid, aber wir müssen mit Isaac reden.«

»Dann los.« Sloane verließ das Büro, und Cael und Rosa folgten ihm, nachdem sie einen besorgten Blick gewechselt hatten. Dex marschierte hinter ihnen her und nutzte die Gelegenheit, um Calvin anzurufen.

»Hey, Dex. Was gibt es?«

»Tu mir einen Gefallen. Kannst du Intel bitten, Gabe Pearces Namen mit Querverweisen auf die Opfer durchlaufen zu lassen? Das ist alles zu viel Zufall für meinen Geschmack. Und es ist dringend.«

»Klar. Ich gebe dir Bescheid, falls sie etwas finden.«

»Prima. Danke.« Dex tippte wieder an sein Headset. »Vermittlung, könnten Sie mich mit dem Sechsten Revier der HPF verbinden? Vielen Dank.« Auf dem Weg hinaus bedankte er sich beim Eigentümer der Bar, versprach, dass er bald einmal außerdienstlich vorbeischauen würde, und steuerte den Suburban an. Sloane sah ihn fragend an, als er auf der Beifahrerseite einstieg. Er hob einen Finger und deutete auf sein Ohr.

»Hey, Anna Banana, Dex hier. Wollte nur wissen, ob Detective Pearce gerade da ist.« Die fröhliche Stimme der Disponentin antwortete.

»Hi, Detec… ich meine *Agent* Daley. Ich fürchte, er hat heute seinen freien Tag.«

»Danke, Anna. Alles Gute.«

»Gleichfalls.«

Dex tippte sein Headset an und drehte sich zu Sloane um. »Pearce hat heute frei.«

»Versuchen wir es in seiner Werkstatt. Dort gibt es kein Telefon, und ich möchte ihn lieber nicht am Handy anrufen.«

»Tunnel oder Brücke?«, fragte Dex, auch wenn das verkehrstechnisch keinen großen Unterschied machte. Selbst um diese Zeit würden sie mindestens eine halbe Stunde brauchen, um von hier aus nach Brooklyn zu kommen.

»Tunnel.« Er tippte ans Headset. »Rosa, Cael, wenn wir dort sind, möchte ich, dass Dex hineingeht und das Reden übernimmt.«

Dex starrte ihn an. »Was?«

Sloane tippte ans Headset und wandte sich an Dex. »Es wird den Schock, mich zu sehen, ein wenig lindern. Er ist auch vom Team nicht besonders angetan, aber dir vertraut er. Mit dir wird er reden. Wir haben es hier nicht mit einem Straßenschläger zu tun, sondern mit einem Cop, der das Gesetz in- und auswendig kennt. Wenn ihm irgendwas nicht passt, wird er uns sagen, dass wir uns zum Teufel scheren sollen.«

»Was ist denn zwischen euch beiden passiert? Es ist okay, wenn du nicht darüber reden willst, ich …«

Sloane seufzte schwer und runzelte die Stirn. »Ist schon in Ordnung. Er hat mich nie leiden können. Nicht weil ich der Freund seines Bruders war. Er hatte nie ein Problem damit, dass Gabe schwul war. Er hatte ein Problem mit mir, weil ich ein Therianer bin. Du weißt schon, einer von diesen Typen im Sinne von ›Ich habe kein Problem mit Therianern, solange sie nichts mit meinem Bruder zu tun haben‹.«

»Ah, verstehe.«

»Gabe und Isaac haben ständig wegen unserer Beziehung gestritten, und es tat weh, Gabe so unglücklich zu sehen. Ich wollte die Beziehung beenden, weil ich wusste, wie sehr er seinen Bruder liebte, und ich wollte nicht zwischen ihnen stehen. Isaac war die einzige Familie, die er hatte. Aber Gabe war wütend und sagte, er würde mich nicht aufgeben, jemanden, der ihn glücklich macht, nur weil sein Bruder zu starrköpfig sei, um zu sehen, wie viel ich ihm bedeute.«

Sie fuhren in den Hugh-L.-Carey-Tunnel, und Sloane atmete langsam und tief durch. »Gabe hat Isaac das alles klargemacht. Er sagte, er würde nicht zwischen uns wählen, dass er uns beide liebt, und dass er mich nicht verlassen würde. Isaac hat uns nur deshalb nicht geoutet, weil es der Karriere seines Bruders geschadet hätte. Mit Gabe zusammen zu sein … Ich war zum ersten Mal im Leben glücklich. Als er starb, hat Isaac sich alles geholt. Und ich rede hier nicht von Gabes Geld. Das war mir scheißegal. Der Typ tauchte bei mir zu Hause auf, mit einem Van und irgendeinem Wisch, den er von Gott-weiß-woher hatte. Er hat alles mitgenommen, was Gabe gehörte. Es war seine Art, mich zu bestrafen. Und obendrein hat er noch Gabes Wohnung ausgeräumt.«

»Was zum …?« Dex konnte es nicht glauben. Isaac machte doch einen so netten Eindruck. Ein wenig reizbar manchmal, aber er wirkte nicht wie der Typ, der so eine miese Nummer abziehen würde. Es musste Sloane das Herz zerrissen haben.

»Gabe war mein Freund, nicht mein Ehemann. Ich hatte in der Sache nichts zu melden. Es war … als würde Isaac versuchen, jede Spur auszulöschen, dass wir jemals zusammen waren. Isaac sagte mir, er hätte mich damals nur deshalb nicht geoutet, weil er nicht wollte, dass der Name seines Bruders beschmutzt würde. Und hätte Gabe nicht ein THIRDS-Begräbnis bekommen, dann hätte Isaac dafür gesorgt, dass ich hätte fernbleiben müssen, das weiß ich.«

»Du lieber Gott. Ich hatte keine Ahnung. Was wird passieren, wenn er dich sieht?« Kein Wunder, dass Isaac ihn ständig vor Sloane warnen wollte. Der Mann hatte einen Wahnsinnsgroll gegen seinen Partner. Und er schien ihn nicht begraben zu können.

»Ich weiß nicht, was passieren wird, aber wenn du da bist, wird er sich zurückhalten. Er ist nicht dumm.«

Sie verließen den Tunnel, und Dex versuchte sich einzureden, dass alles gut werden würde. Er musste lediglich mit Pearce plaudern, ihm ein paar Fragen stellen und tun, was er schon bei der Mordkommission unzählige Male getan hatte. Um so viel wie möglich aus Pearce herauszubekommen, musste er darauf achten, sich gut mit ihm zu stellen. »Das ist krank.«

»Ich weiß.« Sloane streckte die Hand aus und tätschelte Dex' Oberschenkel. Er ließ sie ein wenig länger dort ruhen als nötig, und das half Dex, sich zu beruhigen. »Wenn du mich fragst, ich bin heilfroh, dass du hier bist, um mir Rückendeckung zu geben.«

Dex sah seinen Partner an, und ihm ging das Herz auf. »Gleichfalls.«

12

Sie standen vor den schmutzigen Doppeltüren aus Stahl und Glas, die zu einem rotgrünen dreistöckigen Ziegelgebäude gegenüber einem Speditionslager gehörten. An einer Seite neben dem Gebäude befand sich das *Cabinet Depot*, auf der anderen, unter der Metrolinie, das große Grundstück eines Mietlagers mit mehreren Aluminiumgebäuden in verschiedenen Größen, und daneben ein Großhandel für Küchenarbeitsflächen und ein Gartencenter. Isaacs Gebäude hatte mehrere Fenster im dritten Stock, keine Feuerleiter und darunter ein paar Lagereinheiten. Rund um die enormen schwarzen Stahlträger gab es eine Menge Chaos und Baustellenarbeiten – viel zu viele Möglichkeiten, um sich schnell aus dem Staub zu machen. Nach kurzer Risikoeinschätzung der Umgebung ging Dex mit Cael hinein, Rosa und Sloane gleich hinter ihnen.

Die großen Doppeltüren im Innenbereich waren offen. Vor ihnen lag ein schmutziges Foyer mit weiteren Türen, darunter eine offene zu ihrer Rechten, die offenbar in einen schmalen Flur führte, in dem sich nur Treppenstufen befanden. Sloane öffnete eine der Türen, und Dex trat in eine geräumige Werkstatt, in der schriller Maschinenlärm dröhnte. An den Wänden hingen alle möglichen Metallhaken, Klammern, Ketten, Hämmer in allen Größen und Formen und mehrere weitere Schmiedewerkzeuge – das Ganze konnte einem Horrorfilm entstammen.

An mehreren Stellen der Werkstatt hingen schwere, dicke Ketten und Flaschenzüge von der Decke, und Dex dachte sich, dass die benutzt wurden, um die schwereren Teile, an denen Pearce arbeitete, zu halten. Es gab einen Tisch mit Schleifmaschine, Schraubstock und einigen Polierwerkzeugen. An den rostigen, getäfelten Wänden standen mehrere Gasbehälter aufgereiht, und auf der linken Seite befand sich ein riesiger Schmelzofen, der fast bis zur Decke reichte. Er sah aus, als gehörte er ins Mittelalter und als sei er schon lange nicht mehr benutzt worden. Nicht weit davon war eine mittelgroße Kohlenesse, die gerade in Betrieb war, darum herum stapelten sich Handwerksstücke aus Metall in unterschiedlichen Formen und Größen. Das Schlagen eines Hammers auf Metall klang Dex in den Ohren, und er ging auf das Geräusch zu. Es war verdammt heiß hier, die Luft um sie herum war erstickend, doch mit jedem Schritt, den sie sich den riesigen offenen Fenstern auf der anderen Seite näherten, wurde es ein wenig kühler.

Pearce stand dort mit schweißtropfendem Gesicht und Schutzbrille vor den Augen und bearbeitete mit dem Hammer ein Stück Stahl auf einem Amboss. Er trug einen speckig schmutzigen Overall, der bis zur Taille herabgerollt war, schwere Arbeitsstiefel, ein kurzärmliges T-Shirt, das, wie Dex annahm, einmal weiß gewesen war, und schwere Handschuhe. Als Pearce ihm davon erzählt hatte, dass er Metallarbeiten fertige, hatte Dex mehr an kleine Dinge gedacht, wie zum Beispiel den Anhänger, den er an dem Abend getragen hatte, und nicht an größeres Eisenschmiedehandwerk. Dex wartete, bis Pearce kurz innehielt und rief dann zu ihm hinüber.

»Pearce!«

Pearce sah auf, überrascht, ihn zu sehen. »Dex, hey!« Er lächelte breit, bis er den Rest des Teams bemerkte, und als sein Blick auf Sloane fiel, wurde seine Miene hart. Die Abneigung in Pearces Gesicht war unmissverständlich. »Was will der hier?«

»Tut mir leid, Pearce. Wir sind in offizieller Angelegenheit der THIRDS hier. Wir müssen dir ein paar Fragen stellen.«

»Mit dir werde ich reden. Dein Team kann sich derweil da hinsetzen.« Pearce zeigte auf eine durchgesessene alte Couch an der Wand unter den Fenstern, neben einem Kühlschrank, der noch aus der Zeit des Kalten Krieges zu stammen schien. Der Rest des Teams steuerte darauf zu, als Pearce fortfuhr: »Aber nicht dein Partner. Der kann draußen warten.«

»Pearce, Agent Brodie ist …«

Pearce hob eine Hand und schüttelte den Kopf. »Ich rede nicht, solange der hier drin ist.«

Dex fuhr sich mit der Hand übers Kinn, bevor er zu Sloane ging und ihn zur Seite nahm, um leise mit ihm zu reden. »Wie willst du vorgehen?«

»Du fragst mich das?« Sloane sah überrascht aus.

»Du bist mein Partner, also frage ich dich. Wie willst *du* vorgehen? Ich könnte ihn unter Druck setzen.«

Sloane dachte darüber nach. »Nein. Ich warte draußen. Das hier ist zu wichtig.«

»Okay.« Dex sah zu, wie Sloane die Schultern straffte und die Werkstatt verließ. Als das Zuschlagen der schweren Metalltüren durch die Halle dröhnte, ging Dex wieder zu Pearce, der ihn zu einem kleinen Tisch mit ein paar nicht zusammenpassenden Stühlen führte. Dex setzte sich ihm gegenüber und ließ ihn die Unterhaltung beginnen.

»Tut mir leid. Ich weiß, ich habe dich verärgert, weil ich deinen Partner ausgeschlossen habe, aber ihn zu sehen bringt eine ganze Menge unangenehmer Erinnerungen wieder hoch.«

Darauf möchte ich wetten. »Natürlich«, antwortete Dex täuschend aufrichtig. »Ich verstehe. Wir hatten einen Durchbruch in dem Fall. Kennst du eine Bar mit Namen *The Styx*? Drüben im Meatpacking District.«

»Ja. Ich bin oft dort.« Pearce nickte ernst. »Dort wurde Gabe umgebracht. Na ja, dahinter jedenfalls. Ich weiß, es wirkt vielleicht ein wenig morbide, immer wieder dorthin zu gehen, aber es war seine Lieblingsbar.« Ein trauriges Lächeln trat in sein Gesicht. »Ich vermute, ich bin noch nicht so weit, loszulassen.«

»Also warst du vor Kurzem da?«

Pearce nickte, zog die Handschuhe aus und legte sie auf den Tisch. »Vor drei Tagen. Habe nach der Arbeit auf einen Drink vorbeigeschaut.«

»Ich möchte dir ein Überwachungsvideo von dem Abend zeigen.« Dex holte sein Tablet aus der gepolsterten Tasche seiner Weste, legte es zwischen ihnen auf den Tisch und rief das Video auf. »Das bist du, korrekt?«

»Ja.«

»Nach zwanzig Minuten kommt ein Mann mit dunklem Kapuzenshirt herein, sieht dich und haut ab. Du läufst ihm nach. Kannst du mir sagen, was passiert ist?«

Pearces Kinnmuskel verkrampfte sich, und seine Finger ballten sich zu Fäusten. Was auch immer es war, der Mann war nicht glücklich darüber. »Zu der Zeit wusste ich nicht, wer der Typ war. Als er wegrannte, wusste ich, dass da was nicht stimmte, also bin ich ihm nach. Ich weiß nicht, ob er mich als Cop erkannt hat – ich bin regelmäßig in der Bar, und die meisten anderen Stammgäste und das Personal wissen, dass ich für die HPF arbeite. Jedenfalls rennt man nicht weg, wenn man unschuldig ist, richtig? Ich habe ihn bis nach Gansvoort verfolgt und dort auf der Baustelle verloren. Ich vermute, dass er sich dort irgendwo gewandelt hat.«

»Er war ein Therianer?«

»Ja, ich konnte seine Klassifizierung erkennen. Ein Jaguar.«

Mist. Konnte Isaac ihren Mann gefunden haben, ohne es zu wissen? Falls der Therianer schon früher einmal dort gewesen war, war es möglich, dass er den Sand auf Ortiz hinterlassen hatte. »Was ist dann passiert?«

»Du kennst ja uns Cops«, meinte Isaac und grinste. »Ich konnte das nicht auf sich beruhen lassen, also habe ich ein bisschen gegraben.« Das Grinsen in seinem Gesicht verschwand, und seine Miene wurde wieder hart. »Ich habe herausgefunden, dass der Kerl ein Cousin des Therianer-Informanten war, der Gabe umgebracht hat.«

Dex machte große Augen. Ach, du Schande. Alle Spuren führten immer wieder zurück zu Gabe. Es hing alles zusammen; es musste so sein. Dann würde der Fall auch sehr viel mehr Sinn ergeben. Obwohl immer noch so viele Teile des Puzzles fehlten.

»Ich weiß nicht, ob er abgehauen ist, weil er dachte, ich wüsste irgendwie, wer er war und wäre auf Blut aus, oder ob hinter seinem Verhalten noch etwas anderes steckte, aber er hatte Angst.«

»Hast du ihn seitdem noch einmal gesehen oder gehört?«

»Nein. Er ist untergetaucht.«

»Hast du einen Namen für mich?«

»Tory Murphy.« Pearce legte seine Hand auf die von Dex und drückte sie. »Falls ich irgendwie helfen kann, gib mir Bescheid. Bitte.«

Oookay. Dex schenkte Pearce ein beruhigendes Lächeln. »Mache ich. Ich weiß es zu schätzen, dass du dir die Zeit genommen hast, mit uns zu reden.« Dex wollte aufstehen, doch Pearce hielt ihn zurück.

»Könnte ich einen Moment mit dir reden? Es hat nichts mit deinem Fall zu tun.«

Dex blickte Pearce forschend ins Gesicht, aber der Mann war schwer zu deuten. Er nickte und tippte an sein Headset. »Rosa, Cael, ich habe alle Informationen, die ich brauche. Sind online. Wir treffen euch im Hauptquartier und informieren euch. Sloane, ich bin in einer Minute draußen.«

Sloanes schroffe Stimme antwortete. »Verstanden.«

Pearce wartete, bis Rosa und Cael die Werkstatt verlassen hatten, bevor er sich wieder Dex zuwandte. Was hatte Pearce jetzt über Sloane zu sagen? Dex konnte Pearces Kummer verstehen. Nachdem er selbst einen jüngeren Bruder hatte, mochte er nicht einmal daran denken, dass ihm etwas zustoßen könnte, auch wenn er um die Risiken wusste, die ihr Job mit sich brachte. Aber der Organisation, für die er arbeitete, die Schuld zu geben, oder den Teammitgliedern, die mit ihm arbeiteten, war nicht nur ein ungesunder Weg, sondern auch ein ungebührlicher.

»Du und dein Partner seid euch nahegekommen.«

Dex zuckte mit den Schultern. »Wir hatten einen schwierigen Start, aber in letzter Zeit kommen wir besser klar. Ich würde nicht sagen, dass wir uns nahestehen.«

Pearce nickte und presste die Lippen aufeinander. Was wollte der Typ ihm nicht sagen? Er konnte nicht von Sloane und ihm wissen, keiner von ihnen hatte auch nur den kleinsten Hinweis gegeben, dass sie mehr als nur Arbeitspartner waren, vor allem, nachdem Dex selbst gar nicht wusste, was nun eigentlich zwischen ihnen war.

»Das muss alles sehr schwer für ihn sein.«

»Es ist für das ganze Team schwierig.« Dex lehnte sich zurück und wartete ab. Pearce wollte auf irgendetwas hinaus, das konnte er spüren. Er wusste nur nicht, was das war.

»Ja, aber für ihn noch mehr. Er hat Gabe wirklich geliebt. Ich weiß, ich habe mich ihm gegenüber wie ein Arsch benommen, und ich bedaure eine Menge Dinge, dich ich gesagt und getan habe. Ich weiß jetzt, wie dumm ich war. Brodie war gut zu meinem Bruder, er hat ihn glücklich gemacht. Die beiden …«

Pearce lächelte. »Inzwischen wären sie wahrscheinlich verheiratet. Ich kann mir gar nicht vorstellen, so sehr in jemanden verliebt zu sein. Du?«

Dex gab ein unverbindliches Brummen von sich und ließ den Blick durch die Werkstatt und wieder zurück auf den Tisch vor sich schweifen. Dort schob er den Finger im Handschuh in einen kleinen Haufen Silberstaub. Isaac fasste ihn am Handgelenk.

»Das solltest du lassen. Tut mir leid, ich hätte saubermachen sollen. Dieses Zeug lagert sich überall ab. Es dringt in die Lunge, wenn man nicht aufpasst.« Er stand auf und ging zu einem kleinen Wandschrank aus rostfreiem Stahl. Dann kam er mit einer kleinen Kehrschaufel, einem Besen und einer Schachtel antibakterieller Tücher zurück. Damit fegte er das kleine Staubhäufchen weg.

Dex verzog das Gesicht. »Tut mir leid.«

»Ist schon okay.« Pearce machte die Tücherbox auf, zog eines heraus und nahm dann Dex' behandschuhte Hand. Er wischte über Dex' Finger und warf das Tuch in den Mülleimer hinter ihm. »Na also.«

»Danke.«

Pearce zwinkerte und klopfte ihm auf die Weste. »Die Uniform sieht übrigens gut an dir aus.«

Dex rutschte unbehaglich auf seinem Stuhl herum. »Ähm, danke. Ich bin immer noch dabei, mich daran zu gewöhnen. Wiegt eine verdammte Tonne.«

»Wirst du jetzt auf einmal schüchtern, Daley?«

»Ich? Schüchtern? *Pfft.*« Dex machte eine wegwerfende Handbewegung. Pearce schob seinen Stuhl näher an ihn heran, setzte sich und beugte sich vor. Sah so aus, als würden sie endlich weiterkommen.

»Okay. Hör zu, ich weiß, dass Sloane glaubt, ich würde ihn

hassen, aber das stimmt nicht. Ja, ich war damals nicht mit seiner Beziehung zu meinem Bruder einverstanden, und ich habe eine Menge schlimmer Dinge gesagt, aber als Gabe starb, wusste ich, dass ich damit abschließen muss. Dieses Schuldgefühl hat lange Zeit an mir genagt. Ich will Sloane nicht in meiner Nähe haben, weil er mich daran erinnert, wie glücklich mein Bruder war. Gabe war ein anderer Mensch, wenn Sloane da war.« Pearce verstummte und legte den Kopf schief. »Ist es dir peinlich, wenn ich über sie rede?«

Dex runzelte die Stirn. »Warum sollte mir das peinlich sein?«

»Komm schon, Dex. Du machst dir etwas aus ihm, und das werfe ich dir auch nicht vor. Er hat offensichtlich etwas an sich, das alle netten Kerle anzieht. Aber Sloane liebt Gabe immer noch. Und ich möchte nicht mit ansehen, wie du verletzt wirst. Hast du mal die Möglichkeit in Betracht gezogen, dass er dich vielleicht als Ersatz für Gabe betrachtet?«

Dex sah Pearce direkt in die Augen. »Meine Beziehung zu Agent Brodie ist streng beruflich. Es besteht eine gewisse Zuneigung, das will ich nicht leugnen. Er ist ein guter Mann, und ich arbeite gern mit ihm. Er ist ein kompetenter Partner, aber falls du denkst, ich bin ein Ersatz für deinen Bruder, liegst du falsch.« Er erinnerte sich an Sloanes Worte zu Ash im Krankenhaus, als er aufgewacht war, dass Dex so gar nicht wie Gabe sei. Sloane hatte ihm das sogar vorgeworfen, und obwohl er sich entschuldigt und darauf beharrt hatte, dass er es nicht so gemeint hatte, fragte sich immer noch ein Teil von ihm, ob es stimmte. Vielleicht war Sloane sich dessen gar nicht bewusst. Doch nichtsdestotrotz ging das Pearce nichts an, und Dex hatte nicht die Absicht, vor irgendwem die Karten auf den Tisch zu legen, schon gar nicht vor Pearce, der ihn mit Adleraugen musterte.

»Wolltest du darüber mit mir reden? Ich weiß deine Besorgnis zu schätzen, wirklich, aber sie ist nicht nötig. Zwischen Sloane und mir ist nichts. Das, was er mit deinem Bruder hatte, war offensichtlich etwas ganz Besonderes. Ich hoffe, ihr findet beide die Kraft, zu heilen und weiterzumachen.«

Etwas blitzte in Pearces Augen auf, und Dex schenkte ihm ein mitfühlendes Lächeln. Er tätschelte Pearces Hand. »Falls du jemanden zum Reden brauchst, ruf mich an. Ich bin immer bereit, zuzuhören.«

Pearces Miene wurde weicher, und er nickte. Dex dankte ihm noch einmal und ging zum Ausgang. Pearces Blick bohrte sich in seinen Rücken, während er die Werkstatt verließ. Als Dex auf den geparkten Suburban zusteuerte, piepte sein Headset. Er tippte es an, um den Anruf anzunehmen.

»Daley hier.«

»Hey, hier Calvin. Ich habe Intel gebeten, Gabes Namen mit Querverweisen auf unsere Opfer durch Themis laufen zu lassen, wie du gesagt hast.«

Dex war überrascht. Er hatte die Ergebnisse nicht so bald erwartet. Offenbar hatte sein Dad das Warten satt und ein paar Leuten Feuer unter dem Hintern gemacht. »Und?«

»Die ersten beiden Opfer stehen in Verbindung zu Gabe.«

»Was?«

»Als wir Isaac durch Themis laufen ließen, bekamen wir nur den anfänglichen Eintrag von Maddock und dann noch das Video vom *The Styx*. Aber als wir Gabe durchlaufen ließen, sind wir auf eine Goldader gestoßen. Opfer Nummer eins, Bennett. War auf demselben College wie Gabe. Sie haben in den vier Jahren gemeinsam mehrere Kurse über das Thema HumaniTherianer belegt. Opfer Nummer zwei, Chambers, hat das Brooklyn-Therian-Jugendzentrum geleitet. Dort hatte Gabe seinen ersten Job nach dem College.«

Verdammt. »Was ist mit Ortiz?«

»Keine Treffer.«

»Danke.« Dex ging zügig zum Auto und stieg rasch auf der Beifahrerseite ein.

Sloane sah ihn fragend an, und Dex brachte ihn auf den neuesten Stand. Dann blieb er schweigend sitzen, während Sloane die neuen Informationen verdaute. Er hatte erwartet, dass Sloane sauer auf ihn wäre, weil er die Anfrage durchgegeben hatte, ohne es ihm zu sagen, aber Dex hatte sicher sein wollen, ob seine Ahnung zu etwas führte, bevor er mit Sloane darüber sprach. Doch Sloane nickte ihm nur zu.

»Gute Arbeit.«

»Danke.« Dex schnallte sich an. »Hast du die Notizen von meinem Gespräch mit ihm bekommen?«

»Ja. Also, was wissen wir?«

Darüber dachte Dex kurz nach. »Ich kapiere es nicht. Sagen wir, Murphy ist auf Vergeltung für seinen Cousin aus. Er findet zwei HumaniTherianer, die in Verbindung zu Gabe stehen. Er war mehr als einmal im *The Styx*. Nur dieses Mal lässt er etwas Sand an Ortiz zurück, als er ihn tötet. Er besucht erneut seine Lieblingsbar, doch diesmal trifft er auf Gabes Bruder, erkennt ihn und ergreift die Flucht. Abgesehen von der Tatsache, dass wir nicht wissen, warum er die ersten beiden Opfer töten sollte, wissen wir zumindest, dass sie in Verbindung zu Gabe stehen. Aber was ist mit Ortiz?« Dex holte sein Tablet heraus und rief Tory Murphys Strafakte auf. »Dieser Typ ist oder war ein Informant. Wie ermordet er drei Menschen, ohne irgendeinen Beweis zu hinterlassen, ohne gesehen zu werden, ohne eine Spur, dass er in der Nähe war? Und falls Murphy Rache wollte, wieso rächt er sich dann nicht an jemandem, der Gabe näherstand? Wieso nicht an dem Team? Wieso nicht an dir? Laut Themis hatte Gabe seit Jahren nicht mit Bennett oder Chambers gesprochen.«

»Gottverdammt!« Sloane schlug mit der Hand auf das Lenkrad. »Nichts davon ergibt irgendeinen verdammten Sinn. Wir müssen Murphy finden. Er hat Isaac gesehen und ist abgehauen, und wir müssen wissen, wieso. Im Augenblick haben wir nichts als Theorien.«

Das Kommunikationssystem im Wagen piepte, und Sloane drückte auf den Lautsprecherknopf. »Agent Brodie hier.«

»Maddock. Wir haben eine Fahndung für Tory Murphy rausgegeben. Wir können bestätigen, dass er ein Jaguar-Therianer ist, was ihn in die richtige Klassifizierung einstuft. Er hat ein Motiv und die nötigen Mittel. Wir müssen mit ihm reden. Themis stellt uns eine Liste mit bekannten Aufenthaltsorten zusammen sowie eine mit Querverweisen auf unsere Opfer. Außerdem bestätigt Hudson, dass an Gabes Leiche schwarzer Sand gefunden wurde, doch das verrät uns nichts, was wir nicht schon wissen – dass er in der Bar war, bevor er draußen in der Gasse ermordet wurde. Fahrt zurück ins Hauptquartier. Wir schicken alle Recon-Agenten und einen Teil des Defense Departments von Unit Alpha los, um diesen Kerl zu finden. Unit Beta wird uns die risikoärmeren Fälle abnehmen, bis diese Sache aufgeklärt ist.«

»Ja, Sir.« Sloane lehnte sich zurück und ließ den Motor an, und Dex wurde bewusst, wie mitgenommen sein Partner aussah. Er legte Sloane die Hand auf den Arm.

»Hey, wir gehen der Sache auf den Grund.«

Sloane schenkte ihm ein mattes Lächeln. »Danke.«

Sie fuhren zurück ins Hauptquartier, und Dex grübelte die ganze Zeit über sein Dilemma nach. Er wollte den Fall unbedingt lösen. Dass andere Agenten die Ermittlungsarbeit für ihn übernahmen, war er nicht gewohnt. Das würde Zeit brauchen, so viel war ihm klar. Trotzdem wünschte er, er könnte mehr tun. Mehr als einmal war er in Versuchung geraten, auf eigene Faust loszuziehen, doch den Drang unterdrückte er schnell wieder. Das hier war nicht die HPF. Jetzt war er Teil eines Teams. Sie alle hatten ihre Rolle, und ein Agent, der seinen Teil nicht erledigte, ließ den Rest seines Teams im Stich. Dex wollte weder sein Team noch Sloane im Stich lassen.

Den Rest des Tages verbrachten sie damit, die Stadt unter den Agenten ihrer Unit aufzuteilen und ihre weniger riskanten Fälle an Unit Beta zu übergeben. Bei einer Einsatzbesprechung im kleinen Auditorium im neunten Stock bekam Dex zum ersten Mal Lieutenant Sonya Sparks zu Gesicht. Er war so damit beschäftigt gewesen, sich an seinen neuen Job zu gewöhnen, dass er gar nicht an den Lieutenant, der ihn rekrutiert hatte, gedacht hatte. Sie war bis jetzt in Washington gewesen und hatte darum gekämpft, ihnen die Prioritäten und Sicherheitsfreigaben zu verschaffen, die sie brauchten, um den Fall zu lösen. Es war seit langer Zeit der schwierigste Fall, den die THIRDS zu bewältigen hatten. Die hohen Tiere wollten ihn so schnell wie möglich aufgeklärt haben, aber wie bei jeder anderen Regierungsorganisation sperrten sie sich, wenn die Worte »zusätzliche Mittel« ins Spiel kamen.

Lieutenant Sparks ähnelte einem klassischen Pin-up-Girl aus Hollywood. Ihr eleganter weißer Hosenanzug brachte ihre Kurven beeindruckend zur Geltung. Sie war hochgewachsen und einschüchternd, mit leuchtend roten Locken, großen grünen Augen und scharlachroten Lippen. Der Nagellack an ihren perfekt manikürten Fingernägeln hatte einen ähnlichen Farbton wie ihr Lippenstift, und laut Tony hatte das halbe Defense Department in DC eine Heidenangst vor ihr. Das Interessante an ihr war, dass sie nie laut wurde und dass sie lächelte. Ihre Augen verrieten, dass sie eine Therianerin war, Klassifizierung Puma. Jeder Agent, der dumm genug war, Witze über Pumas zu machen, würde sich am Ende wünschen, er wäre nie geboren. Dex mochte die Frau jetzt schon.

Die Einsatzbesprechung dauerte Stunden. Es gab mehrere Gelegenheiten, bei denen die Jungs von Intel wegen irgendwelcher Algorithmen herumjammerten, woraufhin Sloane Dex anstoßen musste, damit er wach blieb. Cael dagegen wirkte begeistert. *Nerd.* Am Ende konnte Dex es gar nicht erwarten, wieder wegzukommen. Als sie später alle unter die Dusche gingen, warf Dex ein paar verstohlene Blicke zu Sloane hinüber. Seit ihrer Rückkehr aus Pearces Werkstatt war sein Partner nachdenklich. Dex ließ sich Zeit in der Dusche, während die anderen sich fertig machten und zur Umkleide gingen, sodass Dex und Sloane allein zurückblieben. Er lehnte sich über die Trennwand aus dickem Milchglas.

»Alles okay?« Je länger dieser Fall ungelöst blieb, umso mehr schien Sloane sich in sich selbst zurückzuziehen.

Sloane blinzelte und sah zu ihm auf. »Was?«

»Alles okay bei dir?« Dex legte Sloane die Hand auf den Arm. Dieser Fall forderte von allen seinen Tribut, ganz besonders von seinem Partner, dessen unsicheres Lächeln Dex das Herz schwer werden ließ.

»Nein, aber was kann man schon tun außer weitermachen, richtig?«

»Hör mal, wieso kommst du nicht heute Abend mit zu mir? Wir hängen ab, trinken ein paar kühle Bier und schauen uns im Fernsehen dumme Leute an, die dumme Sachen machen. Wie wäre es damit?«

Sloane drehte die Dusche ab und nickte. »Okay. Aber vorher muss ich noch nach Hause und ein paar Sachen holen. Hatte noch keine Chance, mich um meine Wäsche zu kümmern.«

»Klingt gut.«

Sie traten aus der Dusche, Handtücher umgewickelt, als Dex Sloanes Hand an seinem Hintern spürte. Er beugte sich vor und flüsterte Dex von hinten ins Ohr: »Vielleicht finden wir sogar noch was Besseres zum Entspannen.«

Dex spürte, wie sein Gesicht in Flammen aufging. Er drehte den Kopf, und sein Mund war nur Zentimeter von Sloanes Lippen entfernt. »Ich bin sicher, dass uns da was einfällt.« Und wenn Sloanes leise Worte noch nicht genug waren, dass Dex sich in seinem Handtuch wand, dann gab Sloanes kurzer Kuss auf seine Lippen ihm den Rest. Oh Gott, er bekam gleich einen Ständer, und das bei der Arbeit, und der Bastard, der der Grund dafür war, genoss jede Sekunde.

Einen unsexy Gedanken. Ich brauche schnell einen unsexy Gedanken.

Da drang Ashs Grollen durch die Dusche. »Was macht ihr zwei schwulen Jungs hier drin?«

Uuund – geschafft.

Sloane verdrehte die Augen und steuerte mit Dex die Umkleide an. Als sie herauskamen, lächelte Dex Ash zuckersüß an. »Wir haben darüber gesprochen, zusammen einen Stripclub zu eröffnen. Wir werden ihn *Destructive Divas* nennen. Da du ja allergisch gegen Nüsse bist, kannst du nicht mitmachen, aber wir sind bereit, dich als Maskottchen aufzunehmen. Wie stehst du zu Lederchaps?«

Ash knurrte ihn an.

»Nein? Latex?«

»Du kannst mich mal, Daley.« Ash knallte seinen Spind zu und stürmte davon. Dex wandte sich mit einem zufriedenen Grinsen an Sloane, der sich schmunzelnd anzog.

»Ich glaube, er fängt langsam an, mich zu mögen.«

»Ich glaube eher, du fängst dir noch Schläge von ihm ein«, antwortete Sloane, schlüpfte in seine Jacke und zog den Reißverschluss zu. »Wir sehen uns später.« Er klopfte Dex auf den Rücken, und da Dex mit dem Gesicht zum Rest des Teams stand, konnten seine Kameraden nicht sehen, wie Sloanes Finger über seinen Rücken fuhren und erst am Steißbein davonglitten. Dex biss die Zähne zusammen und sah zu, wie Sloane aus der Umkleide schlenderte. Bastard. Dafür würde Dex ihn heute Nacht leiden lassen.

»Ich bin echt froh, dass ihr beide langsam miteinander auskommt.«

Dex lächelte, während sein Bruder sich anzog. »Ja. Am Anfang habe ich mir Sorgen gemacht, aber wir haben uns zusammengerauft.«

»Du meinst, du hast ihn mürbe gemacht«, spöttelte Cael.

Darüber musste Dex lachen. »Das auch.«

»Was habt ihr heute Nacht so vor?«

Hoffentlich eine Menge verschwitzten, stöhnenden, geilen Männersex. »Ich habe Sloane auf ein paar Bier zu mir eingeladen. Will sehen, ob ich ihn ein wenig von dem Fall ablenken kann. Der geht ihm wirklich an die Nieren.«

Caels Lächeln verschwand, und er lehnte sich schwer seufzend an den Spind. »Ja, es ist beschissen.«

»Alles okay?« Dex machte seinen Spind zu und musterte seinen Bruder. Er hatte dunkle Ringe unter den Augen und war blasser als gewöhnlich. Sosehr er auch Zeit für Sex mit Sloane haben wollte – falls sein Bruder ihn brauchte, dann wäre er für ihn da. »Willst du auch vorbeikommen? Du siehst aus, als könntest du ein wenig Ablenkung gebrauchen.«

»Nein, mir geht es gut. Hatte nur nicht viel Schlaf, weil ich die ganze Zeit versucht habe, etwas zu finden, womit wir weitermachen können. Danke für die Einladung, aber ich sehe mir einen Film mit Ash an.«

»Ash? Ich wusste gar nicht, dass ihr zusammen abhängt.« Nicht dass er etwas dagegen hatte, aber es war schon schräg. Ash war in jeder Hinsicht so ganz anders als Cael, und Cael hatte eine Abneigung gegen Mistkerle, aber mit Ash schien er kein Problem zu haben.

Cael zuckte mit den Schultern. »Ja, seit ich hier arbeite. Er ist cool.«

Darüber musste Dex schnauben. »Du und ich haben sehr verschiedene Definitionen von cool.«

»Nein, er ist wirklich cool. Ich weiß, er kommt manchmal wie ein Arsch rüber – mach nicht so ein Gesicht –, aber so ist er nur bei der Arbeit. Ich meine, es muss schon hart sein. Er ist ein Alpha der ersten Generation. Eine Menge Agenten sehen zu ihm auf und haben Erwartungen, aber zu mir war er immer nett.«

Ash war fähig, Freundschaften zu schließen. Wer hätte das gedacht?

»Okay, dann habt Spaß, ihr zwei Verrückten. Ruf mich an, wenn du mich brauchst.« Dex tätschelte Caels Wange und ging, dabei versuchte er sich nicht anmerken zu lassen, dass er aufgeregt war, weil Sloane heute Abend zu ihm kommen würde. Oje, wenn er schon so früh im Spiel nervös war, dann steckte er echt in Schwierigkeiten.

Auf der Heimfahrt ertappte Sloane sich dabei, wie er mit den Fingern im Takt zu einem schmalzigen Popsong aufs Lenkrad tappte. Es war ihm nicht einmal bewusst gewesen. Was zur Hölle hörte er da eigentlich? An der roten Ampel sah er nach dem Sender und fragte sich, wieso *Retro Radio* eingestellt war. *Dieser Mistkerl.* Sloane schmunzelte. Dex musste den Sender gewechselt haben, bevor er am Morgen aus dem Auto gestiegen war, denn den hatten sie auf dem Weg zur Arbeit eindeutig nicht gehört. Er streckte die Hand aus, um den Sender wegzudrehen, doch dann beschloss er, ihn eingestellt zu lassen. Gott helfe ihm, er musste wohl langsam den Verstand verlieren, aber auf eigentümliche Weise empfand er die Musik als tröstlich.

Er parkte gegenüber seines Apartmentgebäudes und lächelte. Außerdem hatte er ein merkwürdiges Flattern im Bauch bei dem Gedanken, dass er die Nacht mit Dex im Bett verbringen würde. Er wusste, er sollte sich nicht daran gewöhnen, aber wenn Dex ihm Sex ohne weitere Verpflichtungen oder Drama anbot, warum sollte Sloane dann Nein sagen? Vor allem, da er wusste, wie sehr er es wollte und wie gut es sich anfühlte, mit jemandem zusammen zu sein, bei dem er sich wieder glücklich fühlte. Als er die Straße überquerte, fragte er sich, wie es Dex wohl bei der ganzen Sache ging. Es hatte jede Menge Gelegenheiten gegeben, die peinlich hätten werden können, doch mit seinem warmen Lächeln und liebevollen Verständnis hatte Dex jede mögliche kritische Situation entschärft.

»Hey.«

Sloane blieb wie angewurzelt stehen, als er die vertraute Stimme hörte. »Isaac?«

Isaac saß auf dem Sims neben der Treppe zu Sloanes Apartmenthaus. Nun stand er auf und lächelte entschuldigend. »Ich hoffe, es macht dir nichts aus. Ich wollte mit dir über etwas reden.«

»Da hättest du nicht hier draußen warten müssen, du hättest auch anrufen können.«

»Ich dachte mir, nach alldem sagst du mir vielleicht, ich soll mich verpissen, und ich würde es dir auch nicht verübeln. Ich war ein richtiger Idiot. Ich habe dir ein Friedensangebot mitgebracht.« Isaac winkte mit einer pink-braunen Papiertüte.

»Ist das …?«

»Geröstete Empañadas mit Kochbananen vom *Dos Caminos*.«

»Wow.« Sloane nahm die Tüte von Isaac entgegen, und ihm

lief das Wasser im Mund zusammen. Es war eine Ewigkeit her, dass er die gegessen hatte. Genau genommen war er nicht mehr in dem Restaurant gewesen seit seinem letzten Besuch dort mit Gabe und Isaac, bei einem von Gabes vielen gutherzigen Versuchen, sie beide dazu zu bringen, sich gegenseitig zu tolerieren.

»Hättest nicht gedacht, dass ich das noch weiß?«

Es war mehr so, dass er nicht geglaubt hatte, es sei dem Typen wichtig genug, es sich zu merken. »Danke.« Sloane war nicht sicher, was er von Isaac und seinem Friedensangebot halten sollte. Sie hatten nichts füreinander übrig, aber dieser Fall brachte Sloanes gesamte Gefühlswelt gehörig durcheinander.

Isaac zeigte die High Line hinauf. »Wie wäre es mit einem Spaziergang? Du isst, und ich rede. Da drin ist auch eine Dose Cola.«

»Okay.« Sloane ging voran zu dem gläsernen Aufzug und drückte auf den Knopf zur High Line. Um diese Zeit, abends im November, war hier kaum jemand unterwegs. Er achtete darauf, wachsam zu bleiben, während er Isaac folgte und sich über die erste Empañada hermachte. Er liebte Empañadas. Sie waren eines seiner Laster. »Ich hatte ganz vergessen, wie gut die sind«, stöhnte er. Geröstete Kochbananen, schwarze Bohnen, Peperoni, Käse und Gewürze. Er hatte immer noch nicht ganz verarbeitet, dass Isaac hier war. Was auch immer der Grund dafür war, Sloane war überzeugt, dass es mit Gabe zu tun hatte, also sollte er den Mann zumindest anhören.

Sie spazierten die High Line entlang. Nun da es beinahe Winter war, waren die Pflanzen und Bäume kahl, aber auf melancholische Weise immer noch merkwürdig schön. »Tut mir leid, aber ich kann nicht lange bleiben. Ich habe noch eine Verabredung«, sagte Sloane und aß seine letzte Empañada auf.

»Dex?«

Sloane schluckte und räusperte sich. »Ja. Wir wollen ein wenig abhängen und entspannen.«

Isaac näherte sich dem Rand der High Line mit Blick auf die West Fourteenth Street. »Er ist der Grund, wieso ich hier bin, um ehrlich zu sein.«

Sloane blieb neben Isaac stehen, und der kühle Wind wehte ihm das Haar ins Gesicht. Er schob es sich hinter die Ohren und mahnte sich, es bald schneiden zu lassen, bevor Maddock wieder mit seiner Routinedrohung kam, dass er es selbst mit der Schere bearbeiten würde. »Wie das?«

»Dex ist ein wirklich guter Kerl. Wir hatten im Sechsten Revier nicht viel Gelegenheit, miteinander zu reden, solange er dort war. Allerdings habe ich zu der Zeit insgesamt nicht viel geredet. Aber ich habe gesehen, wie er mit allen umging und wie sehr ihn alle mochten. Na ja, bis zu der Sache mit seinem Partner. Er kümmert sich, wo die meisten einem raten würden, sich einfach damit abzufinden. Er ist ein bisschen schräg«, meinte Isaac schmunzelnd, »aber auf gute Art.«

Sloane ertappte sich dabei, dass auch er lächelte. »Ja.«

»Jedenfalls, als ihr heute vorbeigekommen seid, hatte ich eine Unterhaltung mit ihm, und er hat mich wirklich zum Nachdenken gebracht.« Isaac drehte sich zu ihm um, seine Miene war mitfühlend. »Diese ganze Fehde zwischen uns … Wo ist da der Sinn? Wir haben Gabe damit sehr wehgetan, solange er am Leben war, und falls er wirklich irgendwo da oben ist …«, Isaac sah hoch in den Nachthimmel, »dann wäre er mächtig sauer auf mich.«

Sloane sagte nichts dazu – hauptsächlich weil er nicht wusste, was er darauf erwidern sollte. War es nicht ein wenig zu spät? Isaac wirkte jedoch aufrichtig. Vielleicht wollte er wirklich die Vergangenheit hinter sich lassen. Sloane lehnte sich stirnrunzelnd an die Reling.

»Alles okay?« Isaac legte Sloane eine Hand auf die Schulter. »Du siehst ein wenig blass aus.«

»Hm? Ja, tut mir leid. Es war ein langer Tag.« Lange Woche, langer Monat, langes Jahr, langes Leben …

»Willst du dich hinsetzen?«

Sloane verschwamm auf einmal alles vor den Augen, und er hielt sich am Geländer fest, um nicht das Gleichgewicht zu verlieren, als ihn eine Welle von Schwindel und Übelkeit überkam. Was zur Hölle …? Er schwitzte, gleichzeitig kroch ihm Eiseskälte durch den Leib.

»Ich bin gekommen, weil ich mir Sorgen um Dex mache. Als ich heute mit ihm geredet habe, konnte ich sehen, wie es passiert.«

»Wie bitte?« Sloane blinzelte und versuchte, was auch immer da gerade in ihm vorging, abzuschütteln. Brütete er etwas aus? Die Jahreszeit passte dazu, und es gab schon ein paar Agenten in ihrem Department, die sich eine Grippe eingefangen hatten. Aber wieso sah er dann nur noch verschwommen? Er stützte sich schwerer aufs Geländer.

»Er mag dich. Verteidigt dich. Ich wollte ihn vor dir warnen, aber du hast diese Brodie-Magie auf ihn gewirkt.« Isaac trat auf Sloane zu, tätschelte ihm die Wange, und die Welt schien zu kippen.

Sloanes Beine knickten ein, und er glitt am Geländer nach unten. Ihm gefror das Blut in den Adern. Seine Glieder fühlten sich bleischwer an, und seine Bewegungen waren schwerfällig. *Oh Gott.* »Was hast du mit mir gemacht?«

Isaac kauerte sich neben ihn, und irgendwo hinter ihm pingte ein Aufzug. »Ich habe deinen Empañadas eine Extrazutat beigemischt. Diese ganzen mexikanischen Gewürze bewirken Wunder dabei, mein spezielles Serum zu überdecken.«

Zwei große, schwarz gekleidete Gestalten kamen auf sie

zu. Sloane packte Isaac am Ärmel, als seine Muskeln sich verkrampften. Seine Brust schnürte sich zusammen, und es fiel ihm schwer zu atmen. »Bitte, Isaac. Tu das nicht.«

»Ich konnte meinen Bruder nicht vor dir retten, aber ich werde Dex retten. Ich werde ihm die Augen öffnen.« Isaac stand auf, seine Worte schienen von weit her zu kommen.

»Sieht aus, als hätte mein Freund ein wenig zu viel getrunken. Helft mir, ihn nach Hause zu bringen, ja?«

Sloane wollte die Hand nach seinem Ärmel ausstrecken, in der Hoffnung, seinen Kommunikator darunter zu fassen zu bekommen, aber sein Körper weigerte sich zu gehorchen. Er wurde auf die Füße gezerrt, und eine furchterregende Finsternis breitete sich um ihn herum aus. Er kniff die Augen fest zusammen, und sein letzter Gedanke, bevor die Finsternis ihn verschlang, war der an sein Versagen. Zuerst hatte er Gabe im Stich gelassen, und jetzt hatte er Dex im Stich gelassen.

Dex …

Vergib mir.

13

Dex saß vor dem Fernseher, die Füße in Socken auf dem Tischchen, und steckte sich noch ein Cheez Doodle in den Mund. Wo zur Hölle blieb Sloane? War er wirklich nur nach Hause gefahren, um sich Klamotten zu holen, oder wollte er neue stricken? Zum x-ten Male sah Dex auf die Uhr. Die Biere hatten die Untersetzer aus Pappe schon fast durchgeweicht. Hatte Sloane es sich anders überlegt? Dex setzte sich ruckartig aufrecht. Mist, was wenn Sloane gar nicht kam? Was, wenn er seine Meinung zu allem geändert hatte, zu Dex, zu was auch immer da zwischen ihnen war? Er hatte ja vermutet, dass es nicht von Dauer wäre, aber er hatte nicht gedacht, dass es schon so früh enden würde.

»Nun spiel hier nicht die Dramaqueen.« Dex nahm sein Handy und rief Sloane an. Nach einigem Klingeln sprang die Mailbox an. Nein, deswegen würde er jetzt nicht ausflippen. »Du wusstest, was Sache war, Dex.« Er warf das Handy neben sich auf die Couch und brütete vor sich hin. Er hatte wirklich gedacht, sie hätten eine Chance. »Vorbei, bevor es angefangen hat«, murmelte er. Stöhnend ließ er den Kopf in die Hände sinken. Sein Leben war offiziell ein schlechter 80er-Jahre-Film. Ohne die Nylonhosen. Er sah noch einmal auf die Uhr und entschied dann, dem Trauerspiel ein Ende zu bereiten und ins Bett zu gehen. Es war ohnehin schon nach Mitternacht.

Er wollte gerade die Treppe hinauf, als sein Handy klingelte. Mist! Er hatte es auf der Couch liegen lassen. Wie ein Teenagermädchen raste er zurück, sprang über die Lehne der

Couch, landete auf den Polstern und hob es auf. Er achtete nicht einmal auf die Anruferkennung.

»Hallo?«

»Hey, Dex, entschuldige, dass ich so spät anrufe.«

Dex versuchte nicht enttäuscht zu sein, als er nicht Sloanes Stimme hörte, sondern die von Calvin. Er lehnte sich zurück und unterdrückte ein Seufzen. Du liebe Zeit, langsam mutierte er tatsächlich zu einem verliebten Teenager. »Ist schon okay. Was ist los?«

»Wir haben Ford Wallace gefunden.«

Dex setzte sich ruckartig auf. Wenigstens eine gute Nachricht heute Abend. »Wo?«

»In einem Drecksloch von Apartmenthaus in Brownsville.«

»Bleib dran.« Dex sprang von der Couch und rannte in die Küche, um sich Notizblock und Stift zu holen. »Wie lautet die Adresse? Ich will dem Bastard ein paar Fragen stellen.«

»Wenn du dazu kein Hexenbrett nehmen willst, dürfte das schwierig werden.«

Dex erstarrte. »Er ist tot?«

»In Stücke gerissen. Sieht aus wie aus einem Slasherfilm. Überall Blut, Eingeweide und noch mehr schwarzer Sand, gemischt mit irgendeinem weißen Pulverzeug. Eigentlich ist es mehr ein silbriges Pulver.«

»Moment. Hast du Einzelheiten zu dem Pulver?« Dex rutschte das Herz in die Hose. Das konnte nicht sein. Wahrscheinlich war es irgendwelcher Schmutz oder andere Ablagerungen, und er regte sich über nichts auf. »Kann ich mit Hudson reden?«

»Was kann ich für dich tun, Dex?«

»Hudson, das Pulver, das ihr gefunden habt, kannst du mir sagen, was das ist?«

»Einen Moment.«

Dex hörte, wie Hudson herumlief und Dinge aneinanderklirrten, bevor er wieder ans Telefon kam.

»Ich kann dir nicht die genauen Komponenten nennen, ohne es im Labor zu untersuchen, aber ich kann bestätigen, dass es sich um eine Art Legierung handelt. Stahl vielleicht.«

»Oh Mist. Er ist es.« Dex ging zur Couch und ließ sich langsam darauf sinken. Er konnte es nicht glauben. Der Kerl hatte sie alle getäuscht und an der Nase herumgeführt. Kein Wunder, dass alles zurück zu Gabe führte. Wer war besessener von Gabes Ermordung als Isaac Pearce?

»Was? Wer?«

»Pearce«, antwortete Dex, noch während er versuchte, einen Sinn in alldem zu erkennen. Pearce hatte Alibis, er hatte Beweise, er war nicht einmal die richtige Spezies als Verdächtiger, aber irgendwie wusste Dex es tief im Inneren. »Er sagte, der Typ auf dem Überwachungsvideo war Tory Murphy, aber ich möchte wetten, dass es unser Typ mit der Eaglesmütze war. Ford Wallace. Irgendwas muss passiert sein, nachdem Pearce ihn bezahlt hat, um mich einzuschüchtern. Er hat Wallace verfolgt, und als wir immer näher kamen, hat er ihn getötet.«

»Aber ich dachte, Isaac Pearce sei kein Verdächtiger.«

»Ich weiß nicht, was hier vor sich geht, aber ich weiß, dass Pearce unser Mann ist. Das sagt mir mein Bauchgefühl. Dieser Silberstaub war überall in seiner Werkstatt. Sag dem Sarge, er soll das Team zusammentrommeln und mich abholen. Das geht schneller. Und bringt meine Ausrüstung mit!« Er legte auf und tigerte im Zimmer hin und her. Ach, du Scheiße – Sloane! Er wählte noch einmal dessen Nummer, und so langsam machte sich ein ganz schlechtes Gefühl in ihm breit.

»Komm schon, Kumpel. Geh ran. Bitte, geh ran.« Es war ihm egal, was Sloane gerade machte. Nach dem fünften Versuch hinterließ er eine Nachricht. »Sloane, Kumpel, du musst mich anrufen, und das möglichst schnell. Pearce ist unser Mann.« Er legte auf und rief Ash an. Es klingelte, und dann knurrte Ash gewohnt freundlich ins Telefon: »Was willst du?«

»Ist Sloane bei dir?«

»Cael sagte, ihr zwei hättet eine Pyjamaparty oder irgend so einen Mist.«

»Im Moment mache ich mir zu viele Sorgen, um dir zu sagen, dass du mich mal kannst, also ein anderes Mal. Oh Gott.« Dex versuchte, sich mit aller Mühe zu beruhigen.

Ash musste wohl gespürt haben, dass etwas nicht stimmte, denn als er wieder zu hören war, lag Besorgnis in seiner Stimme. »Bitte sag mir, dass Sloane bei dir ist.«

Dex schluckte schwer, und ein surreales Gefühl überkam ihn. Das konnte doch nicht sein.

»Dex!«

»Ash, ich denke, Pearce hat Sloane.«

Zwanzig Minuten später fuhr ein Konvoi aus schwarzen Suburbans mit Blaulicht und drei BearCats, einschließlich dem von Destructive Delta, nach Sunnyside, Queens. Sie blockierten beide Enden der Straße. Dex stieg mit seinem Team aus dem BearCat und wartete auf Tonys Anweisungen. Er weigerte sich, dem üblen, Unheil verkündenden Gefühl in seinem Bauch nachzugeben. Sie würden Sloane finden, und er wäre irgendwo in Sicherheit, schlafend oder betrunken, und dann würde Dex ihm den Arsch aufreißen, sie hätten Versöhnungssex, und die Welt wäre, wie sie sein sollte.

Pearces Haus war ein schmales Ziegelgebäude mit einem Betonpfad an der Seite, der nach hinten in den Garten führte. Der Pfad war mit einem Tor aus Maschendraht verschlossen, und auf dem Boden lehnte ein Betonziegel dagegen. An den vorderen Fenstern des obersten Geschosses befand sich eine Feuerleiter, doch nur auf der rechten Seite. Die Defense-Agenten umstellten das Gebäude zügig, und Scharfschützen postierten sich auf den Dächern der Apartmentgebäude gegenüber. Tony gab Anweisung über das Headset.

»Destructive Delta, Beta Pride und Beta Ambush haben die Umgebung erkundet. Die Fenster im Erdgeschoss sind alle mit Schutzgittern versehen, ebenso der Hintereingang. Soweit sie sehen und hören konnten, scheint unser Verdächtiger nicht zu Hause zu sein. Ihr habt Freigabe für Zutritt. Seid vorsichtig. Wir haben keine Ahnung, was wir da drin vorfinden werden.« Tonys Stimme klang ernst, und seine letzten Worte jagten Dex einen eiskalten Schauer über den Rücken. Er wechselte einen Blick mit seinem Bruder: Sie dachten beide dasselbe. *Bitte, lass uns nicht Sloane tot da drinnen finden.*

Dex schnappte sich die Waffe zum Türöffnen und näherte sich vorsichtig, aber zügig der Tür. Der Rest seines Teams hielt sich hinter ihm, Waffen im Anschlag. Die Eingangstür besaß ebenfalls Schutzgitter, doch nur über dem Glas. Dex hielt den Lauf der großen Waffe an das Schloss, holte tief Luft und drückte den Abzug. Auf den lauten Knall folgte hektische Betriebsamkeit, während er rasch aus dem Weg ging, damit sein Team ins Haus konnte. Er übergab die Sperrwaffe einem anderen Defense-Agenten, entsicherte dann seine Waffe und folgte seinem Team hinein. Sie bewegten sich von Raum zu Raum und sorgten dafür, dass alles gesichert war, deckten einander den Rücken und hielten Ausschau nach irgendwelchen Bewegungen. Das Haus war durchschnittlich groß: zwei Schlafzimmer, Wohnzimmer, kleiner Flur, Küche, Esszimmer, Badezimmer und Arbeitszimmer. Es sah aus wie jedes andere Zuhause.

»Gesichert« erklärte Ash über das Headset.

Nun, da keine unmittelbare Bedrohung herrschte, schwärmten die Recon-Agenten aus. Sie würden dieses Haus von innen nach außen auseinandernehmen, jeden Winkel durchsuchen, unter jedem Möbelstück und an allen möglichen Stellen nachsehen, nach Beweisen fahnden und nach irgendeinem Hinweis, dass ihr Teamkamerad in Gefahr war. Dex ging durchs Wohnzimmer und sichtete all die gerahmten Fotos von Pearce und Gabe, von ihrer Kindheit an bis zu Gabes Beginn bei den THIRDS. Er trat an ein Foto heran, das einen lächelnden Gabe zeigte. Er war etwa so alt wie Dex gewesen, gut aussehend, mit einem strahlenden Licht in den Augen. Dex wurde das Herz schwer. Es war dumm, aber er sah sich kurz um, stellte fest, dass sich niemand in seiner Nähe befand und hob den Rahmen hoch.

»Ich weiß, du kannst mich nicht hören, und vielleicht drehe ich gerade durch, aber bitte, hilf mir, ihn zu finden. Ich muss ihn finden.« Er schluckte schwer und kämpfte gegen die Furcht an, die sich in ihm festkrallen wollte, während Statistiken und Fakten ihm das Herz schwer machten. »Ich kann verstehen, warum du dich in ihn verliebt hast und warum du ihn zurückwollen würdest. Er ist ein guter Kerl. Aber vielleicht … vielleicht kannst du mir erlauben, dass ich mich eine Weile um ihn kümmere?«

Hinter ihm zerbarst etwas, und er zuckte zusammen. In der Küche stand Cael und starrte auf etwas, das in Scherben auf dem Boden lag. Dann sah er zu Dex und zuckte mit den Schultern. »Tut mir leid. Ich muss das umgeworfen haben, als ich mich umdrehte.«

Dex schüttelte den Kopf über seinen Aberglauben, stellte das Foto zurück auf den Kamin und ging zu seinem Bruder, der gerade die Scherben aufsammelte. Sie stammten von einer Tasse aus Keramik, auf der stand »Ich mag Kaffee«. Doch darin war die längste Zeit Kaffee gewesen. Dex wollte wieder zurück ins Wohnzimmer, als er eine kleine Scherbe neben dem Kühlschrank liegen sah. Er ging hin und sah, dass es ein kleines rotes Herz war. Er bückte sich und hob sie vom Boden auf – und da traf ein Luftzug seine Wange. Er drehte sich in die entsprechende Richtung und entdeckte eine Rille, die an der Wand hinter dem Kühlschrank nach oben verlief.

»Cael, komm mal her.«

»Was ist?« Cael blieb neben ihm stehen, und Dex deutete auf den Kühlschrank.

»Hilf mir, ihn zu bewegen. Ich glaube, dahinter ist etwas.« Jeder an einer Seite schoben sie den schweren zweitürigen Kühlschrank aus dem Weg. »Verdammt, das ist eine Tür.« Dex tippte sein Headset an. »Destructive Delta, ich habe in der Küche etwas gefunden.« In Sekundenschnelle war sein Team da, blieb hinter ihm und Cael stehen und starrte auf die Tür. Es gab keine Klinke. Dex legte eine behandschuhte Hand auf das gestrichene Holz, prüfte kurz und drückte dann. Die Tür ging auf.

Schnell traten Dex und der Rest des Teams einen Schritt zurück. Er bedeutete den anderen, aus dem Weg zu gehen, drückte sich links von der Tür flach an die Wand und öffnete sie langsam. »Hobbs«, flüsterte er und deutete auf den dunklen Eingang. Sollte es dort drin irgendwas Verdächtiges geben, irgendwelchen Sprengstoff, würde Hobbs es aufspüren. Der große Agent näherte sich der Tür, die Waffe in der Hand. Er prüfte den Türrahmen und verschwand dann durch den Eingang. Ein paar Sekunden später kam er wieder heraus und nickte. Die Luft war rein. Dex ging als Erster und stieg eine Holztreppe hinab, die anscheinend in einen Keller führte. Wieso sollte Pearce seinen Keller verbarrikadieren? Er wurde eindeutig benutzt, wie Dex an dem kleinen Fenster hoch über der Treppe sehen konnte, das einen Spalt offen stand. Auf den ersten Blick sah der Keller wie jeder andere aus: aufgestapelte Schachteln, eine Waschmaschine, ein Trockner, Regale, Aktenschränke, altes Trainingsgerät, eine staubbedeckte Weihnachtsschmuckschachtel. Doch als Dex sich umdrehte, war plötzlich gar nichts mehr normal.

Dex steuerte schnurstracks auf die Wand hinter der Treppe zu und blieb abrupt davor stehen. Seine Brust schnürte sich zusammen, und ein Kloß bildete sich in seiner Kehle, als er das 20 mal 25 Zentimeter große Foto an der Pinnwand sah. »Oh mein Gott …«

Langsam ging er hin und hielt seine Hand mühsam vom Zittern ab, als er es von der Pinnwand nahm. Er starrte auf die eindringliche Szene, eingefangen von der Linse eines Wahnsinnigen. Wundervoller blauer Himmel, satte grüne Farbtöne von getrimmtem Rasen mit blühenden Blumen in Pink-, Rot- und Gelbtönen. In der Mitte Sloane in Ausgehuniform, wie er mit seinem Team den Sarg seines gefallenen Geliebten und Partners trug. Die Trauer und Verzweiflung in seinem Gesicht war so intensiv, dass es Dex das Herz zerriss.

Er zwang sich aufzublicken und schluckte schwer, als er all die Fotos von Gabes Begräbnis sah. Auf jedem einzelnen davon war Sloane zu sehen. Ganze Pinnwände, voll mit Fotos von Sloane, bedeckten die gesamte Wand.

»Was zur Hölle …?« Ash blieb fassungslos stehen. Er streckte die Hand aus und nahm ein weiteres Foto von der Wand. Seine Augen wurden glasig und er drückte Dex das Foto in die Hand. »Was für ein kranker Scheißkerl macht so was?«

Auch das Foto aus Ashs Hand zeigte Sloane, und es war noch herzzerreißender als das andere. Dieses Bild würde Dex lange Zeit nicht mehr aus dem Kopf gehen. Der Kummer eines Mannes sollte niemals so für alle Welt sichtbar präsentiert sein. Sloane kauerte vor Gabes Grabstein und weinte, die Hand vor den Mund gedrückt. Es gab noch mehrere Bilder dieser Art. Ein intimer Augenblick, dem Respekt gebührte, war hier missachtet worden von einem Mann, der sich an der Verzweiflung eines anderen aufgeilte.

Ein Anruf für Dex kam herein, und er tippte ans Headset. »Daley.«

»Hast du meine kleine Fundgrube entdeckt?«

»Pearce.« Dex gab sich alle Mühe, seinen Tonfall unter Kontrolle zu halten. Er wollte ausflippen, wollte Isaac Pearce windelweich prügeln und ihm zeigen, was wahres Leid war, so wie er Sloane hatte leiden lassen. Doch stattdessen holte er Luft, um sich zu beruhigen. »Wo ist mein Partner?«

»Sloane und ich schwelgen gerade in Erinnerungen an die guten alten Zeiten. Du kannst dich uns gern anschließen, aber deine Freunde müssen draußen bleiben. Falls ich einen von denen sehe, ist das Nächste, was du von deinem Partner siehst, ein Video im Netz, wie er verblutet, nachdem ich ihm die Kehle durchgeschnitten habe.«

Dex weigerte sich, auf Pearces Spiel einzugehen. Er antwortete ruhig: »Wo?«

»Die einzige Liebe, die mir noch bleibt. Bis bald.«

Er legte auf, und Dex tippte das Headset an – doch dann fiel ihm ein, dass Pearce ihn darüber angerufen hatte. Mist. Er holte sein Handy heraus und wählte die Nummer seines Dads. »Sarge, ich habe einen Anruf von Pearce bekommen.«

»Ich weiß. Wir haben es alle gehört. Unsere Leitung wurde gehackt. Schaff dein Team hier raus.«

Dex legte auf, schob das Handy zurück in die Tasche und wandte sich an seine Kameraden. »Gehen wir. Der Sarge will uns draußen haben.« Sie verließen das Haus und berichteten den Recon-Agenten von ihrem Fund, woraufhin die in den Keller gingen, um alle Beweise zu sichern. Draußen beim BearCat wartete Tony. Als sie näher kamen, stieg er hinein, und sie folgten ihm.

»Dex, weißt du, wo er ist?«, fragte Tony und setzte sich an die Überwachungskonsole.

»Ja, er ist in seiner Werkstatt in Brooklyn. Das ist ein wahres Minenfeld.« Er gab die Adresse ins System ein, und eine 3D-Karte poppte auf. Dex zeigte auf die rechte Seite des Gebäudes. »Da. Es ist alles voll mit Lagereinheiten, und ein Gartencenter ist auch dort. Im dritten Stock sind die meisten Fenster, und von dort kann man alles komplett überblicken.«

»Ash«, rief Tony.

Ash trat zu der 3D-Karte und drehte und wendete sie auf dem Bildschirm, um sie sich ganz genau anzusehen. »Wir können Scharfschützen auf der Versandstelle an der anderen Straßenseite postieren. Da alle Dächer miteinander verbunden sind, ist der Zugang einfach. Das Werkstattgebäude ist eine andere Sache. Wir können den BearCat hier parken, neben der Firma mit den Küchenteilen. Die führt zum Parkplatz der Holzfirma, aber die ganzen Gerüste in dem Bereich werden uns gute Deckung geben. Es gibt Baugerüste hier neben dem Gebäude, wo an den Stahlträgern gearbeitet wird. Wir könnten ein paar Leute …«

Dex schüttelte den Kopf. »Keine Leute gegenüber oder bei den Stahlträgern. Wenn Pearce Wind davon bekommt, dass irgendwer anders als ich auch nur in der Nähe ist, bringt er Sloane um.«

Ash rieb sich mit der Hand übers Gesicht, und Dex spürte, wie frustriert und verzweifelt er war. »Du weißt, er wird sowieso versuchen, ihn umzubringen. Er hat Sloane immer die Schuld an Gabes Tod gegeben.«

»Ich weiß.« Dex war entschlossen, zu tun, was auch immer nötig war, um Sloane in einem Stück zurückzubekommen. »Aber ich weiß auch, dass er reden will. Er hat von Anfang an versucht, mich auf seine Seite zu ziehen. Wenn ich ihm weismachen kann, dass ich langsam Verständnis für seine Sichtweise entwickele, kann ich ihn vielleicht lange genug ablenken, um ihn auszuschalten, oder zumindest Sloane da rausholen.«

»Er ist ein Cop, Dex. Er ist nicht dumm«, widersprach Ash. »Sobald du da reingehst, wird er dich entwaffnen. Dann haben wir zwei Geiseln.«

Dex wandte sich an seinen Dad. »Ich muss nicht bewaffnet sein, um ihn auszuschalten. Ich schaffe das.«

Ash schüttelte den Kopf. »Du kannst da keinen Anfänger reinschicken, um Pearce auszuschalten. Bestenfalls wird er selbst zum Gefangenen. Schlimmstenfalls werden er und Sloane dabei umgebracht.«

»Ich schaffe das«, wiederholte Dex entschieden und sah seinem Dad in die Augen. »Du weißt, dass ich es schaffen kann.«

Tony stützte sich auf den Ellbogen und musterte Dex, während er darüber nachdachte. »Okay, du gehst rein, aber wir bleiben in der Nähe. Cael, ich will, dass du einen zweiten Kommunikationskanal einrichtest und das Signal verschleierst. Halte die erste Leitung offen für den Rest der Defense-Agenten von Unit Alpha, die an der Tenth und Second postiert sind. Hobbs, bring uns dorthin.«

Die Fahrt dauerte nur wenige Minuten, auch wenn es Dex wie eine Ewigkeit vorkam. Sobald der BearCat auf dem Parkplatz des Holzgeschäftes stehen blieb, stand Tony auf und legte Dex die Hand auf die Schulter. »Wenn du dich umbringen lässt, finde ich einen Weg, dich wiederzubeleben, damit ich dir in den Arsch treten kann. Hast du verstanden?«

Dex schluckte schwer, umarmte seinen Dad und flüsterte ihm ins Ohr: »Ich bin vorsichtig.« Tony drückte ihn kurz und ließ wieder los.

»Ab mit dir.«

Das Team wünschte ihm Glück, und Dex stieg aus dem Truck, als Ash ihm in den Weg trat.

Ernsthaft? Musste das wirklich jetzt sein? Der Typ sollte echt mal lernen, wann man Ruhe geben musste. »Was ist, Ash? Ich bin gerade irgendwie beschäftigt.«

Ash ragte über ihm auf, seine Miene wachsam und grimmig. Er bohrte Dex einen Finger in die Weste. »Du bringst ihn lebend zurück, Frischling. Kapiert?« Dann runzelte er die Stirn und mied Dex' Blick. »Und lass dich nicht umbringen.«

Dex stand sprachlos da. Machte Ash sich tatsächlich Sorgen um ihn? Er öffnete den Mund, doch bevor er auch nur ein Wort herausbringen konnte, stürmte Ash davon und verschwand im BearCat. Dex riss sich aus seiner Verwunderung und lief über den Parkplatz auf eine schmale Straße, die hinter Pearces Workshop verlief. Zweimal links, und er war da. Er versuchte durch das vordere Fenster hineinzuspähen, aber abgesehen von all dem Ruß, Dreck und Rost waren die meisten Fenster von innen verbarrikadiert. Wenigstens wusste er, dass Pearce der einzige Mieter im ganzen Gebäude war. Trotzdem ging er blind hinein. Sein schlimmster Albtraum. Er öffnete die Tür und hielt die Waffe mit einer Hand hoch, während er durchs Foyer ging, als Pearce nach ihm rief.

»Hier drin.«

Langsam betrat Dex die Werkstatt und biss sich auf die Zunge, um den Mund zu halten. Sloane stand mitten in der Werkstatt, die Arme hoch über dem Kopf. Ein Paar dicker Ketten hingen von der Decke und fesselten seine Handgelenke, und eine weitere Kette hing um seinen Hals, um ihn davon abzuhalten, sich zu wandeln. Falls er so Therianerform annähme, würde er sich das Genick brechen. Seine Fußknöchel waren mit Klebeband gefesselt. Sein Oberkörper war nackt, und sein schwarzes T-Shirt lag auf dem Boden. Am ganzen Oberkörper und den Armen hatte er Schnitt- und Risswunden sowie kleine Verbrennungsmale. Dieser Hurensohn hatte ihn gefoltert. Dex konnte nicht erkennen, ob Sloane noch atmete. Sein Kopf hing tief herab, und das schwarze Haar fiel zerzaust nach vorn.

»Sloane?«

Sloane hob den Kopf, als er seinen Namen hörte, und seine Augen weiteten sich. Er schüttelte den Kopf, und seine Muskeln arbeiteten, als er an seinen Ketten zerrte. Dex trat einen Schritt vorwärts, doch Pearce stellte sich ihm in den Weg, einen Schürhaken aus Stahl mit einer rot glühenden Spitze in der Hand.

»Hallo, Dex. Danke, dass du gekommen bist.«

»Pearce.« Dex schaffte es mühsam, den Namen auszusprechen, ohne verächtlich zu klingen. Normalerweise konnte er seine Gefühle unter Kontrolle halten, wenn es um einen Fall ging. Das war immer der Moment, in dem sein Humor ins Spiel kam, um ihn davor zu bewahren, dass er in dem hässlichen Morast versank, der die Welt um sie herum manchmal war. Aber jetzt? Jetzt in diesem Moment hasste er Isaac Pearce, und das Schlimmste dabei war, dass er so tun musste, als wäre es anders. »Ich bin hier, wie du wolltest. Können wir reden? Ich möchte gern verstehen, worum es bei dem Ganzen geht.«

»In Ordnung. Aber vorher kannst du deine Ausrüstung drüben auf die Couch legen. Das heißt Waffen, Weste, Handschuhe, alles in deinen Taschen und dein Headset – und sieh zu, dass du es vorher abschaltest. Keine Dummheiten, sonst …« Er hielt die Spitze des glühenden Schürhakens nahe an Sloanes Haut, woraufhin der aufkeuchte und die Augen fest zusammenkniff. Der erstickte Laut erschütterte Dex bis ins Mark. »Bei der Temperatur geht das Ding durch seinen Körper wie Butter.«

»Verstehe.« Dex ließ die Waffe los, sodass sie am Riemen herabhing, und hob die Hände. Dann ging er zur Couch und legte seine gesamte Ausrüstung dort ab, inklusive des Headsets. Er würde einen anderen Weg finden müssen, mit seinem Team zu kommunizieren. Pearce verfolgte wachsam jede seiner Bewegungen.

»Du wirst mich fragen, wieso. Hier geht es darum, zu tun, was wir am besten können, Dex. Gerechtigkeit suchen.«

»Für Gabes Tod.« Dex löste die Riemen seiner Weste und legte sie aufs Polster, gefolgt vom Beinriemen. Er brauchte eine Gelegenheit, um näher an Pearce heranzukommen. Soweit er sehen konnte, trug der Kerl keinerlei Feuerwaffen, doch die Werkstatt war voll mit Werkzeugen, die sich leicht als Waffe verwenden ließen – und genau darauf hatte Dex gehofft. Als er seine Ausrüstung abgelegt hatte, drehte er sich mit erhobenen Händen um, und Pearce bedeutete ihm, wieder dorthin zu gehen, wo er zuvor gestanden hatte.

»Genau! Siehst du, du verstehst es. Ich wusste, dass du es verstehst. Er muss bezahlen für das, was er meinem Bruder angetan hat. Dass Gabe tot ist, ist seine Schuld.«

Dex gab sich alle Mühe, mitfühlend zu klingen. »Isaac. Es ist nicht Sloanes Schuld, dass Gabe in jener Nacht dort war. Wir haben darüber gesprochen, weißt du noch?«

»Da hast du recht. Es war nicht seine Schuld, dass Gabe dort war«, antwortete Pearce mit zusammengebissenen Zähnen und richtete seinen harten Blick auf Dex. »Aber es war seine Schuld, dass *ich* da war.«

Was? »Du warst dabei, als Gabe getötet wurde?« Dex erinnerte sich an ihre Unterhaltung im Pub, und dann dämmerte es ihm. Pearce hatte sich keine Vorwürfe gemacht …

»Wir haben in der Nacht gestritten, Dinge gesagt, die wir nicht so meinten. Und das Nächste, was ich weiß … er ist tot.

Wenn ich einfach gegangen wäre … ich denke, es ist die Schuld, die an mir nagt. Hätte ich ihn in Ruhe gelassen, wäre er vielleicht noch am Leben.«

Er hatte ein Geständnis abgelegt.

Pearce nickte mit glasigen Augen und stieß einen gequälten Schrei aus. »Ich wollte ihn nie verletzen. Ich habe ihn *geliebt*!« Tränen stiegen ihm in die Augen, und die Züge in seinem geröteten Gesicht waren verzerrt vor Zorn und Schmerz. »Ich wollte auf ihn aufpassen und ihn zur Vernunft bringen. Ich dachte, wenn ich es immer wieder versuche, kommt er am Ende zur Vernunft, aber er wurde nur immer wütender und frustrierter. Der Abend, an dem er sich mit seinem Informanten hinter *The Styx* traf, sollte sein letzter Abend sein, bevor er in den Urlaub fuhr. Also bin ich hingegangen, um ihn zu warnen und ihm zu sagen, dass er etwas Besseres verdient hätte als so ein Stück Scheiße von einem Therianer. Da hat er gesagt, dass es ihm reicht. Dass ich wählen müsse. Kannst du das glauben? Er hat mir gesagt, *mir*, seinem eigenen Bruder, dass ich entweder seine Beziehung akzeptieren muss, oder er verschwindet endgültig aus meinem Leben.« Pearce packte Sloane am Kinn und drückte zu, bis Dex Sloane zusammenzucken sah. Er musste schnell handeln, bevor die Situation außer Kontrolle geriet.

Als wäre sie das nicht schon längst.

»Das muss dich verletzt haben«, meinte Dex vorsichtig und bewegte sich etwas, sodass er sich in Pearces Gesichtsfeld befand. »Was ist dann passiert, Pearce? Was hast du zu Gabe gesagt?«

Pearce konzentrierte sich wieder auf Dex und ließ die Hand mit dem Schürhaken sinken. »Tja, ich hatte todsicher nicht vor, das zu akzeptieren. Mein kleiner Bruder und ein Therianer? Nein. Auf keinen Fall. Also haben wir gestritten, und je mehr wir stritten, umso mehr hat er diesen Bastard in Schutz genommen. Ich war wütend. Gabe zog *ihn* seiner eigenen Familie vor. Er hat mich geschubst, also habe ich zurückgeschubst.« Pearce wischte sich die Tränen von den Wangen. »Erst als er mit gebrochenem Genick auf dem Boden lag, wurde mir klar, was ich getan hatte. Als dann dieser Therianerinformant auftauchte, wusste ich, was ich zu tun hatte. Danach habe ich das darauffolgende Chaos in den Medien beobachtet. Schlagzeile auf Seite eins: ›Menschlicher THIRDS-Agent von therianischem Informanten getötet.‹ Je schlimmer die Nachrichten wurden, umso mehr sah ich, wie wenig es brauchen würde, einen Krieg in dieser Stadt anzuzetteln.« Pearce verzog die Lippen zu einem wahrhaft teuflischen Grinsen. »Er hat schon angefangen.«

»Dann hast du diese HumaniTherianer töten lassen?«

»Ich habe überhaupt niemanden töten lassen«, verkündete Pearce stolz. Er wartete und sah Dex eindringlich an – und dann ging Dex ein Licht auf. Er sah sich in der Werkstatt um. Alles Material, die Werkzeuge, die Mittel, alles lag hier vor seinen Augen.

»Du hast es selbst getan?«, fragte Dex fassungslos.

»Siehst du«, Pearce grinste breit und drohte ihm mit dem Finger. »Ich wusste, dass du einer von der schlauen Sorte bist. In dem Augenblick, als ich dich sah, wusste ich, dass du etwas Besonderes bist.« Er ging zu dem großen Schmelzofen, der nicht in Gebrauch war, und griff mit der Hand hinein. Als er sie wieder herauszog, hielt er einen langen Metallkasten in der Hand. Den stellte er auf den Tisch, öffnete ihn vorsichtig und fasste hinein. Als er die Hand wieder hob, zog Dex unwillkürlich scharf die Luft ein.

»Ein Kunstwerk, nicht wahr?« Pearce hielt das Konstrukt aus Eisenbändern und -ringen hoch, das mit perfekter Präzision an seinen Arm angepasst war. Es ähnelte beinahe einem mechanischen Arm, nur mit Pearces Arm aus Fleisch und Blut darin anstelle von Kabeln und Elektronik. Am Ende der Metallfinger befanden sich vier große Krallen, gekrümmt und scharf. »Siehst du die? Jede von ihnen entspricht in Größe, Form und Breite exakt den Krallen eines Jaguars. Vier exakte Kopien, nur dass sie aus wunderschönem Eisen gefertigt sind. Ich dachte mir, wenn ich die Tötungen als Werk eines Therianers ausgeben will, dann brauche ich eine Inspiration.« Er ging zu Sloane und hielt ihm eine Klaue unters Kinn. »Rate mal, wer meine Inspiration war?«

Dex verlagerte sein Gewicht unmerklich auf die linke Seite, vor dem Reißbrett. »Wieso diese HumaniTherianer?«

Pearce nahm das grauenvolle Ding wieder ab und legte es zurück in den Kasten, den er wieder in den Schmelzofen schob. Den Schürhaken hielt er die ganze Zeit fest umklammert. »Weil sie Gabe auf den Weg ins Verderben geführt haben. Bennett war es, der Gabe auf dem College diesen ganzen Mist über die HumaniTherianer in den Kopf gesetzt hat. Er hat ihn dazu animiert, Kurse zu besuchen und seine Lügen über die Liberalen Therianer zu verbreiten. Und dann gibt dieses Miststück ihm einen Job, fängt an, ihn all diesen Therianern vorzustellen und in die Tiefe zu ziehen. Als Gabe mich bat, ihm dabei zu helfen, zur HPF zu kommen, dachte ich, er würde das alles hinter sich lassen, aber er wollte sich damit nur zu den THIRDS hocharbeiten.«

»Und Ortiz?«

»Die ersten beiden waren etwas Persönliches, aber es war Zeit, das Ganze auf das nächste Level zu heben. Nicht kleckern, sondern klotzen. Leider musste alles ein wenig früher enden, als ich geplant hatte. Ich habe mich von meinen Emotionen überwältigen lassen. An unserem letzten Tag, als ich dich zu deinem Wagen brachte und wusste, dass du *sein* Partner wirst … es war schwierig. Ich wurde nachlässig, und statt zu warten, griff ich Ortiz noch am selben Tag nach einem Besuch im *The Styx* an. Als du vor meiner Tür auftauchtest, wusste ich, dass die Zeit gekommen war.«

»Wofür?«

Pearces Grinsen jagte Dex einen eisigen Schauer über den Rücken. Der Typ war nicht richtig im Kopf. Seine Trauer über den Verlust seines Bruders, gepaart mit wer weiß was sonst noch, hatte etwas in ihm zerstört.

»Für Krieg, Dex. Die schwachen Menschen werden aussortiert, aber die starken Menschen, wie du und ich? Wir werden überleben. Dann wird die Regierung keine andere Wahl haben als das Militär zu schicken und die Bedrohung durch die Therianer zu eliminieren. Und jene, die nicht vernichtet werden, wird man in Käfige sperren wie die Tiere, die sie sind.«

Dex' Augen wurden groß. Das konnte er doch nicht ernst meinen. »Du sprichst hier von Völkermord, von Mord an unschuldigen Therianern.«

Wut blitzte in Pearces Augen auf, und er packte Sloane an den Haaren. Sein Gesicht war nur Zentimeter von Sloane entfernt, als er knurrte: »Therianer sind nicht unschuldig. Sie sind Abscheulichkeiten! Jemand hat Mutter Natur K.O.-Tropfen verpasst und sie geschändet, und ein paar Monate später kamen die dabei raus. Sieh ihn dir an. Eine dreckige, mutierte Kreatur hinter der schönen Fassade eines Menschen, aber seine Augen, oh, die verraten ihn. Wenn man nur lange genug hineinsieht, kann man die Glut der Hölle selbst darin sehen.«

Dex griff hinter sich und schloss die Finger um eine schwere Eisenzange. Vorsichtig schob er sie vom Tisch, öffnete sie und hakte eine Zwinge in eine der Gürtelschlaufen seiner Hose. Dann trat er einen Schritt vorwärts, seine Arme an den Seiten herabhängend, während Pearce zu ihm herumwirbelte und den Schürhaken vor sich hielt.

»Langsam, Dex.«

»Tut mir leid.« Dex hob die Hände. »Ich mache mir nur Sorgen um dich. Was wird jetzt aus dir? Denkst du, sie lassen dich einfach mit dem, was du getan hast, davonkommen? Du hast es selbst gesagt. Es geht um Gerechtigkeit. Die Familien derer, die du verletzt hast, werden Gerechtigkeit fordern.«

»Manchmal müssen Opfer gebracht werden für das übergeordnete Wohl. Deshalb habe ich dich hergebeten. Genau genommen ist das der Grund, wieso ich dir damals in dem Parkhaus geholfen habe. Ich wollte dir zeigen, dass du mir vertrauen kannst. Etwas Großes wird mit dieser Stadt passieren, Dex, und ich möchte dich auf jeden Fall im Gewinnerteam haben. Du bist ein kluger Kerl mit einem guten Herzen. Ein wenig naiv vielleicht, aber das können wir in Ordnung bringen.«

»Wir?«

»Meine Partner.«

»Die, die für dich gelogen haben?«

Pearce lächelte. »Du nennst es lügen, ich nenne es Unterstützung. Sie glauben dasselbe wie ich. Und jetzt müssen wir das Ganze in Gang bringen. Wie sieht es aus? Wirst du dich deiner Rasse anschließen? Oder willst du mit *dem da* sterben?«

»Was ist mit meinem Bruder?«

»Ja, ich verstehe, dass man dir wohl beigebracht hat, Zuneigung für ihn zu empfinden.« Pearce zuckte mit den Schultern. »Na ja, ich bin sicher, wir können da eine Ausnahme machen. Wir sagen einfach, er ist dein Haustier.«

Du Scheißkerl. Dex musste alles an Beherrschung aufbieten, was er hatte, um nicht auf der Stelle auf den Kerl loszugehen. Doch stattdessen tat er so, als würde er darüber nachdenken.

»Schließ dich mir an, Dex, und wir bringen die Welt wieder in Ordnung.«

»Was muss ich tun?«

Pearces Blick glitt zu Sloane hinüber, und Dex hakte die Eisenzange aus seinem Gürtel. »Das Wichtigste zuerst.« Pearce holte mit dem Schürhaken aus, und Dex schleuderte die Zange mit aller Kraft, sodass sie durch die Werkstatt flog und Pearce an der Kniescheibe traf. Mit einem Aufheulen ließ der den Schürhaken fallen und umklammerte sein Knie, als er zu Boden ging. Dex rannte los und stürzte sich auf Pearce, während der versuchte, sich wieder aufzurappeln. Sie krachten zu Boden, Dex landete auf Pearce und wollte ihm einen rechten Haken verpassen, doch Pearce blockte ab und traf Dex seinerseits mit der linken Faust in die Rippen. Um sich schlagend und tretend rollten sie über den Boden, während jeder von ihnen darum kämpfte, den anderen zu überwältigen, mit fliegenden Fäusten, in der Hoffnung auf einen Treffer.

Die meisten Kampfszenen in Filmen waren Blödsinn. In einem echten Kampf gab es keine Choreografie. Der Gegner war kein Kampfkunstexperte, und er ließ einem keinen Raum für irgendwelche schick aussehenden Kampfaktionen. Er würde nicht innehalten oder zögern. Er würde kämpfen, und das hart und schmutzig. Es ging darum, zuzuschlagen, wo und wann auch immer man konnte. Den Schlag abfangen und ihn nutzen, um zurückzuschlagen. Dex rollte sich herum, sprang auf und hob die Fäuste vors Gesicht. Er musterte Pearce und versuchte dessen Bewegungen vorauszuahnen.

Pearce traktierte ihn mit Schlägen aus allen möglichen Winkeln, und Dex hielt die Arme dicht am Körper, um sich abzuschirmen und die Gelegenheit für eigene Schläge zu nutzen, wann immer Pearce zurückwich. Er packte Pearce am Arm, wirbelte auf dem Absatz herum, sodass er neben ihm stand, und riss dann den Ellbogen nach hinten, um Pearce seitlich am Kopf zu treffen, gefolgt von einem harten Schlag gegen das Bein, woraufhin Pearce mit dem Gesicht auf dem Boden landete. Doch bevor Dex die Chance bekam zuzuschlagen, trat Pearce aus, traf Dex seitlich am Knie und schickte auch ihn zu Boden. Er rollte auf den Rücken, während Pearce ihn am Hemd packte und mit einer Faust ausholte. Dex schlug die Faust beiseite und riss das Knie hoch, genau zwischen Pearces Beine. Als ausgebildeter Polizist konnte Pearce noch maximal fünf Sekunden trotz schmerzender Kronjuwelen weiterkämpfen. Dex packte Pearce an den Handgelenken und zog ein Bein unter ihm durch. Pearce prallte hart auf den Betonboden, zog scharf die Luft ein und hustete dann, als er Staub und Schmutz dabei inhalierte. Mit zusammengebissenen Zähnen presste er die Hände auf seine wertvollsten Teile.

Dex rappelte sich auf und rannte auf seine Waffe zu. Sie war nur noch eine Armlänge entfernt, als ihn etwas Hartes im Rücken traf. Er schnappte nach Luft, während der Schlag ihn vorwärtstaumeln ließ. *Fuck!* Das tat weh. Er lag bäuchlings auf dem Boden, die Eisenzange, mit der er Pearce überrumpelt hatte, nicht weit von ihm entfernt. Er streckte den Arm aus, doch da packte Pearce ihn an den Haaren, legte den anderen Arm um seinen Hals und drückte zu. Pearce beugte sich vor, und seine Stimme klang heiser in Dex' Ohren.

»Tut mir leid, Dex. Es ist zu deinem eigenen Besten. Ich kann dich nicht in seinen Händen lassen. Er hat meinen Bruder vernichtet. Ich lasse nicht zu, dass er mit dir dasselbe tut. Lieber töte ich dich selbst.«

Dex biss Pearce in den Arm, bis er Blut schmeckte. Pearce schrie auf, riss den Arm weg und wich zurück, was Dex die Chance gab, die er brauchte, um sich auf den Rücken zu rollen, während Pearce über ihm mit der Faust ausholte. Das hatte Dex erwartet. Er fing Pearce am Handgelenk ab und riss ihn zu sich heran. Er erinnerte sich an die Technik, mit der Sloane ihn bei ihrem ersten Kampf überrumpelt hatte, legte den Arm um

Pearces Nacken und riss an dessen Handgelenk, sodass dieser von ihm herabrollte.

Pearce rappelte sich auf und schnappte sich Dex' Beinriemen, doch er hatte den Sicherheitsmechanismus vergessen. Er stieß einen Schrei aus, als Dex ihn in die Couch stieß und sich die Waffe schnappte, während sie beide auf den Boden polterten. Dex bekam sein Headset zu fassen, warf Pearce den Riemen um den Hals und zog mit einem Ruck daran. Mit den Beinen versuchte er die Beine von Pearce zu fixieren, der wild um sich schlug. Dex schaltete das Headset ein und rief um Hilfe.

»Verstärkung! Ich brauche Verstärkung!«

Pearce schaffte es, die Glock aus dem Riemen zu lösen, und Dex war gezwungen, Headset mitsamt Riemen loszulassen, um die Waffe in Pearces Hand zu packen, doch die war bereits entsichert. Sie rangen weiter miteinander, und Dex umschlang Pearce und grub im Kampf um die Waffe die Finger in Pearces Hände. Ein Schuss löste sich, prallte von der Wand ab und traf die Kette über Sloanes Kopf, sodass Funken flogen.

Verdammt! Dex biss die Zähne zusammen, als er das taktische Messer an seinem Beinriemen sah. Mit der rechten Hand hielt er weiter die Glock umklammert, packte mit der linken den Riemen und machte das Messer los. Als Pearce es sah, riss er eine Faust nach hinten und traf Dex auf die Nase, bevor er von ihm wegrollte und humpelnd die Flucht ergriff. Fluchend rollte Dex sich auf die Seite und spuckte Blut und Speichel aus. Er zielte mit der Glock auf Pearce, doch da rannte der hinter eine Reihe Benzintanks. Verdammt, wenn er die traf, waren sie alle hinüber. Er kam auf die Füße, während Pearce hinaus auf den Flur flüchtete.

»Dex!«

Als Dex seinen Namen hörte, schnappte er sich eilig sein Headset und setzte es auf. »Ich bin hier. Ich verfolge Isaac.

Ihr müsst …« In dem Moment erschütterte eine Explosion die Werkstatt, und Dex erstarrte. Das kam von der Straße. Er gab sich Mühe, nicht in Panik zu geraten, als er ins Headset rief: »Sarge?«

»Der Hurensohn muss vorher Sprengladungen platziert haben. Er hat den Küchenladen in die Luft gejagt. Auf unserem Truck ist ein gottverdammtes Waschbecken gelandet. Verfluchtes Chaos hier. Ich höre dich, Dex. Die Agenten sind auf dem Weg, aber die Straße ist blockiert.«

Dex hatte nicht vor, auf Verstärkung zu warten und zu riskieren, dass Pearce davonkam. Er schnappte sich seine Weste und legte sie an, während er zu Sloane rannte, der den Kopf schüttelte und damit zur Tür wies.

»Okay. Ich bringe den Bastard zur Strecke, ich schwöre es.«

Sloane nickte, und Dex stürmte Pearce hinterher. Bevor er den Flur erreichte, zog er die Riemen seiner Weste fest. Vorsichtig spähte er hinaus, und als die Luft rein war, eilte er zur Treppe. Schwere Schritte polterten über die Holzstufen zwei Stockwerke über ihm, und Dex verschwendete keine Zeit. Wie er es trainiert hatte, jagte er mit leisen Schritten hinterher. Er hielt seine Atmung unter Kontrolle, die Glock erhoben und eng am Körper, als er weitereilte. Adrenalin pumpte durch seine Adern, sein Herz raste, und er hatte ein mulmiges Gefühl im Bauch. Er musste diesen Bastard aufhalten!

Irgendwo hoch über ihm schlug eine Tür zu, und Dex rannte zum Treppenabsatz im dritten Stock. Er sah die geschlossene Tür, durch die Pearce nur Sekunden zuvor verschwunden war. Prüfend blickte er sich um, schlich zügig an der Wand entlang die Treppe hinauf und presste sich dann flach an die Wand neben der angeschlagenen blauen Tür. Es gab nur die eine Tür auf dieser Etage. Dex erinnerte sich: Fenster, keine Feuerleiter. Er musste ganz besonders wachsam sein. Isaac Pearce hatte sie alle zum Narren gehalten. Er hatte *ihn* zum Narren gehalten. Inzwischen würde Tony schon an einer Strategie arbeiten. Zumindest war Pearce weg von Sloane.

Vorsichtig streckte er den Arm aus und prüfte die Klinke. Offen. Mist. Das konnte nichts Gutes bedeuten. Er stieß die Tür mit dem Fuß auf und blieb neben der Öffnung, Waffe im Anschlag und bereit, auf alles zu schießen, was sich bewegte. Nichts und niemand zu sehen. Der Raum war leer. Pearce konnte unmöglich durchs Fenster geflohen sein, ohne dabei ein Geräusch zu verursachen. Vorsichtig ging er hinein und drehte sich, um alle Winkel abzudecken. Hier gab es nichts außer einem Haufen Rohre, die vertikal und horizontal im Raum und bis an die Decke verliefen.

Als er sich umdrehte, wurde er niedergeschlagen, schaffte es aber, die Waffe in der Hand zu behalten. Er schwang den Arm, um zu zielen, doch Pearce packte ihn und warf sich rittlings auf ihn. Wo zur Hölle war der Mistkerl hergekommen? Von der Decke? Dex drehte und wand sich und nutzte so viel Schwung, wie er konnte, um Pearce mit links in die Rippen zu treffen. Als seine Faust auf etwas Hartem landete, knurrte er vor Schmerz auf. Der Bastard trug eine Panzerung.

»Das ist deine letzte Chance, Dex! Schließ dich mir an, oder ich verpasse dir eine Kugel. Und danach dem Tier da unten.«

»Fick dich.« Dex riss den Kopf nach vorn und rammte die Stirn in Pearces Nase. Der stieß einen wilden Schrei aus, als sein Kopf nach hinten ruckte. Dex zielte auf Pearces Brust und feuerte. Getroffen flog Pearce von Dex herunter und landete auf dem Rücken. Er rollte sich herum, gurgelnd und keuchend, drückte sich die Hand auf die Brust, und Blut lief ihm aus der Nase und über den Mund. Dex kämpfte sich auf die Füße, bereit, dem Mistkerl das gesamte Magazin in den Leib zu jagen, doch aus dem Plan wurde nichts, als Pearce etwas aus seiner

Weste zog. Dex machte einen Satz zur Seite, und ein Stahlmesser bohrte sich in die Wand hinter ihm. Er musste das beenden. Doch er war zu langsam. Pearce prallte mit ihm zusammen und sie krachten beide durch eine Fensterscheibe. Dex hob den Arm schützend vors Gesicht und versuchte sowohl das Stechen der vielen Scherben, die sich in seine Haut bohrten, als auch den Gedanken an das, was unter ihnen lag, zu verdrängen. Und während Pearces Körper sie beide aus dem zerschmetterten Fenster schleuderte, machte Dex sich auf den Aufprall gefasst.

Er musste das hier überleben.

Er musste einfach.

14

Sie prallten auf den Lagercontainer aus Aluminium unter dem Fenster, und Dex trieb es sämtliche Luft aus den Lungen. Er lag auf dem Rücken, keuchend und zitternd, mit verschwommenem Blick auf die schwarzen Tragbalken über ihm. Seine Brust fühlte sich an wie in einem Schraubstock, und sein Körper brannte. In der Ferne konnte er Sirenengeheul und das Chaos hören. Die Luft um ihn war trübe und undurchsichtig. Neben ihm rollte sich Pearce stöhnend zur Seite. Dex tastete mit der Hand nach seiner Waffe. Weiß der Teufel, wo die gelandet war. Vorsichtig rührte er sich, und seine Glieder protestierten, aber er vermutete, dass nichts gebrochen war, nur ordentlich durchgeschüttelt. Als er zu dem Fenster hinaufsah, aus dem sie gestürzt waren, konnte er sehen, dass es hoch war, aber wegen der Container nicht hoch genug, um sie außer Gefecht zu setzen. Er hätte wissen müssen, dass Pearce einen Plan hatte.

Dex rollte sich auf die Seite, sog scharf die Luft ein und atmete dann weiter durch die Nase. Knurrend kämpfte er sich auf die Knie und sah, wie Pearce sich vom Container rollte. Dex kroch an den Rand und fluchte unterdrückt, als Pearce sich durch einen Berg von Pappkartons arbeitete. Tja, war das nicht verdammt praktisch.

»Verfluchter Bastard.« Dex ließ sich vom Container fallen und landete auf dem Stapel Pappkartons. Er zuckte zusammen und stieß die Kartons mit Händen und Füßen aus dem Weg, als er sich auf den Boden quälte und auf die Füße zwang. Sein rechter Knöchel brannte und protestierte, aber er trieb sich trotz des Schmerzes weiter und rannte hinter Pearce her. Da gab es eine weitere Explosion, die ihn von den Füßen hob und gegen den Lagercontainer schleuderte, von dem er heruntergerollt war. Schmerzhaft prallte er auf den Boden. Seine Instinkte übernahmen die Regie, und er rollte sich zu einem Ball zusammen, den Kopf schützend eingezogen, während es brennende Trümmer um ihn herum regnete. Noch eine Explosion, diesmal kleiner, links von ihm, und er zwang sich auf die Beine. In der Ferne hörte er vertraute Rufe. Sein Team war in der Nähe. Nichtsdestotrotz musste er Sloane da rausholen.

Hitze und Feuer schlugen aus den Containern, wo die Explosionen das Aluminium abgerollt hatten wie den Deckel einer Thunfischdose. Immer mehr Container gingen in schwarzem Rauch auf.

Dex schalt sich selbst: »Beweg deinen Hintern, Daley.« Die Explosionen kamen näher, und Container zerbarsten in einem Feuerchaos aus schwarzem Rauch und brennendem Metall. Dex kannte das Risiko. Auch wenn sein Team nicht weit war, hatte es seine Prioritäten, wenn es um den Verlust von Leben ging. Dex wäre nicht überrascht, wenn Pearce davon gewusst hatte. Sicherheit von Zivilisten ging vor. Er hörte, wie Befehle gerufen wurden, als andere Agenten das Gelände räumten, sicherten und die Risiken prüften. Tony faselte irgendwas von einem PackBot-Roboter, aber pfeif drauf. Darauf konnte Dex nicht warten. Er musste Sloane da selbst rausschaffen. Er rannte zurück in die Werkstatt und hustete, als schwarzer Rauch durch die Türen waberte. Mist, das Ding stand in Flammen. Kein Zweifel, dass Pearce sich einen Plan B ausgedacht hatte. Er hob einen Bolzenschneider auf, schnitt damit die Ketten an Sloanes Handgelenken durch und löste vorsichtig die Kette um seinen Hals. Dann zog er Sloane das Klebeband vom

Mund und machte mit dem um die Knöchel weiter. Sein Partner war still, und als Dex zurücktrat, fiel Sloane einfach zu Boden.

»Sloane, Kumpel, sieh mich an. Du musst auf die Beine kommen. Wir müssen hier raus.«

»Er hat Gabe umgebracht.« Sloanes Stimme war so leise, dass Dex ihn kaum hörte.

»Ich weiß, und es tut mir unglaublich leid, aber hier drin gibt es allen möglichen explosiven Mist, und es brennt schon. Wir müssen hier raus.« Er nahm Sloanes Gesicht und sah ihm in die Augen. Seine Stimme war rau. »Bitte, Sloane. Ich bin nicht bereit, dich zu ihm zu lassen.«

Sloane blinzelte, und eine Träne rann ihm über die Wange. Er nickte und kämpfte sich mit Dex' Hilfe auf die Beine. So schnell sie konnten, humpelten sie aus dem Gebäude. Dex hatte den Arm um Sloanes Taille gelegt, und auch wenn sein Knöchel bei jedem einzelnen Schritt protestierte, weigerte Dex sich stehen zu bleiben, nicht bevor sie so viel Entfernung wie möglich zwischen sich und allem, was in die Luft gehen konnte, gebracht hatten. In der Werkstatt mochte vielleicht kein Sprengstoff lagern, aber es gab genügend brennbare Chemikalien und Gase hier, um alles in die Luft zu jagen. Dex sah Ash auf sie zueilen, ein Krankenwagen nicht weit hinter ihm. Immer wieder gab es kleinere Explosionen, und Sloane fuhr jedes Mal zusammen. Ash erreichte sie zuerst; er warf Sloane eine Wärmedecke um und legte einen Arm um ihn.

»Ist okay. Wir haben dich«, sagte er, während die Sanitäter herankamen und Sloane auf eine Trage halfen. Kaum saß er darauf, gab er seiner Erschöpfung nach. Ash packte Dex am Arm. Feuerwehrautos rasten vorbei, in Richtung Werkstatt und Mietlager.

»Daley, du musst dich auch verarzten lassen.«

»Ich fahre mit ihm.« Dex wollte sich aus Ashs eisernem Griff befreien.

»Er wird wieder. Gottverdammt, Dex, du bist verletzt. Ganz zu schweigen davon, dass du aus einem verdammten Fenster gestürzt bist!«

Dex ging Ash an. »Er ist mein Partner. Ich bleibe bei ihm. Also, so wahr mir Gott helfe, wenn du meinen Arm nicht loslässt, Ash, dann werde ich …«

»Ash, lass ihn los«, befahl Tony ruhig. »Sie werden sich auf dem Weg ins Krankenhaus um ihn kümmern.«

Dex lächelte seinem Dad knapp zu und stieg hinten in den Krankenwagen. Die Türen schlossen sich, und sie fuhren los. Dex hielt Sloanes Hand, während das Team seine Wunden reinigte und ihm Sauerstoff verabreichte. Einer der Sanitäter wollte sich mit Dex' Knöchel befassen, doch er wehrte ab. Er beugte sich über Sloane und rief sich ins Gedächtnis, dass sie hier nicht allein waren.

»Es wird alles gut«, versprach er und ließ die Hand an Sloanes Stirn ruhen. Bernsteinaugen starrten an die Decke, und stille Tränen liefen ihm die Wange hinunter. »Du darfst dir nicht die Schuld geben.«

Daraufhin schloss Sloane fest die Augen, und Dex wusste, dass sein Partner genau das tat. Er drückte Sloanes Hand fester und beugte sich etwas vor, um leise mit ihm zu reden.

»Pearce war nicht ganz dicht. Wenn nicht du, dann wäre es jemand anderes gewesen. Das weißt du. Gabe hat dich geliebt. Er war bereit, um das zu kämpfen, was ihr hattet, aber er hatte keine Ahnung, was in seinem Bruder vorging. Pearce hat bekommen, was er verdient hat.« Keine Chance, dass er die Explosionen überlebt hatte. Er war genau hineingerannt. Es war endlich vorbei. »Es ist Zeit, dass du und Gabe Frieden findet.« Er strich Sloane das Haar aus der Stirn und sah zu, wie sein

Partner die Augen öffnete, den Kopf schüttelte und die Augen wieder schloss. Er befreite seine Hand aus Dex' Griff und legte sie auf seinen Bauch.

»Okay.« Dex schluckte schwer und lehnte sich zurück. Er schloss die Augen, und ihm wurde das Herz schwer. Was auch immer zwischen ihnen gewesen war, welche Chance auch immer sie vielleicht gehabt hätten, blieb gerade auf der Strecke. Doch sosehr es auch schmerzte – Dex verstand es. All der Schmerz, den Sloane empfunden hatte, als Gabe starb, kam jetzt wahrscheinlich zurück, und mit ihm die Schuldgefühle, die Albträume und die Trauer. Pearce hatte seinen Bruder umgebracht, und statt mit der Schuld zu leben, hatte er all seine Wut, Verbitterung und Schuld auf Sloane übertragen.

Dex konnte nichts weiter tun, als ein guter Partner zu sein. Er würde seinen Schmerz tief in sich vergraben und Sloane helfen, das durchzustehen, auf jede nur erdenkliche Weise. Es war gut gewesen, solange es gedauert hatte, und vielleicht war es ja besser so. Eine Beziehung vor seinen Teamkameraden geheim zu halten war eine Sache, aber vor seiner Familie – das war etwas ganz anderes. Als er zum Geheul der Sirenen langsam wegdämmerte, ging ihm das Bild von Gabe durch den Kopf, das er in Pearces Haus in der Hand gehalten hatte. Mit einem stillen »Danke« gab er seiner Erschöpfung nach.

Zwei Tage vor Weihnachten lag Dex auf der Couch vor dem Fernseher und zappte durch die Kanäle, ohne dabei irgendwas Spezielles anzusehen. Nach der Sache mit Pearce hatte er vorgezogenen Weihnachtsurlaub bekommen. Eigentlich ein Grund für Freudensprünge. Er liebte Feiertage, und Weihnachten ganz besonders. Doch obwohl er sich darauf freute, die Feiertage mit seiner Familie zu verbringen, schmerzte es weiterhin, dass Sloane sich weigerte, ihn zu sehen.

Sloane hatte ebenfalls vorgezogenen Weihnachtsurlaub bekommen, um sich zu erholen, sowohl körperlich als auch emotional. Die Erkenntnis, dass Gabe durch die Hand seines eigenen Bruders gestorben war, hatte alle ziemlich schwer getroffen, und jeder glaubte, wenn er oder sie nur irgendwas anders gemacht hätte, könnte Gabe noch am Leben sein.

Dex hatte Sloane im Krankenhaus besuchen wollen, aber Ash hatte ihn aufgehalten. Normalerweise hätten sie einander Drohungen um die Ohren geworfen, bis Ash so frustriert war, dass er Dex seinen Willen ließ, doch dieses Mal war es anders. Ash hatte wirklich bestürzt gewirkt, als er Dex eindringlich gebeten hatte, wegzubleiben. Sloane habe ihn gebeten, Dex nicht hereinzulassen. Es hatte Dex tief getroffen, aber er hatte nur genickt und war gegangen. Den Rest der Woche hatte er versucht, Sloane anzurufen und sogar mehrere SMS geschickt. Nichts.

Es klingelte, und Dex stand stöhnend auf und schlurfte zur Tür. Wahrscheinlich war es wieder Cael. Sein Bruder machte sich schon die ganze Zeit Sorgen um ihn, und obwohl Dex ihm hundertmal versichert hatte, dass alles in Ordnung sei und er nur ein wenig Zeit allein bräuchte, tauchte sein Bruder immer wieder mit Pizza oder Burgern auf und versuchte, ihn von seiner Trübsal zu befreien. Er öffnete die Tür – und der Gruß erstarb ihm auf den Lippen.

»Hey.«

Dex blinzelte einige Male und fragte sich, ob er wirklich gerade sah, was er glaubte zu sehen, oder ob er Halluzinationen hatte. Sloane stand vor der Tür, eingehüllt in einen schwarzen Wintermantel, einen Schal in Schwarz und Hellblau um den Hals geschlungen und eine passende Wollmütze auf dem Kopf. Seine Wangen und Nase waren rosig von der Kälte, und in der Hand hielt er ein riesiges Geschenk, eingewickelt in hellblaues

Papier mit weißen Schneeflocken und einer großen silbernen Schleife oben darauf. An seinem Handgelenk hing eine große rote Geschenktüte. Dex brachte nicht mehr heraus als ein klägliches »Hi.«

»Kann ich reinkommen?«

»Ja, klar. Entschuldige.« Dex trat beiseite, ließ Sloane herein und schloss die Tür hinter ihm. Er war überrascht, als Sloane ihm das Geschenk gab und die Tüte noch oben drauflegte.

»Fröhliche Weihnachten.«

»Du … hast mir ein Weihnachtsgeschenk gekauft?«

»Sozusagen. Ist teils Weihnachtsgeschenk, teils Bestechung.« Sloane legte Mütze, Schal und Mantel ab und hängte alles an die Haken neben der Tür. Danach zog er die Stiefel aus. Mittendrin hielt er inne. »Ist das okay? Ich meine, ich will nicht unverschämt sein und einfach davon ausgehen, dass ich bleiben kann.«

»Ist in Ordnung.« Dex sah auf die Geschenke in seiner Hand. »Bestechung wofür?«

Sloane führte Dex zur Couch ins Wohnzimmer, nahm ihm die Schachtel ab und stellte sie auf den Boden. Dann fasste er Dex an den Händen und ließ sich mit ihm auf der Couch nieder, die Stirn besorgt gerunzelt. »In der Hoffnung, dass du mir verzeihst. Ich weiß, dass ich dir wehgetan habe, als ich dich im Krankenhaus nicht zu mir gelassen und auf deine vielen, vielen Versuche, Kontakt mit mir aufzunehmen, nicht reagiert habe. Ich brauchte Zeit zum Nachdenken.«

»Worüber denn?« Dex' Puls schoss in die Höhe, und sein Herz schlug wie wild in seinem Brustkorb. Bestechung war doch etwas Gutes, oder? Sloane würde sich doch sicher nicht auf den Weg zu ihm machen mit einem Geschenk, das so groß war wie Cael, nur um dann schlechte Nachrichten zu bringen, oder?

»Über alles. Über den Fall. Über uns.«

Dex' Herz machte einen Satz. »Gibt es denn ein ›uns‹?«

»Du hattest recht im Krankenwagen, als du sagtest, es sei Zeit, dass Gabe und ich Frieden finden. Es ist Zeit, dass ich Gabe ruhen lasse und mein Leben weiterlebe.« Sloane fuhr sich mit der Zunge über die Unterlippe und hielt den Blick auf ihre Hände gesenkt. »Ich weiß, das, worum ich dich bitte, ist nicht fair, und ich erwarte nicht, dass du auf mich wartest, aber, ja, ich wünsche mir, dass es ein ›uns‹ gibt. Vielleicht, falls du bereit bist, die Dinge so zu nehmen wie sie kommen, zu sehen, wohin es führt. Ich weiß, ich verlange damit sehr viel von dir, aber ich mag dich, Dex, und ich mag den, der ich bei dir bin.« Dann sah er zu Dex auf, und ein Lächeln glitt über sein Gesicht. »Ich habe Dinge gefühlt, von denen ich dachte, dass ich sie nie wieder fühlen würde.«

»Was ist mit dem Team? Mit meiner Familie?« Dex kannte die Antwort bereits, aber er musste fragen.

»Was auch immer zwischen uns passiert, muss zwischen uns bleiben, oder einer von uns wird in ein anderes Team versetzt. Das weißt du.«

Dex nickte. Wie in aller Welt sollte er so etwas vor seinem Dad geheimhalten? Oder noch schlimmer, vor Cael? Wenn der herausfand, dass Dex Geheimnisse vor ihm hatte, würde es ihm das Herz brechen. Er spürte, wie Sloane seine Hände drückte, und sein Blick traf auf Sloanes hoffnungsvolle Augen. Sloane brauchte ihn. »Wir werden einfach dafür sorgen müssen, dass es niemand herausfindet.«

Mit einem breiten Lächeln nahm Sloane Dex' Gesicht und zog ihn für einen leidenschaftlichen Kuss an sich. Dex gab sich dem Augenblick vollkommen hin und schmiegte sich an Sloane, genoss seine weichen Lippen, seinen warmen Mund und seinen Geschmack. Er weigerte sich einzuräumen, wie sehr er das vermisst hatte. Es wäre dumm, Sloane sofort zu verfallen oder auch nur darüber nachzudenken.

Sloane versprach ihm nichts, er bot ihm keine Beziehung an, sondern lediglich eine Möglichkeit, um zu sehen, was passieren könnte. Wenn Dex nicht vorsichtig war, könnte er am Ende ganz schön auf die Nase fallen, und das wäre für sie beide nicht gut. Für den Augenblick würde er Sloanes hungrige Küsse erwidern und nehmen, was er haben konnte. Er rutschte auf Sloanes Schoß und stöhnte, als er dessen große Hände an seinem Po spürte. Als sie Luft holten, zog Dex sich zurück und atmete zittrig ein. Dann senkte er den Blick.

»Was um Frostys Schneemannskugeln willen hast du da an?«

Sloane folgte Dex' Blick und sah an sich herab. »Das ist ein Pullover.«

»Da sind Rentiere drauf. Und Schneeflocken.«

»Ja, aber es ist ein klassischer Ralph Lauren, und das macht ihn kultiviert.« Sloane zog die Augenbrauen hoch, und Dex schnaubte.

»Wenn du das sagst.«

»Da Maddock Ash und mich zum Weihnachtsessen mit euch Jungs eingeladen hat, und ich bei der Gelegenheit meinen Pulli trage, dachte ich mir, ich besorge dir auch einen.« Sloane hob die rote Geschenktüte vom Boden auf und hielt sie Dex hin.

»Du willst, dass ich einen Pullover mit Rentieren anziehe?« Dex sah Sloane mit hoch gezogener Augenbraue an und nahm die Tüte. »Wir haben schon jetzt einen schwierigen Start.«

Sloane lachte. »Probier einfach mal.«

Dex rutschte von Sloanes Schoß und griff in die Tüte. Er holte einen rot-schwarzen Strickpulli heraus. *Oh Gott, jetzt geht's los.* Er hielt ihn hoch, und dann bekam er große Augen. »Was zum …«

»Gefällt er dir?«, fragte Sloane zögernd.

»Das ist ja der *Hammer*!« Dex sprang von der Couch und hielt seinen Pullover hoch. Er war rot, mit schwarzem Kragen und Bündchen und hatte verschiedene Muster in Schneeflocken und Weihnachtskugeln, die sich horizontal in schwarz und weiß wiederholten. Aber der coolste Teil waren die zwei Old-School-Roboter in der Mitte. Der eine trug eine Weihnachtsmannmütze, der andere einen gestreiften Schal, und beide sahen geradeaus, als wollten sie gerade High Five machen.

»Ich dachte mir, er könnte dir gefallen.« Sloane lehnte sich zurück und strahlte ihn an.

»Woher hast du das gewusst?« Dex zog sein Sweatshirt aus und probierte den neuen Pulli an. Er passte perfekt. Das war der coolste und hässlichste Pulli, den er seit Langem gesehen hatte.

Sloane kratzte sich über die Bartstoppeln am Kinn. »Nur ein Zufallstreffer.« Er zeigte auf die riesige Schachtel. »Wenn du willst, kannst du sie aufmachen.«

Dex war so aufgeregt, dass er fürchtete, er könnte etwas kaputt machen. Er ging auf die Knie, riss das bunte Geschenkpapier ab wie eine Katze, die bei Katzenminze ausflippt. Als das Geschenk zum Vorschein kam, schnappte er nach Luft, gab ein hohes, lang gezogenes: »Coool!« von sich und wischte sich eine imaginäre Träne von der Wange. »Du hast mir Schießeisen gekauft.«

Sloane grinste breit. »Ist ein Laser-Tag-Set.«

»Oh, da werde ich dich so was von in den A… treten«, jubelte Dex und sprang auf. Er lief zu seinem Weihnachtsbaum und kam mit einer mittelgroßen Schachtel zurück. Die überreichte er Sloane mit einem dicken Grinsen im Gesicht.

»Sind das«, Sloane beäugte das Geschenkpapier, »strippende Santas?«

Dex wackelte mit den Augenbrauen. »Im Tanga beim Poledance.«

»Manchmal mache ich mir Sorgen um dich.« Sloane schüttelte den Kopf und riss dann das Geschenkpapier auf. Er öffnete die schlichte weiße Schachtel und nahm eine Büste heraus. Er hielt sie vor sich und runzelte konzentriert die Stirn. »Du hast mir einen … Was ist das?«

»Das ist ein Deathtrooper!«

»Ein was?«

»Ein Stormtrooper-Zombie.« Dex deutete auf die sorgfältig aufgemalte Verwesung. »Von daher: Deathtrooper.« Sloane starrte die Büste mit weit aufgerissenen Augen an, und Dex unterdrückte ein Lächeln. »Komm schon, du kannst ehrlich zu mir sein. Ich werde dich nicht verurteilen.«

»Wovon zur Hölle sprichst du?«

Dex ließ sich auf die Couch fallen und sah Sloane an. »Also ehrlich, du bist ja ein heimlicher Nerd! Denkst du, ich hätte nicht gemerkt, dass die Schale neben der Tür, in die du deine Schlüssel legst, die untere Hälfte des Todessterns darstellt? Die Buchstützen, die deine Star-Wars-Filmesammlung halten, zeigen die berühmte Mos Eisley Cantina auf Tatooine. Und im Übrigen, Han hat absolut als Erster geschossen, und wenn du etwas anderes behauptest, sind wir fertig miteinander.«

Sloane sah ihn mit hochgezogener Augenbraue an, und Dex stand seufzend auf, legte Sloane die Hände an die Wangen und tätschelte ihn. »Ganz ruhig. Ich helfe dir beim Outing. Alles wird gut. Ich weiß, es kommt dir Furcht einflößend vor, und nicht alle werden dich akzeptieren, aber ich schon. Komm raus damit und breite deine Flügel aus wie ein kleiner roter, wütender Vogel.«

»Wütende Vögel breiten keine Flügel aus«, brummte Sloane.

Dex tätschelte ihn weiter und sagte leise: »Damit untermauerst du nur mein Beispiel.«

»Du bist so ein Idiot.« Sloane lachte und schob Dex beiseite. Er hielt die Büste wieder hoch, die Unterlippe zwischen die Zähne gezogen. Langsam machte sich ein Lächeln in seinem Gesicht breit, und er sah Dex an. »Das ist verdammt noch mal ganz schön faszinierend.«

»Ha! Ich wusste es!« Dex reckte die Faust in die Luft, und Sloane lachte. Er war ein Risiko eingegangen, aber er hatte genug von Sloanes Apartment gesehen, um die Anzeichen zu erkennen. Unter aller gepflegten Kultiviertheit verbarg sich ein kompletter Filmfreak. Oh, die Diskussionen, die auf sie beide warteten. Doch da unterbrach die donnernd laute Titelmelodie einer Sondersendung seinen Freudentanz, und er drehte sich zum Fernseher.

»Wir unterbrechen unser Programm für die neueste Meldung. Gerade verbreitet sich ein verstörendes Video, und die Behörden sind ratlos, wo es seinen Ursprung hat. Falls sich kleine Kinder mit Ihnen im Raum befinden, sollten Sie sie mit jemandem nach draußen schicken.«

Eine vollkommen in Schwarz gehüllte Gestalt stand vor einer verwitternden Steinmauer. Als sie sprach, tat sie es über eine Art Verstärker.

»Guten Abend, New York City. Gerade sitzt ihr zu Hause und trinkt euren Eierflip, packt irgendein Gerät aus, das in drei Monaten schon wieder veraltet sein wird, und runzelt genervt die Stirn über einen weiteren Werbespot, in dem das Wort ›Weihnachten‹ durch ›Feiertag‹ ersetzt wurde, um keine Hippies zu verärgern. Und währenddessen verbreitet sich eine Seuche in unserer geliebten Stadt, eine Seuche, die nicht länger ignoriert werden darf. Sie halten sich selbst für die nächste Stufe der menschlichen Evolution, aber sie sind keine Menschen. Sie sind Tiere. Und was tut man mit einem Tier, das verdorben und befallen von Krankheit ist? Man erlöst es von seinem Elend. Fürchtet euch nicht, der Orden der Adrasteia ist hier, um euch zu helfen.«

»Was zum Henker ist das denn?« Sloane stand auf und blieb neben Dex stehen.

Dex hatte ein ganz ungutes Gefühl, als ein Symbol mit dem Kopf einer griechischen Göttin auf dem Bildschirm erschien. Das hatte er schon mal irgendwo gesehen. Als es wieder verschwand, starrte Dex den THIRDS-Agenten an, der geknebelt und gefesselt neben den Füßen der schwarzen Gestalt kniete. »Wer ist das?«, fragte er Sloane, doch der schüttelte den Kopf. Er war ebenso verwirrt und fassungslos wie Dex.

Ihre Handys klingelten, und Dex zuckte zusammen. Sie hoben ab und hörten Tonys Stimme laut und deutlich in beiden Telefonen.

»Seid ihr beide im selben Raum?«

»Ja, Sloane kam vorbei, um mir ein Weihnachtsgeschenk zu bringen und zu plaudern.«

»Okay, Dex, leg auf. Sloane, geh auf Lautsprecher.« Beide taten wie angewiesen.

Sloane fragte als Erster. »Was geht hier vor, Sarge? Was ist das?«

»Wissen wir nicht. Aber wir wissen, dass es echt ist. Das ist Agent Greg Morrelli. Er wurde gestern Abend vermisst gemeldet. Er ist nach der Arbeit nach Hause gefahren und seitdem verschwunden. Intel versucht schon die ganze Zeit, die Quelle des Videos aufzuspüren, aber sie tun sich unheimlich schwer damit, den Standort präzise zu bestimmen. Es ist ein Albtraum. Wir haben Teams über die ganze Stadt verteilt und versuchen Morrelli zu finden, aber es ist wie die Suche nach der Nadel im Heuhaufen.«

Die Stimme sprach weiter, und alles wurde still. »Um unsere Stadt von dieser Seuche zu heilen, müssen wir uns ihrer Träger entledigen, und wir beginnen mit der Organisation, die diese Krankheit vorantreibt. Wir werden die Hölle über diesen Sündern entfesseln, und bei den THIRDS fangen wir an.« Die Gestalt zog eine Waffe aus dem Umhang, zielte damit auf den Kopf des um sein Leben flehenden Agenten und drückte ab.

»Oh mein Gott.« Dex erstarrte vor Schock. Waren sie soeben Zeugen einer Exekution geworden? »Wie …« Er schüttelte den Kopf, unfähig, es zu glauben. Tiefes Schweigen senkte sich über alles, als die Gestalt in die Kamera blickte. Als sie sprach, kam es Dex vor, als spreche sie direkt zu ihm.

»Ihr hattet eure Chance. Nun seht, wie die Welt um euch zu Staub zerfällt. Kein Therianer in dieser Stadt wird sicher sein, und eure kostbaren Helden werden zu beschäftigt damit sein, um ihr eigenes Leben zu kämpfen, um euch zu schützen. Wir sind die Verkörperung des rechtschaffenen Zorns, der Abscheu, die durch jene geweckt wurde, welche eine Sünde wider die Natur sind. Wir sind überall. Niemand wird uns entrinnen.« Er zielte mit der Waffe auf den Bildschirm. »Und wir werden die Welt in Ordnung bringen.« Ein Schuss fiel, und der Bildschirm wurde schwarz.

»… und wir werden die Welt in Ordnung bringen.«

Dex drehte sich zu Sloane, und der bestürzte Gesichtsausdruck seines Partners bestätigte ihm, dass sie beide dasselbe dachten. Sloane nahm Dex am Arm und zog ihn in eine Umarmung. Seine Stimme war nur ein Flüstern.

»Er ist am Leben, nicht wahr?«

Dex nickte, nahm Sloane in die Arme und vergrub den Kopf an seiner Brust. Isaac Pearce war am Leben, und er hatte ihnen soeben den Krieg erklärt.

Danksagung

Ein großes Dankeschön geht an Dreamspinner Press: für euren Glauben an mich und meine Geschichten, für eure harte Arbeit und eure Unterstützung. Ihr habt mir geholfen, bei Verstand zu bleiben, indem ihr es mir ermöglicht habt, die Geschichten aus meinem Kopf in die Welt zu bringen. Danke, dass ihr mir die Chance gebt, meinen Träumen zu folgen.

Danke an meine wundervollen Betaleser, die mir dabei geholfen haben, diese bösen Jungs zurechtzubiegen. Ob mit oder ohne Peitsche blieb dabei mir überlassen, aber ich weiß ja, wie gerne ihr diesen Kerlen zeigt, dass ihr es ernst meint. Danke an Barb, Melanie, Nikyta und Valerie.

An meine wundervollen LeserInnen, die immer wieder meine Bücher kaufen, ihre Begeisterung ausdrücken und nach mehr fragen. Wo wären meine Geschichten und ich ohne euch? Danke.

Und, natürlich, ein großes Dankeschön an meine Familie, meine Freunde und Schriftstellerkollegen. Ihr habt immer ein freundliches Wort für mich, Kommentare, die mir den Tag heller machen, warmherzige Umarmungen und unglaublich viel Unterstützung.

ALISSA JOHNSON • ANNE MARSH • ANTONIA FENNEK • BERND PERPLIES • BERNHARD STÄBER • BRIGITTE PONS • C. J. LYONS • CAROL K. CARR • CHERRY ADAIR • CHLOE NEILL • CLARE DONOGHUE • CORA CARMACK • CYNTHIA EDEN • DARYNDA JONES • DEBRA WEBB • DIANNE DUVALL • EILEEN WILKS • ELIZABETH GEORGE • ELOISA JAMES • EMMA CHASE • ERIN MCCARTHY • GEMMA HALLIDAY • GESA SCHWARTZ • HANK PHILLIPPI RYAN • HILARY DAVIDSON • ILONA ANDREWS • JACQUELYN FRANK • JENNIFER ASHLEY • JENNIFER LYON • JENS ØSTERGAARD • JOHN BURLEY • JULIE ANN WALKER • JULIE JAMES • KAREN KESKINEN • KATE NOBLE • KATIE MACALISTER • KATY EVANS • KENDRA LEIGH CASTLE • KIRA LICHT • KITTY FRENCH • KRESLEY COLE • KRISTEN CALLIHAN • KRISTIN ADLER • KRISTINA GÜNAK • KYLIE SCOTT • LARA ADRIAN • TINA ST. JOHN • LARISSA IONE • LENA DIAZ • LINDA HOWARD • LISA MARIE RICE • LISA RENEE JONES • LISELOTTE ROLL • LORA LEIGH • LORI FOSTER • LORI HANDELAND • LYNN VIEHL • LYNSAY SANDS • MADELINE HUNTER • MAGGIE ROBINSON • MARIT REIERSGÅRD • MARLISS MELTON • MARY BURTON • MARY JANICE DAVIDSON • MAYA BANKS • MEREDITH DURAN • MERETE JUNKER • MICHELLE RAVEN • MIRA GRANT • NALINI SINGH • NINA ROWAN • OLIVER KERN • PAMELA CALLOW • PAMELA PALMER • PAMELA S. BEASON • PHILIPPA BALLANTINE • PIP BALLANTINE, TEE MORRIS • RICHELLE MEAD • ROXANNE ST. CLAIRE • RUTHIE KNOX • SABRINA JEFFRIES • SASKIA BERWEIN • SHANNON K. BUTCHER • SHANNON MCKENNA • SHELLEY CORIELL • SHILOH WALKER • STEFANIE ROSS • SUZANNE BROCKMANN • SVEA TORNOW • SYLVIA DAY • THEA HARRISON • TONI ANDERSON • WOLFGANG HOHLBEIN • ALISSA JOHNSON • ANNE MARSH • ANTONIA FENNEK • BERND PERPLIES • BERNHARD STÄBER • BRIGITTE PONS • C. J. LYONS • CAROL K. CARR • CHERRY ADAIR • CHLOE NEILL • CLARE DONOGHUE • CORA CARMACK • CYNTHIA EDEN • DARYNDA JONES • DEBRA WEBB • DIANNE DUVALL • EILEEN WILKS • ELIZABETH GEORGE • ELOISA JAMES • EMMA CHASE • ERIN MCCARTHY • GEMMA HALLIDAY • GESA SCHWARTZ • HANK PHILLIPPI RYAN • HILARY DAVIDSON • ILONA ANDREWS • JACQUELYN FRANK • JENNIFER ASHLEY • JENNIFER LYON • JENS ØSTERGAARD • JOHN BURLEY • JULIE ANN WALKER • JULIE JAMES • KAREN KESKINEN • KATE NOBLE • KATIE MACALISTER • KATY EVANS • KENDRA LEIGH CASTLE • KIRA LICHT • KITTY FRENCH • KRESLEY COLE • KRISTEN CALLIHAN • KRISTIN ADLER •

Kristen Callihan

Kuss des Feuers

The Darkest London

Roman

Die Schöne und das Biest trifft auf das Phantom der Oper

London, 1881: Seit ihrer Geburt besitzt Miranda Ellis die außergewöhnliche Gabe, das Feuer zu beherrschen. Da ihre Familie ihr gesamtes Vermögen verloren hat und vor dem Ruin steht, sieht Miranda sich gezwungen, den geheimnisvollen Lord Benjamin Archer zu heiraten, der sein Gesicht stets hinter einer Maske verbirgt.

»Callihan schreibt eine spannende Geschichte voller erotischem Prickeln. Einer der besten Debütromane des Jahres!« *Romantic Times*

ca. 400 Seiten, kartoniert mit Klappe
€ 9,99 [D]
ISBN 978-3-8025-8983-6

Ilona Andrews

Land der Schatten

Fantasy

Spannende Abenteuer an der Grenze zwischen den Welten

Sie leben an der Grenze zwischen zwei Welten – der Wirklichkeit, wie wir sie kennen, und einer Welt der Magie. Nur wenige Menschen können zwischen beiden Welten hin und her reisen. Dort, im Edge, wo sich magiehungrige Geschöpfe, blutdurstige Handlanger und gefährliche Zauberer tummeln, kämpfen vier starke Frauen ums Überleben … und begegnen dabei dem Mann, der ihr Herz im Sturm erobert.

»Andrews' Romane sind immer ein Garant für Spannung, Action und tiefe Gefühle.« *Romantic Times*

Band 1: Magische Begegnung
ISBN 978-3-8025-8345-2

Band 2: Spiegeljagd
ISBN 978-3-8025-8341-4

Band 3: Schicksalsrad
ISBN 978-3-8025-8873-0

Band 4: Seelenträume
ISBN 978-3-8025-9246-1

Band 1: € 9,95 [D]
Band 2-4: € 9,99 [D]

www.egmont-lyx.de

LYX
EGMONT

Lynn Viehl

Darkyn

Romantic Fantasy

Hocherotisch, randvoll mit dunkler Magie und Spannung

Die Ärztin Alexandra Keller glaubt nur an das, was sich rational erklären lässt. Als sie jedoch dem geheimnisvollen Millionär Michael Cyprien begegnet, gerät ihr Weltbild ins Wanken. Cyprien ist einer der unsterblichen Darkyn und verfügt über außergewöhnliche Kräfte. Schon bald kann Alexandra Cypriens magischer Anziehungskraft nicht mehr widerstehen.

Tauchen Sie ein in die düster-sinnliche Welt der Darkyn!

Band 1: Versuchung des Zwielichts
ISBN 978-3-8025-8269-1

Band 2: Im Bann der Träume
ISBN 978-3-8025-8268-4

Band 3: Dunkle Erinnerung
ISBN 978-3-8025-8267-7

Band 4: Blindes Verlangen
ISBN 978-3-8025-8486-2

Band 5: Für die Ewigkeit
ISBN 978-3-8025-8513-5

Band 6: Ruf der Schatten
ISBN 978-3-8025-8795-5

Band 7: Am Ende der Dunkelheit
ISBN 978-3-8025-8834-1

Band 1-3: € 9,95 [D]
Band 4-7: € 9,99 [D]

www.egmont-lyx.de

LYX
EGMONT